平江不肖生　撰／施濟群　評

新版足本

江湖奇俠傳　壹

世界書局

武俠小說裏的眾英雄們，
雖然恓恓惶惶於凡俗的濁世之中，
但胸中懷抱的是
那遺失的、深層記憶裏的神聖秩序，
那桃花源，那烏托邦。

——林耀福——

名家推薦

國立歷史博物館館長 黃光男

——現代人的武俠小說不只要內容豐富、氣勢磅礴，更重要的是結合歷史的精神與詮釋，《江湖奇俠傳》值得您一看再看！

名作家 亮軒

——以俠入史，以史證俠，上承太史公之餘緒，下開現代武俠說部之先河！

前台灣大學歷史系教授 逯耀東

——平江不肖生的《江湖奇俠傳》，無疑是現代武俠小說的奠基者。不僅突破傳統「公案」小說的格局，卻又繼承了《七劍十三俠》的餘韻，為這種通俗讀物拓創了新的境界。

小說家、說書人 張大春

——平江不肖生為俠建立了一個系譜，為眾多角色之出現、遇合、交往等種種關係找到一個「合傳」的架構。

著名武俠小說評論家、前《聯合報》副總編輯　葉洪生

——平江不肖生堪稱近代武壇第一推手。

武俠小說研究家、淡江大學中文系教授　林保淳

——《江湖奇俠傳》是部傳奇中的傳奇。在通俗小說的發展史上，揉合了歷史、傳說、掌故與趣談，這是第一，也是唯一的「武俠傳奇」。

淡江大學中文系教授

——新總由舊來。適時回顧，常別饒意趣，亦令人恍然。近日舊電影已掀起一片熱潮，其實近代武俠小說的源頭也同樣值得一讀。

詩人、師範大學英語系教授　羅青

——平江不肖生的人物個性鮮明，動作奇絕，事件精采，情節動人，是武俠小說重要的典範之一。

國立故宮博物院出版組組長　金士光

——文字雋永，韻味十足！

總目

名家推薦
出版緣起——武俠世界重現江湖／閻　初（七）
系列總序——武俠小說的定位／林耀福（一一）
原序／趙苕狂（一七）
本書特點／楊家駱編整、亮　軒增修（一九）
編輯工作者的話（二一）
平江不肖生其人其事／編輯部整理（二五）

平江不肖生小傳及分卷說明／葉洪生（二九）
爲俠立傳／張大春（三五）
文獻資料　電影劇照（四一）
全書回目（四八）
第壹冊目錄　一
主要人物系譜　見各冊
正文一六〇回　見各冊
附錄：平江不肖生簡譜與著作　見第伍冊

出版緣起——武俠世界重現江湖

閻初

民國十二年（西元一九二三年）一月，世界書局首開風氣之先，邀請平江不肖生在本局出版的「紅」雜誌上，發表了他首度創作的長篇武俠小說「江湖奇俠傳」，一時萬人轟動，洛陽紙貴，待全文連載登出後，又集結成書，一版再版，接著被搬上大銀幕，成為二、三〇年代最受歡迎的電影主題之一。這可說是近代中國的第一部武俠鉅著。

之後，世界書局又出版了許多平江不肖生及其他作者的武俠小說，一時蔚為風潮，爾後，近代武俠小說逐漸發展成形，成為最能擄獲人心的書籍。

多年前，當電視連續劇「包青天」重拍播出時，我們便想將這些闡揚俠義精神的小說也重新編整，但因故未成；兩年前，「臥虎藏龍」席捲中外影壇，我們又計劃出版武俠小說，卻也延宕下來。這次承蒙亮軒先生的提議與鼓勵，將此縈繞心中多年的「俠義經典」系列正式推出，並得到諸多學者專家的鼎力相助，甚是感激。

武俠世界裏，寶藏無窮。故事中的人物百態，無一不反映現實人生的善惡正邪與恩怨情仇。背景雖多是舊社會的框架，但中心思想往往打破封建的階級意識，各個角色不論男女老少、貧富貴賤，表面上以實力分高下，實際上以品德內涵而定格歸流，各種武術、謀略的運用，均在「為」與「不為」中取捨，決不可踰矩亂分。正如作者平江不肖生書中所言：「江湖上，第一重的是仁義如天，第二還是筆舌兩兼，第三才是武勇向先。」這就定了鄉野民間處世做人的基本道理，也強調了「盜亦有道」的精神原則。

趙苕狂先生曾對平江不肖生「措詞之妙，運筆之奇，結構之精嚴，布局之老當」盛讚不已。這個系列推出的經典，高潮迭起，引人入勝，武俠世界中獨有的創意、邏輯與哲思都帶給我們無止境的驚奇，也引領著我們在一次又一次的激越中尋找安頓。於是，我們在書中描繪的奇山秀水裏了解到大自然的奧祕無窮；在夢寐以求的仙丹妙藥中體驗出萬物相生相剋之理；天外有天，人外有人，更明白地告訴我們「謙德」是成為大俠的基本要素。

近年來道德淪喪，社會亂象叢生，世界動盪，暴戾之氣高漲，我們此時推出「俠義經典」，更希望能有助匡正民心，建立社會秩序，願廟堂掌權之人，均能具備大俠的智慧與氣魄，扛起經世濟民的重任；鄉野山林之士，均能修養一份超俗豁達的風骨，瀟灑又守分。古往今來，不法惡事固然永難根除，但不論是紅塵浪裏或孤峰頂上，天道義理總必須是社會運行的主流。

前文提及，本局的「紅」雜誌實是發出近代武俠小說的第一響砲，這次同仁冒著 SARS 疫情之險出差，找到嚴獨鶴先生所寫之發刊詞，謹刊於後，供懷舊參考，而文中所提此雜誌命名主要緣由曰：「……紅者，心血燦爛有光。斯紅雜誌，蓋文人心血之結晶體耳，以文人心血之結晶，貢諸社會。文字有靈，當不為識者所棄也。……」這也正是這套武俠系列的寫照。因為每一部經典鉅著，均為百萬字上下，都是作者苦心孤詣的心血，用生命、用靈魂去推敲經營，使它紅熱光燦，誠願文字有靈，為識者不棄！

八十年後，我們以虔誠的心，恭謹的製作態度，讓他們重現江湖，展現更強健的新生命！

二〇〇三年恭誌於母親節前

系列總序——武俠小說的定位

林耀福

在我們的成長過程中，大概沒有幾個人沒有迷過武俠小說。西遊、三國、水滸、封神、蜀山劍俠、江湖奇俠、俠義英雄、鶴驚崑崙……等等廣義（包含章回演義）或狹義的武俠作品，伴隨著多少人的童年歲月，在他們深層的記憶中留下不可磨滅的刻痕，型塑他們的人格、價值、倫理。我個人從小便是個武俠小說迷，迷到了奇幻與真實不分，甚至於想跟江湖奇俠裏的柳遲一樣，入山訪師學道。然而武俠小說的愛好者，絕不只限於年輕的讀者；在各種文學類別中，能夠使各年齡階層、各知識、職業階層的讀者都為之如醉如痴的，只怕非武俠小說莫屬。時至今日，金庸、梁羽生、古龍等人的武俠作品，都還在我們——大人與小孩——的生活中佔據著相當主流的地位，成為電影媒體的寵兒。

承認自己是武俠小說迷，好像不是一件體面的事。因為作為通俗文學，武俠小說被有些人認為是難登大雅之堂的東西——如果一般的小說都只是滿紙荒唐言，只堪供茶餘飯後的消遣，那麼武俠小說更是如此了。然而「小」說雖小，雖屬虛構，卻是微言而具有大義，虛構而勝似歷史。小說大家詹姆斯(Henry James)便曾在「小說的藝術」("The Art of Fiction")一文中大聲疾呼，小說絕非滿紙荒唐言，而是與歷史一樣嚴肅地在描繪生命、跟繪畫一樣地在探尋真理：「小說唯一存在的理由，乃在於它確實在呈現生命……繪畫即真實，小說即歷史。」我們對武俠小說不應該亦作如是觀麼。記得在大學讀書的時候，精研西洋精緻文學的夏濟安老師，便是個大大的武俠小說迷。除了他之外，在高級知識份子中，勤練「武功」的更是大有人在。難道他們都是不務正業麼！我們對武俠小說的誤解和偏見，是應該有所修正了。

為什麼武俠小說具有那麼強烈而普遍的吸引力？

我們說武俠而不說文俠者，便挑出了「武」在武俠小說裏的關鍵地位。相較於文，武的世界是更為原始、純潔而神聖的。武是一種暴力，但也可以不是暴力，端看它服務的對象而定：如果它服務於惡的話，那就是暴力，如果它服務於善，以與惡鬥，以行天道的話，它就不是暴力。司馬遷說俠以武犯禁，但是犯禁正是對權威與現狀的挑戰——而現狀乃是原始的神聖自然秩序（或曰天道）之失落與沈淪。所以俠的行為，乃是梭羅式的反抗不義政府的行為(an act of Thoreauvian civil disobedience)。梁山好漢群集聚義廳以與代表權威與現狀的官兵相抗，正是武俠小說這一特色的原型。梁山群雄把官兵打得落花流水，正是在一個天道凌夷的世界裏行俠仗義，替天行道，既維護了公理與正義，也恢復了天道秩序。它滿足了人們對正義的渴望，撫慰了我們心靈的鄉愁。武俠小說之能擄獲人心，此其一。

武俠小說裏面的武藝，基本上是刀劍拳腳的工夫，而且不管內家外家，都是以個人的身體為中心和主體。即使是御氣飛行或飛劍殺人，也仍然沒有脫離個人的(personal)和身體的(physical)範疇。換句話說，武俠小說靈魂所在的武藝，標示著一套有機的與自然的價值體系。所謂有機的與自然的，意指武功並不是經由組織、管理、統御、製造等非個人的(impersonal)機制和程序生產出來的。雖然少林、武當、崑崙、崆峒、青城、峨嵋乃至於丐幫等等門派都是有組織、有階級，乃至於有職位與權力分配的一個架構，但它們乃是屬於出世的神聖(the sacred)而非入世的凡俗(the profane)秩序，是屬於道的而非政的世界，而其維繫門派於不墜的家法幫規，乃是建築在義理之上的道法，不是國家機器的律法。何況師徒的武功傳授，不管是笑道人或金羅漢之於柳遲，都是在個人的層次上面進行的。所以武功修為乃是個體與天地——用現在的話語來說，就是其周遭的環境與生態系統——之間的和諧互動的結果。武學，武學，原來它竟是這麼樣的一種富有生態意涵的身體詩學。在一個物化與疏離的濁世裏，由個人的、有機的自然關係所構築出來的武俠世界，於是成為我們心所嚮往之的神聖世界。武俠小說之能擄獲人心，此其二。

當然，武功的超凡入聖，情節的離奇曲折，想像力的競相馳騁，超時越空到了荒誕不經的地步，使武俠小說具有奇幻文學的特色。在這樣的一個世界裏，閱讀者掌握著絕對的權力，可以透過武功深不可測的英雄而快意恩仇、驅邪趕妖，型塑世界，胸中的塊壘，因此一掃而空。這麼看起來，武俠小說也具有悲劇的洗滌淨化(catharsis)的功能了。這也類似英國詩人濟慈(Keats)在「夜鶯歌」(*Ode to a Nightingale*)裏指出的，夜鶯那超越性的永恆世界（即詩的世界），乃是在滾滾濁世中受苦的人們的心靈之所寄。不錯，即使夜鶯的世界也只能提供暫時的遺忘與解脫，更何況是武俠小說。但這暫時的遺忘與解脫，卻能產生奇異的醫療功能，恢復我們的心靈健康。武俠小說之能擄獲人心，此其三。

武俠小說裏的眾英雄們，雖然栖栖惶惶於凡俗的濁世之中，但胸中懷抱的是那遺失的、深層記憶裏的神聖秩序，那桃花源，那烏托邦。所以絕世高人不在滾滾紅塵，而在凡人到不了的名山大川、洞天福地。所以少年英雄武功精進的常見模式是一系列的「曠世奇緣」：他或因仇家追殺或因其他意外而掉入萬丈深淵，卻因禍得福而進入一處洞天福地，得獲絕世武功祕笈，得服頓增功力的奇藥，得遇絕世高人為師，有神鵰靈猴為伴等等。洞天福地是超越歷史之外的神聖空間，而這種情節的一再出現，正透露出武俠小說對源頭(origin)的迷戀和渴望，而不斷地凝視也賦予了被凝視的源頭——就是與世隔絕的山林世界——以正統性、合法性、權威性。所以栖栖惶惶於凡俗濁世的武俠英雄們，他們所服膺的、追尋的道，最後看起來竟就是烏托邦的夢想了。有夢——真誠的夢——確實最美，即使這些夢是不可能實現的烏托，因為夢想幫助我們向上提升而不向下沈淪。

這麼看起來，某些人認為不登大雅之堂的武俠小說，竟是寓道於樂的重要藝術了。任何文類都有拙劣的急就之作，武俠小說亦不例外。但是經典的武俠作品，卻應獲得應有的評價。劉若愚(James Liu)教授在其開風氣之先的英文著作「中國的武俠」(*The Chinese Knight-Errant*)一書裏，便討論了許多中國文學史上的武俠經典，平江不肖生的「俠義英雄傳」和「江湖奇俠傳」便列名其中。平江不肖生不但開近代中國武俠小說的先河，更是少數幾位身懷武術的武俠作家。世界書局在出版他的「江湖奇俠傳」整整八十年後，於今又在台灣重新發行他的系列武俠作品，是一件值得一書的武林大事。雖然個人並不研究武俠小說，是個門外漢，但是同許多知識界的同好一樣，向來愛讀武俠小說，因此不揣簡陋，略抒淺見以誌此盛事，並就教於方家。

原序

趙苕狂

我少時，讀太史公之游俠列傳，未嘗不眉飛色舞，呼取大白以相賞。及長，又讀琴南翁所譯之髯刺客傳，又未嘗不眉飛色舞，呼取大白而相賞也！

自後，飢來驅我，行役四方，遂廢讀書之樂。即偶有所讀，強半又爲風懷窅渺之詞，兒女綺麗之作；欲求能鼓盪我心，激勵我志，如彼游俠列傳、髯刺客傳二書者，迄未可得也！

茲者，世界書局主人沈君以不肖生以所著之江湖奇俠傳相示，則巨幹盤空，奇枝四茁，豪情俠態，躍躍紙上；固可與前之二書，鼎足而三也！不禁色然而喜，躍然而興，而前日讀書之樂，不啻復一溫之目前矣！

惟是，前此我方在血氣未定之時，跳踉叫囂，竊欲取書中人以自況；今則中年哀樂，壯氣全消，不復有此豪情矣！斯非亦大可慨者乎？

至此書措詞之妙，運筆之奇，結構之精嚴，布局之老當，固爲不肖生之能事；凡愛讀不肖生文字者類能言之。且每章之末，復有施子濟群爲之加評，朗若列眉，固不待余之詞費矣。是爲序。

本書特點

楊家駱編整、亮軒增修

本書是在描寫現代的俠客的精神，較之《水滸傳》、《七俠五義》等之專以描寫古代豪俠爲事者，自更爲新鮮而有味。

我國近代武術團體之中最著名者，爲崑崙派、崆峒派，此外還有甚麼派，平常人每苦不能周知，在本書中，卻把各派的歷史及內容，都窮源盡委的講述出來。

「打趙家坪」是一樁有趣的故事，也是武術界中的一件珍聞；本書摭取作爲全書的總關鍵，復由此發生出許多事情來，膾炙人口的「火燒紅蓮寺」，也成爲其中的故事。逸趣横生，充溢篇幅。「張汶祥刺馬」爲遜清四大奇獄之一，除了各家筆記爭相記載之外，另有寫成劇本，搬上舞台者；本書記述此事，卻有其正確、可靠的來源，迥然與眾不同，不唯是小說，也是信史。

所謂武俠只是一個總名詞，講到人物方面，自有種種不同的典型，有以豪邁者著稱，有以勇猛見長，有溫文如玉，有滑稽可喜……。本書卻總集大成，不論那一種的型態都有。本書的優點，全在推陳翻新，即以打擂台一事而論，本是很陳舊的一樁玩意兒；一入本書，卻能生面別開，引人入勝。通俗小說最忌行文晦澀，本書卻能暢所欲言，大有「幷剪哀梨」之妙。有時也充滿詼諧的情調，江南酒俠這個角色，就是由此產生出來。《西遊記》中的孫行者遜其活潑，《七俠五義》中的蔣平無此滑稽，實足令人絕倒。也有荒誕不經者，然一見即知其爲寓言，無非在文字上翻做波瀾，決無惑人迷信。

本書奔放處，如天馬行空；收束處，又如六轡在手。無論就結構或是描寫，在一般的通俗小說中，鮮有其匹。此次新版中，包括了搜羅原小說於《紅》雜誌及《紅玫瑰》連載時，雜誌主編施濟群（冰廬主人）之篇末評點，以及書畫名家徐瘦鐵先生之情境插畫外，又爲增加研究與收藏價值，整理增繪主要人物師承表，以供參考。

編輯工作者的話

面對《江湖奇俠傳》這部百餘萬字篇幅，且擁有輝煌紀錄的武俠鉅著，要計畫再重新出發，並延續出版工作者的傳承使命，實是一大挑戰，僅就單純的排版設計、校對勘誤工作，已較其他書籍沉重數十倍；何況，展現的新貌更要滿足新舊讀者的好奇、懷舊與期待。因此，嚴謹的規劃製作成為基本的要求。

原作敘事高妙，一氣呵成，但往往是逐篇累頁的長敘方式，甚至整回不分段落，為使閱讀順暢自如，更易融入書中情境，故將百萬餘言重新句讀、分段，隨語意情節轉換而編排出更自由的閱讀節奏。在文字的校正上，盡可能尊重原作，除沿用原作的正體字（如：女壻、躭擱）；前後文中詞意相同的不同用字，也一併保留（如：氣忿與氣憤、剩餘與賸餘、懶得與嬾得、需與須）；至於因方言而特有的詞彙（如：這們、那們），不分性別、人、物的第三人稱（如：她、它均以他代表），亦皆不作修改，以使讀者觀察了解當時文字的原貌，亦反應了作者的用字習慣、寫作心情與時代背景。

全書近四百幅的插圖，輯全了當初在本局《紅》雜誌上連載的所有圖片，因保留八十年至今，甚是珍貴，故決定不惜成本全數採用，除為忠於原作外，也期待藉由這曾紅極一時的名家手筆，更直接地呈現出當時社會樣貌，從而引發讀者思古之幽情，增加豐茂多樣的閱讀趣味。但插圖因年代久遠，汙損陳舊，在處理時，細筆點描如同刺繡，編葺修補都特別用心、費力，歷時數月，以求呈現最佳效果。且在圖位的配置上，採用圖隨文走，以期與讀者的閱讀節奏相契合。

冰廬主人施濟群先生的篇末評點，亦是書中精彩焦點，常有深得人心之歎，或啟振聾發聵之思。施先生是本局《紅》雜誌的重要主事者，其評點文字亦應屬本局特有版權，在這次編校期間，發現早年同業的盜版中，此部分文字訛誤不少，實是作者、讀者與出版者的多重損失。此次我們依原作重現，以正視聽。

書中以一人帶出一人、一事帶出一事的「剝筍法」敘述方式，可能使讀者在分次閱讀或未讀完全書之前，因多線並呈而覺人物關係複雜。為使讀者有清晰的脈絡可循，此次新版中特於各冊前整理繪製該冊各派主要人物系譜，以便讀者對照查找。其中，雖有個別故事跨越十回、二十回，師承關係偶有些微出入，但因完全不影響故事結構，故仍依原作予以保留，不擅作更動。

在文獻資料的整理蒐集上，除於全書末（第五冊）另附平江不肖生簡譜與著作外，並特別情商資深影評人黃仁先生提供根據本書改拍成電影「火燒紅蓮寺」的劇照，以饗讀者。具有歷史意義的《紅》、《紅玫瑰》雜誌當年在上海創刊的封面、發刊詞，及舊版《江湖奇俠傳》封面，也囊括在本書之中。另有許多其他資料，本計畫赴大陸做考證後刊出，但為SARS疫情所阻，因不能再延誤此次出書時間，所以擬在下一套經典問世時一併刊出。

或有人質疑，《江湖奇俠傳》自第一一〇回之後，並非平江不肖生所作，相關的討論，亦見於武俠小說愛好者筆墨之間；但站在出版、編輯的立場，保留全貌是最基本誠懇的原則，因此在新版足本《江湖奇俠傳》中，仍完整收錄一六〇回的文字。至於續寫相關之箇中曲折原委，就留待專家學者研究考證，本書中不再另做說明。

另值得一提的，是此次新版《江湖奇俠傳》全套五冊的側面書背並立，即拼成完整封面的設計，可謂首開先例，使本書更具珍藏的價值。

這次我們付出超過預期的人力物力、時間和成本，但仍難免疏漏錯誤，誠願方家不吝指正，以期能不斷地學習改進，帶給讀者更貼心又酣暢的武俠閱讀經驗。這真的是一個可愛又刺激的世界，期盼您和我們一起探索武俠出神入化的境地。

平江不肖生其人其事

編輯部整理

他是金庸寫作、李安導戲的啟蒙源頭
他是少數懂得武術的小說創作者
他是名震文壇的高手

平江不肖生（一八九〇～一九五七），本名向愷然，湖南平江人。自幼文武兼修，具有強烈的民族意識。爲謀求治國之道，曾兩度赴日留學。

他的文學和武術生涯，都是從日本開始。初期，曾於下層社會歷練人生，觀察清末留學生形形色色的醜陋現狀，寫成譴責小說《留東外史》；在日認識武術專家王潤生，曾向他學拳，武藝大增，回國後創辦國術訓練所和國術俱樂部，武術理論根柢深厚，著有許多專書。

一九〇八年留日期間，祖父不幸逝世，臨終遺命，要他以學業爲重，不必回國奔喪。聞訊當晚，他寫了一篇祭文，在郊外臨空遙祭。隔日亦寫了封信給父親，表示深爲內疚，並特於信末爲自己取了個寫文章的筆名「平江不肖生」；但另有一說，曾有人問其緣由，他說：「天下皆謂我道大；夫惟其大，故似不肖。」語出老子《道德經》，「不肖」之名由此而來，並非自謙之詞。

一九二二年他應上海世界書局之邀，開始專心從事武俠創作。居上海期間，不喜歡交遊應酬，和一妾、一狗、一猴居住在很窄的小樓中，每到半夜便開始動筆寫作，直到天明。用蠅頭小楷寫在不到一尺的紙上，每行可寫一百四十字至一百八十字，都筆直一線，蔚爲現代文人中的奇觀。

一九二三年《江湖奇俠傳》、《近代俠義英雄傳》先後在世界書局出版的《紅》雜誌、《紅玫瑰》等刊物連載，不肖生開始嶄露頭角，後結集出書，一時洛陽紙貴，奠定他在現代武俠文學上的地位，成爲一代武俠宗師。

一九四九年大陸政權轉移後，不肖生的作品皆被打入毒草之列，雖獲任湖南長沙省政協委員，但仍無法發揮所長，乃看破紅塵，長齋禮佛，隱居長沙妙高峰下。

一九五七年因腦溢血病逝，享年六十七歲。

在《紙片戰爭・文苑群芳譜》一文中，作者慕芳拿罌粟花來比平江不肖生，說明花中顏色，最是鮮明而富有刺激性的要算是罌粟花了。他特別提出：「愷然的小說，很是熱鬧，有虎嘯龍吟之觀，讀之眉飛色舞，覺得非常興奮！」

平江不肖生小傳及分卷說明

葉洪生

民國以來，承繼明清俠義小說傳統而能發揚蹈厲、大張「武俠小說」之目者，厥爲平江不肖生向愷然。

向愷然，湖南省平江縣人，生於清光緒十六年（一八九〇年）。其人天資聰穎，自幼文武兼修，具有強烈之民族意識。於長沙楚怡工業學校畢業後，曾爲謀救國之道，兩度赴日留學，先後進入華僑中學與法政大學；因而對日本社會風俗民情及其所以富強之故，觀察入微，體驗頗深。

向氏一生著述甚豐，其處女作《拳術講義》寫於民國元年。時值向氏計畫二度赴日之際，苦於旅費無著；幸得同鄉宋痴萍（名編劇家）之介，將《拳術講義》書稿賣給《長沙日報》，始得順利成行。不數年學成返國，以謀事不易，乃鬻文爲生；將留日時期所見所聞撰成《留東外史》，曲筆影射眞人眞事。可謂開我國近代留學生文學之先河！

嗣後，因該書甚受讀者歡迎，向氏遂續作《留東外史補》、《留東新史》及《留東豔史》

等一系列小說，署名「平江不肖生」。當有人問到他這筆名的來由時，他說：「天下皆謂我道大；夫惟其大，故似不肖。」此語出自老子《道德經》，原來其「不肖」如此，並非自謙之詞。

據知向氏染有煙霞癖，總是白天交遊、深夜撰稿，尤擅寫蠅頭小字；不到一尺長的稿紙，每行可寫一百五十字以上，且不偏不倚，工整筆直；時人見之，咸以為奇。因其生性詼諧，健談好客，與滬上名流、武術大家過從甚密，見聞益廣；上海「世界書局」主事者沈知方遂得名小說家包天笑之介，登門約撰武俠說部。從此（民國十年）向氏乃一洗筆下鉛華，改弦易轍，專事武俠小說創作了。

平江不肖生最早撰寫的武俠經典鉅著有二：一為《江湖奇俠傳》，一為《近代俠義英雄傳》。均以清末民間傳說、江湖奇譚異聞及當時各派之技擊家故事，做為小說素材。一時洛陽紙貴，名震大江南北。

大抵而言，平江不肖生的小說文字甚為平實簡潔；描寫人物細膩生動，故事布局巧妙，尤善譬喻及運用伏筆。在創作技巧上，喜採「劈竹法」及「剝筍法」，由一人帶出一人；分別就其角色輕重，或作列傳，或記世家；娓娓道來，引人入勝。惟若干篇章專以對話或個人獨白敘述故事情節，往往下筆萬言，不能自休；話中有話，伊於胡底？此為清末民初說書人之故習。（如作者時常出面插話，即為顯例），實不足為訓。

據筆者多方蒐證所知，在抗日戰前不肖生曾有兩次輟筆記錄。第一次是在民國十六年初，因中共唆使上海工人暴動，社會一片混亂；不肖生乃遠走平、津，迄「九一八事變」發生後，方返回滬上繼續筆耕。由於心恨日寇侵華，乃於《近代俠義英雄傳》後半部中，借題發揮，大張撻伐；其民族主義色彩之強烈，為近代武俠說部所罕有。第二次在民國二十二年，因基於強國必先強種之念，乃放下尚未完成的《江湖奇俠傳》；應湖南省主席何鍵之邀，回湘籌辦國術訓練所，並組織國術俱樂部（即湖南國術館）；進而更在長沙主辦全國武術擂臺大賽，對推動全民體育，厥功至偉。

民國二十六年抗戰軍興，平江不肖生向愷然受聘為安徽省府辦公廳主任，已無暇亦無心從事武俠小說創作。迨抗日勝利以後，始重返滬，再製新篇。據知，其最後的兩部作品：一是《奇人杜心五》，乃為當時的武術大師杜心五作傳，發表於上海《香海畫報》；一是《鐵血英雄》（原稱《無名英雄》，又名《革命野史》），主要是寫武昌起義前後，秋瑾等革命志士的悲壯故事，發表於上海《明星日報》。可惜均因大陸變色而未能寫完。

平江不肖生向愷然有一妻一妾，五個兒女；其妻成儀亦通技擊，夫唱婦隨，家庭頗為和美。惟一九四九年大陸淪陷，其作品均被中共打入「毒草」之列，不准刊行。

向氏在中共統治下，曾先後出任湖南省文史館員、省政協委員及一九五六年首居全國武術觀摩表演大會評判委員。一九五七年正擬撰寫《中國武術史話》時，因受到中共「反右派鬥爭」的政治運動衝擊，以腦溢血而逝世，享齡六十七歲。

《江湖奇俠傳》爲平江不肖生初試「武俠」啼聲之作，發表於民國十一年春；先由上海《紅》雜誌連載，至四十五回以後始交《紅玫瑰》續刊，而由「世界書局」分集出版。書前有當時小說名家趙苕狂（即《紅玫瑰》主編）爲之作序，每回有冰廬主人施濟群爲之作評；惟施評僅至三十九回爲止，原因不明。

本書是以湖南兩縣居民爭地武鬥爲經，以崑崙、崆峒兩派劍俠分頭參與助拳爲緯；而帶出無數緊張熱鬧、生動有趣的故事情節。本書敘人敘事，首尾相銜，渾成一體；雖繁複而不亂，長達百萬言，洵可謂煌煌鉅構。

就其故事內容而言，較少談功夫、技擊而是飛劍、法寶加俠客、術士的「江湖大拼盤」！惟據平江不肖生在本書第八回的旁白說法：在清光緒初年，這種「奇奇怪怪的事情，奇奇怪怪的人物」確是有的，決非他在「面壁虛造，鬼話連篇」——「祇要是年在六十以上（按：從民國十年往前推）的湖南人，大概都得含笑點頭，不罵在下搗鬼！」

此一論據，似值得研究民俗學、社會史者注意。

復次，本書以極大之篇幅描述三場重頭戲，均有所本：

一、有關湖南平江、瀏陽兩地居民爭奪趙家坪（交界處）之歸屬問題，確有其事；這樁歷史公案直到民國前三年才告解決。（見第六回）

二、有關「火燒紅蓮寺」一折，原本於清末流傳甚廣的「漢調」，作者再加以敷陳衍演而成。（見第八一回）

三、有關張汶祥刺馬新貽事件，爲清代四大奇案之一，牽涉到不少名公巨卿；此亦根據歷史記載、前人筆記及民間傳說而作。（見第一〇五回）

有趣的是，二〇年代的明星電影公司有鑑於《江湖奇俠傳》銷行廣大，乃徵得作者同意，取書中第七三回至八一回故事，拍攝成「火燒紅蓮寺」影片；且一續再續，連拍了十八部之多。至此，世人只知有「火燒紅蓮寺」，本書原名反倒湮沒不彰了。（按：臺、港兩地過去印行之俗本《火燒紅蓮寺》，乃據原版《江湖奇俠傳》胡亂改編成書，毫無文學欣賞價值。）

據近人一般記載，平江不肖生撰寫本書只到第一〇六回，即將張汶祥「刺馬」案及「火燒紅蓮寺」始末交代完畢，便行收束作結。又有一說，謂本書一續再續，至第一三四回爲完結篇。其實不然！

筆者經過細勘全書一百六十回之後，約略得知：至少在第一一〇回以前，實出於平江不肖生之手（由文字、語法、內容等推斷）；以下至第一三八回爲趙苕狂所續；而從第一三九回起至第一六〇回大結局，則為不文不學且「不知何許人也」雜湊成篇，亦即坊間《火燒紅蓮寺》一書之所本。

爲俠立傳

張大春

一九二三年一月間，世界書局出版的《紅》雜誌第二十二期上隆重刊出一部由施濟群評贊、不肖生撰寫的「長篇武俠小說」《江湖奇俠傳》（第一回）。此作卷帙浩大洋洋百萬言。連載雖未每期刊出，但大體上和它的讀者圈維持了一個可以用「經年累月」稱之的親即關係。在開篇之初，隨文附評的施濟群有相當多的筆墨分析、介紹，他不時地提醒讀者，不肖生的小說是在爲一群俠立傳。「作者欲寫許多奇俠，正如一部二十四史。」「寫柳遲狀貌十分醜陋，而性質反極聰穎；其種種舉動，已是一篇奇人小傳。」「笑道人述金羅漢行狀，彷佛封神傳中人物。余初疑爲誕，叩之向君（按：不肖生本名向愷然），向君言此書取材，大率湘湖事實，非盡向壁虛構者也。然則茫茫天壤，何奇弗有?管蠡之見，安能謬測天下恢奇事哉？」施氏除了強調《江湖奇俠傳》隱然是一部可稽、可考、可索隱、有本事的、並不荒誕虛構的史傳之外，更明明指出：書中所述者非一「角色眾多的傳奇」，而是諸多實有所本的俠的「合傳」。

從說話人石玉崑的《三俠五義》到經學家俞曲園的《七俠五義》，旁及文康的《兒女英雄傳》、佚名作者的《七劍十三俠》，乃至眾多仿說話人底本所寫成的章回說部之公案、俠義糅合體諸作，都沒有觸及《江湖奇俠傳》所從事的一項發明；這項發明又非待「爲俠立傳」的這個自覺出現而不能成立。那就是：不肖生爲俠建立了一個系譜。

在《江湖奇俠傳》問世之前，身懷絕技的俠客之所以離奇非徒恃其絕技而已，還有的是他們都沒有一個可供察考探溯的身世、來歷；也就是辨識座標。俠客的出現本身就是一個絕頂的離奇遭遇、一個無從解釋的巧合。可是到了不肖生那裏，扛起了「此書取材，大率湘湖事實」的「立傳」的招牌，作者不得不爲數以百計的眾多角色之出現、遇合、交往等種種關係找到一個「合傳」的架構。他不能祇再大量依靠不相識的兩人巧遇酒樓、互慕對方「疊暴者英雄精神」、「器宇軒昂」，遂結成異性兄弟的手段。再者，爲一個充斥著魍魎鬼蜮的芸芸眾生世界（一個結構原本鬆散的世界）添加一份寫實（大率事實）的要求，則非但巧合不足爲功，恐怕連那個假「前」爲因、假「後」爲果、令敘述結構彌補事件結構的書場慣技都未必足以應付，於是不肖生非另闢蹊徑不可。

這一條蹊徑是俠客的身世、來歷；俠客的辨認座標。一個系譜。俠不再是憑空從天而下的「機械降神」（deus ex machine）裝置（這個裝置要保留到重大磨難臨身之際讓俠客絕處逢生之用）；俠必須像常人一樣有他的血緣、親族、師承、交友或其他社會關係上的位置。此一系譜涵攝了幾個重要因素：其一，俠的倫理構成，這個部分又包括俠對（通常是）父系自動承繼的種種能力、特質、恩情和仇恨的負債以及使命等等。其二，俠的教養構成，這個部分又包括俠從師門（或意外的教育和啓蒙者）被動承繼的特殊訓練、義務、身分和尊嚴的認定以及社會關係和使命等等。以上兩個承繼關係讓身爲主人翁的俠比其他次要角色多了一個加速裝置，此一加速裝置使主人翁的行爲能力（武術、內功和知識）得以在其壯年時代（甚至青、少年時代）即已充盈飽滿、超越同儕乃至前輩。其三，俠的允諾構成，這個部分既容有來自父系和師門的道德教訓和正義規範，也包括了俠個人在其冒險經歷中所涉入與擔負的情感盟約、所發現和追求的理想抱負；而這個構成也往往和前兩個構成發生不可預期的衝突，凸顯了個人與體制的決裂可能。這是由於允諾是有種種優先性考慮的——如：較早提出的允諾應比較晚提出的允諾具優先性、關乎大群體利害的允諾應比關乎私人利害的允諾具優先性、情感道義的允諾應比權益的允諾具優先性……等等；但是，質諸俠所面對的現實，這些優先性又常常彼此扞格轇轕。於是：俠的允諾構成反而時時對他的倫理構成和教養構成提出挑戰、干擾和騷動。

這三個構成固然個別地也點綴性地出現在中國古典小說敘事傳統之中，起碼《小五義》和《續小五義》的主角們其實與《三俠五義》或《七俠五義》有著可以繫聯的倫理構成；早在《西遊記》裏吳承恩也教孫悟空在靈台方寸山斜月三星洞須菩提祖師那裏迅速完成了它超凡入聖的法術教養；甚至在《水滸傳》中，從「聚義廳」到「忠義堂」之轉變即已埋伏下一百單八將在誓義和效忠間的允諾衝突原型。但是，直要到一個奠基於「合傳」自覺與要求的不肖生手上，這三個構成才綿密地打造了眾多俠客的系譜；這系譜也果眞讓「傳主」看起來像活過的人：學經歷完整、情事理俱足。

厚達兩千頁的《江湖奇俠傳》所打造的百數十個俠的系譜原本祇是「崑崙」和「崆峒」兩個（練氣的劍派／練形的劍派）之間的勾鬥，根源於崑崙派的祖師金羅漢呂宣良在一次被迫之下的比武過程中以肩上的大鷹啄瞎崆峒派董祿堂的左眼取勝。日後兩派徒子徒孫又因種種巧合互涉恩仇。看似較屬「名門正派」的崑崙派自有行止不檢的後輩（如貫大元）；看似站在對立面的崆峒派亦有尚義任俠的傳人（如常德慶）。眾多人物亦如《儒林外史》般各於自己的「本傳」中獨當一面，管領風騷，並穿插藏閃於其他俠客的「本傳」以維繫整個合傳的系譜，形成彼此鞏固、支持的結構性力量。正是這個力量帶領讀者在閱讀過程中產生一目的性的疑問：崑崙派與崆峒派是否終將如全書第四回利用平江、瀏陽兩地鄉民爭趙家坪水陸碼頭的年度大決戰所隱喻的那樣：拚得一個你死我活的勝負？爭出一個魔消道長的是非？來一個圓滿的解決？

這個追求解決的目的性疑問其實原來是不肖生打造的系譜必然會牽引出來的；因爲俠客各自的身世和來歷一經細節化的勾勒而納入系譜之後，他的結果就一如他的出身那樣不能不被納入系譜的辨識座標去解決。這也就是說：系譜中的俠的結局非在系譜中完成不可；甲俠和乙俠丙俠丁俠既然分享一個糾結著複雜關係的出身和來歷，就不能衹有純屬甲俠個人的結局，他個人離開故事的解決至少要和乙丙丁諸俠有關。

然而，系譜這個結構裝置畢竟爲日後的武俠小說家接收起來，它甚至可以作爲武俠小說這個類型之所以有別於中國古典公案、俠義小說的執照。一套系譜有時不衹出現在一部小說之中，它也可以同時出現在一個作家的好幾部作品之中。比方說：在寫了八十八部武俠小說的鄭證因筆下，《天南逸叟》、《子母離魂圈》、《五鳳朝陽》、《淮上風雲》等多部都和作者的成名鉅製共有同一套系譜。而一套系譜也不衹爲一位作家所獨佔，比方說：金庸就曾經在多部武俠小說中讓他的俠客進駐崑崙、崆峒、丐幫等不肖生的系譜，驅逐了金羅漢、董祿堂、紅姑、甘瘤子，還爲這個系譜平添上族祖的名韙。此外，金庸更擴大這系譜的規模，比方說：在《射鵰英雄傳》裏，他不衹接收了金羅漢兩肩上的一對大鷹、使之變種成白鵰、轉手讓郭靖、黃蓉飼養，還向《水滸傳》裏討來一位賽仁貴郭盛，向《岳傳》裏討來一位楊再興，權充郭靖、楊康的先人，至於《書劍恩仇錄》裏的乾隆、兆惠、《碧血劍》裏的袁崇煥、《射鵰英雄傳》裏的鐵木眞父子和丘處機、《倚天屠龍記》裏的張三丰、《天龍八部》裏的鳩摩智……以迄於《鹿鼎記》中的康熙等等，無一不是擴大這系譜領域的棋子。

這些滾雪球一般越滾越大的系譜再也不像在不肖生那裏一樣，祇是讓傳主看起來彷彿一個個有身世、來歷的、曾經活過的人；它們反而是在另行建構一個在大敘述、大歷史縫隙之間的世界，而想要讓大敘述、大歷史看起來彷彿是這縫隙間的世界的一部分。這個輕微的差異其實顯示了一個重大的轉折：藉辭「立傳」、「取材大率事實」以寫離奇之人、離奇之事的企圖轉變成讓傳奇收編史實的企圖。

——節錄自《小說稗類・卷二》

文獻資料　電影劇照

《江湖奇俠傳》在二、三〇年代的風靡程度，可由當時改拍成電影，紛紛搬上大銀幕的潮流窺見一二。此三幅爲上海明星影業公司出品《火燒紅蓮寺》之精彩劇照。

上圖左者，爲胡蝶飾演的紅姑

圖片出處：《中國電影圖誌》，黃仁先生提供

在紅蓮寺地窖享盡豔福的住持知圓和尚
圖片出處：《世紀回顧——圖說華語電影》，黃仁先生提供

群俠放劍光一較高下，像電腦特效一樣眩目精彩
圖片出處：《中國電影圖誌》，黃仁先生提供

1923 年 1 月，平江不肖生的武俠巨著《江湖奇俠傳》，在上海世界書局發行的《紅》雜誌及《紅玫瑰》雜誌連載，歷時數年，引起廣大讀者爭相搶讀的風潮，成爲近代武俠小說的鼻祖。

《紅》雜誌第一期封面，1922 年 8 月

發刊詞

嚴獨鶴

雜誌發刊，何必有詞？今有詞焉，亦不過如說書之開場白、唱戲之引子耳。茲試問雜誌之可以命名者多矣，何獨取乎紅？或曰：國旗五色，首冠以紅，斯紅雜誌將以鼓吹文化、發揚國光也；然而茲事體大，非吾人所敢吹此牛也。或曰：紅運大來，舉世所喜，斯紅雜誌將集名小說家之著作，異軍特起於雜誌界，大走其紅運也；語雖有當，猶近於夸尚，非吾人所鼓吹此牛也。或曰：紅色，彩中之最富麗者也，吾國社會習慣於喜事必尚紅，曰惟紅乃吉。斯紅雜誌殆將藉吉祥文字，放一異彩，以博社會人士之歡迎也。是說也庶幾近之，然猶未也。紅者，心血燦爛有光。斯紅雜誌，蓋文人心血之結晶體耳，以文人心血之結晶，貢諸社會。文字有靈，當不為識者所棄也。英國有小說雜誌曰 Red Magazine 者，紅光曄曄，照徹全球。今紅雜誌之梓行，其或者亦將馳赤騮、展朱輪，追隨此外國老前輩，與之並駕齊驅乎！

（原文見左頁）

發刊詞

嚴獨鶴

雜誌發刊何必有詞今有詞焉亦不過如說書之開場白唱戲之引子耳茲試問雜誌之可以命名者多矣何獨取乎紅或曰國旗五色首冠以紅斯紅雜誌將以鼓吹文化發揚國光也然而茲事體大非吾人所敢吹此牛也或曰紅運大來舉世所奪斯紅雜誌將集名小說家之著作異軍特起於雜誌界大走其紅運也語雖有當猶近於夸倘非吾人所鼓吹此牛也或曰紅色彩中之最富麗者也吾國社會習慣於喜事必尚紅曰惟紅乃吉斯紅雜誌殆將藉吉祥文字放一異彩以博社會人士之歡迎也是說也庶幾近之然猶未也紅者心血燦爛有光斯紅雜誌蓋文人心血之結晶體耳以文人心血之結晶貢諸社會文字有靈當不爲識者所棄也英國有小說雜誌曰 Red Magazine 者紅光曄曄照徹全球今紅雜誌之梓行其或者亦將馳赤騮展朱輪追隨此外國老前輩與之並駕齊驅乎

原刊於《紅》雜誌創刊號，民國 11 年（西元 1922 年）8 月

《紅玫瑰》雜誌第一期封面，1924年8月

江湖
奇俠傳
平江不肖生著　五集
上海世界書局印行

楊家駱主編　劉維農總校
世界文庫
四部刊要
足本江湖義俠傳
第一冊
通俗小說名著叢刊之一
世界書局印行

《江湖奇俠傳》舊版封面

全書回目

第壹冊 回目

第一回 裝乞丐童子尋師 起寶塔深山遇俠

第二回 述往事雙清賣解 聽壁角柳遲受驚

第三回 紅東瓜教孝發莊言 金羅漢養鷹充衛士

第四回 董祿堂喻洞比劍 金羅漢柳宅傳經

第五回 萬二獃打魚收義子 鍾廣泰貪利賣嬌兒

第六回 述前情追話湘江岸 訪義父大鬧趙家坪

第七回 陸小青煙館逞才情 常德慶長街施勇力

第八回 陸鳳陽決心雪公憤 常德慶解餉報私恩

第九回 失鏢銀因禍享聲名 贅盜窟圖逃遇羅漢

第一〇回 木槍頭親娘餞別 鐵拐杖娭毑無情

第十一回 呂宣良差鷹救桂武 沈棲霞卻盜收紅姑

第十二回 跛叫化積怨找仇人 小童生一怒打知府

第十三回 羅慎齋八行書救小門生 向樂山一條辮打山東老

第十四回 大鄉紳挽留周教師 小俠客氣煞洪矮牯

第十五回　小俠客夜行丟褲　老英雄捉盜贈銀
第十六回　湘江岸越貨劫書箱　嶽麓山尋仇遇奇俠
第十七回　指迷路大吃八角亭　拜師墳痛哭萬載縣
第十八回　小俠客病試千斤閘　老和尚靈通八百魚
第十九回　坐木龕智遠入定　打和尚來順受傷
第二〇回　化公子和尚顯神通　救夫人尼姑施智計
第二一回　逢拐騙更被火燒　得安居又生波折
第二二回　香山城夫妻行巧騙　村學究神課得先機
第二三回　練飛刀慘擄童男女　憂嗣續力救小夫妻
第二四回　遷興寧再練童子劍　走南嶽驚逢智遠師
第二五回　小劍客採藥受驚　新進士踏青被騙
第二六回　古廟荒山唐采九受困　桃僵李代朱光明適人
第二七回　光明婢夜走桂林道　智遠僧小飲岳陽樓
第二八回　剪紙枷救人鎖鬼　抽蘆席替夫報仇

第貳冊 回目

第二九回 土地廟了道酬師 義塚山學法看鬼

第三〇回 小豪傑矢志報親仇 勇軍門深心全孝道

第三一回 入深山童子學道 窺石穴祖師現身

第三二回 驚變卦孝子急親仇 汙佛地淫徒受重創

第三三回 述奸情氣壞小豪傑 宣戒律槍殺三師兄

第三四回 動念誅仇自驚神驗 無錢買渡人發殺機

第三五回 偷路費試探紫峰山 拜觀音巧遇黃葉道

第三六回 誅旱魃連響霹靂聲 取天書合用雌雄劍

第三七回 未先生卜居柳仙村 沈道姑募建藥王廟

第三八回 藥王廟小和尚變尼姑 柳仙村沈道姑收徒弟

第三九回 陸偉成折桂遇奇人 徐書元化裝指明路

第四〇回 朱公子運銀回故里 假叫化乞食探英雄

第四一回 賣草鞋喬裝尋快壻 傳噩耗乘間訂婚姻

第四二回 魏壯猷失銀生病 劉晉卿熱腸救人

第四三回　巧機緣深山學道　顯法術半路劫銀
第四四回　還銀子薄懲解餉官　數罪惡驅逐劣徒弟
第四五回　烏鴉山訪師遭白眼　常德府無意遇奇人
第四六回　銅腳道運米救飢民　陸偉成酬庸請道藏
第四七回　探消息誤入八陣圖　傳書札成就雙鴛侶
第四八回　遭人命三年敗豪富　窺門隙千里結奇緣
第四九回　奇風俗重武輕文　怪家庭獨男眾女
第五〇回　做新郎洞房受孤寂　搶軟帽魚水得和諧
第五一回　出虎穴仗雄雞脫險　附驥尾乘大鳥凌空
第五二回　錢錫九納寵受恓惶　蔣育文主謀招怨毒
第五三回　薰香放火毒婦報冤仇　拔刀救人奇俠收雙女
第五四回　楊贊廷劫財報宿怨　萬清和救難釋前嫌
第五五回　靠碼頭欣逢戚友　赴邊縣誼重葭莩
第五六回　臨苗峒誤陷機關　入歧途遽逢孽障

第參冊 回目

第五七回　佈機關猛虎上釣　合群力猴子稱雄

第五八回　謝援手瓦屋拜奇人　驚附身璇閨來五鬼

第五九回　踞內室邪鬼為祟　設神壇法師捉妖

第六〇回　絕永患街頭埋鬼物　起深驚橋下見幽靈

第六一回　聞哭泣無意遇嬌娥　訴根由有心勾壯士

第六二回　藍辛石月下釘妖精　宋樂林山中識神虎

第六三回　肆凶暴崗頭狂發嘯　求慈悲龕下細陳詞

第六四回　除孽障幾膏虎吻　防盜劫遍覓鏢師

第六五回　失富兒鏢師受斥責　奪徒弟大俠顯神通

第六六回　盧家堡奇俠搶門生　提督衙群雄爭隊長

第六七回　開諦僧峨嵋齋野獸　方紹德嵩嶽鬥神鷹

第六八回　睹神鷹峰巔生欽慕　逢老叟山下受嘲諷

第六九回　伏猢猻神術驚苗峒　逢妖魅口腹累真傳

第七〇回　搶徒弟鏢師挨唾沫　犯戒律嶽麓自焚身

第七一回　論戒律金羅漢傳道　治虛弱陸神童拜師
第七二回　訪名師歎此身孤獨　思往事慰長途寂寥
第七三回　值佳節借宿入叢林　度中秋賞月逢冤鬼
第七四回　逼出家為窺祕密事　思探險因陷虎狼居
第七五回　破屋瓦救星來月下　探蓮台冤鬼泣神前
第七六回　坐渡船妖僧治惡病　下毒藥逆子受天刑
第七七回　遭災劫妖道搭天橋　發慈悲劍仙授密計
第七八回　射毒蟒大撫台祭神　除凶僧小豪傑定策
第七九回　常德慶中途修宿怨　陳繼志總角逞英雄
第八〇回　遊郊野中途逢賊禿　入佛寺半夜會淫魔
第八一回　賓朋肆應仗義疏財　湖海飄流浮家泛宅
第八二回　述根由大禪師收徒　隱姓氏張義士訪友
第八三回　求放心楊從化削髮　失守地馬心儀遭擒
第八四回　謀出路施四走山東　離老巢鄭時來湖北
第八五回　識芳蹤水濱聞絮語　傳盜警燭下睹嬌姿

第八六回　盟弟兄同日締良緣　四獃子信口談官格
第八七回　敞壽筵六姨太定計　營淫窟馬心儀誘奸
第八八回　馬心儀白晝宣淫　張汶祥長街遇俠
第八九回　狗碰狗三狗齊受劫　人對人一人小遭殃
第九〇回　奪飯碗老英雄逞奇能　造文書馬巡撫設毒計
第九一回　贈盤纏居心施毒計　追包袱無意脫樊籠

第肆冊　回目

第九二回　報私恩官衙來俠客　遭急變石穴遇奇人
第九三回　練工夫霧擁峨嵋山　起交涉鐘動伏虎寺
第九四回　射怪物孫癩子辭師　賣人頭鄧法官炫技
第九五回　鬥妖術黑狗搶人頭　訪高僧青蛇圍頸項
第九六回　顯法術鐵釘釘巨樹　賣風情纖手送生梨
第九七回　鄧法官死後誅妖　孫癩子山居修道

第九八回　紅蓮寺和尚述情由　瀏陽縣妖人說實話
第九九回　神僧有神行鐘名鼻涕　惡鬼做惡事槓折龍頭
第一〇〇回　誅妖人邑宰受奇辱　打衙役白晝顯陰魂
第一〇一回　救徒弟無垢僧託友　遇強盜孫癩子搭船
第一〇二回　施巧計詐醉愚船主　救客商裝夢捉強徒
第一〇三回　仗隱形密室聞祕語　來白光黑夜遇能人
第一〇四回　報兄仇深宵驚鬼影　奉師命徹夜護淫魔
第一〇五回　聞警告暫回紅蓮寺　報深仇巧刺馬心儀
第一〇六回　鄭青天借宿拒奔女　甘瘤子挾怨煽淫僧
第一〇七回　獻絕技威震湘陰縣　舞龍燈氣死長沙人
第一〇八回　柳家郎推薦真好漢　余八叔討取舊家財
第一〇九回　講條件忍痛還產業　論交情靦顏請救兵
第一一〇回　株樹鋪余八折狂徒　冷泉島鏡清創異教
第一一一回　試三事群賓齊咋舌　食仙桃豎子亦通靈
第一一二回　工調笑名師戲高徒　顯神通酒狂驚惡霸

第一一三回　遊戲三昧草鞋作鋼鏢　玩世不恭酒杯充武器
第一一四回　管閒事逐娼示薄懲　了宿盟打賭決新機
第一一五回　見本色雅士戲村姑　探奇珍群雄窺高閣
第一一六回　展鋼手高樓困好漢　揮寶劍小舍劫更夫
第一一七回　出奇兵酒俠初建績　盜寶器窮奴再立功
第一一八回　追玉杯受猴兒耍弄　返趙璧歎孺子神奇
第一一九回　失杯得杯如許根由　驚美拒美無限情節
第一二〇回　寶釵相贈紅粉多情　木棍橫飛金剛怒目
第一二一回　渾人偏有渾主意　戇大忽生戇心腸
第一二二回　裝神靈大念消災咒　求師父險嘗閉門羹
第一二三回　示真傳孺子可教　馳詭辯相人何為

第伍冊　回目

第一二四回　擋劍鋒草鞋著異蹟　燒頭髮鐵匣建奇勳

第一二五回　老和尚演說正文　哭道人振興邪教
第一二六回　老道甘心做護法　半仙受命覓童男
第一二七回　慷慨以赴繼志稱能　綑縛而來半仙受窘
第一二八回　遭危難半仙呼師父　顯神通妖道救黨徒
第一二九回　噴烈火惡道逞凶　突重圍神鷹救主
第一三〇回　墮綺障大道難成　進花言詭謀暗弄
第一三一回　春光暗洩大匠愴懷　毒手險遭乞兒中箭
第一三二回　救愛子牆頭遇女俠　探賊巢橋上斬鱷魚
第一三三回　阻水力地室困雙雌　驚斧聲石巖來一馬
第一三四回　現絕技火窟救災民　發仁心當街援老叟
第一三五回　憂嗣續心病牽身病　樂天倫假兒共真兒
第一三六回　指迷途鄭重授錦囊　步花徑低徊思往事
第一三七回　避篡奪剴切一封書　憐孤單淒清兩行淚
第一三八回　飛烈火仇邊行毒計　剖真心難裏結良緣
第一三九回　生面別開山前比法　異軍突起岡上揚聲

第一四〇回　祭典行時排場種種　霧幕起處障蔽重重
第一四一回　媚邪鬼兩小做犧牲　來救星雙雛全性命
第一四二回　一棍當前小現身手　雙劍齊下大展威風
第一四三回　黑幕高張遁去妖道　病魔活躍累煞群雄
第一四四回　發孝心暗入落魂陣　憑勇氣偷窺六角亭
第一四五回　抗暴無術氣塞胸懷　倒戈有人變生肘腋
第一四六回　各馳舌辯鏡遜於金　互鬥神通水不如火
第一四七回　病榻旁刀揮如急雨　擂台上鏢打若連珠
第一四八回　見奇觀滿天皆是劍　馳快論無語不呈鋒
第一四九回　小而更小數頭白蝨　玄之又玄一隻烏龜
第一五〇回　挫強敵玄機仗靈物　助師兄神技有飛刀
第一五一回　遭暗算家破又人亡　困窮途形單更影隻
第一五二回　荒島上數言結同志　喜筵前一巵奉新人
第一五三回　巧計小施奸徒入網　妖風大肆賢父受迷
第一五四回　彼婦何妖奇香入骨　此姝洵美嬌態殢人

第一五五回　客商遭劫一包銀子　俠少壓驚兩個人頭
第一五六回　致密意殷勤招嘉賓　慕盛名虔誠拜虎寨
第一五七回　壁上留詩藏頭露尾　筵前較技鬥角勾心
第一五八回　燈火下合力衛奇珍　洞黑中單身獻絕藝
第一五九回　論前知羅漢受揶揄　著先鞭祖師遭戲弄
第一六〇回　悲劫運幻影凜晶球　斥黨爭讜言嚴斧鉞

目錄／壹

本冊主要人物系譜
第一回　裝乞丐童子尋師　起寶塔深山遇俠……一
第二回　述往事雙清賣解　聽壁角柳遲受驚……一五
第三回　紅東瓜教孝發莊言　金羅漢養鷹充衛士……三一
第四回　董祿堂喻洞比劍　金羅漢柳宅傳經……四八
第五回　萬二獃打魚收義子　鍾廣泰貪利賣嬌兒……六二
第六回　述前情追話湘江岸　訪義父大鬧趙家坪……七七
第七回　陸小青煙館逞才情　常德慶長街施勇力……九三
第八回　陸鳳陽決心雪公憤　常德慶解餉報私恩……一〇七
第九回　失鏢銀因禍享聲名　贅盜窟圖逃遇羅漢……一二二
第一〇回　木槍頭親娘餞別　鐵拐杖娭毑無情……一三七

第十一回 呂宣良差鷹救桂武 沈棲霞卻盜收紅姑……一五一
第十二回 跛叫化積怨找仇人 小童生一怒打知府……一六七
第十三回 羅慎齋八行書救小門生 向樂山一條辮打山東老……一八四
第十四回 大鄉紳挽留周教師 小俠客氣煞洪矮牯……二〇〇
第十五回 小俠客夜行丟褲 老英雄捉盜贈銀……二一三
第十六回 湘江岸越貨劫書箱 嶽麓山尋仇遇奇俠……二二七
第十七回 指迷路大吃八角亭 拜師墳痛哭萬載縣……二四二
第十八回 小俠客病試千斤閘 老和尚靈通八百魚……二五五
第十九回 坐木龕智遠入定 打和尚來順受傷……二六八
第二〇回 化公子和尚顯神通 救夫人尼姑施智計……二八三
第二一回 逢拐騙更被火燒 得安居又生波折……二九八
第二二回 香山城夫妻行巧騙 村學究神課得先機……三一二
第二三回 練飛刀慘擄童男女 憂嗣續力救小夫妻……三二七
第二四回 還與寧再練童子劍 走南嶽驚逢智遠師……三四一
第二五回 小劍客採藥受驚 新進士踏青被騙……三五三

第二六回　古廟荒山唐采九受困　桃僵李代朱光明適人……三六六
第二七回　光明婢夜走桂林道　智遠僧小飲岳陽樓……三八一
第二八回　剪紙枷救人鎖鬼　抽蘆席替夫報仇……三九六

本冊主要人物系譜

【崆峒】

- 劉全盛
  - 楊贊化
    - 董祿堂
    - 蔡花香
    - 甘瘤子
  - 甘二娭毑
    - 甘瘤子
  - 楊贊廷（四海龍王）
    - 龐福基

- 蔡花香、甘瘤子
  - 甘聯珠
- 甘二之姪
  - 甘勝

【崑崙】

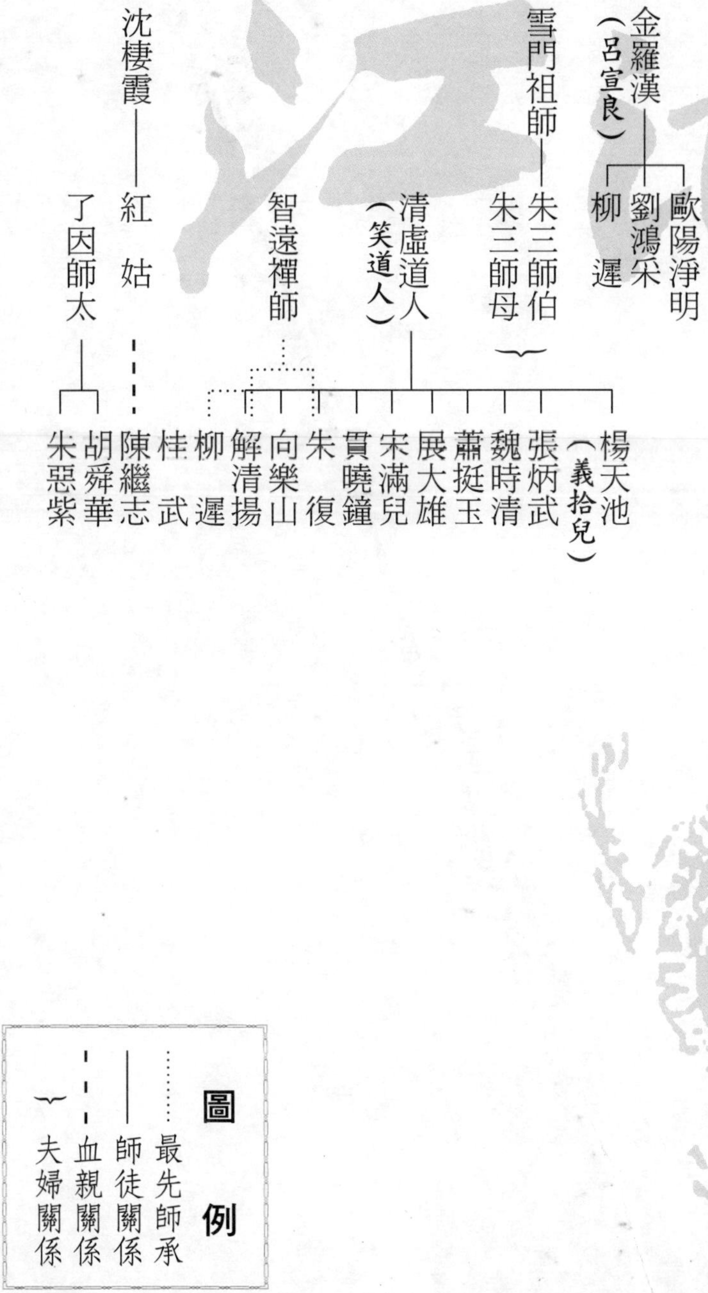
金羅漢（呂宣良）
歐陽淨明
劉鴻采
柳遲
雪門祖師
朱三師伯
朱三師母
清虛道人（笑道人）
智遠禪師
楊天池（義拾兒）
張炳武
魏時清
蕭挺玉
展大雄
宋滿兒
賈曉鐘
朱復
向樂山
解清揚
柳遲
桂武
沈棲霞
紅姑
陳繼志
了因師太
胡舜華
朱惡紫
圖例
最先師承
師徒關係
血親關係
夫婦關係

第一回　裝乞丐童子尋師　起寶塔深山遇俠

從長沙小吳門出城，向東走去，一過了苦竹坳，便遠遠的望見一座高山，直聳雲表。山巔上一棵白果樹，十二個人牽手包圍，還差二尺來寬，不能相接；粗枝密葉，樹下可擺二十桌酒席，席上的人，不至有一個被太陽曬著。因爲這樹的位置，在山巔最高處，所以在五六十里以外的人，都能看見他和傘蓋一般，遮蔽了那山頂。

那山橫跨長沙、湘陰兩縣，長衹六十餘里，高倒有三十餘里。從湘陰那方面上山，雖遠幾里路，然山勢稍緩，走得不大吃力；從長沙這方面上去，就是巉巖峻峭，不是精力極壯的人，決沒有能上去的！長沙、湘陰兩縣的人，都呼那山爲隱居山。故老相傳說：那山在清初，很有幾個明朝遺老，隱居在裏面，遂稱爲隱居山。

這隱居山底下，有一個姓柳名大成的，原是個讀書人。衹因讀過了四十多歲，尚不曾撈得一個秀才，家裏又有不少的祖遺產業，父母都亡過了，便懶得再去那矮屋裏受罪。他夫人陳氏，容貌既端莊，性情又賢淑。因此，伉儷極爲相得。中年才得一子，就取名一個遲字。

那柳遲生長到四歲，無日不在病中，好幾次已是死過去了。柳大成延醫配藥，陳夫人拜佛求神，好容易才保留了這條小性命！

然性命雖保留了，直病得枯瘦如柴，五歲還不能單獨行走。加以柳遲的相貌，生得十二分醜怪：兩眉濃厚如掃帚，眉心相接，望去竟像個一字；兩眼深陷，睫毛上下相交，每早起床的時候，被眼中排洩出來的汙垢膠著了，睜不開來，非經陳夫人親手蘸水，替他洗滌乾淨，無論到甚麼時候，也不能開眼見人；兩顴比常人特別的高，顴骨從兩眼角，插上太陽穴；口大唇薄張開和鱖魚相似；臉色黃中透青；他又歡喜號哭，哭時張開那鱖魚般的嘴，誰也見著害怕。

柳大成夫婦，有時帶著他去親戚朋友家，人家全不相信這般一對漂亮的夫婦，會生出這麼奇醜的兒子！祇是柳大成夫婦，因中年才生這個兒子，自後並不曾生育；夫婦兩個痛愛柳遲的心，並不因他生得奇醜，減少毫髮！

柳遲到了七歲，柳大成便拿了一本論語，親教柳遲讀書。柳大成夫婦的意思，多久就慮及兒子不能讀書，不過打算略試一試，若眞是不能讀，便不枉費心血！誰知祇教一遍，即能背誦出來；柳大成逐頁的教，柳遲竟能逐頁的背，並且教過一遍的，隔了十天半月問他，仍然背得一字不差！這才把柳大成夫婦，歡喜得不知如何才好！

但是柳遲雖有過目成誦的天才，卻是極不願意讀書。不願意讀書，本是小孩子的通病！祇是普通不願意讀書的小孩，必是貪著玩耍；那怕玩耍得極無意識，集合無數小孩，三個成群，四個結黨，鬧得個烏煙瘴氣！這類頑皮生活，總是尋常小孩免不了要經過的階級。

這柳遲很是作怪，他從來不曾和左鄰右舍的小孩，在一塊兒鬧過一次，也不學那些小孩玩耍的舉動。他不讀書的時候，不是坐在位上，抬起頭呆呆的望著樓板，便是站在丹墀裏，發了獃似的，望著半空中飛走的烏雲、白雲；有時數牆上的磚，有時數屋上的瓦；見人家廳堂上懸了屏條，屏條上寫的是大字便罷，若是小字，他必得從頭至尾，數個清楚，柳大成夫婦也禁止他不了。

這麼過了兩年，他卻練成了一種極奇特的本領：凡是多數在一塊兒的物件，一落他的眼，即能說出一個數目來，不多不少！他的性質，雖不歡喜和小孩作一塊；祇是六七十歲的老頭子，他倒歡喜去親近。那地方上年老的人，也都喜和他東扯西拉的說故事。

是這麼和許多老頭兒，混了一年，柳遲的性情又改變了：見了尋常混作一塊的老頭兒，他都不大管理了，卻看上了一班叫化子。凡是來他家討錢、討飯的乞丐，他在裏面，一聽得這聲音，便和甚麼最親愛的人到了一般，來不及的跑出來，給了錢，又給飯，又給衣服，還得問那叫化的姓名、住址。

有時高興，約齊了無數的叫化，男的、女的、老的、少的，聚作一塊兒；他自己也裝成一個叫化模樣，或在橋洞底下，或在破廟裏面，大家說也有，笑也有。若是天色晚了，便不歸家，揀一個和自己說得來的叫化，在一條稿薦裏面睡覺。

柳大成夫婦雖痛愛兒子，但見兒子這般不長進，也實在有些氣忿不過，將柳遲叫到跟前，訓飭了好幾次，無奈柳遲聽了，祇當耳邊風，一轉眼，又是右手拿棍、左手提籃，跟著老叫化走了。

湖南的叫化，內部很有些組織，階級分得極嚴；不是在內部混過的人，絕看不出這叫化的階級來！他們顯然的表示，就在背上馱著的討米袋：最高的階級，可有九個袋；以下低一級，減一個袋。柳遲和許多叫化混了三年，背上已有馱七個袋的資格了。

一日，他討了一袋米，走一個村莊經過。見曬稻子的場裏，有十來隻雞，在青草裏尋蟲蟻吃；其中有一隻老母雞，大約有四五斤重。柳遲從袋中掏出一抓米來，把老母雞引到跟前，順手搶著雞項脖，左手往雞肚皮下一托，那隻老母雞就到了柳遲的手；祇翼膀略撲了兩撲，連叫都沒叫出一聲。他們同伴偷雞的手法，都是如此。最難偷的，是大雄雞；雄雞會跳躍，不肯伏

在地下不動。老母雞的性質，見人向他伸手，十九伏在地下；不過去攫的時候，總得叫一兩聲，所以下手就得搶著雞項脖，使他叫不出聲，左手托著雞肚皮，雞自然不會叫了。

柳遲既得了那隻老母雞，即走到河邊，拾了一片碎磁，把雞殺死，並不撏毛，祇破開肚皮，去了腸雜，放下些椒鹽、五香、醬油、白醋之類的東西，在雞肚皮裏面；拿線紮了起來，調和許多黃泥，將雞連毛包糊了。再從身上抽出一條大布手巾來，把討來的米，倒在手巾裏，就河水淘洗乾淨；用繩將手巾紮好，也用濕黃泥包糊。然後走到山中，尋了些枯枝乾葉，揀土鬆的地方，掘一個尺來大、尺來深的洞；先把黃泥糊的母雞，放在洞裏；將枯枝乾葉，納滿了一洞；取火點燃了，接連不斷的添柴。是這麼燒過了一個時辰，黃泥已燒得透心紅了，柳遲才把雞取了出來。趁那洞裏正燒得通紅的時候，把黃泥包的米放下去，祇略略加了些兒柴在上面，那生米便能煨成熟飯，柳遲才添好了柴火，心裏忽然尋思道：「有這麼好的下酒物，沒有酒，豈不辜負了這雞嗎？好在身邊還有幾文錢，何不且去買點兒酒來，再剁雞子呢？」主意已定，就拿了一隻碗，到近處酒店裏買了酒。

回到山上，一看火洞的柴枝上面，豎了一片尖角瓦，心裏登時吃了一驚！暗想：這深山窮谷之中，那有本領很大的人，來尋我的開心呢？原來，叫化子伴裏，有這種極大的規矩：不是階級很高的叫化，不能是這麼弄飯菜吃。在這種場合，若是有同道的經過，在火洞上豎一片尖角瓦，謂之「起寶塔」；在火洞旁邊，豎一根柴枝，謂之「豎旗杆」；不是在叫化子伴裏最有本領的、階級最高的，決不敢玩這種花頭！燒飯的叫化，遇了這種表示，必得停了飯不吃，在山前山後，尋找這起寶塔或豎旗杆的人；尋著了，彼此攀談幾句江湖話，果是本領不錯，就請來同吃。

柳遲這日既發現了寶塔，便放下手中的酒，四處張望，卻不見一個人影；在山底下都尋遍了，也是沒有。回身走上半山，祇見一個老道人，身穿一件破布道袍，背上馱一個黃布包袱，坐在一塊石頭上打盹。身旁放著一口六七寸寬、尺多長的紅漆木箱；木箱兩旁的銅環上，繫了一條藍布帶，大約是行走時，將藍布帶絆在肩上的。

柳遲心中忽然一動，覺得這老道不是尋常道人！隨即雙膝跪在地下，磕頭說道：「弟子求師三年，今日才遇見師父了！望師父開恩，收我做個徒弟！」說罷，又連連磕頭。

那老道闔著雙眼，不瞧不睬，好像是睡著沒有醒來。柳遲磕過了十多個頭，膝行移近了兩步，又磕頭如前說了一遍。

老道醒來，揉了揉眼睛，打量了柳遲幾下，口裏喝了一聲道：「我也和你一樣，在外面討飯餬口，那裏有錢打發你？你不看我身上穿的衣服，像是有錢打發叫化子的人麼？」

柳遲聽了，一點兒不猶疑的答道：「師父可憐弟子一片誠心，求師求了三年，今日才見著了師父！師父慈悲，收了我罷！」

老道哈哈笑道：「原來你想改業，不做叫化，要做道士。也好！我討飯正愁沒人替我馱包袱、提藥箱；你要跟我做徒弟，就得替我拿這兩件東西！但怕你年紀太輕，提不起，馱不動，那便怎好呢？」

柳遲至誠不二的說道：「弟子提不起也提，馱不動也馱，師父祇交給弟子便了！」

老道立起身來笑道：「你就提著這藥箱走罷！」說話時，好像聞著了甚麼氣味似的，連用鼻嗅了幾嗅道：「不知是那一家的午飯香了，我們就尋這飯香氣，去討一頓吃罷！」

柳遲也立起來，伸手提起那藥箱，說道：「這飯香氣，是弟子預備著孝敬師父的，就在前面，請師父去吃罷！」

老道又哈哈大笑道：「我倒得拜你爲師才好！你能弄得著吃，還有多餘的請我，不比我這專吃人家的強多了嗎？」

柳遲引老道到了火洞跟前，把討米袋折疊起來，給老道作坐墊。老道自己打開藥箱，取出一個竹兜雕成的碗來。柳遲剝去雞上黃泥，雞毛不用手撏，都跟著黃泥掉下來了。

老道全不客氣，一面喝著酒，一面用手撕了雞肉，往口裏塞，不住的點頭咂舌說：「雞子煨得不錯，祇可惜這鄉村之中，買不著好酒！」

柳遲道：「好酒弟子家中有，且等弟子去取了來如何呢？」

老道搖頭道：「已用不著了！好酒來了，沒有這麼好的下酒菜，也是枉然。你家的好酒，留著等你下次又煨了這麼好的雞的時候，再請我來吃不遲！」柳遲連忙應是。

沒一會，酒已喝得點滴不剩，雞也衹剩下些骨子了。老道舉起竹兜碗，向柳遲道：「拿飯來，作一陣吃了罷。」

柳遲取出飯包，刨去了面上黃泥，解開紮口的線，估料飯多碗小，承貯不下，打算從自己袋裏，拿一個碗來，和老道分了吃。老道指著飯包說道：「快倒下來給我吃，不要冷了，走了香味！」柳遲不好意思不往竹兜碗裏倒，誰知一大包飯倒下去，恰好一碗，一顆飯也沒有多餘；更不好意思，再從竹碗裏分出來，衹好雙手捧著，遞給老道。

老道接過來，就用手抓著，往口裏吃，一邊吃，一邊說道：「這是百家米，吃了是可以消災化難的！不過這裏面，有一大半太粗糙，吃下去哽得喉嚨生痛！你下次討了這種粗糙米的時候，我教你一個好法子，可以使粗糙的，立刻都變成上等熟米。你這袋裏不是有竹筒嗎？把討來的粗糙米，都放在竹筒裏，抓一把竹筷子，慢慢一下一下的舂，舂到一千下開外，簸去筒裏的糠屑，不都變成上等熟米了嗎？」

柳遲聽了，暗想：師父也是我們這圈子裏的老手，我難道眞是討飯的人，拜了師，還學這些玩意！當下也不敢說甚麼，祇是點頭應是。老道大把的抓著吃，一會子就吃了個一乾二淨；柳遲忍著餓，立在旁邊。

老道仍將竹兜碗，納入藥箱；立起來伸了個懶腰，雙手摸著大肚皮笑道：「這頓飯擾了你，算吃了個半飽。我就住在清虛觀，你下次煨了這們肥的雞子，再給我一個信，我不和你們小孩子講客氣。聖人說過的：有酒食，先生饌。你一有信給我，我就來叨擾，決不教你白跑！」

柳遲道：「清虛觀在甚麼所在，弟子實不知道，得求師父指示。」

老道打量了柳遲兩眼笑道：「你旣不知清虛觀的所在，便說給你聽，你也找尋不著。罷罷，你提了藥箱，跟我一道兒去罷？」柳遲歡喜得又爬在地下磕頭。先背好了自己的討米袋，一手挽著藥箱，跟定老道，走了二十多里路。

天色已漸漸向晚了，柳遲肚中實在飢餓不堪，兩腿又走得乏極了，忍不住問道：「師父的清虛觀，在甚麼地方？此去還有多遠的路呢？」老道隨便點點頭，有聲沒氣的應道：「大概不遠了！你力乏了，走不動麼？就坐在這裏歇歇也使得！但是我肚中，又覺得有些犯飢了；那裏再有一隻那麼好的煨雞，給我吃一頓才好！」

柳遲道：「這時天色不早了，人家的雞，都進了塒，如何弄得到手呢？並且就有雞，一時也難煨熟；弟子袋裏的米，也沒有了。師父既是肚中犯飢，請在這裏坐坐，弟子就去討一碗熱飯來；此刻正是人家晚飯時候，討來必是熱的。」

老道又點了點頭道：「這便生受你了！我坐在這裏等著，好孩子就去罷，我肚中飢得難過了！」

柳遲即將藥箱放在老道身邊，背了討米袋，急急忙忙，望屋上有炊煙的人家走。虧得他年紀輕，人家瞧著他可憐，都肯給他飯；連討了三五家，集聚了一竹筒熱飯；恐怕冷了，師父不好吃；拿幾個袋，將竹筒包裹起來；饒著自己的飢火中燒，饞涎欲滴，也不敢先吃一點！跑回原處一看，那裏有個老道呢？柳遲心裏著急，口裏連聲呼著：「師父在那裏？」呼了幾聲，不見有人答應。再低頭一看，那紅漆藥箱，仍放在一塊石頭旁邊。心想：師父剛才確是坐在這塊石頭上，這箱是我放下的，並不曾移動；師父若是走了，怎麼不把藥箱帶去？我又不知道清虛觀在甚麼地方，這夜間教我去那裏尋找呢？莫不是師父到僻靜地方大解去了，恐怕我回頭，認作他走了，所以特留下藥箱，使我好在這裏等候？不然，就是因我討飯去久了，他等得不耐煩，自去各村莊找我，仍是怕我回頭錯過，留下這箱子，免得我跑開。沒法，衹得坐在這裏等！

柳遲想罷，便挨著藥箱坐下來。天色一陣黑暗似一陣，看看已對面不見人了，還不聽得一些兒聲息。又不知道這塊叫甚麼地名，因平日不曾來過，並不知道是那一縣境所屬，禁不住心中慌急，倒把肚中飢餓忘了。足等候了兩個時辰，沒有動靜，衹得把討來的飯吃了，提了藥箱，走到地勢略高的所在，向四面張望，看何處有燈光，即到何處投宿。四周都看了一遍，全沒一點兒光亮；心想：今夜衹怕要在樹林中歇宿了！但是得揀一處青草深厚的所在，上面有樹枝蓋著，才不至受涼！遂帶走帶尋覓可歇宿的地方。

轉過一隻山嘴，忽見一盞很明亮的燈光，從樹林中透了出來，登時把一顆心放下了，隨向有燈光處走去。走到臨近一看，原來是一座很莊嚴的廟宇，廟門大開著，神殿上點著一盞大琉璃燈。柳遲立在門外，朝廟裏張看，神殿上不見一人，靜悄悄的，覺得有一股陰森之氣襲來，身上的毛髮，都不由得直豎起來！偶抬頭見大門牌樓上，懸著一方金字大匾，借著星月之光看去，分明是「清虛觀」三個大字，不覺失聲說道：「好了！清虛觀在這裏了！」膽氣立時壯起來，大踏步上了神殿。

一個小道童正伏在神案上面打盹，聽得腳聲響，拔地跳起身來，對柳遲大喝道：「那裏來的窮叫化？怎麼討吃討到我廟裏來了呢？還不快給我滾出去！幸虧我不曾睡著，你打算來偷這口銅磬嗎？」

柳遲也大喝一聲道：「胡說！誰教你這東西偷懶，坐在這裏打盹，大門也不關上呢？」

小道童一眼看見了柳遲提的那藥箱，即轉了笑容，問道：「你是送藥箱來給我師父的麼？我多久就坐在這裏等你，坐得撐支不住了，才伏在案上打盹。」

柳遲也忙轉笑臉答道：「很對不住！勞師兄久等！不知師父可曾吩咐了甚麼話？」

小道童答道：「師父祇吩咐等你一到，就帶去見他。」

柳遲喜不自勝的，卸下背上的討米袋，雙手捧了藥箱，隨小道童引進一間潔淨無塵的房內。祇見老道盤膝坐在一張床上，垂眉合眼，像是睡著了。柳遲偷眼看老道的衣服，燦然奪目，那裏是白天看見的那件破道袍呢？床的兩邊，燒著兩枝臂兒粗的大蠟燭，床前放著一個蒲團。老道身後的壁上，懸掛一把三尺來長的寶劍和一個朱漆葫蘆。柳遲不敢慢忽，雙膝跪下蒲團，將藥箱頂在頭上，說道：「弟子送藥箱來了！」

老道兩眼一睜，即有兩道光芒射將出來，和閃電一樣。柳遲不禁嚇了一跳！

不知老道是何許人？傳了柳遲甚麼本領？且待第二回再說。

施評

冰廬主人評曰：作者欲寫許多奇俠，正如一部二十四史，竟有無從說起之概。乃不知費卻幾許心思，善為布置，始以柳遲一人，做為引子。開首先寫地點，說白果樹，已使人驚奇，然後徐入正文。寫柳遲狀貌十分醜陋，而性質反極聰穎，其種種舉動，已是一篇奇人小傳；若隨便看去，必以為作者有意描寫卑田院中動作，瑣瑣可厭。其實柳遲一片志誠向道之心，即聖賢豪傑，亦不過如是。觀其叩頭求教、敬謹侍奉之狀，與張良圯橋之進履，初無二致。作者曲曲寫來，傳神阿堵，佩服佩服！

第二回　述往事雙清賣解　聽壁角柳遲受驚

柳遲吃了一驚，忙低頭不敢仰視。老道教道童，將藥箱接過去，微笑點頭說道：「你今夜必已十分疲乏了！且去安歇了，明早再來見我。」說時，隨向小道童道：「你將來須他幫扶的時候不少。他此刻年紀比你輕，又係新拜在我門下，凡事你得提引著他。你要知道：我得收他做徒弟，是我的緣法；你得交他爲師兄弟，也是你的緣法。他的夙根，深過你百倍，道心又誠，其成就不可限量。你須記取著我的言語！」小道童垂手靜聽。老道說畢，仍闔上兩眼。

小道童引柳遲到外面，低聲問柳遲的姓名、住址。柳遲一一說了，回問小道童的法號。小道童道：「師父替我取的名字，叫雙清。」

柳遲道：「師兄跟隨師父幾年了？」

雙清掐著指頭算了會道：「已是五年了。我本姓陳，乳名叫能官，山東曹州人。九歲的時候，被賣解的，拐在河南，逼著我練把勢，苦練了三年。從河南經湖北，一路賣解到湖南。掙的錢，著實不少！這回在長沙教場坪，用繩牽了一個大圈子，預備盡量賣三日，便去湘潭。第一日，我把所有的技藝，全使了出來；看的人盈千累萬，沒一個不叫好，丟進圈子的錢很多！這日我因使力太久了些，玩到將近收場的時候，失腳從軟索上掉了下來；但我仍是雙足著地，並不曾跌倒，便是看的人，也沒一個看出我是失腳來。

「誰知拐我的那周保義，混名五殿閻王，見我第一日就失腳掉下來，竟勃然大怒。當著衆人，沒說甚麼，祇向我瞪了一眼，我就知道不好！收場後，落到飯店裏，我見飯店門首，有一個賣藥的道人，攤放許多紙包在地下，口裏高聲說道：『不論肺癆氣膨、年老隔食，以及一切疑難雜症，祇要百文錢，買一包藥，無不藥到病除，並可當面見效！』道人是這們一說，登時圍了一大堆的人，看熱鬧的看熱鬧，買藥的買藥。是我不該也鑽進人叢中去看，道人看見我，就問道：『你不是害了相思病麼？我這裏有藥可治！』

「那些看熱鬧和買藥的人，見道人和我說話，一個個都望著我；聽說我害相思病，大家哄起來笑。我正有些不好意思，不提防從後面一個耳光打來，打得我兩眼出火。我回頭一看，祇嚇得心膽俱裂！原來打我的，就是周保義！打過我一下耳光，一把抓住我的頂心髮，拖進飯店，當時也沒再打我。

「直到夜深，飯店裏的人都睡著了，周保義關上房門，將我綑起，毒打了一頓！他照例是半夜打我，不許我叫喊，祇要叫喊了一聲，就得打個半死，三五日不能起床！然而儘管我不能起床，次日天氣不好，或大風，或大雨便罷，由我睡在床上；不過睡幾日，幾日沒飯給我吃。若是次日天氣晴明，那怕我動彈不得，也得逼著我，勉強掙扎，同去賣解；並且在外面，還不

許露出挨了打不能動彈的樣子！我挨打挨得多了，便打死了，也不敢開口叫喊。

「這夜在飯店裏，毒打了一頓；虧得周保義，怕我第二日不能賣解，沒打傷我的筋骨。次日仍到教場坪，昨日看的人，四處一傳說好看，這日來得更多了。我一上軟索，即瞧見昨日賣藥的道人，也在人叢中，睜眼望著我，我也不在意。才走到軟索中間，忽見眼前一亮，腳底下一軟，撲的跌下地來；那索成了兩段，和快刀截脫的一般。這一跤跌得我心頭冒火，彷彿覺得是那道人有意作弄我似的；不由周保義吩咐，趁著看客哄鬧的時候跳起來，從兵器架上搶了一把刀，拚命的來追那道人。眼見那道人在前面走，祇是追趕不上，越追越氣忿，腳底下跑得越急。

「我在河南練跑，很練了有工夫；一氣追出城，跑了二十多里路，到一座山裏，道人立住腳，回頭笑道：『你的相思病，是得我醫治；你的罪也受夠了！還不快把刀放下，跟著我來，更待何時？』我這時心裏，和作夢才醒相似，立時把刀丟了，就跟著到了這裏。那道人便是你我此刻的師父！」

雙清說到這裏，猛聽得簷邊一聲風響，接著紅光一閃。柳遲驚得立起來，問：「怎麼？」雙清笑道：「你跟我去安歇罷。」旋說旋挽了柳遲的手，到西院中一間房裏。

柳遲看這房，沒甚陳設，僅有一張白木床。床上鋪著一條蘆席，一沒有蚊帳，二沒有被褥。房中連桌椅都沒有，一盞半明不滅的油燈，釘在壁上。

雙清伸手將燈光剔亮了些兒，向柳遲說道：「老弟今夜且和我作一床睡了罷。看師父明日怎樣吩咐，再替老弟安置床鋪。不過我這床，太不好睡，祇怕老弟睡不慣！」

柳遲道：「我山行野宿了三年，爲的就是準備好睡這般的床！」

雙清並不脫卸衣服，也學老道的模樣，盤膝坐在東邊。柳遲心裏總放不下那簷前風響和那一閃紅光，遂問雙清道：「剛才那神殿前簷的風響和那閃電般的紅光，畢竟是甚麼緣故呢？」

雙清已闔上了兩眼，聽了柳遲的話，即時張開眼，露出驚慌的樣子；停了一會，才說道：「老弟在這裏，凡是可以說給老弟聽的事，自然會說，不待老弟問。我不說的，便是不可問的事。老弟記取著：這地方不是當耍的！老弟初來，也難怪不知道。還有一層，老弟得千萬留意：若是夜深聽了甚麼響動，切不可認作是偷兒來了，起來窺探；一有差錯，就禍事不小！」

柳遲連忙點頭應是，不敢再問。

一宿已過，次日早起，柳遲向老道請安。老道笑問道：「你討飯很能過度，爲甚麼定要拜我爲師？你心裏想學習些甚麼呢？」

柳遲叩頭說道：「弟子的家貲，粗堪溫飽，祇因覺得：人生有如朝露，消滅即在轉瞬之間；所以甚愛惜這有用的精神，不肯拿去學那些無關於身心性命的學術。思量：人間果有仙佛聖賢，必不肯混跡富貴場中，拿著膏粱錦繡，來戕賊自己！壺公、黃石都是化身老人，或者於野老之中能見著至道。弟子因此凡與年老的人相遇，莫不秉誠體察；無奈物色經年，決無所遇！又思量：古來仙佛度人，多有不辭汙穢，雜身乞丐中的；欲求至道，不是自己置身乞丐裏面，必仍是遇不著。所以竟忍心拋棄父母，終年在外行乞，雖飽受風霜苦痛，都祇當是分內；還沒想到有這們迅速的，就遇見了師父！望師父慈悲，超拔弟子，脫離苦海！」

老道仰天大笑道：「難得難得！不過你的志願太大，夙根太深。譬如卞和的璞，交給一個不會雕琢的匠人，豈不可惜？我的道行，深愧淺薄，不能作你的師資！祇是你我相遇，總算有緣，不可教你空手而返。我於今且傳你靜坐吐納的方法，這是入道的門徑，不論是誰，都不能不經由這條道路！」柳遲欣然受教。

老道將方法傳授完了，說道：「看你精進的力量如何？有了甚麼工夫，我自然知道按著層次教你。」柳遲心領神會了所傳方法，就在清虛觀，朝夕用功。

流光如駛，不覺已是半年。這夜，柳遲正獨自在房中靜坐，忽聽得屋瓦聲響。初聽還疑是貓兒；仔細聽去，覺得貓的腳步，若是在瓦上跑得這們快，便沒這們輕。柳遲的視覺和聽覺，本來都比尋常人靈捷，這種又輕又快的腳聲，在尋常人耳裏，必一些兒聽不出；柳遲又正在靜坐的時候，所以能聽出是人的腳步來。再側耳聽去，那聲音直奔向自己師父的院中去了。心裏偶然一動，便想探聽這腳聲的下落，悄悄走到老道人房外，見有燈光從窗格裏透將出來，裏面好像有許多人呼吸的聲音。

柳遲用一隻眼睛，從窗縫裏，向室中張看。祇見自己師父，依然盤膝坐在床上。兩邊椅上，排列著坐十二個人，都是玄色衣服，青巾纏頭，背上斜插一把長劍，腰間懸著一個革囊，一般無二的裝束；若不是容貌有美惡，身體有高矮，祇怕連他們自己，也分不出誰是誰來！雙清也坐在末尾一把椅上，身上已不是小道童的衣服，雄赳赳的坐在那裏，全不是平日溫和的神氣。

祇見坐在第一把椅上，一個二十來歲，書生氣概的少年，立起身來說道：「貫曉鐘在南州，劫節婦王李氏的養老銀六十兩，送與白衣庵淫尼青蓮；在長嶺殺死孤單客商，劫得散碎銀十七兩；逼奸行路婦人，幸得有人經過，未得成奸。弟子曾三次向他背誦師父的戒條，並細細的規勸他。他背了弟子，故態又作！弟子在通城遇見紅姑，祇得把貫曉鐘的種種背叛戒條行為，陳述了一遍。

「紅姑的意思，還似乎不大相信，弟子不敢再說。及到了臨湘，遇見宋滿兒，才知道貫曉鐘早已在紅姑跟前，說了弟子多少壞話；並把他自己幹的事，都推在弟子身上；還逼著要宋滿兒作證，宋滿兒不敢說是，也不敢說不是；所以紅姑聽了弟子的話，面子上很露出不以為然的神氣。弟子原打算將貫曉鐘找來，同見師父。因聽得宋滿兒說，他已奉了紅姑的命，去常德烏鴉山，見朱三師伯去了。弟子恐怕躭誤了會期，祇得趕回來，稟明師父。請師父發落！」少年說完坐下。

老道點了點頭，將左手的拂塵，指著右邊第六把椅上一個瘦削如柴的漢子，說道：「宋滿兒，你說，貫曉鐘的行為，你所知道的，是不是和你大師兄楊天池剛才所說的相同？你和貫曉鐘在甚麼所在遇見紅姑？紅姑曾怎生吩咐？」祇見第六把椅子上的漢子，驀地立起來，發聲如雷的應了一聲是。

柳遲沒提防像這們小身體的人，會有這們宏大的聲音，相隔又很近，祇震得耳鼓亂鳴，倒吃了老大的一個驚嚇！接著聽得宋滿兒說道：「弟子奉命去北荊橋，探瘤子的舉動；半夜，伏在瘤子的臥房上，瓦楞裏面，正聽得瘤子的聲音，和一個河南口音的男子說話，說的正是與師父爭水陸碼頭的事。忽然有人捉住弟子的腿，將弟子倒提起來，幾起幾落，就到了一片青草場中。弟子因沒有準備，既已頭朝下、腳朝上，手腳都施展不來！及到了草場中，那人將弟子摜下；弟子一看，原來是貫曉鐘！

「弟子便責備他道：『這是甚麼所在？怎好是這們和我開玩笑？幸虧我已料著是自己人，若魯莽些兒認你作賊黨，動起手來，豈不誤了大事？』

「貫曉鐘反笑嘻嘻的說道：『幸虧我把你提跑。你既知道這裏不是開玩笑的所在，卻爲何敢公然伏在人家臥房上？我若來遲一步，祇怕你此刻已被賊人的飛劍斬了呢！』

「弟子聽了這話，問他：怎麼知道？如何也到這裏來了？他說：師父差我去南州送信，回頭在路上遇見一個河南的珠寶商人，小小的包袱裏面足有十萬銀子的珠寶；這一票買賣做著了，足夠二三年的揮霍！因此就跟了下來。本打算夜間和那商人同落了店，方去動手的。誰知商人並不落店，逕投這裏來；我一打聽，才知道就是瘤子的家裏！思量：這票買賣，十九難成；沒得打草驚蛇，使瘤子有了準備，反妨礙著爭碼頭的事！但是這珠寶客商，怎的會投宿在瘤子家裏？這事很有些可疑，倒不可不去探聽探聽。

「喜得我不曾冒昧動手，誰知這珠寶商人，就是瘤子的師叔，江湖上人人知道的楊贊廷，綽號叫作四海龍王的！我仗著紅姑給我的那張六丁六甲的符，到急難時，可以借遁；便大膽進了瘤子的內室，伏在天花板裏面。才伏下，就聽得有人在瓦上響動；心裏疑是賊黨，到瘤子家裏來的，打屋上經過。再聽下去，見也是伏著不動，並且伏的地方，就在我上面；才知道必是自家人，來探聽瘤子的舉動的。聽得瘤子在下面，對楊贊廷說和師父爭水陸碼頭的事。

「說不到幾句，屋上的瓦，被壓得裂了一片。那聲音傳下去，二人便突然截斷了話頭。接著聽得瘤子的聲音，很低微的笑道：『還是飛劍快，老叔用不著起身！』我一聽這話，知道不好，急忙借遁出來，也來不及向你說話，祇好提住你的腳就跑！你倒怪我不該和你開玩笑！」

宋滿兒說到這裏，老道點頭笑向坐第一把椅的楊天池說道：「貫曉鐘的品行，我早知其不端！我所以這們優容他，一則，因他父親貫行健，和我係三十年至交，他祇得這一個兒子；二則，我門下三十六個徒弟，論本領，他遠不及你；若論機警精明，你們三十五人都不及他；便是紅姑那們賞識他，也是因他能做事，所以賞給他丁甲符。」楊天池忙立起身應是。

老道掉過臉向宋滿兒道：「後來怎樣呢？」

宋滿兒道：「弟子問他要上那裏去？他說，信已送過了；橫豎離會期尚早，想順路去看看紅姑。他又說：『楊師兄可惡，倚著是大師兄，遇事干涉我；他也一般的欺孤虐寡、強奸女人，他的行爲，我都知道！我看有楊贊廷在這裏，你一個人，也不見得能探出甚麼舉動來，並且還怕失腳！剛才若非我見機得早，怕不是白光一亮，喳的一聲，你宋滿兒的頭，就滾下瓦楞去了嗎？不如同我去看紅姑。或者紅姑曾聽了瘤子甚麼消息，說給你聽，倒比你在這裏打聽的，還要實在些！』

「當下弟子便依了他的話，從北荊橋動身往臨湘。才走到魚磯遇見解清揚，說紅姑不在臨湘，現在喻洞歐陽靜明師伯的家中。弟子聽了，不願意跑這們遠；貫曉鐘不依，非拉著弟子同去不可。弟子祇得和他一陣，到了喻洞，在歐陽師伯家住了一夜。

「貫曉鐘不服大師兄遇事干涉他，對紅姑說大師兄如何在通州劫寡婦王李氏的養老銀，如何與白衣庵的淫尼青蓮通奸，並一一將他自己幹的壞事，完全推在大師兄身上，要弟子證實他的話。弟子因實在不曾聽說大師兄有這些違戒的事，也不知道這些事是他自己幹的，不好怎麼說，紅姑卻也沒問弟子。

「紅姑吩咐弟子道：『北荊橋用不著再去了！我此刻有要緊的事，須往通城。你替我去臨湘，傳個信給桂武夫婦；祇說：我暫時不得回臨湘，教他夫婦在這一個月以內不可走動，我有用著他們的時候，得隨時聽候調遣。』

「貫曉鐘想跟弟子同去臨湘，說：長遠不見桂武夫婦了。紅姑道：『這時那有給你閒行的工夫！我這裏有封緊要的信，限你七日來回，送到烏鴉山，朱三師伯家裏。』貫曉鐘接了信，與弟子分手。弟子到臨湘的第二日，大師兄也到桂武家來了。」

柳遲躲在窗外，正偷聽得出了神；陡覺得一陣涼風過去，兩眼被紅光射映，彷彿房中失了火一般；正自驚異不過，即聽得房中齊聲說：紅姑來了！再看自己師父，已下了床；兩旁坐著的十二個人，都垂手直立起來。一個遍身穿紅的女子，站在房中間。

那女子的裝束，非常奇怪：自頂至踵，火炭一般的統紅；也不知是甚麼裁料製成的衣服，紅得照得人眼睛發花！頭臉都蒙著紅的，僅露出兩眼和鼻子口來；滿身紅飄帶，長長短短，足有二三百條；衣袖裙邊，都拖在地下，看不見他的手足；賽過石榴花的臉上，兩點黑漆般的眼珠，就如兩顆明星，閃閃搖動；櫻桃般的嘴唇開處，微微露出碎玉般的牙齒來。

柳遲正要聽這紅姑說些甚麼，誰知一開口，幾乎把柳遲的魂都嚇掉了！祇聽得紅姑說道：「你們這些人，那裏如此大意？

甚麼聽不得？」

難道竟不知道窗外有人偷聽嗎？」

柳遲一聞這話，就想提腳跑回自己房裏。接著聽得自己師父哈哈大笑道：「自家徒弟，有

紅姑也笑著說道：「我若不知道是你自家徒弟，就肯饒恕了他麼？」

師父放高了聲音，向窗外呼道：「柳遲！到這裏來！」

柳遲估料著不至受責罰，遂脫口應是；自己定了定神，緩步走了進去，先向紅姑行了禮，才向自己師父叩頭，自承偷聽的罪。老道命柳遲坐在雙清下首，讓紅姑床上坐，自己坐在旁邊。

大家都就了座，老道才向柳遲說道：「你列我門下，才得半年；道心雖堅，祇是日子太淺，還說不到應用的本領。我因你將來可望大成，不肯教你小就，所以傳你的道家正軌；一切用世的方術，都不給你知道，爲的是怕分了你的道心；不然，此時的會，正不妨教你參預！你還沒到窗下，我就知道你因聽得屋上瓦響，悄悄從西院跟來，我因想趁此教你認識你的這些師兄，所以聽憑你在外偷看。你這些師兄的面貌，此刻你都已識得了，還有二十三個，今晚都得齊集此處；等他們到齊了，我一一將姓名說給你聽。你好生記取，不要忘了！」

柳遲剛起身應是，猛聽得半空中，笑聲大作。笑聲裏面，還夾著有一個很蒼老的聲音說道：「勞老弟與紅姑候久了！勿罪！勿罪！」一語聲才畢，秋風飄落葉似的，一連飄進二十五個

人來，老道、紅姑和房中坐的人，都一齊起立。首先著地的，是一個儒衣儒冠、鬚髮皓然的老者；老者後面，跟著一個頭似雪、髮如霜的老太婆。

柳遲猜想這老太婆的年紀，必已在八十開外；然手中所拿的一條拐杖，是水磨純鋼的；杖頭一隻金色燦然的鳳，那鳳的身體比茶杯還大；鳳尾聚起來，恰恰一手把握得下；彎彎曲曲的三尺多長，便成了一條拐杖；估計這拐杖的重量，至少也得五六十斤；那老太婆提在手中，和尋常的老人拿著一條極輕巧的竹杖相似。

老太婆的後面，也是一個白鬍鬚老頭；頂上光滑滑的，沒一根頭髮；兩條白眉毛，卻向兩隻眼角邊垂下，足有二寸長；鬍鬚疏而短；兩眼笑迷迷的，活像是畫中的壽星，祇手中少了一條拐杖，卻握著一串念珠。跟在這老頭兒後面的，便是些俊醜不等、肥瘦不一的漢子；年紀祇在二十以上、四十以下，也都與房中諸人一般的裝束。

老道先向老太婆行禮說道：「勞嫂嫂遠途跋涉，心實不安！但是這回的事，確非借重嫂嫂不可！」

老太婆不待老道說完，即答禮笑道：「自家人，何須如此客氣！」說罷，掉過臉向紅姑道：「你家離這裏近，畢竟比我快些。」

紅姑一面點頭，一面笑對兩個老頭兒道：「兩位一個是南極星，一個是北極星，倒怎的作一道兒來了呢？」

後面像壽星的老頭兒笑道：「南極星和北極星，本來常是在一塊兒的；你沒見過百壽圖嗎？」

老道也笑著說道：「話雖如此說，祇是兩位不前不後的同到，是在途中偶然相遇的嗎？」

老太婆就床上坐下來說道：「那有這們湊巧，能在途中相遇？我們會合在一處的緣故，說起來話長呢！祇好慢慢兒說罷！」老道讓兩個老頭兒坐下。立在兩旁的十二個漢子，齊上前請安。

柳遲心想自己的身體小，若混在裏面上去，必沒人瞧見；便立著等候十二人退下來了，才上前向三人叩拜。三人齊問：「這小子是那裏來的？」

不知柳遲怎生說法？三人畢竟是誰？且待第三回再說。

施評　冰廬主人評曰：上回既以柳遲引出老道，此回遂在老道身上，發舒奇文；若雙清、楊天池、宋滿兒、貫大元，以及紅姑、朱鎮岳夫婦、歐陽淨明等等，隨手寫來，陸離光

怪，已使讀者應接不暇。更兼在宋滿兒口中說出賈曉鐘、甘瘤子、楊贊廷；在柳遲目中先看見十二人，再見紅姑，再見二十五人。或已知其姓名，或不知為誰何，看他栗六敘出，虛虛實實，各自有緻。

吾嘗觀夫雲矣，初自山巔噴出，連綿如絮，縷縷不絕；及其上達霄漢，倏成蒼狗，舒卷自如，瞬息萬變，於以歎觀止矣。今讀奇俠傳此回，自柳遲房中靜坐，忽聽得屋瓦聲響；至一連飄進二十五個人來止。一段文字，倏而寫師父房中排列坐著十二人，倏而寫紅姑從天外飛來，已是奇文突出；中復夾敘楊天池、宋滿兒一席話，更覺惝怳迷離，使人如墮五里霧中。作者紆徐寫來，亦有白雲蒼狗、舒卷自如之概，非有絕大才力，何能至此！

雙清賣解，備受周保義種種凌虐，作者不憚煩瑣，細細描寫，亦欲使人知江湖黑暗，慘無人道也。曩閱某說部，有賣解者，拐一稚子，使居甕中，照常給予飲食。十餘年後，將甕擊破，則此人頭大逾甕，而身不滿二尺，遂以大頭人炫人觀看，藉斂錢帛。又有拐二稚子，各削其背部皮肉，共捆一處，使二人血脈相合，及其既癒，儼然雙連人矣。凡此種種，尤屬慘無人道。嗟乎！孰無子女？提攜捧負，而忍令匪徒若是蹂躪耶！負有司之責者，亟宜設法禁阻也。

柳遲說弟子家貲粗堪溫飽，祇因人生有如朝露云云，即莊子「吾生也有涯，而知也無涯」之意，是懶惰求學者之當頭棒喝。夫柳遲一稚子耳，而竟悟此義。奈何世人之不惜以有用精神，去學無關於身心的學術者，竟懵然不悟耶？

此回為全書一大關鍵，後文許多事實，即借楊天池、宋滿兒口中略略點明，有草蛇灰線之妙。

第三回　紅東瓜教孝發莊言　金羅漢養鷹充衛士

柳遲獨自上前，向三人磕頭行禮。三人都像很注意的樣子，指著柳遲問老道：「這小子是那裏來的？」

老道笑嘻嘻的答道：「這是我末尾的小徒。」隨著略述了一遍柳遲的來歷。

首先進房的那白鬍鬚老頭，端詳了柳遲兩眼，點頭笑道：「這個小孩的骨格氣宇，都好到十分；向道的心，又能堅誠如此！將來的成就，怕不在你我之上嗎？」旋說旋掉過臉，向拿鳳頭杖的老太太笑道：「清虛門下，眞可謂英才濟濟，於今恰應了三十六天罡的數了！」

老太太點頭答道：「這個小孩的根基極厚，三十五人之中，沒一個能趕得他上！不過我嫌他學道太早，血氣未定；深思太過，將來於他自己的身體，不無妨礙！」

老道忙接著答道：「我本也是如此著想。因恐他年紀太輕，見道不篤，操守不堅；若再和那些無知乞丐，混上三年五載；身體上受的苦痛過多，又一無所獲，漸漸的改變了初心；那時方去糾正他，就來不及了！」

那容貌像壽星的老頭，坐在旁邊，祇是嘻嘻的笑，一聲不作。紅姑笑向那老頭，叫了一聲紅東瓜道：「你祇是這們笑，又不說出甚麼來，畢竟搗甚麼鬼呢？」

那老頭伸手摸摸自己的腦袋，打了一個哈哈道：「我本像煞一個紅東瓜，我看你倒像煞一隻落湯蝦子呢！」說得各人都大笑起來了。祇有三十五個徒弟和柳遲不敢笑出聲來，也都低著頭，掩著嘴。紅姑被笑得不好意思，兩臉越顯緋紅了。

老道忙止了笑，指著首先進房的白鬍鬚老頭，向柳遲說道：「這位是常德烏鴉山的朱三師伯，名諱鎭岳，是雪門祖師爺大弟子。劍術在南七省首屈一指，無人及得！你雖在我門下，但凡事能求得他老人家指教，必能得著很多的好處！」柳遲忙應了聲是，重新向朱鎭岳叩頭。

朱鎭岳抬起身來笑道：「我怎能及得你師父的本領？不過我是一個最歡喜獎掖後進的人；方才聽你師父述你的來歷，我心裏就高興得了不得！我們當劍客的，最難得就是可傳衣鉢的弟子；十個得道的劍客當中，不過兩三個有緣的，能有人接受衣鉢；其餘七八個，雖一般的收有徒弟，甚至徒弟多到百數十人，究其實，一個也不能望他大成；所以我們這一道，一代衰微似一代。我瞧你的氣宇，十年之內，必能使清虛門下，大放光明；祇怕我的年紀已老，沒緣法，看不見你成功得名的盛事！」柳遲不知應如何回答，惟有拜謝。

老道又指著那個拿鳳頭拐杖的老太太，向柳遲說道：「這位是朱師伯母，和朱三師伯，本是同門；因惡相打，變成好相識。此事在四十年前，江湖上傳爲美談！你生得太晚，此時和你說，也不懂得。總之，朱師伯母的本領，恰是你朱三師伯的對手，你也是得殷勤求教的！」

柳遲聽了這些話，也眞莫名其妙，祇得恭恭敬敬的，向朱老太太叩頭。朱老太太笑對柳遲道：「你師父原是當叫化子出身，他的資格卻比你老；在四十年前，已是一個有名氣的叫化子了！」柳遲不敢答應。

紅姑笑著搖手說道：「罷了，罷了！時間已不早了，還得商量正事。這位是喩洞的歐陽淨明師伯，我給你這小子引見了罷。他方才望著你，祇是笑著不作聲，你倒得問他：是個甚麼道理？」柳遲也一般的叩了頭。

歐陽淨明也抬了抬身問道：「柳大成是你甚麼人？」柳遲見他忽然提出自己父親的姓名來，心裏不由得一驚；口裏忙答應是家父。

歐陽淨明點頭又問道：「你有多少兄弟？多少姊妹？」柳遲應道：「就祇小姪一人，並無兄弟姊妹！」

又問道：「你離家幾年了？」答道：「三年了。」

又問道：「你父母知道你在這裏麼？」答道：「小姪心戀道術，三年不曾歸家；家父母不知小姪在此。」

紅姑在旁聽了，顯出不耐煩的樣子，反問歐陽淨明道：「你盤問他這些玩意幹甚麼？學道的人，從來都是拋妻撇子，在外數十年不歸；他這三年不歸家，也算不了甚麼希罕的事！」

歐陽淨明正色答道：「祇聽說學道的人，有拋妻撇子的；不曾聽說有拋父撇母的！父母都可以拋撇，這道便學成了，又有何用處？並且世間決也沒有教人不孝的道術！我再問你：你父母不知道你在這裏，你可知道父母在那裏麼？」

柳遲被歐陽淨明這幾句話，嚇得汗流浹背，心中愧悔得了不得！忽聽得問自己知道父母在那裏的話，更茫然不知應如何回答，心裏又恐慌自己父母出了甚麼變故。

歐陽淨明見柳遲躊躇不答，又接著問道：「你祇知道心戀道術，不知你的父母想念你的苦麼？」

柳遲才答道：「小姪的家祖居在隱居山底下，將近二百年不曾遷徙；舍間的家貲，又粗足溫飽；家父母的年齡尚不算高，精神並未衰老；小姪不孝，實以爲家父母此刻仍是安居舊處，所以能安心在此，追隨師父學道。師伯既是這般見問，必是家父母此刻已離了故里；但不知現在那裏？是如何的情狀？還要求師伯明白指示！小姪好晝夜趕去，慰家父母的懸望！」

衆人聽了柳遲的話，都屏聲絕息的，望著歐陽淨明；老道更是注意。

歐陽淨明從從容容的，向老道說道：「我前月在南嶽進香，回頭在路上，遇見夫婦兩個，也是朝山回頭。那婦人旋走旋哭，男子安慰一會，自己也飲泣一會。我同走了一日，猜不透這兩夫妻爲甚麼這們傷感？夜間同宿一家火鋪裏，見那婦人實在哭得可憐，我忍不住，便向那男子問是甚麼緣故。

「那男子說道：『我是長沙東鄉隱居山底下的人，姓柳名大成。夫婦兩個，中年後才得一子，取名柳遲。祇因鍾愛過甚，懈怠了管束，在三年前，跟著一群叫化子跑了！至今渺無音信，也不知是生是死？我夫婦老年無靠，而柳家的宗嗣，也要從此斬斷了！我夫婦沒法，祇得來求南嶽聖帝：我兒子死了，祇怪我夫婦命該乏嗣；若是還不曾死，就得求菩薩顯靈，使我兒子轉回家來！』我當時問明了柳遲的身材、容貌，本想幫著他夫婦到處物色。奈歸到家中，接二連三的事，把我羈絆住了，並沒想到柳遲就在你這裏！」

柳遲聽了歐陽淨明的話，已掩面痛哭起來。老道止住他說道：「用不著哭泣，你就此歸家去罷！你學道的年齡，本也太早。我此時便派你大師兄楊天池送你歸家。不過你在家中，不要荒廢了吐納的工夫，你工夫到甚麼時候，我自然到你家來指點你，毋庸你來找我。」

柳遲又是歡喜，又是依依不捨，祇得拜辭了一干人。向楊天池作揖說道：「勞大師兄的步，心實不安！不知大師兄認識寒舍麼？」

楊天池笑道：「我昨日便道過隱居山，還在那白果樹底下，尋了兩株草藥呢！老弟府上雖

不曾去過，大概沒有尋覓不著的！」

柳遲這夜，就由楊天池送歸家中。柳大成夫婦見了，眞是如獲至寶！

從此柳遲便在家中，專心一志的，學習吐納的工夫。毫不間斷的用了兩年苦功，也不見師父前來指點。心想再去清虛觀，求高深的道術；無奈四處打聽，終探不出清虛觀在甚麼地方。初次去清虛觀的時候，所經由的路，彷彷彿彿的，記認不清；楊天池送他回家，因在深夜，又被楊天池提著臂膊，御風一般的飛跑，更不知道走了些甚麼地方。既是探問不出，也就罷了。

一日，柳遲的姑母生日。柳大成夫婦教柳遲去拜壽。柳遲的姑母家，在湘陰白鶴洞。從柳遲家到白鶴洞，有四十來里路；中間隔著一座大山，名叫黑茅峰。那黑茅峰雖不及隱居山那般寬廣，然嶮峭遠在隱居山之上。隱居山上有廟宇，有種山的人家，山中不斷的有人行走；那黑茅峰不然，和筆管兒相似的，一峰直立，半山中略有些樹木；離平地二三里以上，全是頑石疊成；石上長著兩三寸深的黑苔，光滑無比；不是晴明天氣，那山峰總是雲遮霧隱，看不出峰頭是甚麼模樣；莫說人不能上去，便是鳥雀也不容易飛上那峰頭！從柳遲家去白鶴洞，若沒有這黑茅峰擋路，直徑走過去，祇有十四五里遠近；因爲得從黑茅峰底下，繞一個大彎子，所以有四十來里。

柳遲這日，奉了他父母的命，在家中吃過早飯，即提了送壽的禮物，獨自向白鶴洞走。走到黑茅峰底下，心想若從峰頭翻過去，豈不省卻了一大半的道路？他因做了兩年多的吐納工夫，又是個大有夙根的人，不知不覺的，已是身輕如燕。在旁人看了那黑茅峰，覺得比登天還難；而在柳遲此時的眼中看了，竟和走平坦大路無異，決不費力的！

上了山峰，祇見一塊大石頭，尖角朝天，豎起來有三丈多高、五丈多闊，立在峰頭上，和一座屛風相似。石下立著兩隻大鷹，都把翅膀亮開來，在那塊大石上磨擦；一邊翅膀，足有五尺多長。見柳遲上來，並不畏懼，仍不住的磨擦。柳遲覺得很希奇，就立住腳看，鷹翅膀磨擦的地方，那們粗糙的磨石，都被磨得光可鑒人；兩鷹越磨越快，祇聽得喳喳聲響！

磨了好一會，兩鷹同時並舉，猛然沖天飛去；柳遲倒吃了一嚇，忙抬頭看飛向甚麼地方去了。原來並不曾飛開，祇在半空中，打了兩個盤旋，忽將雙翅一斂，身體收縮得緊緊的，頭朝下、尾朝上，比流星還快，向山頭直射下來；才一著地，兩翅一展，又到了半空。

柳遲的眼快，已看見兩鷹的四隻鐵鉤一般的爪內，抓了四塊斗大的石頭，抓至半空，用嘴在石上連啄幾下，啄聲鏘然，如石匠用鋼鑽打石，那石頭禁不起幾啄，石屑紛紛向山頭落下。柳遲見了，覺得是曠古未有的奇觀！心想：若不是我冒險登這山峰，怎能見得著這般奇事？心裏一面這們想，兩眼仍睜睜的望著兩隻鷹，一翻一覆的，各張開兩片翅膀對搏。

兩鷹正搏的得勁，柳遲也正看得出神，猛聽得大石屏風背後，劃然長嘯一聲，兩鷹頓時斂翅而下，並立在大石的尖角上。

柳遲聽得那長嘯的聲音，不覺驚疑道：「這黑茅峰，不是終古沒有人跡的山峰嗎？怎麼我才上來，竟有人在我之前上來了呢？」正打算跳上石尖去看，猛抬頭，衹見一個白髮飄蕭的老叟，巍然立在石尖上面，支開兩條臂膊，兩鷹一邊一隻，分立在兩條臂膊上，爭著向老叟顯出親暱的樣子。

柳遲一見老叟那種岸然道貌，不由得心坎中發出極欽敬的意思來；就在石屏風下，放下一籃送壽的禮物，朝著老叟跪下說道：「弟子柳遲，向道心切，千萬求老師父，傳弟子的道。」說罷，搗蒜一般的叩頭。

老叟見了，發聲一笑，響徹雲霄，柳遲的耳鼓，都被那笑聲震得嗚嗚的叫！老叟笑畢，問道：「你這小孩，跪在這裏幹甚麼？」

柳遲重申前說道：「求老師父，傳弟子的道！」

老叟道：「這山中那裏有稻？你要求稻，得向田中去！」

柳遲道：「弟子要求的，是道德之道，不是稻粱之稻！老師父千萬可憐弟子，幾年苦心，得不著道的門徑。」

老叟點頭笑道：「原來你這小小的孩子，也知學道！衹是道有千端，你想學的是甚麼道？」

柳遲道：「弟子未曾入門，但知要學道，不知要學甚麼道？聽憑師父指教，弟子都願學！」

老叟道：「可以，我傳你的道；不過你得拜師。」

柳遲喜道：「自應拜師！弟子就在此叩拜了。」說時，又叩頭下去。

老叟連連揚手止住道：「拜師不是這般拜法！」

柳遲忙停住，問道：「應當怎生拜法，仍得求師父指教？」

老叟道：「你拜著須記著數，應叩三百個頭，叩完了，我才收你做徒弟，傳你的道！」

柳遲應道：「遵師父的命！」就一個一個的叩下去，心裏記著數，叩了大半日，已叩到二百九十八個頭了。心想：祇有兩個頭，隨便叩兩下就完了！

柳遲心裏才是這們一想，老叟又連連揚手說道：「不行，不行！像你這們不誠心的叩頭，祇可去拜那泥塑木雕的菩薩，拜我是不能作數的！你要學道，得重新拜過！」

柳遲伏在地下，惶恐說道：「弟子該死！求師父恕罪，重新誠心拜過！」

老叟點頭道：「你拜罷！」柳遲這回就打點一片至誠心，一二三四五的數著叩拜，拜到二百九十八個，老叟忽然生氣說道：「罷了，罷了！你那裏是在這裏拜師，簡直是和我開玩笑！非再重新拜過，你這個徒弟，我不能收！」

柳遲心想：不錯！我剛才因一顆石子，墊得膝蓋有些兒痛，身體略側了些兒，所以師父怪我不誠意！此後便痛得要斷氣了，我也不顧，祇一心一意的叩拜，如是又叩了二百個頭。

正待繼續叩下去，老叟已將身體一起，跳下地來，彎腰將柳遲拉起說道：「用不著再拜了！我不曾見有向道心堅誠像你的！你回去罷，我收你做徒弟便了！」

柳遲道：「弟子得跟著師父走，不願回家。」

老叟道：「還不曾到傳道的時候，你跟著我也無用處。」

柳遲不依道：「弟子無論如何，得跟著師父走！」

老叟道：「你定要跟我走也使得，祇是得事事聽我的話！」

柳遲歡喜答道：「自然事事聽師父的命令！」

老叟笑道：「那麼，你就在前面走罷，我走你後面。」

柳遲心想：那有師父在後面走，弟子反在前面走的道理？並且我腦後不曾長著眼睛，師父若丟下我，獨自跑了，教我去那裏尋找呢？便向老叟說道：「還是請師父在前面走，弟子在後面跟著。」

老叟不樂道：「你方才不是說了，事事聽我的話嗎？怎麼就不聽我的話了呢？」

柳遲沒得話說，祇得問道：「師父教弟子往那方走咧？」

老叟用手指著白鶴洞那邊道：「向這條路上走去。」

柳遲祇好仍將送壽的禮物提起來，走過了石屏風，回頭一望，師父已不見了！連忙轉身跳上石尖，四處一望，全不見一些蹤影！思量：「師父是道德之士，決不至無緣無故的，哄騙我這年幼的小孩。我記得朱師伯母見我的時候，曾道嫌我年紀太輕，學道過早，將來於我自己的身體，不無妨礙，方才師父也是說還不曾到傳道的時候，必是和朱師伯母同一般意思。「我問師父向那方走，師父指著白鶴洞，這分明是教我祇管去姑母家拜壽。橫豎師父已走，我也追尋不著，不如且去姑母家拜了壽，仍歸家做我的吐納工夫。師父是得了道的人，沒有不知道我在家舉動的；到了可傳授我道術的時節，料想師父自然會找到我家來。」

柳遲主意打定，即轉身下了黑茅峰，不須一會，便到了白鶴洞；在他姑母家，吃了壽酒；午後辭別姑母回家。

次日早起，還坐在床上做工夫，不曾出房，即聽得自己家裏雇的長工，在大門口，高聲說道：「化緣那得這們早，等歇再來罷！我的東家，這時還睡著不曾起來；我是在這裏做長工的，比你更窮，那有錢米化給你？」柳遲心中偶然一動，暗想：從來少有來我家化緣的，就是化緣，也沒有這般早的道理！我何不出去看看？或者是師父找我來了，也未可知！

柳遲跳下床，跑到大門口一看，並非昨日拜的師父，卻是清虛觀的老道。長工正用手將老道向門外推，老道祇是笑嘻嘻的，立著不動；長工用盡了平生氣力，直是蜻蜓撼石柱，那裏動得老道分毫呢？

柳遲一見，連忙將長工喝住；緊走幾步，上前叩頭說道：「弟子該死！不知是師父的大駕到了，跪接來遲！長工敢向師父無狀，更增加弟子的罪戾，求師父懲處！」

老道伸手將柳遲拉起，兩眼在柳遲臉上看了又看，忽然哎呀一聲道：「你在甚麼地方另拜過師了呢？很好，很好！這是你的緣分，我並不怪你！」

柳遲聽了這話，如聞青天霹靂，心裏著驚，面上便露出慚愧的樣子。偷眼看老道的神氣，像是很失意的，祇得重復跪下，說道：「弟子四處探問清虛觀，想去跟師父請安，並求師父傳授弟子的道術；無奈找尋不著，祇好在家，遵師父的示，做吐納工夫，二年來並未間斷。

「昨日因家父母，命弟子去白鶴洞，與家姑母拜壽：在黑茅峰，遇見一個調鷹的老叟；弟子一時差了念頭，以爲：黑茅峰素無人跡，那老叟白髮飄蕭，年齡自是不小，那們峻峭的山峰，豈是尋常年老的人所能上去？並且那們大的兩隻鷹，不是有道行的人，也不能調養，因此又觸動了弟子學道之念，即時跪下來，向老叟求道。

「老叟命弟子拜了八百拜，已承諾收受弟子了，但是不教弟子同走，一轉眼間，老叟就不見了！弟子此時尚是懷疑，不知老叟是何如人？住在甚樣所在？這是弟子昨日拜師的實情確意，出於一時的向道心急，並非敢背了師父，又去拜他人爲師。」

老道又將柳遲拉起，哈哈大笑道：「既是調鷹的老叟，更不是外人！我不但不怪你，並且替你歡喜，不是你的緣法好，也遇不著他！」

柳遲正要問是甚麼道理？老叟畢竟是甚麼人？柳大成在裏面，聽得大門口有人說話，也走出來探看。見兒子和一個老道人說話，即走了過來。

老道好像認識是柳遲的父親似的，向柳大成稽首說道：「貧道和公子有緣，今日便道經過寶莊，特地前來望望！驚擾了施主，甚是不安！」柳遲連忙對自己父親說明：老道就是二年前拜的師父。

柳大成見是兒子的師父，又見老道風神瀟灑，不是尋常道士的模樣，忙答禮讓進客廳，陪坐著說了些申謝的話，即起身進裏面，教人預備齋飯去了。

柳遲向老道問道：「師父說那調鷹老叟，不是外人，師父認識他麼？」

老道點頭笑道：「豈僅認識，且是我的前輩。他老人家的外號，江湖上都稱金羅漢；姓呂諱宣良。江湖上人人知道金羅漢呂宣良，卻沒人知道他老人家的年齡、籍貫，更沒人知道他的歷史。你前年在清虛觀見著的歐陽淨明，今年八十八歲了；十六歲上，就拜金羅漢為師學道。那時金羅漢，就是於今這般模樣！從學了幾十年，不曾見過他老人家有一個確定不移的住處，終年是山行野宿，到那裏便是那裏。也不曾見他和旁人同走過，隨便甚麼時候，總是獨來獨往。

「並且不但沒人知道他的年齡，便是那兩隻鷹，也不知有多大歲數了；他在山中行走遇有虎豹，或旁的凶惡鳥獸，兩隻鷹沒有降服不了的。那怕二三百斤的猛虎，那鷹能張爪抓住虎的頭皮，提到半空中，揀亂石堆上摜下來，把猛虎跌得筋斷骨折！不知在金羅漢手中調養了多久。金羅漢說話，兩鷹能完全懂得。金羅漢遊遍天下名山，野宿的時候，兩隻鷹輪流守衛，毒蛇、猛獸不能相近！他可算得我們劍客中的第一個奇人！你能得著這們一個師父，我如何不替你歡喜呢？」

柳遲聽出了神，至此，才問道：「他老人家既沒一定的住處，又不肯和旁人同走；然則歐陽師伯，如何能相從學道，至二十年之久呢？」

老道搖頭笑道：「那卻沒有甚麼希罕！我等同道中，從師幾十年，不知道師父眞姓名的尙多，住處是更不待說了！古禮本是祇聞來學，不聞往教；惟我們劍客收徒弟，多有是往教的。」

柳遲又問道：「師父既說呂祖師是劍客中的第一個奇人，道術也能算得是劍客中的第一個麼？」

不知老道如何回答？柳遲畢竟從何人學道？且待第四回再說。

施評

冰廬主人評曰：此回上半回承接上文，下半回另起波瀾。呂宣良亦為全書重要人物，武術為諸俠之冠。作者欲寫諸俠小傳，各有專長，弗使雷同，已須幾副筆墨；而於此領袖群英之人，遂難著筆，因在一鷹身上加以描寫，更在笑道人口中略略渲染。金羅漢之技藝，已覺有聲有色，此即畫家烘雲托月法也。

紅冬瓜教孝一段，為近世非孝末俗，痛下針砭，世間決沒有教人不孝的道術云云。作者慨乎言之，發人深省。

柳遲虛心學道，能隨處留意，訪覓良師，已屬難得；且耐心極好，叩三百個頭，已至二百九十八個矣，老叟忽而揚手止住，說不作數，須重新拜過，是猶可忍也。至再至二百九十八個，忽又曰：「不作數。」此真所謂有意挑剔矣，浮躁者必且勃然而怒，決然捨去，安肯再作第三次之叩拜哉？惟柳遲則不以為忤，依然續拜，語曰：「精誠之至，金石為開。」柳遲有如是強毅之精神，宜其他日學藝冠儕輩也。

笑道人述金羅漢行狀，彷彿《封神傳》中人物，余初疑為誕，叩之向君，向君言此書取材，大率湘湖事實，非盡向壁虛構者也。然則茫茫天壤，何奇弗有，管蠡之見，安能謬測天下恢奇事哉？

第四回　董祿堂喻洞比劍　金羅漢柳宅傳經

話說老道聽了柳遲的話，正色說道：「道術自有高下，但不能由同道的口中分別。況分屬前輩，豈可任情評隲？並且他老人家的本領，莫說同道的無從測其高深；便是歐陽淨明，相從他老人家二十年，也不能知道詳細。

「據歐陽淨明說：從來不曾見他老人家親自和人動過手。山西董祿堂，是崆峒派的名宿；橫行河南北，將近六十年，沒逢過對手。聞得金羅漢的名，探訪了半年，走遍了兩湖、兩粵四省，在喻洞歐陽淨明家中，與金羅漢相遇；對談了一夜，見金羅漢所談，沒一句驚人的話；有些瞧不起金羅漢，定要與金羅漢比試比試。金羅漢不肯。董祿堂更疑金羅漢膽怯，接二連三的，催著要放對。金羅漢祇是笑著搖頭。董祿堂自以為佔了上風，說話帶著譏諷。

「那時歐陽淨明的本領，已不在一般劍客之下；聽了董祿堂譏諷的話，忍不住要動手和董祿堂較量一番。金羅漢連忙止住，望著董祿堂笑道：『老弟跋涉數千里，曠時費事的前來找我，為的在要和我見個高低。我待不和老弟比罷，很辜負了老弟一片盛情；但是若眞個和老弟動起手來，天下的英雄必要笑我欺負後輩。這事實在使我處於兩難的地位。依我的愚見：還是以不動手傷和氣的爲好！』

「董祿堂那時的年紀，已是八十六歲了；如何肯服金羅漢叫他老弟，稱他做後輩呢？登時怒不可遏，兩顆金丸，脫手飛出，即發出兩團盤籃大小的金光，一上一下的，如流星一般，直向金羅漢刺去。這是崆峒派練形的劍術，與我們練氣的不同。

「金羅漢被包圍在金光裏面，神色自若的，從容笑向董祿堂道：『老弟活到這般歲數，成功得名，都不容易；便有天大本領，也犯不著和我這於人無忤、於物無爭的老頭子較量。我曾受過了多年磨折，火性全無，無論老弟對我如何舉動，我都不放在心上；祇是我這兩個小徒，野性未除，若是弄發了他的脾氣，或者有對老弟不起的時候，老弟又何苦自尋煩惱咧？』

「董祿堂聽了這些話，心想金羅漢就祇這一個小徒，立在旁邊；乳臭尚不曾除掉，料想沒有甚麼了不得的道術。並且董祿堂連金羅漢都不放在心眼中，那裏還懼怯金羅漢的徒弟呢？也不答話，將兩手的食指，對兩顆金丸幾繞；兩顆金丸便疾如電、響如雷，直起直落的，對準金羅漢咽喉、胸脯，射將過去。金羅漢此時不言不動，金丸射近身，如被甚麼軟東西格住了一般，又直退了回來；一連好幾次，都沒射進去。

「董祿堂這時才知道不是對手，正想收回金丸逃走，祇見金羅漢陡然大喝一聲，兩邊肩頭上的兩隻大鷹，聽了金羅漢這一喝，同時並起；眞個比箭還快，一鷹用兩爪，抓住兩顆金丸；一鷹直奔董祿堂，不容有招架的工夫，已將董祿堂的左眼啄瞎！虧得金羅漢第二聲叱喝得快，那鷹才不敢再啄了，啣了董祿堂的那隻眼珠，飛回吐在金羅漢手中；這鷹抓住的兩顆金丸，也交給金羅漢。董祿堂血流滿面，仍想逃走。

「金羅漢挽住他說道：『老弟丟了雙劍，不妨再練；但丟了這隻眼珠，是無法彌補的。我替老弟治好罷！』董祿堂慚愧得不得了！祇因想金羅漢替他治眼，勉強在歐陽淨明家中住了兩日。那眼居然被金羅漢治好，一些兒不曾損害光明。惟有歐陽淨明的眉毛、頭髮，在董祿堂用食指繞得金丸亂射的時候，被削去了許多；當時並未覺著，次日照鏡子才知道。歐陽淨明心想：幸虧金羅漢止住了自己，不曾和董祿堂放對；自己實在不是董祿堂的對手。不必問金羅漢的道術高下，即此一事，已可概見其餘了！」

柳遲聽得出了神，至此已歡喜得搔耳扒腮的問道：「他老人家，本來有多少徒弟呢？」老道搖頭道：「那有多少徒弟！除歐陽淨明外，就衹一個河南人，姓劉名鴻采。聽說劉鴻采的品行，不大端方，學了金羅漢的道術，不肯向正途上走。這話我是聽得歐陽淨明說的，究竟如何，我不知道。據歐陽淨明說：金羅漢很不容易的，肯收人做徒弟；你的緣分，眞是了不得！所以我很替你歡喜！」

說話時，柳大成已備好了齋供出來，請老道飲食。老道也不謙讓，就上面坐了。柳大成父子相陪坐著。才動手飲食，沒一會，天井裏的一株合抱不交的大梧桐樹，忽然飄下幾片葉子來。老道斂容說道：「呂老師來了！」說罷，離開座位，拱手而立。

梧桐葉落下來，柳遲原沒留意，見老道如此，柳遲眼快，已看見金羅漢的那兩隻大鷹，立在梧桐枝上，卻不見金羅漢進來。才打算問老道是何緣故，即聽得外面一聲哈哈大笑，接著便見呂宣良大踏步進來。遠遠的望著老道笑道：「我已料定你在這裏！」

老道緊走了幾步，上前行禮。呂宣良一把將老道挽起說道：「對不起你，奪了你的徒弟。」柳遲也上前叩頭。

老道鞠躬答道：「這是小孩子有福，得你老人家玉成他。」柳大成也知道這老頭不是尋常人物，忙走過來作揖。

呂宣良拱手答禮，笑道：「老朽很歡喜令郎，願意收他做個徒弟。今日特地前來，和先生說明一聲。」柳大成唯唯應是。

老道讓呂宣良上坐。呂宣良也不客氣，就上面坐了，對老道說道：「不是我好意思和你爭徒弟，祇因我有一樁事，將來非這小孩，沒人能替我辦到。那時，你自然知道，此時也無須詳說。今日趁你在此，所以趕來向你說說；不然，倒顯得我沒有道理！」老道連忙立起身，說了幾句謙遜的話。

呂宣良手撚著長過肚臍的白鬍子，笑嘻嘻的向柳大成道：「老朽知道賢夫婦都長厚一生，理應食這兒子的好報！不過你這兒子，生成不是富貴中人物；像此刻這們能潛心學道，將來在方外，倒可成一個不世出的英雄！老朽今日特來和賢夫婦說明的，就是：從今日以後，你兒子成了老朽的徒弟，凡他一切的舉動，或出門去甚麼地方，賢夫婦都用不著過問，用不著躭心。

老朽的徒弟，從來不會受人欺負，賢夫妻儘可放心！」

柳大成是個極忠厚的人，也不知要怎生回答，但有點頭應是的分兒。呂宣良說完，從袖中抽出一本舊書來，對柳遲說道：「你二年半吐納工夫，足抵旁人一生的修練；雖說是你的夙根深厚，道念堅誠；然而笑道人的蒙以養正之功，不能磨滅！你於今雖拜在我門下，笑道人的恩施，你終生是不可忘記的。」

柳遲到此時，才知道老道叫笑道人。心想：怪道他開口便笑，前年在清虛觀的時候，每日總聽得他打幾次哈哈；原來是這般一個名字，可算得是名副其實了！

祇聽得呂宣良指著那本舊書，繼續說道：「這是一部周易，傳給你本來太早了些；因你已有了這個樣子的內功，道念又堅誠可喜，不妨提早些傳給你。但是這部周易，你不可輕視！這是我師父的手寫本，傳給我，精研了幾十年。我師父原有許多批注在上面，我幾十年的心得，又加了不少的批注。歐陽淨明相從我二十年，他的道念十分誠切，心術又是正當；我所以不傳給他這部周易，就為他資質不高，沒有過人的天分，怕他白費心思，得不著多大的益處。「河南劉鴻采，資質穎悟，不在你之下，祇因他英華太露，不似你誠樸；我當時尚祇慮他不是壽相，卻沒見到他的心術，會有變更。此時傳給你，在學道的同輩中，也算得是難逢的異數了！你潛心在這裏面鑽研，自能得著不可思議的好處！明年八月十五日子時，你到嶽麓山頂

上雲麓宮的大門口坐著，我有用你之處。切記，切記！不可忘了！」說著，將周易遞給柳遲。

柳遲慌忙跪下，雙手舉到頂上，捧受了周易；拜了四拜，說道：「弟子謹遵師命，不敢忘記！」

呂宣良含笑點頭，向笑道人說道：「歐陽淨明告訴我說：你和甘瘤子爭水陸碼頭，你很得了采。事情畢竟怎樣？」

笑道人立時現出很慚愧又很恐慌的樣子，勉強陪著笑臉說道：「小姪無狀。氣量未能深宏，喜和人爭這些閒氣，說起來眞是愧煞！」

呂宣良大笑道：「不妨，不妨！這又何關於氣量？這種閒氣，我就爭得最多！」

笑道人道：「這回的事，很虧了歐陽師兄替小姪幫場，否則，有甚麼采可得！楊贊廷很是一把辣手，非歐陽師兄與他一場惡鬥，將他逼走；勝負之數，正未可知呢！」

呂宣良道：「你們較量的所在，不就是在趙家坪嗎？那們好的戰場，在北方平陽之地，都不容易找著，何況南幾省，全是山嶺重疊，除了那趙家坪，再到何處能找一個穿心四五十里，一平如鏡的地方來？也無怪平、瀏兩邑的人，相爭不了。戰場是好戰場！地方也眞是好地方！」

笑道人說道：「地方雖好，卻是於小姪無關！」

呂宣良長歎了一聲，立起身來說道：「世人所爭的，何嘗都是於自己有關的事？所以謂之爭閒氣。我還有事去，先走了。」隨向柳大成點頭作辭。

梧桐樹上的兩鷹，如通了靈的一般，見呂宣良作辭，都插翅飛了起來，在天井中打了兩個盤旋，像是很高興的樣子，望著呂宣良啣啣的叫。呂宣良抬頭笑道：「席上全是齋供，等歇去屠坊要肉給你們吃。」

柳遲忙說道：「要肉弟子家有，但不知要生的，要熟的？」

呂宣良搖手笑道：「不要，不要！這兩隻東西的食量太大，吃飽了又懶惰得很，並且不能慣了他；他若今日在這裏吃了個十分飽，便時常想到這裏來。雲麓宮的梅花道人，就被這兩隻東西拖累得不淺！獵戶送梅花道人的兩條臘鹿腿，被這兩隻東西偷吃了；一隻獵麂子、幾副臘豬腸肚，也陸續被兩隻東西偷吃了；若不是看出爪印來，還疑心是雲麓宮的火工道人偷吃了呢！」

笑道人問道：「他們背著你老人家，私去雲麓宮偷吃的嗎？」

呂宣良搖頭說道：「那卻還沒有這們大的膽量！如果敢背著我，私去那裏偷盜，還了得嗎？那我早已重辦他們了。幾次都是我教他去雲麓宮送信，梅花道人不曾犒賞他們，他們便幹出這種沒行止的事來！但是也祇怪梅花道人，初次不該慣了他們。因我初次到梅花道人那裏，梅花道人拿了些薰臘東西給他們吃了，就吃甜了嘴。從那回起，凡是經過薰臘店門首，這兩隻東西便在我肩上啷啷的叫；必得我要些薰臘給他們吃了，才高興不叫了。得了派他們去雲麓宮的差使，直歡喜得亂蹦亂舞起來；誰知他們早存心想去雲麓宮討薰臘吃！」說得柳大成父子和笑道人都大笑起來。

兩鷹好像聽得出呂宣良的話，越發叫得厲害。柳大成連忙跑到廚房裏，端了一大盤切好了的臘肉來。呂宣良道謝接了，用手抓了十多片，向空中撒去；兩鷹眞是練就了的本領，迎著肉片，嘴啣爪接，迅速異常，一片也不曾掉下地來；那須片刻工夫，即將一大盤臘肉，吃得皮骨無存，飛集在呂宣良肩上。笑道人也同時作辭。二人飄然去了。

且慢！第一、第二兩回書中，沒頭沒腦的，敘了那們一大段爭水陸碼頭的事；這回從呂宣良口中又提了一提，到底是樁甚麼事？不曾寫明出來，看官們心裏，必是納悶得很！此時正好將這事表明一番，方能騰出筆來，寫以下許多奇俠的正傳。

卻說：平江、瀏陽兩縣交界的地方，有一塊大平原，十字穿心，都有四十多里，地名叫作趙家坪。這個趙家坪，在平、瀏兩縣的縣誌上都載了；平江人說是屬平江縣境的，瀏陽人說是屬瀏陽縣境的，歷幾百年爭不清楚。

這坪在作山種地的人手裏，用處極大：春、夏兩季，坪中青草長起來，是一處天然無上的畜牧場；秋、冬兩季，曬一切的農產品，堆放柴草，兩縣鄰近這坪的農人，都是少不了這坪的。祇因沒有一個確定的界限，兩縣的人各不讓步；又都存著是一縣獨有的心，不肯劈半分開來。於是每年中，不是因畜牧，便是因曬農產品，得大鬥一場！

鬥的時候，兩方都和行軍打仗一般：一邊聚集千多人，男女老少都有，就在趙家坪內。少壯的在前，老弱的在後；婦人小孩便擔任後方勤務。兩方所使用的武器，扁擔、鐵鋤為主，木棍、竹竿、臨時取辦來接濟的也不少。每大鬥一次，死傷狼藉，打得一方面沒有繼續抵抗的餘力了才罷！也不議和，也不告官，打死了的，自家人抬去掩埋，祇怨死的人命短，不與爭鬥相干；受了傷的，更是自認晦氣，自去醫治，沒有旁的話說。

打輸了的這一方面，這一年中便放棄趙家坪的主權，聽憑打贏了的這一方面在坪裏畜牧也好、曬農產品也好、堆柴放草也好，全不來過問。一到第二年，休養生息得恢復了原狀，又開

始爭起來、鬥起來。歷載相傳，在這坪裏，也不知爭鬥過多少次、死傷過多少人。那時做官的人，都是存著吏不舉、官不究的心思，祇要打輸了的不告發，便是殺死整千整萬的人，兩縣的縣知事也不肯破例出頭過問。所以平、瀏兩縣的人，年年爭趙家坪，年年打趙家坪，惟恐趙家坪不屬本縣的縣境。兩處縣知事的心理，卻是相反的，幾乎將趙家坪看作不是中國的國土；將一干爭趙家坪，在趙家坪相打的農人，也幾乎看作化外，所以年年爭打得沒有解決的時候。

趙家坪的地位，本來完全是陸地，並不靠水；然爭趙家坪的，都不說是爭趙家坪，卻都改口，稱爲爭水陸碼頭。這種稱呼，也有一個緣故在內。

祇因清朝初年，寶慶人和瀏陽人，爭長沙小西門外的水陸碼頭，曾聚衆大打了好幾次。那時出頭動手的，兩邊都揀選了會拳棍的好手，在南門外金盤嶺，刀槍相對的爭殺起來，接連鬥了三日。兩邊都原有二百多人，三日鬥下來，死的死、傷的傷，一邊都衹剩一個人了。瀏陽的一個，姓戴名漢屏，年已七十三歲了；寶慶的一個，姓常名葆元，年齡也和戴漢屏差不多。兩人的本領、功力悉敵；起初都用單刀相殺，不分勝負；都掉換兵器，又不分勝負；三日之內，所有的兵器，通掉換盡了，仍是分不出勝負。兩人又鬥了一會拳腳，見同伴的都傷亡了一個乾淨，兩個老頭子才議和，結成生死兄弟。

從這次大爭鬥以後，凡是兩個團體，爭佔甚麼東西，無論是田地、是房屋，或是墳墓，都順口叫作爭水陸碼頭，這爭水陸碼頭幾個字，成了兩方相爭的代名詞。於今爭水陸碼頭的意義說明了，祇是平、瀏兩縣農人的事，和笑道人、甘瘤子一般劍客，有甚麼相干呢？這裏面的緣故，就應了做小說的一句套話，所謂說來話長了！待在下一一從頭敘來。

離趙家坪五里路，有一條小河，春季漲水時候，也不過兩丈來寬，七八尺深；若在秋、冬兩季，僅有二尺來深的水。並不要渡船，作山種地的，祇將褲腳捋起，便可在水中走過河去。載糧食的小船，春天連下了幾日大雨，發了山水，方能駕進這小河裏來；平時這條河裏，是沒有船走的。惟有靠河岸居住的一些農人，每家都有一兩隻小划子；農閒的時候，便將小划推到河裏，就在河裏網魚。這網魚的生涯算是這條小河附近農人的副業，每年也有不少的出息。

這些農人中間，有一家姓萬的，就衹夫婦兩個，沒有兒女。姓萬的人極渾厚，排行第二，地方上都叫他萬二獃子；但他爲人雖像個獃子，種地網魚的成績，卻都在一般自命不獃的農人之上。他的老婆也是沒一些精明的樣子，混混沌沌的，終日幫著萬二獃子苦做。夫妻兩口，食用不多，很有了些兒積蓄。

這日是正月十三，萬二獃子向他老婆說道：「快要到元宵節了。今日得網一天的魚，明日好賣給人家過節。」他老婆自然說好。他平日網魚，照例是他老婆駕著划子，他立在船頭上撒網；這日也是如此。祇因這日在小河裏網魚的太多，萬二獃子網了半日，沒網著幾條拿得上手的魚。他老婆慫恿著，去大河裏試試；這條小河，通大河也不過幾里路。萬二獃子便鼓了鼓獃氣，放下手中的網，提了一片槳，幫著老婆，一陣搖到了大河。

這日的北風不小，河裏走上水的船，都祇扯著半截篷，便如離弦的勁弩，直往上駛。萬二獃子在小河裏的時候，還不覺風大；一到了大河，料想這們大的風，撒網是不相宜的；和老婆商量，打算退回小河裏來。他老婆還不曾回答，忽然睜開兩眼，望著河裏，好像發現了甚麼。萬二獃子忙隨著老婆望的所在望去，不覺失聲叫了一個哎呀！

不知萬二獃子夫婦，發現了甚麼東西？且待第五回再說。

施評　冰廬主人評曰：董祿堂之敗，實緣驕傲太甚。夫以八十六歲之老人，雖有天大本領，極宜善自韜養，以保天和；奈何好勝之心，反甚於少年，以致既失雙劍，復損一目，自取侮辱，夫復何言？況武藝用以防身固當，倘恃以凌人，則未有不敗者焉。董祿堂不悟此旨，遂有此失。

第五回　萬二獃打魚收義子　鍾廣泰貪利賣嬌兒

話說：萬二獃子見自己老婆，睜眼望著河心，好像發現了甚麼東西似的，也連忙掉過頭，向河心一望，不覺大吃一驚！原來：水面上，浮著一件紅紅綠綠的東西，像是富貴家小兒穿的衣服；隨著流水，朝魚划跟前，一起一伏的淌來。

看看流攏來，相離不過幾尺遠近；萬二獃子失聲叫道：「哎呀！從那裏淌來的這個小兒！可憐，可憐！我們把他撈上來，去山裏掩埋了罷。給大魚吞吃了，就更可慘了！」他老婆一面口中答應，兩手的槳便用力朝那小兒搖去。

不須三四槳，小兒已靠近了船邊；萬二獃子伏下身子，一伸手即將小兒撈起。夫妻兩個同看那小兒，雪白肥胖，不過一週歲的光景；遍身綾錦，眞如粉妝玉琢；祇因身上穿的衣服過厚，掉在水中，不容易沉底。

萬二獃子夫妻都是水邊生長的人，很識得水性，更知道些急救淹斃人的方法。當下，見那小兒背上衣服，還不曾濕透，料想是才落水不久的。兩夫妻慌忙施救，一會兒竟救活轉來。兩口子高興到了極處，都向天祝謝神明說：是神明可憐他夫妻兩個，年過五十，沒有兒女，特地送這們好的一個兒子給他！

萬二獃子從自己身上，脫下一件棉襖，去了小兒的濕衣，將棉襖包裹了。那裏還有心思網魚呢？急忙掉轉船頭，搖回家中。左右鄰近的農人，都知道萬二獃子在小河裏拾了個兒子，便也有許多人，來萬家道喜的。萬二獃子因這小兒，還在吃乳的時候，自己老婆不曾生育過，發不出乳水來；手中既是積蓄了些兒財物，就專爲這小兒請了一個奶媽。

這小兒有一處和旁的小兒不同的地方，就是：兩邊的頭角高起，角上的頭髮，都成一個螺旋紋。尋常人的頭髮，當中一個旋紋的多。據一般星相家說，看小兒頭上旋紋的前後左右位置，可以定出生產的時刻來；頭上有兩個旋紋的極少，便有也是或前或後，或左或右；一邊頭角上一個的，整萬的小兒中間，祇怕也不容易選出二三個來。這個小兒才祇有週歲，自是不能說話，無從知道他姓甚麼，是甚麼所在的人。不過就他身上的衣服看來，可以斷定他：是一個富貴人家的公子，如何落在水中的緣故，也無從知道。萬二獃子替他取了個名字，叫作義拾兒。

養到了十歲，萬二獃子見義拾兒天分很高，全不是一般農人家的小孩氣概；祇是不願意跟著萬二獃子，下田做農人的生活。普通農家，有了十來歲的小孩，便得擔負許多耕作上的事項；牧牛羊、割草扒柴，自然是農家小孩分內的事。若是這小孩的身體發育得快，有了十來歲，簡直可以幫同父兄，做一個大人的事。義拾兒的身體發育並不算遲；然稟賦不厚，到底不是農家種子。萬二獃子見他對於一切農人的事項，都做不來；心裏憐愛他，也捨不得逼著他做。

附近有一個教蒙童館的先生，略略殷實些的農家，想自家小孩認識幾個字；都花三五串錢一年，將小孩送進蒙童館裏讀書。萬二獃子遂也把義拾兒送進了那個蒙館。煞是作怪！義拾兒一見書本，便和見了甚麼親人一般，歡喜得很！祇須蒙館先生教一遍，他就能讀得上口。蒙館先生教書，照例不知道講解，僅依字音念唱一回；訛了句讀、乖了音義的地方，不待說是很多很多。館中所有的蒙童跟著先生念唱，正如翻刻的書，錯誤越發多了；惟有義拾兒，不但跟著念唱，沒有錯誤；並且常用他的小手，指點著書句，要先生講解。

先生每每被逼得講解不出，便忿忿的對義拾兒說道：「教蒙館是教蒙館的價錢，照例都不

講解；要講解，得加一倍的學錢。你家裏能加送我的錢，我就給你講解！」義拾兒認作實話，歸家向萬二獃子道：「要多送先生的錢。」萬二獃子辛苦積蓄的錢，如何捨得多送？並且萬二獃子是個純粹的農人，祇知道讀書就讀書，那裏知道還要甚麼講解，得另外加錢？聽憑義拾兒怎生說法，他祇是不肯擔負這筆額外的款項。義拾兒見說不準，也就罷了，次日仍照常到蒙館去了。

平日去蒙館，總是用竹籃提著午飯，在蒙館裏吃；讀到下午，日落西山的時候回家。這日義拾兒照常去後，直到天色已晚，尚不見回家。萬二獃子夫婦都覺得詫異。萬二獃子自己提了一個燈籠，親去蒙童館探問。蒙館先生道：「我正在疑心，今日義拾兒怎的不來讀書？莫是病了麼？上午已從家中出來了嗎？」

萬二獃子一聽這話，眞若巨雷轟頂！錯愕了半晌，才回問道：「今日眞個不曾到館裏來嗎？他從來不是歡喜逃學的孩子，又從來不貪玩，更沒有旁的地方可走，不到館裏來，卻到那裏去了呢？」

蒙館先生生氣答道：「不是眞個不曾來，難道我隱瞞了你的義拾兒不成？你不相信，去問這些學生就知道了。我教了十多個學生，今日統來了；就祇義拾兒沒到。」萬二獃子料想先生的話不假，心裏更急得無法可想。歸根落蒂，就恨先生不該要加甚麼講解錢。和這先生吵鬧了一會，也吵鬧不出義拾兒來，祇得歸到家中，對自己老婆說了。

義拾兒雖不是他夫妻親生的兒子，然終日帶在跟前，養到這們大，又生得十分可人意；一旦丟失了，如何能不心痛呢？夫妻兩個足哭了一夜。次日天光一亮，夫妻即分頭四處尋找；又拜託了幾個鄰人，出外打聽。

一連尋了數日，杳無蹤影。左近知道這事的人，莫不替萬二獃子夫妻歎息；都說：萬二獃子前生欠了義拾兒的孽債，這是特來討債的；所以來不知從那裏來，去不知往那裏去！

話雖如此，但是義拾兒難道眞是一個討債鬼嗎？確是從那裏來的，確是往那裏去了呢？於今且將他的來路表明出來，再說他的去路。

廣西楊晉穀是一個很有學問的孝廉，祇因會試不第，乘著那時開了捐例，花了些錢，捐一個道銜，在湖南候補；很幹了幾次優差，便將家眷接到了湖南。他有個兒子叫楊祖植，來湖南的時候，已有十三四歲了，在廣西不曾定得親事，到湖南過了三四年，就娶了平江大紳士葉素吾的小姐做媳婦。過門之後，伉儷之情極篤，一年就生了一個男孩子。楊晉穀把這小孩子鍾愛得達於極點，但是葉素吾夫妻也極愛這個女兒；雖則出了嫁，生了孩子，仍是要接回家來久住。

楊祖植離不開老婆，也跟著同住在岳母家。兩小夫妻從家裏動身去岳母家的時候，生下來的小孩，才得三個月。在岳家住了半年，楊晉穀就打發人來接。葉素吾夫妻捨不得女兒走，祇是留著不放。二月間去的，直住到年底，楊晉穀著派人接了三五次，葉素吾夫妻定要留著過年。

楊晉穀想看孫子的心切，祇等過了年，就改派了兩個長隨，同了個老媽子，教老媽子對葉家說：「如果要留少爺、少奶奶住，不要緊；祇要把孫少爺帶回去，少爺、少奶奶便再住十年八載，也不妨事！」葉素吾夫妻見是這們說，不好意思再留了；正月十二日就叫了一艘大紅船，送楊祖植夫妻回去。

這時楊晉穀在衡州。正月裏北風多，紅船又穩又快，計算十五日可以趕到。誰知行到第二日，奶媽抱了這週歲的小孩，在船頭上玩耍。這個小孩本來生得肥胖有力，亂跳亂動的，在奶媽手中不肯安靜。奶媽年輕，一個不留神，小孩便脫手掉下河裏去了！奶媽順手一撈，僅撈了一頂風帽在手；水流風急，頃刻已流得不知去向。奶媽嚇慌了，亂喊救命。

楊祖植夫妻跑出去看時，連水花都沒看見一個！楊祖植急得抓住奶媽就打。奶媽情知不了，也要向河裏跳下。依得楊祖植的性子，覺得這奶媽死有餘辜；巴不得他跳下河去，陪葬自

己的週歲小兒！

虧得楊祖植的妻子機警，一把將奶媽拉住道：「小兒已是掉下河去了，你陪死，也無用處；且快把船頭掉過，趕緊追下去撈救。」

紅船本來就是救生船，駕船的都是救生老手，不問有多大的風浪，紅船是從來不會翻掉的。當時聽得小公子落了水，不待楊祖植吩咐，已連忙下了半截風篷，掉轉船來。船上原備有撈人的長竿撓鉤，七手八腳的，旋撈旋趕。

無奈那船行駛半帆風，比滿帆的更快；那怕你落了篷，疾行的餘力，還得跑半里路，方能停住；在河心行駛，又不能撐篙，將船抵住不動；加以水流甚急，等得掉過頭來，相離落水的地方，已不知有多遠了！大家心裏都存著小孩不會泅水的念頭，估料落水就沉了底；既是不能確定落水在甚麼所在，雖是用撓鉤撈挽，也都不過奉行故事而已。

楊祖植夫妻望著河裏，痛哭了一會。楊祖植道：「我們年紀輕，不愁不會生育；這孩子該當不是你我的兒子，便不掉下河去，要病死也沒設法！祇是老太爺這般鍾愛他，三回五次的派人來接，也完全爲的是他；我們於今空手回去，卻是怎生交代呢？老太爺、老太太都是上了年紀的人，得了這個慘消息，不要急死，也要傷心死，這可怎麼得了呢？」

他妻子說道：「這消息不但不可給老太爺、老太太知道，連外公、外婆都知道不得！惟有連夜趕到省城，多叫幾個媒婆來，多許他們些銀子，教他們去打聽，看那家有月分相當的小孩，便花幾千銀子也說不得，買一個來做替身。好在出來的時候，祇得三個月；於今離隔了差不多一年，老太爺、老太太不見得便認得出！」

楊祖植搖頭道：「不好！到那裏去找這頭上有雙旋，又正正在兩邊頭角上的？」

他妻子道：「那是不容易找，然祇要頭上有兩個旋的；即是找不出，也還有一個法子：叫個剃頭匠來，把頭髮剃個乾淨回家，一時不留神，也看不出。並且兩個老人家，無緣無故的，大約也不至十分注意到這旋上去。」

楊祖植聽了，也祇得說好，隨即叮囑了一干下人，不許到家透露風聲。這些下人身上，都擔著些干係，巴不得不給老太爺、老太太知道，免得挨打挨罵。

紅船連夜趕到了長沙。打發下人上岸，找尋了六七個媒婆。楊祖植對媒婆將要買週歲男孩的話說了：如能找著頭上有雙旋的，更可多出價錢。媒婆也不知道有甚麼緣故，祇理會得：這是一筆好買賣；做成了功，可以一生吃著不盡！他們做媒婆的，幹的是這類事業，豈有不極力兜搭的？天下事，祇要有錢，眞是沒有辦不到的！幾個媒婆，跑滿了一個省城，到十五日，就居然找著了一個。頭上也是兩個旋紋，祇略大了幾個月，有一歲半了，是一個做裁縫的兒子。

裁縫姓鍾名叫廣泰，有六個兒子、四個女兒。因家境不好，食口太多，時常抱怨妻子，不該生這們多兒女。久有意送給沒兒女的養，一則，苦於沒有相當的人家，二則他妻子，畢竟是自己身上生下來的，不忍心胡亂丟掉。每次生一個兒女下來，得忍受丈夫無窮的埋怨。

這回媒婆來說：有富貴人家，要買了做兒子；料知買過去，不但沒有苦吃，還有得享受；並且又有銀子可得。鍾廣泰自是高興，就是他妻子也願意了。說妥了一千兩銀子的身價，四百兩銀子的媒費，一時交割清楚，這歲半的小孩，便到楊祖植夫妻手裏了。

也合該這小孩是義拾兒的替身，雖則大了幾個月，祇因裁縫老婆生育得過多，缺乏了奶水；小兒身體不大發達，和義拾兒落水的時候，長短大小差不多，容貌也有些相彷彿；就祇頭上雙旋，不及義拾兒那般齊整，但是儘可以敷衍過去。仍舊教義拾兒的奶媽帶了。尋常有了歲多的小孩，多是不肯吃旁人的奶；這孩子因平日虧了奶水，肚中飢餓得很，奶媽給奶他吃，一點兒不號哭。

回到衡州，楊晉穀兩老夫妻，竟毫不疑慮的，認作自己的嫡孫子；替他取的名字，叫作楊繼新。後來這楊繼新大了，也是這部書中的緊要人物。暫時放下，後文自有交代。這樣說來，義拾兒的來路，算是已經表明了。

卻說義拾兒這日，提了飯籃、書包，去蒙童館讀書。心裏因萬二獃子不肯答應他加送學錢，有些悶悶不樂，低著頭，一步懶似一步的，往前行走。萬家離蒙童館，不上三里路；走了好一會，仍沒有走到。停了步抬頭一看，原來走錯了路，在三岔路口，應拐彎的；因心中不樂，忘記了拐彎，就走進一座山裏來了。

小孩子心性，見走錯了這們遠，恐怕到遲了，先生責罵偷懶，不免有些慌急起來；慌忙回頭，匆匆向來路上走。方要轉過山嘴，不提防一條碩大無朋的牯牛，迎面衝了過來，那裏避讓得及！那牯牛用角一挑，把義拾兒挑得滾下一個山澗中去了。

農人牧牛，照例是清早和黃昏兩個時期，這時正是早起牽出來，吃飽了水草，要牽回家去了。黃牛、牯牛都有一種劣性，不惹發他這劣性就好，馴服得很，三五歲的小孩，都能牽著去吃草；若是他的劣性發了，無論甚麼人也制他不住！每次發劣性的時候，總是乘牽他的不防備，猛然掉頭就跑；牽牛的十九是小孩，手上沒有多大的氣力，那裏牽得住呢？有時還將小孩一頭撞倒才跑。跑起來，逢山過山，逢水過水，隨便甚麼東西，都擋他不住，遇人就鬥；必待他跑得四蹄無力了，又見了好青草，才止住不跑了。

這種事，在冬季最多；因爲冬季是農人休息的時候，牛也養得肥肥的，全身是力，無可用處，動不動就發了劣性。義拾兒這回被難，也正在冬季。那山澗有丈多深，澗中盡是亂石。牧牛的小孩，跟在牯牛背後追趕；因相離很遠，又被山嘴遮了，不曾看見義拾兒走澗上經過，想不到有人被牛挑下澗裏去了，竟不作理會的，追了過去。

義拾兒跌得昏死了，也不知經了多少時刻，才漸漸的有了知覺。睜眼一看，見是一間很精雅的房子，自身躺在一張軟榻上；祇是不見有人。心裏疑惑，一時也忘記了被牛鬥的事。想坐起來，看是甚麼所在；才一抬頭，登時覺得頭頂上，如刀劈一般的疼痛；身體略移動了一下，肩背腰腿，無一處不更痛得厲害。有這一痛，就記起被牛鬥時候的情形來了。

即聽得有人在軟榻那頭說道：「醒了麼？快不要亂動！」義拾兒心裏吃了一驚，怕痛不敢再抬頭去看。那人已走過這頭來，原來是個花白鬍鬚的道人。將頭伏近，口裏呼著義拾兒三字，說道：「我已熬好了些小米粥在這裏，給你吃些兒再睡。你的傷勢太重，非再有十天半月，不能全好。你已在此睡了三日三夜，知道麼？」說罷，哈哈大笑。

義拾兒聽得教他喝粥，即時覺得著肚中飢餓不堪。道人端了一碗稀粥進來，一口一口的，餵給義拾兒吃了。道人教他仍然安睡。一連半個月，每日敷藥餵粥，以及大小解，全是那道人

照拂。

半月以後，傷處方完全治好。義拾兒聰敏，知道向道人拜謝，並問道：「這是甚麼地方？你老人家怎知道小子叫作義拾兒呢？小子記得被一條牯牛挑下了山澗，就昏死過去了。怎麼會到這裏來的？」

那道人笑道：「這裏是萬載縣境，雞冠山清虛觀。我就叫清虛道人。同道中人，見我常是開口笑的日子多，都呼我為笑道人。我一年之中，有十個月閒遊，順便替人治病。你被牯牛挑下的那條山澗裏面，很長著幾味不容易得的草藥；我那日從那裏經過，便下去尋尋草藥。也是你合該有救，又與我有緣，下澗就見你倒在亂石堆上；腦蓋已破，幸喜腦漿不曾流出，祇淌了一大灘的紫血；肩腰背脊和兩條大腿，都現了極重的傷痕；看那石上的血色，已乾了許多；推想你跌下，必不止一日半日了。四肢不消說，全是冰冷；虧得心臟不曾損壞，還可以望救。

「我當下就用澗中泉水調了些萬死一生丹，敷滿了你的頭腦；又灌了些迴輪湯，給你呑了。那亂石堆上，不好用推拿的工夫；並且你的傷，也不是三五日能治好，衹好將你馱到這裏來。我初見你遍身的重傷，還衹道你是被惡人謀害了，攢在那山澗裏面；及至馱到這裏，仔細一看，才看出是被牛角挑傷了。牛角挑的地位，在腰脅之間；頭腦是倒栽在亂石上；肩背兩腿是從澗石上滾碰傷的。

「你姓甚麼，家住在那裏，我都不知道。衹因見你身邊，有一個竹飯籃，飯菜都傾散在澗裏；又見有一個書包，裏面幾本書上，都寫了義拾兒三個字；料想就是你的名字。你怎的取這們一個名字？是教你書的先生替你取的嗎？」

義拾兒道：「我本來姓甚麼，連我自己也不知道。名字是我義父給我取的，義父不曾對我說出來歷。衹時常聽得同館讀書的人，笑我是十年前，正月十三日在河裏拾著的。我拿這話問義父，義父衹叫我莫信那些胡說，然而也不說出我親生父母的姓名住處來，衹怕眞是在大河裏拾著的，終不成我是沒有父母的嗎？

「不過我心想同學的話，也實在有些像是胡說。我今年才得十一歲，十年前，我不是還不曾上一歲嗎？沒上一歲的小兒，終日在母親手裏抱著，如何會跑到大河裏去呢？難道不上一歲的小兒，就會浮水？既落到了水裏，又怎的不會沉底，能給我義父拾著呢？並且他們說是正月十三日拾的，更是不近情理！正月間天氣，何等寒冷；便是大人掉在水中，也要凍死，何況是小兒？何況是不上一歲的小兒呢？」

笑道人光開兩眼，望著義拾兒，滔滔不斷的說了一大段，微微的點了一下頭，問道：「你義父住在那裏？姓甚麼？叫甚麼名字呢？」

義拾兒道：「我義父姓萬，甚麼名字，我卻不知道。我祇聽得人家當著我義父的面，都叫萬二爺，或是萬二爹，背後全是叫甚麼萬二獃子。家住在離趙家坪不遠，金家河旁邊。義父本是種田的人，得閒就駕著魚划，同義母去金家河打魚，我也同去過好幾次。不過義父、義母都不大願意帶我同去。我問：是甚麼道理，不教我同去？義母說：是算八字的先生說我犯水厄，不到河裏去的穩當些！照這些情形看來，又似乎是在大河裏拾著的。」

笑道人一面聽義拾兒說話，一面撚著花白鬍鬚，偏著頭如思量甚麼，聽到末了，忽然拔地跳起身來，跑到義拾兒跟前，雙手將義拾兒的頭一捧，嚇得義拾兒不知爲的甚麼！畢竟是爲的甚麼？且待第六回再說。

施評

冰廬主人評曰：自第四回下半段敘明爭水陸碼頭起，以後均用倒敘法，追述從前情事，讀者幸弗忽略過去。

三家村學究，頭腦冬烘，句讀未明，便儼然好為人師，貽誤青年，實匪淺尠。義拾兒不幸墮水，更不幸而遇此不能講解之塾師，以致途逢奔牛，搶墜深澗。故吾謂他日爭趙家坪之起點，實在此塾師也。讀者疑吾言乎？請閱下回，當知非謬。

第六回　述前情追話湘江岸　訪義父大鬧趙家坪

話說：笑道人忽然跑到義拾兒跟前，雙手將義拾兒的頭捧了。此時頭上傷處的瘢痕，已經脫落了，衹是還不曾長出頭髮來，然兩邊頭角上的旋紋，仍彷彿能看得清楚。

笑道人仔細端詳了幾眼，拍著義拾兒的肩頭笑道：「你不用著急，不知道你的親生父母。我能使你一家團圓，不過一時不能辦到。」

義拾兒喜問道：「你老人家怎生能知道我的親生父母呢？我實在是我義父正月十三日，在大河裏拾著的嗎？」

笑道人道：「如何拾著的，我雖不能斷定；然是十年前的正月十三日，落到你義父手裏，是一些不錯的。至於你問我怎生知道你的親生父母，這事也眞是湊巧。十年前的元宵，我恰好在長沙，長沙省城裏三教九流的人物，我認識得極多。

「有人告訴我，說：小西門河裏，到了一號大紅船；船上載的是官眷。不知為的甚麼，要買一個週歲的男孩子，不怕價錢大，衹要是頭上有兩個螺旋紋的。於今城裏頭的媒婆，都想張羅這筆買賣，滿城尋找合適的孩子。有一班無賴子聽了這個消息，也想趁此發一注橫財。到處打聽有週歲男孩子的人家，打算買通人家底下人或老媽子，用調虎離山之計，將男孩弄到手，去賣給那紅船上。那些有男孩的人家，也聽了這不好的消息，多是幾個人圍守自家的孩子，怕被人偷了去。

「我當時知道了這事，很覺得奇異；探訪了好幾日，不曾探出原因來。祇知道那船上的官眷是廣西人，在湖南候補的楊晉穀的少爺、少奶奶。少奶奶是平江大紳士葉素吾的小姐，這回是從娘家回婆家。那船上的人，異口同聲的，不肯說出買孩子的緣故來；後來也祇知道花了一千多兩銀子，買了一個裁縫的兒子，帶到衡州去了。我也沒再打聽。

「過了五年，聽說楊晉穀因事掛誤了丟了前程，又因年紀也老了，就全家回了廣西原籍，但不知他是廣西那府那縣的人？剛才聽你所說，觸發了我十年前很覺得奇異的事；心想：買人家小孩做自己兒子的有，然從來沒聽說要限定是週歲，而頭上又要有兩個螺旋紋的！這不待說是自己原有這們一個小孩丟了，要買一個同樣的補缺。你說同學的揶揄你，是十年前正月十三日，在大河裏拾著的，和我所見的年月日都對。

「而那時的你，恰好又祇週歲；我心裏已有八成，可斷定那船上要買的，就是爲補你的缺，但須看你頭上，果是有兩個螺旋紋沒有？你於今頭上，雖然脫落瘢痕，不曾長出頭髮；然髮根的紋路，是看得出來的，不是很顯明的，一邊頭角上一個螺旋紋嗎？由此一點看來，你是楊晉穀的孫子，是毫無疑義的了。你的親生父叫楊祖植。但不知你因何才得週歲，就會掉在河裏？十九是因領你的奶媽不小心。這事除了你當日同船的人而外，沒有旁人知道，所以打聽不出。」

義拾兒聽了，流淚說道：「我果然還有親生父母在世，卻爲何也不到金家河一帶來找尋我呢？可憐我父母，當我那落水的時候，不知道哀痛到了甚麼地步？我怎的出世才週歲，就有這們不孝？於今既承你老人家指點我親生父母現在廣西，我豈可再逗留在外，不作速歸家，慰我父母的懸望？」

笑道人連連點頭道：「你十來歲的孩子，知道盡孝，很是難得！我既救活了你的性命，應得成全你這一片孝心；不過你的年紀畢竟太輕，不知道世事。此地離廣西三千多里，山川險阻，盜匪出沒無常，老在江湖的人，尚且不容易行走；你一個未成年的小孩，既在我這裏，我豈肯教你如此涉險？況且你父母是廣西那府那縣的人，還不知道；廣西一省，那們大的地方，你一個小孩子，貿然到那裏尋找？」

義拾兒哭道：「我不問尋找得著與尋找不著，總得去尋找！莫說還知道我的父母，是在廣西；便是不知道，祇要明白我的親生父母確實尚在人間，那怕連姓名都不曉得，我也得尋遍天下！上天可憐我，總有尋著的一日！」

笑道人見義拾兒小小的年紀，居然能說出這種話來，心裏不由得愈加喜愛。拉了義拾兒的手，坐在床沿上；一邊撫摸著他的頭，安慰他說道：「好孩子！不用著急！你有這一片孝心，自有你父母重逢之日。我剛才不是說了，能使你一家團圓的話嗎？這事包在我身上，我可託人去廣西打聽。你的父親是很有聲望的人，大概打聽還不難；等打聽得有了著落，我就親身送你去。你父母此時的年紀，不過三十多歲；便再過三年五載，也不愁沒有見面的日子。我因很歡喜你的資質好，想收你做個徒弟，傳你的道術；像你這般天分，加以猛進之功，三五年就可橫行天下。那時你自己，也不難獨自去廣西，尋找父母。」

義拾兒也是一個大有慧眼的人，合該成爲清朝一代的大劍俠，所以鬼使神差的，從週歲掉在河裏，落到萬二獃子手中；才有迷路被牛挑下山澗的事。若在楊祖植家中，帶著回到廣西去了，又如何能從笑道人學道呢？義拾兒當時聽了笑道人的話，有夙慧的人，自然聞道心喜；即刻立起身來，爬在地下，朝著笑道人，叩了四個頭。

笑道人打著照例的哈哈，彎腰將義拾兒扶起，說道：「你這義拾兒的名字，是你義父給你取的乳名，人家聽了不雅。你本姓楊，我給你一個名字，叫楊天池。你就住在這清虛觀，朝夕用功修練；我不帶你出外，你獨自不許出外。」楊天池連聲應是。

從此楊天池便在清虛觀，跟著笑道人，修練劍術。清虛觀在萬載雞冠山窮谷之中，終年不見人跡，不聞雞犬之聲，絲毫沒有妨礙修練的東西。祇練了五年，楊天池的劍術已是成功了。起初笑道人不許楊天池獨自出外，兩年過後，才放楊天池出來，就在雞冠山上，追逐飛禽走獸，輔助外功。

三年後，便教他去各省的深山大澤中，尋覓草藥。這採藥一門，是修道的舟楫；目的並不是給人治病，原是用以輔佐自己的內外功的一種工具。劍術不過是修道的在深山窮谷之中，一種自衛的東西；到各處尋覓藥草，時常與毒蛇猛獸相遇，劍術也是不可少的。祇是楊天池從笑道人所學的，重在劍術。

五年後，劍術成了功，楊天池向笑道人說道：「弟子從師父五年之久，雖朝夕專心修練，然每一念及親生父母，心中總是難過。於今弟子仗著師父傳授的劍術，不論甚麼險惡的地方，弟子也敢獨來獨去。求師父許弟子去廣西，尋覓家父母；等家父母終了天年，再來此侍奉師父！」笑道人欣然答應了。

楊天池遂一人到了廣西，整整的在廣西探訪了四年；廣西的六道八十州縣，都訪遍了，不曾訪出他父母的住處來。料知已不住在廣西了，祇得仍回清虛觀，想慢慢的探訪。

笑道人在這四年之中，又收了許多徒弟。論年紀，多有比楊天池大幾歲的；論次序，祇楊天池居長，所以楊天池做了笑道人的大徒弟。

一日，楊天池因事走趙家坪經過，遠遠的即聽得喊救之聲，儼然和打仗一般。楊天池心想：於今是承平世界，決沒有造反打仗的。我彷彿記得小時候在義父家中，曾屢次聽得說：平江、瀏陽兩縣的人，因爭甚麼水陸碼頭，在趙家坪聚衆打架；每年不是春季，便是秋季，總得大打一次。

此時正是二月，這喊殺之聲，一定又是平、瀏兩縣的人，在這裏爭水陸碼頭了。我自從離了我義父家，忽忽十年了。前五年因在清虛觀一心修道，不能任意出外；後五年遠在廣西，尋我的親生父母，所以不曾到義父家探視過一次。義父母養育我的恩典，豈可就是這們忘恩不報？

他們爭水陸碼頭的舊例，祇要是行走得動的，不論老少男婦，都得從場去打；不過老弱婦孺在後面，燒飯挑水、搬石子、運竹竿木棍，不願從場的，須出錢一串，津貼從場的老弱。我那時年輕，義父母鍾愛我，不教我從場，每年得貼一串錢。義父母雖然年老，是每次要去的。

我於今練成了這一身本領，恰好又到了這裏，何不助義父母一臂之力，趁此報答二人養育之恩？

楊天池計算已定，即繞到平江人這方面。舉眼看去，一邊足有千多人，都是一字兒排開；近的拳棍相交，遠的用籐條纏著鵝卵石子，向對面打得如下雨一般。老弱婦孺，各離陣地里多路，吶喊助威。雙方正在酣戰，還沒分出勝負。楊天池估料，義父母必在老弱隊中，遂向老弱隊中尋找。這時萬二獃子已是六十多歲了；他老婆患病在家，不能上陣。萬二獃子不捨得出兩串錢，獨留老婆在家，自己還是勉強掙扎，跟著大家上陣，在後方擔任燒飯。

楊天池尋找了好一會，才尋著了。少年人的眼力和記憶力，都比年老人強些；楊天池一落眼，便認出是自己義父來。萬二獃子的老眼昏花，楊天池又完全長變了模樣，如何能認得出呢？

楊天池走過去，雙膝跪下，叫了一聲義父，倒把萬二獃子嚇得錯愕起來。旁邊有個眼睛快的老頭，一見就向萬二獃子喊道：「哎呀呀！你的義拾兒回來了！」萬二獃子這才從恍然裏面鑽出一個大悟來，立時歡喜得兩淚交流，顫巍巍的雙手抱住楊天池，哭不出、笑不出，話也說不出，祇張開口，一疊連聲的，啊個不了。旁邊的人，互相告語，都替萬二獃子歡喜。

楊天池立起身來問道：「義母現在何處？孩兒且去見了他老人家再說！」

萬二獃子看楊天池文士裝束，生得容儀俊偉，氣度雍容，立在衆人叢中，正如鶴立雞群，不由得心裏更加喜悅！見他問義母在何處，忙答道：「你義母麼？他病了好多日子了！自從不見了你之後，心裏一著急，又上了幾歲年紀，就時常是病痛糾纏不清，近來更厲害得不能下床了。等我告了假，帶你回家去罷！」

萬二獃子正待轉身，找爲首的去告假，猛然見前面戰鬥的壯士，都紛紛敗退下來；後面的老弱婦孺，也登時大亂，呼號喊叫的，各自私竄逃生。萬二獃子一手扯了楊天池要跑，道：「快逃，快逃！我們這邊打輸了！瀏陽蠻子就要追下來，落在他們手裏，便不能活！」說話時，神色慌張到了極點。

再看這一排的老弱婦孺，已逃跑了大半。因是一坦平陽之地，看得分明：瀏陽人那邊追下來的，約有五六百人，異常奮勇；平江人隊裏，祗望後退，已沒有反抗的能力。

楊天池心想：我要幫助義父，此刻已是時候了！便立住不動，向他義父說道：「一逃跑，就輸給瀏陽人了！孩兒可助殺一陣。你老人家且在此等著，孩兒殺上前去！」萬二獃子聽了大驚，待喊住不放，楊天池已一躍去了十多丈。

楊天池本想施出練成的飛劍來，忽然心裏一動，顧念：這些上陣的瀏陽人，全是些作山種地的蠻漢；其中雖也有些練過一會拳腳的，然終是血肉之軀，那有甚麼內功？如何禁得起我的飛劍！刈草一般的，把他們全體刈殺了，未免太傷天地好生之德；不如用梅花針，祇將他們一個一個的戳傷，不能追趕那邊的人，也就罷了。

思量已畢，看看追趕的到了跟前，忙揭起長袍，從腰間百寶囊裏，掏出一大把梅花針來。這種梅花針，是用鋼屑鍊就的，厲害無比！和頭髮一般粗細，每枝長不過三分。使用的時候，全仗內功到家，可以打到百步開外，無微不入。那怕你穿著極厚的衣，一黏身就鑽進皮肉裏面去了！

在心術狼毒的人，修鍊這種梅花針，多用極毒的藥水煮過；見血即不能醫治！這也是暗器中的一種。甘肅、陝西一帶的練氣士，發明這種暗器，爲的是好殺狼群。

在幾百年以前，甘肅、陝西的狼，動輒是千百成群；沒有這種可以多殺的暗器，不容易治服狼群。流傳下來，便成了練劍的一種附屬武器。

當時楊天池掏出梅花針來，朝著追趕的瀏陽人撒去；祇聽得數百人，同時叫了一聲：「哎呀！」有中了要害的，即倒地掙爬不起；不曾中著要害的，也疼痛得住了腳，不能追趕。一時呼痛號哭的聲音，驚天震地！衆逃跑的平江人，忽見追趕的紛紛倒地，不倒地的也伏著身子呼痛，還疑心是瀏陽人用詐。有膽大的，回頭殺傷了幾個，不見瀏陽人反抗；才大家折轉身來，復奮勇向瀏陽人殺去。

楊天池一看，不好！使瀏陽人是這般駢首就戮，不是和用劍殺他們的一樣嗎？我師父是個仁德君子，聽了我這舉動，必然責備我殘忍。我得從速將他們止住才好！祇是上陣的人多，一字兒排開的陣線，長有數里；楊天池又不是平江隊裏的頭目，如何能夠止住他們呢？一時急中生智，見一面紅旗底下，有一個人在那裏擂鼓催進；鼓聲越急，反攻的人越奮勇；掌紅旗的，雙手舉著旗，一起一伏的搖動。離紅旗十來丈遠近，有一面綠旗；旗下也是一個人，提著一面大鑼，舉旗的立著不動。

楊天池心想，這鑼聲，必是令退的；我惟有急將鑼搶過來，用力敲打一會，看是如何再作計較！眞是小說上面所說的：說時遲，那時快，天池身手，何等疾捷！祇將兩腳一墊，已經到了綠旗之下；隨手搶過鑼來，也來不及搶鑼搥，就握著拳頭，敲得那鑼震天價響。反攻的人，一聞鑼聲，同時止了腳步；然瀏陽隊裏被殺死的、被打傷的，已有十之五六。

楊天池見大衆停了手腳，即大聲喊道：「窮寇勿追！這回且饒恕了他們的性命罷！」一衆人得轉敗爲勝，也不知道緣故；見瀏陽人都瞑目待死，一些兒也不抵抗，正是殺得高興。忽然聽得鑼聲，雖則齊把手腳停了，但是心裏都疑惑，怎麼會金鼓齊鳴呢？一個個回轉頭來看，聽了楊天池的喊聲，卻沒一個認識楊天池。

平江隊裏爲首的人，姓羅名傳賢，是一個在農人中很有資產的人。當洪秀全、楊秀清經過湖南的時候，羅傳賢還祇二十多歲，就充當團練軍的小頭目，略略知道些臨陣的方法；拳棒工夫，也可打得開十來個蠻漢。此時已有五十多歲了。祇因他家世代業農，薄薄的有些祖業，所以不願認眞投身行伍。不然，那時由行伍中發跡的，十分容易；有了他這種資格，早已是提鎭的地位了，如何能得他在這裏，當這種全無名義的首領呢！

這時羅傳賢見自己的隊伍敗退下來，正無法阻止，祇得也跟著往後退；陡然見一個文人裝束的少年，從老弱隊中，一躍十多丈，到了陣前，將長袍一揭，隨著左臂一揚，便見無數火星相似的東西，撒開來向瀏陽人身上射去。瀏陽人正奮勇追趕，一遇那些火星，頓時一個個如受了重傷。羅傳賢心中好生詫異，才招呼自己人，回身殺去。又見那少年，搶著鑼打，心裏更是驚訝。

楊天池高聲喊了幾句話，羅傳賢忙跑過來，對楊天池拱手，問道：「足下是那裏來的？爲何不乘勝追殺，反敲鑼停止進攻呢？」

楊天池放下銅鑼，也拱手答道：「敵人已死傷得不少。上天有好生之德，君子不欲多上人，豈可盡情殺戮？小子便是十年前的義拾兒；今日路過此地，特來相助我義父一臂之力，並非有仇於瀏陽人。死傷過多，仇恨更深；循環報復，更無了時！老先生此時即可將大衆遣散，小子就此告別了！」楊天池復拱了拱手，折身見自己義父，就立在後面。

原來萬二獃子著急義拾兒像個文弱書生，如何能和人打架！自己不曾拉住，很放心不下。自己的眼睛又看不見多遠，楊天池放梅花針、瀏陽人受傷，以及平江人反攻上去的種種動作，萬二獃子眼裏，都不曾看得清楚。祇聽得旁邊的人，忽然加倍的吶喊；又聽得大家歡呼之聲，問同伴的，才知道義拾兒在綠旗底下，和羅傳賢說話；瀏陽人已是大敗虧輸，方將一顆老糊塗心放下，急忙走到綠旗跟前來。他原是一個極忠厚的人，見自己的首領在這裏，還不敢上去，就立在背後等著。

楊天池攙扶著他的胳膊，說道：「扶你老人家回家，看義母病得怎樣了？」

萬二獃子點了點頭，說道：「好可是好，但是我還得向羅先生告假，才能帶你回去。這是有規則的。不然，就算是臨陣脫逃，得罰我五串錢！」

楊天池道：「甚麼羅先生？他在那裏呢？孩兒去替你老人家告假，你老人家祇立在這裏不動。」

萬二獃子搖頭道：「這是使不得的！不論是誰，都不能託人告假；我是要親去的！剛才和你說話的，便是羅先生。」

羅傳賢還沒走開，萬二獃子的話聽得明白，即過來說道：「萬二爺！祇管回去罷！我遣散了大衆，還要到你家來，和他談話呢。」說時，用手指著楊天池。萬二獃子聽了，歡喜不盡。在萬二獃子的心目中，以爲：羅傳賢是個大有身分的人，能得他來家一趟，眞是蓬蓽生輝！慌忙鞠躬致敬的，連稱不敢當！楊天池懶得多說，攙扶了萬二獃子就走。回到萬家，楊天池與他義母，自有一番殷勤安慰，萬二獃子自有一番問長問短，這都不必敘他。

且說：瀏陽人方面，有五六百人受了楊天池的梅花針；被平江人殺死的，有一百多名；打傷者有二三百。祇被梅花針刺了，沒被打被殺的，倒容易恢復了原狀。原來：楊天池的梅花針上面，沒有毒藥，受刺的不至有性命之憂。往常兩方打架，照例是打輸了的，就即時各散五方；這年認了輸，且待次年再打，然從來死傷到一百人的時候很少。這回瀏陽人本已打勝了，卻來了楊天池助陣，反將勝的打得一敗塗地，死傷如此之多！

瀏陽隊中首領，姓陸名鳳陽，是瀏陽一縣中，財力最雄厚的農人。雖是不曾讀書，爲人卻甚是精明幹練；爭著了趙家坪，於他家農務上的益處極大，所以瀏陽人奉他爲爭趙家坪的首領。這回因是打勝了，陸鳳陽領著大衆，爭先追殺。不提防他受了楊天池一梅花針，又被平江人在他肩頭上，打了一鐵鋤頭；還虧了一鋤就打得昏死過去了，平江人以爲是已經死了，才沒打第二下。平江人退後，方漸漸轉過氣來。

陸家住在一個小市鎮上，陸鳳陽的跟人，將陸鳳陽抬回家醫治。剛抬到那市鎮上，一個跛腳叫化，正低著頭，迎面一偏一點的走來。抬陸鳳陽的人，因走得太快，跛腳叫化避讓不及，竹竿尾子在跛腳叫化的額角上，撞了一下。

叫化喊了一聲哎呀！雙手將竹竿扭住，罵道：「你們瞎了眼嗎？充軍到煙瘴地方去嗎？怎麼是這般亂衝亂撞的？」

陸鳳陽的跟人，在那時有甚好氣，朝著那叫化臉上，啐了一口凝唾沫，也回罵道：「你不是瞎了眼，如何不早些讓開？你眞是個不睜眼的東西！也不去打聽打聽，看我們抬的是誰？」

那叫化被這一回罵，倒軟下來了，反笑著晃了晃腦袋，說道：「我確是個不睜眼的，不知道是誰？倒要看看你們抬的，可是一個三頭六臂的人物？」

陸鳳陽肩上雖受了重傷，心裏卻還明白。起初聽得自己跟人，和人拌嘴，以爲無意的撞人一下，算不了甚麼事，便懶得張眼去看。及聽這叫化說出來的話，既不是本地的口音，又不像尋常叫化的口氣；見說要看看可是個三頭六臂的人物，即張目一看，不由得心裏大爲詫異！

不知陸鳳陽爲甚麼詫異？那跛腳叫化是誰？且待第七回再說。

施評

冰廬主人評曰：施耐庵作《水滸傳》，輒於每回之末，另起波瀾，故作驚人之筆，不肯平平寫去，使讀者精神為之一振；且妙在籠罩下文，而無背謬情理之處。本書作者深得是法，每至回末，令人悠然意遠。而第五回一結，尤出人意料之外。迨讀本篇笑道人之言，則又語語不背情理，蛛絲馬跡，早在上回埋伏妥貼！噫！小說雖小道，欲求其工，豈易易哉？

吾嘗痛夫近世非孝說之背謬，不惜浪費楮墨，一再斥之。亦欲納人心於正軌，挽既倒之狂瀾，使梟獍之徒，憬然自知覺悟耳！今讀奇俠傳一書，而知作者與余有同情也；故一發於紅冬瓜教孝之言，再申於義拾兒尋親之日，劬勞罔極之思，溢於言外。嗚呼！吾人之所以異於禽獸者，以其能識孝悌、別長幼耳！奈何倡言非孝者之自甘儕於禽獸之列耶？

平、瀏鄉民之爭趙家坪，一年一度，已成慣例。原與諸俠風馬牛不相及，乃從楊天池探望萬二獃子閑閑而入，他日英雄聚義，劍俠爭雄，皆肇於此。大風之起，始於萍末，信然信然！

第七回　陸小青煙館逞才情　常德慶長街施勇力

話說：陸鳳陽張眼見那跛腳叫化，身材矮小，望去像是一個未成年的小孩；一頭亂髮，披在肩背上，和一窩茅草相似；臉上皮膚漆黑，緊貼在幾根骨朵上，通身祇怕沒有四兩肉；背上披一片稿薦，胸膛四肢都顯露在外；兩個鼻孔朝天；塗了墨一般的嘴唇，上下翻開，儼然一個喇叭；兩隻圓而小的眼睛，卻是一開一闔的，閃灼如電；發聲自丹田中出來，宏亮如虎吼。

那時正在二月間天氣，北風削骨，富貴人重裘還嫌不暖；這叫化僅披著一片稿薦，立在北風頭上，全沒一些縮瑟的樣子！

陸鳳陽的心思，也很細密；一見這叫化，就暗自尋思道：「這人必不是尋常的乞丐，多半是一個大強盜裝成的。我倒不可把他得罪了，免得再生煩惱。」心裏這般思量著，便忍著肩上的痛，勉強抬了抬身，陪著笑臉說道：「他們是粗野的人，不留神撞傷了老哥甚麼地方，望老哥看我的薄面，饒恕了他們！我身上帶了重傷，不能下來給老哥陪罪，也要求老哥原恕！」

那叫化見陸鳳陽陪不是，即將扭竹槓的手鬆了；點了點頭，笑道：「這倒像幾句人話。

好！我眞個看你的面子！」說完，提起那跛腳，又一偏一點的往前走。

陸鳳陽的跟人，心裏十分怪自己主人太軟弱，無端的向一個乞丐，是那般服低就下，祇是口裏不敢說出甚麼來。氣忿忿的抬到家中，邀了幾個幫陸鳳陽種田的長年工人，瞞著陸鳳陽，各人帶了一條檀木扁擔，追出來，想毒打那叫化一頓。

這種事，在瀏陽地方是常有的。瀏陽的人性，本來極強悍，風俗又野蠻。過路的人，常有一言不合，就動手打起來的。本地人打贏了便罷，若是被過路的打輸了，一霎時能邀集數十百人，包圍了這過路的毒打；打死了，當時揀一塊荒地、掘一個窟窿，將屍首掩埋起來，便是有死者家屬尋到了，也找不著實在的凶手。

陸家出來追叫化的，共有八個人。才追出了那市鎮，即見那叫化，緩緩的在前面走。追的一聲喊嚷，各舉扁擔，從兩邊包圍上去。那叫化像是聾了耳的一般，全不知覺，仍向前一偏一點的走。

先追著的一扁擔沒頭沒腦的砍下，正砍在那叫化的後腦上。可是作怪！扁擔砍在上面，就和砍在一個棉花包上相似。砍的人還祇道是叫化頭上的亂髮堆得太厚，砍在頭髮上，所以這般柔軟。

接著第二個趕到了，掃腿一扁擔砍去，砍在那跛腳上；祇聽得拍的一聲，將扁擔碰了轉來，震得這人的虎口出血。跛腳叫化望著剛才抬陸鳳陽的兩個跟人問道：「你們為甚麼打我呢？」兩人不曾回答，接二連三的扁擔，斬肉丸似的斬將下來，下下實打實落，並沒一扁擔落了空。

倒打得那叫化大笑起來說道：「原來你們祇有打單身叫化的本領！怎麼和平江人打起來，便那般不濟咧？打夠了麼？我都記好了數目，回頭去找你的東家算帳！」這一來，把這八個人驚得目瞪口呆！幾個膽小的，掉轉身，撒腿就跑；這幾個見他們跑，也跟著溜之大吉。大家都存了一個，如果叫化找來，祇咬定牙關，不承認打了他的心思。

一行人才大奔進大門，就聽得那叫化，緊跟在背後喊道：「我送上門來給你們打，你們不打一個十足，我是不肯走的！」

大家回頭一看，更驚得恨無地縫可入，誰也想不到他一個跛腳，會追趕得這們快！料想他

這們大的嗓音，必然會嚷得被自己東家聽見；跑是跑不了，躲也無處躲，祇得都回身向叫化求饒道：「我們都是些無知無識的蠢人，得罪了你老人家，你老人家不要與我們一般見識！我們在這裏陪禮了！」各人都倚了扁擔，一齊向叫化叩了個頭。

叫化嗄了一聲道：「有這們便宜的事麼？你們瀏陽人，被人打死了，都沒要緊；打傷了，更是應該的！我不是瀏陽人，沒這般好說話！快把你東家叫出來，跟我算帳！」

兩個跟人以爲他是一個叫化的，我們向他叩頭，便叩一百個，他也沒有用處，所以說沒有這們便宜的事。他必是想要錢要米，多偷些米給他就完了，免得給東家知道了麻煩。忙拿大碗，盛了一滿碗米給他道：「對不起你老人家！我們都是幫人家的人，手邊實在是拿不出錢來。將就點兒，收了這碗米罷！這碗米，差不多有一升呢！」

那叫化朝著碗，祇一聲呸，碗裏的米，和被甚麼東西打著了似的，都直跳起來，散了一地，碗中一粒也不剩，連端碗的那隻手都被呸得麻了！嚇得這人，倒退了幾步。

叫化接著罵道：「好不開眼的東西！老子向你討米嗎？你夠得上有米開叫化？我不是賊頭目，怎的收你這偷來的米？還不快把你的東家叫出來嗎？」這如雷的聲音一呼喚，陸鳳陽睡在裏面，已被驚醒了；忙教自己的兒子陸小青出外，看是甚麼人吵鬧。

陸小青這時才得十二歲，卻是聰明絕頂，言談舉止，雖成人不能及他。陸鳳陽因鍾愛他，又自恨世代業農，不曾讀得詩書，不能和詩禮之家往來結親，立意想把陸小青讀書。五歲上就延聘了一個本地秀才，在家裏教讀。祇兩年工夫，便讀完了五經。遠近的人，都稱陸小青爲神童。八歲的時候，陸鳳陽帶著他到長沙省城，看他姨母的病；他姨母住在南門鳳凰台。那時湖南的鴉片煙盛行，省城裏的街頭巷尾，都遍設了煙館；上、中、下三等社會的人，煙館裏皆可容留得下。煙館當中，最大最好的，推雞公坡的福壽祥第一。

陸鳳陽這日，請一個姓趙的秀才，到福壽祥吸鴉片，陸小青也跟著去了。趙秀才又遇著一個朋友，於是三人共一個煙榻吸煙，陸小青就立在旁邊看。趙秀才見陸小青生得唇紅齒白，目秀眉清，很歡喜的摸著陸小青的腦袋問道：「你曾讀書麼？」

陸小青說：「略讀過幾本。」

趙秀才又問：「曾開筆作文章麼？」

陸小青說：「不曾，祇每日作一首詩，對兩個對子。」

趙秀才說：「你會對對子嗎？我出一個給你對，你歡喜對麼？」

陸小青說：「請出給我試試看。」

趙秀才原是隨口說的一句話，心裏何曾有甚麼可出的對子呢？聽陸小青這們一說，倒不好意思不出了。隨即躺下來，拈著煙籤燒煙：「一盒煙三個人吸，早已吸光了，趙秀才還不曾過癮，遂笑向陸小青說道：「有了！我說給你對罷：盒煙難過三人癮。你有得對麼？」

陸小青應聲說道：「杯酒能消萬古愁，使得麼？」

趙秀才吃了一驚，望著陸鳳陽笑道：「想不到令郎這一點點年紀，就有這般捷才，眞是難得！將來的造就，實在不可限量！」

陸鳳陽聽了，自是高興。正在謙遜，忽聽得煙館裏的雄雞叫。趙秀才拍著巴掌笑道：「我又有了一個好的，你再對一對看！這裏地名雞公坡，方才恰好雞公叫，就是雞公坡內雞公叫。你對罷！」

陸小青略不思索的答道：「鳳凰台上鳳凰遊。」

趙秀才長歎了一聲道：「這種天才，這種吐屬，還了得嗎？你將來一定是鳳凰台上的人物！」

從這回起，陸小青的才名，震驚遐邇。他又肯在學問裏面用功。陸鳳陽把他看得比寶貝還重，輕易不教他出外。這日自己被平江人打傷了，兒子在床跟前伺候，聽得外面吵鬧，自己不能掙扎起來，才打發他出外查問。

陸小青來到廳堂上，見一個跛腳叫化，坐在大門裏面吆喝。這時八個打叫化的人，都沒法擺佈；又怕東家出來責備，一個個抽身進裏面躲了。叫化也不再追趕，一屁股坐在地下，張開喇叭口，朝裏面亂罵。

陸小青走近前問道：「你是討吃的麼？卻爲何坐在這裏罵人呢？」

那叫化舉眼一見陸小青，即時換了一副笑容，答道：「祇許你家的人打我，不許我罵你家的人嗎？」

陸小青問道：「我家有誰打了你？祇怕是你認錯了人吧！我的父親被人打傷了，還不曾請得醫生來治，如何會有人來打你咧？」

那叫化哈哈大笑道：「原來你父親被旁人打傷了，卻教長工追趕著打我，這也算是報復之道？好在我的皮肉堅牢，沒被你家長工打傷；你不相信，祇把剛才抬你父親回家的那兩個人叫來問，他們是不是打了我？這地下撒的米，也就是他偷了給我，想敷衍我的！」

陸小青早已看見撒了一地的米，聽這叫化的談吐，決不像是一個下等人，估料他說的，必不是假話，心裏很覺得有些對不住。即時將兩個跟人叫出來，問甚麼事追趕著人打。跟人知道隱瞞不住，祇得把追趕時情形，述了一遍。

陸小青是個頭腦很明晰的小孩，一聽跟人的話，就暗自尋思道：「這一個小小身材的叫化，身上又沒穿著衣服，科頭赤腳的，怎生能受得了八個壯健漢子用檀木扁擔劈，一些兒不受傷損呢？這不是一個很奇怪的叫化嗎？我父親這回和平江人，因爭水陸碼頭打架，若是有這叫化同去，平江人不見得能打傷我父親。我何不將這事，進去告我父親知道，看他如何說法？」

陸小青思量著，教跟人立著不動，自己轉身到裏面，將叫化的情形和跟人的話，照樣向陸鳳陽說了。陸鳳陽不待說完，一蹶劣爬了起來，全忘了肩上的傷痛，倒把陸小青嚇得後退。

陸鳳陽下了床招陸小青攏來說道：「快扶我出去見他！」

陸鳳陽的老婆在旁說道：「你肩上受了這們重傷，一個叫化子，也去見他做甚麼？」

陸鳳陽道：「你們女子知道甚麼？說不定替我報仇雪恨，就在這個叫化子身上呢！」

陸鳳陽一面說，一面扶著陸小青的肩頭，來到外面，向那叫化一躬到地說道：「我等山野之夫，眞是有眼不識泰山！家人們無禮，更是罪該萬死！望海量包涵！恕我身帶重傷，不能叩頭陪禮。這裏不是談話之所，請去裏面就坐。」

那叫化並不客氣，隨即立起身，笑道：「不嫌我齷齪嗎？」跟人還立在那裏，見叫化不提說挨打的事，就放下了心；聽了叫化說不嫌我齷齪的話，忍不住掉轉臉匿笑。

陸鳳陽忙叱了一聲，罵道：「你們這些無法無天的東西！還了得嗎？等歇我閒了，再和你們說話！」罵得兩個跟人不敢笑了。

陸鳳陽父子引叫化到客堂裏，納之上坐；自己在下面坐著相陪。開口說道：「我本是一個村俗的人，生長在這鄉裏，一輩子沒出過遠門，沒一些兒見識；然而一見你老兄的面，就能斷定是一個非常的人！祇因我肩上被人打傷了，一時疼痛難忍，不能延接老兄進來。

「方才聽小兒說家人們對老兄無禮的情形，心裏又有氣忿，又是欽佩。氣忿的是：家人們敢背著我，這般無法無天；欽佩的是：老兄的本領。所以身上的痛苦都不覺著了，來不及的掙扎著出來，向老兄陪罪！並要求老兄不棄，在寒舍多盤桓幾日。」

那叫化微微的點了點頭，含笑說道：「不愧做瀏陽人的首領，果是精明幹練，名下無虛！但不知貴體是怎生受傷的？」

陸鳳陽說道：「老兄不是已經知道我是被平江人打傷的嗎？」

叫化道：「我曾遇著一個從趙家坪逃回的人說：這邊本已打勝了，正奮勇追趕，忽然追趕的人，一個一個的，祗往地下倒，卻又不是被平江人打了的。是不是有這們一回事呢？」

陸鳳陽拍著大腿，唉聲說道：「正是這般的情形！我至今還不明白是甚麼道理！這回我瀏陽人裏面，死傷的祗怕有一大半，眞是可慘可恨！往年的陳例：每年祗決一次勝負，但是這回我瀏陽人吃的苦，實在太大；寧肯拚著一死，這仇恨斷忍不了到明年再報！我知道老兄是英雄，千萬得助我雪恨！」

陸鳳陽說至此，忽然啊呀一聲道：「我祗顧說話，連老兄的尊姓大名，都忘記請教了！」

那叫化偏著頭，像是思索甚麼的樣子；陸鳳陽的話，似乎不曾聽得。好一會，才抬頭問道：「追趕的時候，你這邊的人，一個一個的往地下倒，是不是呢？」

陸鳳陽口裏應是，心裏暗自好笑。這話原是他自己聽得人說的，我已答應了正是這般情形，怎麼還巴巴的拿這話來問是不是呢？

衹見叫化又接著問道：「你跟著上前追趕沒有呢？」

陸鳳陽道：「我若不是跟著上前追趕，也不至被人打傷了！」

叫化又把頭點了兩下，問道：「你也跟著往地下倒沒有呢？」

陸鳳陽暗笑這人，怎的專問這些廢話？我若不跟著往地下倒，難道見大家都倒了，我還不急速退回，立在那裏，等平江人來打嗎？衹是陸鳳陽心裏儘管這般暗笑，口裏仍是好好的答應：「我也跟著往地下倒了。」

叫化道：「你爲甚麼也跟著倒呢？眞個不是被平江人打倒的嗎？」

陸鳳陽聽了這兩句話，卻被問住了；遲疑了一會，才說道：「那時平江人敵不住我們了，都沒命的轉身飛跑；我們已追趕了半里路，並沒一個平江人敢回頭，實在是沒人打我們。我其所以往地下倒的原因，是爲我的右腿上，忽然像是有人拿一枝很鋒利的錐子，用力錐了一下，立時痛徹心肝！兩腿不由得一軟，就撐支不住，倒在地下了。然我回家後，捋出右腿來看，又不見有傷痕，我正自疑惑：即算我平日，兩腿本有轉筋的毛病，這幾百人怎麼都會一齊倒下的咧？」

叫化起身走到陸鳳陽跟前，教再把右腿捋出來看，即露出很吃驚的神色。仔細端詳了幾眼，才用那色如漆黑、瘦如雞爪的手指，點著膝蓋以上一個帶紅色的汗毛孔道：「平江人打了

你的傷痕，有在這裏了！」

陸鳳陽看了不信道：「這是蚤虱咬了的印子，我身上常有的；如何說是平江人打的傷痕？」

叫化大笑道：「也難怪你不相信，我就還你一個憑據罷！」說時，揭開他自己腰間的稿薦，現出一隻討米袋來；伸進手去，摸了一會，摸出一顆棋子大的黑東西，像是有些分量的，估料不是鐵，便是石。叫化將那顆黑東西，放在紅色的汗毛孔上；不一刻就拿起來，指給陸鳳陽看道：「這是蚤虱咬的麼？」

陸鳳陽看黑東西上面，黏著半段絕細的繡花針，針上還有血，不禁驚異問道：「這不是一口斷了的繡花針嗎？怎麼會跑到我大腿裏面去了呢？」

叫化歎了一聲氣道：「這事祇怕得費些周折。老實說給你聽罷：這不是斷了的繡花針，是修道人用的梅花針；因形式彷彿梅花裏面的花鬚。我本來不合多管這些不關己的事，但使用這針的人，既在修道，何必幫著人爭水陸碼頭，並下這種毒手？於情理未免太說不過去。不落到我眼裏，我儘可不必過問，於今既看在眼裏，聽在耳裏，記在心裏，待說不過問，天下英雄也要笑我，不能存天地間正氣。

「我姓常名德慶，江西撫州人。祇因平生愛打不平，十七歲上，替人報仇，殺了人一家數口，就逃亡在外，不能回轉家園。流落江湖上二十年，本性仍不能改。曾遇人傳授我治傷的方藥，不問跌傷打傷，那怕斷了手足，祇要在三日之內，我都有藥醫治。今日也是你我有緣，又合該二三百農人，不應死在梅花針下，湊巧我行乞到此！」

常德慶說時，又伸手在那討米袋裏，掏出一個小紅漆葫蘆來，傾出來些藥粉，用水調了；先敷了陸鳳陽肩上的鋤傷，然後將葫蘆中藥粉，盡數傾出，用紙包了，交給陸鳳陽道：「凡是從場打傷了的人，祇須將這藥略敷上些兒，包管就好。你拿去給他們敷上罷！我還有事去，不能久在此躭擱，回頭再見。」

陸鳳陽肩上的傷，原疼痛得厲害，雖勉強延接常德慶，陪著談話，然仍不免苦楚。自從這藥粉敷上，但覺傷處微癢，頃刻即不似前時那般疼痛了。心裏正高興，要和常德慶商量復仇之計；聽常德慶說有事去，不能久在此躭擱的話，那裏肯放他走呢？雙手扭住常德慶的手腕，放聲哀求道：「我這一肚皮怨恨，非老兄……」

常德慶不俟陸鳳陽說完，連連的點頭答道：「用不著多說，我統知道了。仇也不能就坐在你家裏報呢！」陸鳳陽仍扭著不放。

忽聽得外面人聲嘈雜，彷彿有千軍萬馬殺來的聲響。驚得陸鳳陽連問：怎麼？不知外面嘈雜的是誰？這仇怨究竟怎生報法？且待第八回再說。

施評

冰廬主人評曰：古之成大事、立偉業者，往往禮賢下士，虛懷若谷。未聞有徒恃匹夫之勇，而能垂不世之業者。西楚霸王，勇士也。然徒恃其拔山蓋世之雄，瞋目一呼，辟易萬人；卒至楚歌四繞，無面以見江東父老。法拿破崙，怪傑也。縱有統一全球之志，蹂躪亞歐，稱霸一時；然而滑鐵盧一戰遭擒，難免被流荒島。以此證之，謙德亦為人生要素，良足信也。

陸鳳陽聞常德慶之勇，即瞿然忘痛苦，不以乞丐為鄙，低首禮之。真不愧為瀏陽人之首領矣！故吾姑置他日勝負於不論，就目前言，陸鳳陽亦非常人也。

第八回 陸鳳陽決心雪公憤 常德慶解餉報私恩

話說：陸鳳陽正扭著常德慶不放，忽聽得門外人聲嘈雜：陸鳳陽是在趙家坪受了驚嚇的人，驚魂才定，又聽得有如千軍萬馬殺來的聲響，如何能不驚得連問怎麼呢！

陸小青早已跑出客堂，朝大門口一望，祇見一大群的人，爭著向門裏擠進來。陸小青眼快，認得在前面的幾個人，都是附近的大農戶，平日常和自己父親來往的；料知沒甚凶事，才放了心，急轉身告知陸鳳陽。

常德慶笑道：「你家有客來了，更用不著我在這裏。我這髒樣子，或者人家還要討厭呢！」說著，脫開了陸鳳陽的手，往外便走。陸鳳陽肩上的傷，此時已全不覺痛了，見常德慶執意要走，祇得立起身送出來；一面看許多農戶來幹甚麼。

祇見大門以內，擠得滿滿的人，足有八九十個；一個個面帶怒容。見陸鳳陽送一個叫化出來，都現出詫異的樣子；立在前面的幾個人，迎著陸鳳陽，略轉了些笑臉問道：「陸大哥不是受了重傷嗎？怎麼就好了呢？原來傷得不重麼？」

陸鳳陽向說話的人，指了指常德慶道：「等我送了客回頭，再和諸位詳說。」

陸鳳陽直送到大門外，拉了常德慶的手，兩眼像要下淚的樣子，說道：「到舍間來的這許多人，不問可知是找我商量報復的事。我若不能報這回的仇，死在九泉之下的衆兄弟，也不能饒恕我。你老兄若不能幫我，我這仇就到死也報不了！」

常德慶摔開手不悅道：「太囉唣了！教人不耐煩！我既說了：要報仇，也不能坐在你家中報，不是已經答應了你嗎？」

陸鳳陽陪笑作揖道：「我委實是氣糊塗了！老兄雖不耐煩，但我仍得請問一句：老兄此去，何時再來？萬一有緊急的事，教我去那裏尋找老兄？」

常德慶一面往前走著，一面答道：「這也用不著問！你有緊急的事，我自然會來；我便說給你的地方，你也找尋我不著。」陸鳳陽不敢再說，望著他一偏一點的走得遠了，才回身進屋。

此時陸小青已教家下人，搬出許多椅凳，在大廳上，給衆農戶坐了。剛才問陸鳳陽話的幾個人見陸鳳陽進來，先起身說道：「我等聽得大哥受了重傷，都放心不下，所以約齊了，來瞧大哥！」衆人也都立起身來。

陸鳳陽讓坐申謝了幾句，說道：「我的傷，已承剛才送出門的那位常大哥，給我治好了；並留下許多靈丹在這裏，教分給受傷的衆兄弟。」說時，取出那紙包藥粉，交給一個年老的人道：「往年的舊例：打勝了，得治酒大家痛飲一番；打敗了，各自歸家休養。死了的，歸家屬領埋；傷了的，歸自家醫治。惟今年不能依照往年的舊例，因平江人得了外來的人助陣，才能轉敗爲勝，並不是我們鬥平江人不過！從來爭水陸碼頭，沒有外來人幫場的，況且他們這幫場的，不是尋常人；我們衆兄弟，都死傷在那人的梅花針底下，情形實在太慘！我這回拚著不要命了，總得設法報這番的仇恨！」

衆人都流下淚來，爭著說道：「我等到這裏來，一則爲瞧大哥的傷勢；一則爲要商量報前番的仇。我等多是目擊當時情形的人，若不是逃跑得快，也和衆兄弟一樣，死的死、傷的傷了。也不知平江人，從那裏請來的那個妖人？用的甚麼邪法？祇將手往兩邊一撒，我們這邊的人，就紛紛往地下栽倒；他們都回身，打跛腳老虎似的，一下一個；可憐死傷的衆兄弟，那一個能明白是如何死傷的呢？這仇不報，要我等活在這裏的何用！陸大哥尚肯拚著性命不要，我等中若有一個畏死貪生的，已死衆兄弟的英靈，決不讓他活著！」衆人說時，有放聲大哭的。

陸鳳陽揚手止住道：「大丈夫做事，要做就拚著性命去做；哭是不中用的，徒然滅了自己的威風。他們能請得著外來的幫場，我們也請得著！剛才我送出門的常大哥，就是一個英雄豪傑之士；我已拜求了他，承他答應了，替我們報仇雪恨。諸位且回去，拿這藥粉將衆兄弟的傷治好了；祇等常大哥一來，商量了報復的方法，我即傳知諸位。」

衆人中有問常大哥是那裏人？怎生到這裏來的？陸鳳陽將轎撞了常德慶，及自己跟人糾合長工去打的話，說了一遍。衆人都轉憂爲喜，一個個眉飛色舞的，辭了陸鳳陽，帶著常德慶給的傷藥，醫衆人的傷去了。

且慢！在下寫到這裏，料定看官們心裏，必然有些納悶：不知常德慶，畢竟是個甚麼人？如何來得這般湊巧？這其間的原委，也正是說來話長；而且說出來，在現在一般人的眼中看了，說不定要罵在下所說的，全是面壁虛造，鬼話連篇。以爲於今的湖南，並不曾搬到外國去，何嘗聽人說過這些奇奇怪怪的事蹟，又何嘗見過這些奇奇怪怪的人物，不都是些憑空揑造的鬼話嗎？其實不然！

於今的湖南，實在不是四五十年前的湖南；祇要是年在六十以上的湖南人，聽了在下這些話，大概都得含笑點頭，不罵在下搗鬼。至於平、瀏人爭趙家坪的事，直到民國紀元前三四年，才革除了這種爭水陸碼頭的惡習慣。洞庭湖的大俠、大盜，素以南荊橋、北荊橋、魚磯、羅山幾處爲淵藪；遜清光緒年間，還猖獗得了不得！這回常德慶出頭，正是光緒初年的事。趁這時將常德慶的來歷，交代一番；方好騰出筆來，寫以下爭水陸碼頭的正傳。

常德慶原是江西撫州人。他父親常保和，是一個做木排生意的人。湖南人稱做木排生意的，謂之排客。照例當排客的，不是有絕高的武藝，便得有絕高的法術。湖南辰州地方，本來產木料，風習又最迷信神權，會符咒治病的極多；所以辰州符是全國有名的。

辰州的排客，沒一個不是有極靈驗、極高強法術的。因爲湖南人迷信，相傳說：洞庭湖的龍王，最是氣度仄狹；手下的蝦兵、蟹將，更最喜興風作浪的，危害行船。不論來往的船隻，預備過湖的前一日，總得齋戒沐浴，鳴鑼放砲，跪拜船頭，求龍王爺保佑。

在經過湖心的時候，船中老幼男女，都得寂靜無譁，不但不敢在湖中有猥褻的行爲，便是略近不敬不謹的話，也不敢說出半句；說是祇要有一言半語，觸犯了龍王爺或蝦兵、蟹將，立時風波大起，那船就或翻或沉，那排就或散或停，在湖心打盤旋，和被人牽住了一般，再也行走不動。法術好的排客，到了這種時候，就要有本領和龍王爺抵抗。排客駕著木排，到湖北銷售了，得了現金，須搭帆船回家；在洞庭湖經過的時候，就得防備大盜。會武藝的排客，在這種關頭，便能保全自己的生命財產。

常保和雖是江西人，卻很會辰州的法術，武藝更是好到絕頂。常德慶才得十歲的時候，常保和就將他帶在跟前，教他的武藝。祇因常保和所會的武藝，是陰勁工夫，常德慶的身量，又天賦的瘦小；練到一十五歲，形象便活是一隻猿猴，身子比猿猴還快。十八歲上，常保和死了。他不願意繼續做那木排生意，在湖南藩司衙門裏，謀了一份口糧。那時的藩台，獨具隻眼，能看出常德慶是個好身手的漢子來，格外提拔他，當了一名貼身的護衛。每次有重要的差遣，總是教常德慶去，從來不曾失過事。

那時解赴都門的丁漕銀兩，若沒有水陸兩路的英雄保護著，出了湖南界，就不得過湖北界；過了湖北界，又不得過河南界；祇要能過了河南界，便可望平安無事的解進北京了。湖南專保解丁漕銀兩的，姓羅名有才，獨身保了五十年，水陸兩道的強人，從不敢過問。

這時羅有才的年紀，已有八十多歲了；他兒子羅春霖，不忍八十多歲的父親，再去飽受風霜，飽躭驚恐，力勸羅有才遞辭呈，乞休養。羅有才每年一次的力辭，辭到第三年，病了下來，實在再不能奉命了，藩台祇得准了，因此才極力的物色人才。兩三年提拔常德慶在跟前，隨時留心觀察，知道是個可靠的人。羅有才既是病了，藩台便叫常德慶到簽押房裏，問他能不能保解丁漕銀兩。

此時常德慶的年紀，祇二十二歲；少年人練了一身本領，目空一切，那知道江湖上的厲害！當下便隨口答道：「小的承大人格外栽培，雖教小人赴湯蹈火，小的也得奉命！何況於今是太平盛世，不過要小的在沿途照顧照顧，那裏眞有目無王法的賊子，敢冒死來盜竊？羅有才保解了五十年，何嘗有一次曾有賊子敢出來侵犯過？小的情願保解，以報大人格外栽培的恩！」

藩台聽了，異常歡喜！即交了三十萬兩丁漕銀給常德慶，點了三十名精壯兵士，隨船照顧，送出湖南地界。常德慶結束停當，帶了應用兵器，押著一號大官船的銀兩，從長沙動身，往湖北進發。下水船行迅速，祇兩日就過了洞庭湖；次日又安然無事的，經過了魚磯。魚磯以下三十里，便是羅山；隨船的三十名兵士，祇待過了羅山，即回長沙銷差。

這夜船泊在羅山底下。常德慶在童年的時候，就隨著他父親常保和，往來兩湖之間；湘江沿岸的強人俠士，雖見識得不多，然甚麼所在是強人出沒的地方，耳裏時常聽得常保和說，腦筋裏是能記憶的。羅山本是湘江岸強人的第一個巢穴，裏面好本領之人極多，常德慶也就不敢怠慢。教衆兵士不要解裝休息，眞是弓上弦、刀出鞘的防護，但是都坐在船艙裏面，船棚仍遮蓋得嚴密。

常德慶背上插了一把三尺長的單刀；這單刀還是常保和傳給他的，雖沒有吹毛斷玉的那般犀利，然在常保和手裏，用了幾十年，江湖上沒有不知道這單刀厲害的！稍微輕弱些兒的兵器，一遇這刀，莫不登時兩段！刀重有九斤半，尋常無人能使得他動；常德慶自幼使用慣了，舞動起來，刀光如鏡，耀得人兩眼發花！這時插了這把刀，吩咐衆兵士：不要高聲言語；若聽得外面有呼殺的聲音，須同時立起來，一齊動手，將船艙揭開，各人守住各人的地位，不可亂走亂動；強人到了跟前，方可動手！船上不比陸地，人多一走動，船身就搖晃，立腳不住；凡事有我擔當，不要害怕！

衆兵士聽了常德慶的話，雖教他們不害怕，其實他們是承平時候的兵，不曾見過陣；這時又在夜間，又在不好施展、不能逃跑的船上，如何眞能不害怕呢？口裏不敢說甚麼，心裏卻都存了個若果有強人來了，就大家跪在船板上求饒的念頭。常德慶吩咐好了，猿猴一般的，爬上桅桿顚上坐了，用眼向四面張望。此時並無月色，十丈以外，便看不出人影。

坐等二更以後，忽聽得遠遠的有犬吠之聲；近處人家的犬，也立時接聲吠起來。常德慶定睛向犬吠的地方望去，窮極目力，看不出一些兒人影來。正待飛身上岸，用耳貼地去聽，聽有無腳步的聲音，並聲音的輕重多少；忽覺三四丈以內，有一條黑影一晃，向自己船上射箭一般的奔來，船身登時往下一沉，竟似有千斤重量，祇是一些兒響聲沒有。

常德慶即知道來者不是等閒的人物！趁著那人上船，立足未定的時候，從桅顚上一個鷂子

翻身，頭朝下，腳朝上，對準那人頭上，直刺下來。那人閃讓不及，舉手中鐵尺來擋，怎當得常德慶從上殺下來勢凶猛？鐵尺碰在單刀上，截去了半段；順勢收束不住，將那人右膀連肩削去了一半！

常德慶雙腳才踏著船板，那人也不喊痛，一面用左手的鐵尺來招架，一面口中打了一聲呼哨。常德慶恐來多了，地方仄狹，抵敵不過；正把手中的刀，緊了一緊，想先將來的殺倒。可是作怪！船身猛然向水中直沉下去！艙裏的兵士，都慌張大叫進水了！常德慶來不及拔步，水已淹了大腿；虧得他小時，在河江裏長大的，很識得水性。然身上擔著這多銀兩的干係，心中怎免得了驚慌？

一個不留神，左肩上被人打了一下，身體才一偏，右腿上又受了一暗器；覺得這兩下都很有些分量，那敢留戀，連忙泅水向上流逃生，耳裏還聽得衆兵士哀號的聲音，和強人哈哈大笑的聲音，嚇得頭都不敢回，直泅

了十多里水程。

見魚磯這邊河岸，隱隱有幾點火星，料想不是人家，便是停泊的船隻；且去借宿了，再作計較。便泅過江，近有火星的地方一看，那裏是人家，也不是船隻；原來是漁人，架著大罾，在河邊撈魚，用蘆蓆搭蓋著一間船棚也似的小房子；漁人坐在裏面，旁邊掛著一盞油燈。這種漁棚相離十來丈遠近一個，常德慶在水中逃生的時候，肩腿上的傷都不覺得疼痛，此時一爬上岸，便痛得不能忍受了。

走到一個漁棚跟前，見裏面坐著一個五十來歲的漁人，正闔著雙眼打盹。常德慶喂了一聲，說道：「借光，借光！我是被難逃生的人，身上受了重傷，要借你這漁棚，休息一夜，明日算錢給你。」口中說著，身體已不由自主的，進漁棚倒了下來。

那漁人張眼望了一望，微笑著問道：「你是幹甚麼事的？在那裏被難，卻逃生到這裏來？」常德慶痛得哼聲不止，那有精神回答，祇閉著眼不睬。

漁人連問了幾聲，常德慶心裏煩躁道：「你管我這些做甚？我借了你的漁棚，說了明早算錢給你，要你多甚麼閒事，尋根覓蒂的來問？」

漁人聽了，倒不生氣，反打了一個哈哈道：「怪道你被難逃生，身上受了重傷。你年紀輕輕的人，對年老的人說話，竟敢這般不遜；你身上的重傷，就受得不虧了，祇可惜沒把性命送了！你是好漢，痛起來，就不要這們蒼蠅似的直哼！」

這幾句話不打緊，卻把個少年氣盛的常德慶，幾乎氣死過去了！也顧不了身上的痛苦，翻身跳了起來，指著漁人罵道：「你你你罵我不是好漢？你是好漢，敢過來和我見個高下！我身上便再多傷幾處，也不怕你！敢來麼？」

漁人坐著不動，仍笑嘻嘻的望著常德慶點頭道：「你好漢是好漢，祇可惜要充好漢的心太急了，自己斷送了一條右腿。你若再要充好漢，但怕連性命都得充掉。」漁人說時，祇管望著常德慶右腿上的傷處。

常德慶是個初出來的人，如何知道自己腿上受的暗器是有毒的？聽了漁人的話，覺得不是無因。又見漁人的言詞舉動，不似尋常的粗人，並且此時腿上的傷處，火也似的燒得痛，筋肉都像是要短縮的樣子，一抽一抽的，痛得支持不住，來不及鑽進漁棚，就倒在水裏的沙灘上。

祇見漁人長歎了一聲，起身提了油燈，出了漁棚，照著兩處傷痕，說道：「你知道你腿上，是受了人家的藥箭麼？再遲三個時辰，你這條小命就沒有了！虧你還在這裏耀武揚威！」常德慶心裏明白，口裏卻負氣不作聲。漁人一手托著常德慶的肩頭，教他坐起來。常德慶肩上的傷，被托得很痛，脫口喊出一聲哎呀！

漁人用燈照著肩上，見了那把單刀的皮鞘，吃驚似的問道：「這刀鞘是你的嗎？刀在那裏呢？」

常德慶覺漁人問得詫異，隨口答道：「這刀是先父傳給我的，剛才泅水，掉在河邊去了。」

漁人問道：「你姓甚麼？」常德慶說了姓名。

漁人叫著啊呀！笑道：「你原來就是常保和的兒子，這卻不是外人！我於今且治好了你的傷，再問你的話。」說著，放下手中的燈，從腰間掏出一包藥來，敷了兩處傷痕，說道：「你剛才不跳起來，使這一會勁就好了；於今縮短了一寸筋肉，成了一個跛子，這也是你合該如此！祇要救了性命，就算是萬幸了！」

常德慶思量：這漁人必是自己父親的朋友，所以認得這把單刀。想起自己無禮的情形，心中十分慚愧。傷處敷上了藥，不一會就減輕了痛苦，連忙爬在地下，向漁人叩頭說道：「謝你老人家救命之恩！你老人家認識這刀鞘，必認識先父；小姪方才種種無禮，還得求你老人家恕罪！你老人家的尊姓、大名，也得求指示？」

漁人點頭，笑道：「豈但認識你父親，本來連你，也都是認識的；祇因有七八年不見你了，你的相貌長變了，又在夜間，沒留意看不出來。你問我的姓名麼？你祇瞧瞧我這裏，看你還記得麼？認得出麼？」

常德慶看漁人用手指著他左邊耳朵，祇見那左耳根背後，長著一個茶杯大的贅疣；心裏忽然記憶起來，遑口而出的呼道：「哦！你老人家是甘叔叔麼！小姪眞該死！你老人家還是八年前的樣子，一些兒沒有改變，怎麼見面竟不認識呢？」說時，又要叩頭。

漁人拉了常德慶的手，笑道：「不必多禮！傷處才敷了藥，尤不可勞動！且在這棚裏，睡到天明，明日再到我家下去。」當下拉了常德慶，到漁棚裏睡下。從容問常德慶：因甚事被人打傷了？

常德慶說明了始末原因，那漁人大驚失色道：「你眞好大的膽量！初出來的人，就敢保這們重的鏢，往北道上去！還僥倖是在湖南界內失的事；祇要人不曾丟了性命，丟失的銀兩，是還有法可設的！若是出了界，你這回的性命就送定了！便算你能幹，逃脫了性命，不死在劫鏢的手裏，試問你憑甚麼討得鏢回？討不回鏢，這三十萬皇家的餉銀，你有甚麼力量歸還？這可是當耍的事麼？你此時在此睡著，不要走動；我得趕緊去，設法討回鏢銀，遲了恐怕又出岔事！」

常德慶正待問：將怎生去討？漁人已出了漁棚，走幾步又回頭向常德慶說道：「你安心等著便了！我今夜不回，明早定要回來的！」常德慶應著是。想坐起來相送，看棚外，已是不見人影了，一些兒不曾聽得腳步聲響。心裏不由得暗暗佩服，前輩的本領是不可及！仍舊納頭睡下來。身體疲乏了的人，傷處又減輕了痛苦，自然容易睡著。

正在酣夢朦朧中，忽聽得沙灘上，有多人腳步之聲。常德慶驚醒轉來，睜眼看棚口，那漁人正鑽了進來。

不知討得鏢銀回來了沒有？且待第九回再說。

施評

冰廬主人評曰：吾前回嘗言謙德為人生之要素，今讀此回而益信。蓋常德慶藐視天下無能人，遂使三十萬鏢銀，一旦被劫，身受重創，幾難倖免。復藐視漁人，跳踉叫罵，卒損一足，為終生之病。語云：滿招損，謙受益。我人立身處世，可不慎哉？

作者寫常德慶保送鏢銀，與《水滸傳》楊志押送金銀擔，布局有極相似處，而用筆竟無一筆相犯。耐庵寫黃泥岡遭劫一段，寫得個中人各有神似，栩栩欲活。向君寫羅山被劫一段，亦細細寫去，使讀者如身入其境。月黑星稀，犬聲遠吠，人影一晃，船身便往下一沉云云；午夜讀之，不覺毛戴，真神化之筆也。故吾謂近世深得耐庵筆法者，向君一人而已。

第九回　失鏢銀因禍享聲名　贅盜窟圖逃遇羅漢

話說：常德慶睡在漁棚裏，被沙灘上一陣腳步聲驚醒了；睜眼一看，衹見去討鏢的那漁人，鑽進棚來。常德慶慌忙坐起，心裏惟恐不曾將鏢討回，不敢先開口問，衹用那失望的眼光，仰面瞧著漁人。

漁人笑道：「這回雖則失事，卻喜你倒得了些名頭！彭四叫雞竟被你斷了他一條臂膀！他是湘河裏有名的大膽先鋒，許多老江湖，一個不提防，就壞在他手裏。他素來是歡喜說大話、兩眼瞧不起人的；所以江湖上替他取個綽號，名為彭四叫雞。這回倒很恭維你！他說：就憑你那一刀，願將鏢銀全數送回！這也是你初出世的好兆頭。」

常德慶聽了，心中高興，來不及的立起身來，問道：「三十萬兩都全數討回了嗎？他雖是這般說，然若不是老叔的面子，那有這們容易！但不知三十名兵士，有幾名留著性命的？」

漁人用手指著棚外道：「你自去點數，便知端底了。」

常德慶鑽出棚來。此時天光已亮，曉風習習，曉霧濛濛，回頭看江岸上，一排立著幾十名

兵士，並堆著一大灘的銀箱。暗想：怪道剛才一陣腳步聲，把我驚醒了；原來就是這些兵士，和搬運這些銀兩的人。隨走到一個兵士跟前，問道：「你們統同回來了麼？昨夜船沉了以後的情形，是怎麼的呢？」

兵士答道：「我們三十個人，一個也不曾傷損。當船沉下去的時候，我們已將船棚掀開，都待浮水逃命。即聽得岸上有人喊道：『不干你等的事！你們不逃倒沒事，逃就枉送了性命！你們看：四面都有人把守了，能逃上那裏去？一齊上岸來罷，決不難爲你們！』

「我們聽了這些話，那裏肯信呢？沒一個敢近岸，都拚命泅著水，向上流逃。岸上的人，也不再喊了。我們逃不上半里，忽被一根粗索，在水中截住去路，我們的水性都不大熟習，一遇那根粗索絆住，便再也浮不過去。轉眼之間，那粗索移動起來，我們的身體，被那索攔的祇向後退，和打圍網相似。將我們作魚，圍到沉船的所在，一個一個的趕上岸。原來是四個人，牽著那根粗索。我們若是水性好，也不至是這們被他圍住；無奈我們都是陸營，能夠勉強在水中浮起，不沉下去，也要算是我們的能耐了！」

常德慶點頭，催著說道：「將你們趕上岸怎麼呢？」

兵士道：「就在離河岸不遠，有一所茅房；八個著水衣靠、手拿鋼叉的人押著我們到那茅房裏。地下鋪了許多稻草，壁上釘了一碗油燈，以外甚麼物件也沒有。八個人將門關上，就監守著我們。一會兒，外面有人敲門，隔著門向裏傳話道：『焦大哥教提一個殺胚上去問話。』

「我當時還不知道殺胚是甚麼。祇見監守的八個人齊聲應是，在我們三十人中，挑精選肥的，剛剛選中了我。兩個人過來，一人執著我一條臂膀，說聲：走，値價些！我才知道殺胚就是指我們。我也不開口，便隨著二人，出了茅屋，向東北方走了五六里路。見前面有一堆燈火，走到臨近，卻是一個山巖；約莫有四五十人，各執燈籠火把，立在巖下。當中立著一個年約五十多歲，滿臉絡腮鬍子的人，正和一個滿身是血，沒有右膀的人說話。押我的兩人，猛然將我往前一推，喝道：跪下！我祇得朝山巖跪了。

「那鬍子掉過臉來，用很柔和的聲音，向我說道：『你不用害怕！我這裏的刀，不至殺到你們頸上來。我祇問你：你們憑著甚麼本領，敢押解這一船的餉銀到北京去？說來我聽！』

「我就答道：『我們是奉上官差遣，身不由己，本領是一些沒有！並且我們祇送到湖北界，就回頭銷差。』

「那鬍子點頭，笑道：『我也知道你們是身不由己，但是你們祇送到湖北界，以下歸誰押送呢？』

「我說：『有常德慶大爺押送。』

「那鬍子露出躊躇的樣子，說道：『常德慶麼？是那裏來的這們一個名字？哇！我問你：這常德慶有多大年紀了？於今在那裏？』

「我說：『年紀不知道，像是很年輕，大約不過二十多歲。沉船的時候，不知他往那裏去了。』

「鬍子大笑道：『怪道我不曾聽說過這們一個名字，原來祇二十多歲的人。眞是人小膽不小了！』

「那鬍子說笑時，又望著那沒有右膀的人，說道：『四弟這回，可說是陽溝裏翻船了！』

「沒右膀的人，聽了不服似的，大聲說道：『這常德慶雖是沒有名頭，本領卻要算他一等！我遭在他手裏，一些兒不委屈。我並想結識他，祇可惜他赴水跑了！』

「一面說，一面望著我，也喊了一聲殺胚道：『你聽著：我放你們回去。你見著常德慶，得給我傳一句話：你祇說羅山的彭壽山拜上他，這回很領教了他的本領！看他這種本領，誰也不能說夠不上保鏢，衹是江湖上，第一重的是仁義如天，第二還是筆舌兩兼，第三才是武勇向先。他初出世，沒有交游，本領便再高十倍，也不能將這們重的鏢，保到北京！這是我想結識他的好話，你能照樣去說，不忘記麼？』

「我說：『不會忘記。』那鬍子教押我去的兩人，仍押我回茅房。

「我到茅房，不到半個時辰，又聽得外面敲門的說道：『有甘瘤子來說情，要將三十萬餉銀，全數討回去。焦大哥說：看甘瘤子的情面，交還他一半。彭四哥說：憑他這一刀的本領，完全退還他！於今已將銀兩全數搬到對面河岸去了。甘瘤子還要把這三十個殺胚，一併帶回去。現在前面等著，趕緊將這一群殺胚送去罷。算是我們倒楣，白累了一個通夜！』

「八個監守的人都忿忿的說道：『我們在水裏，浸了這大半夜，落得個空勞心神，眞是沒得倒楣了！』

「即聽得門外的人，催著說道：『罷了，罷了！快點兒送去吧！倒了楣，不要再討沒趣！這個瘤子，最是歡喜多管閒事的！』八人都堵著嘴、板著臉，連叱帶罵的，將我們引到沉船的地方。

「在山巖下問話的那鬍子，同那沒右膀的人，正立在河岸上，和方才領我們到此地來的這位老者，作一塊兒說笑。這老者見我們到了，就向兩人作辭，說了句承情，便帶我們到此地來了。這些銀箱，也不知是何人搬運到這裏來的。」

常德慶聽了這些話，心中害怕，不敢再押著銀兩往前走了；就在魚磯另雇了一艘民船，仍將三十萬丁漕銀，解回長沙，向那藩台稟明了失事情形，謹辭恪辭的，卸了委任。獨自跑到魚磯來，拜甘瘤子爲師，練了一身驚人的劍術。

這甘瘤子是兩湖的大劍俠，他師父楊贊化是崆峒派劍術中的有名人物。在喻洞和金羅漢呂宣良較量的董祿堂，是楊贊化的大徒弟、甘瘤子的師兄。甘瘤子因董祿堂敗在呂宣良手裏，對於呂宣良這一系的人，都存了個仇視的心思；祇待一有機會，就圖報復。

南荊橋、北荊橋兩處，都是甘瘤子的巢穴。甘瘤子的家在北荊橋，他還有一個九十多歲的老母。他這老母在江湖上也是有名的，叫作甘二媄毑。少時跟著他父親，吃鏢行飯，練就一身硬工夫，舞得動八十斤的大刀。嫁著甘瘤子的父親，就改業做獨腳強盜。

怎麼謂之獨腳強盜呢？凡是綠林中的強盜，沒有不成群結黨的。他則和常人一般，住在家裏，每年出外，做一兩趟買賣。也不收徒弟，也不結黨羽，便謂之獨腳強盜。這種獨腳強盜最是難做，不是有絕大本領的人不行。甘瘤子的父親，住在北荊橋，做了二十年的獨腳強盜；左右的鄰人，不但無人知道他是個強盜，並且沒一人不感激他周濟貧人的好處。

甘瘤子十四歲上，他父親就死了；甘二媄毑每年仍照常出外，做一兩趟買賣；連甘瘤子和家下人，都不知道。直到後來，拜了楊贊化爲師，成了一名大劍俠，自能撑持家政了，甘二姨䊮方坐在家中安享。但是甘瘤子的行動，仍是繼承祖業，也做這項不要本錢的買賣。在下寫到這裏，卻又要將甘瘤子家庭的組織，並和呂宣良一派人作對的前事，敘述一番了。

甘瘤子有兩個老婆，這兩個老婆，也都有些兒來歷。大老婆姓蔡，是河南的一個賣解女子。容貌奇醜，武藝倒是絕高，不是尋常賣解女子一般的花拳繡腿。名字叫作蔡花香。每次賣解，每次當衆宣言：如有打得過他的男子，不問貧富，祇要年齡相當，家中不曾娶過妻的，便嫁給他。打遍了北五省，沒遇一個打得過他的相當男子。

甘瘤子偶然高興，和他交手，祇幾個回合便把蔡花香倒提在手中。這時甘瘤子，確是不曾娶過妻，就娶了這蔡花香做老婆。二老婆是甘二姨䊮的姪女，也是個吃鏢行飯，有本領的女子。因甘瘤子的父親行二，還有一個大伯，在中年死了，沒有後人；這將甘瘤子祧繼，所以娶兩房妻室。

大老婆生了一女，名叫聯珠；二老婆生了一子，名甘勝。詩書世家的子弟，必習詩書；他們這種武藝世家的子弟，自然也都會些武藝。就是甘勝娶的妻，也是會武藝的女子。甘聯珠的本領更是不待說了。

蔡花香的容貌，雖生得十分醜陋；但他生下來的女兒，卻是端莊雜流麗，決不像蔡花香的模樣。蔡花香祇生了這一個女兒，看得比甚麼寶貝還重！有許多鏢行裏的子弟，託人向他家求婚，蔡花香祇是嫌人物不漂亮。甘聯珠的芳齡，看看十七歲了；蔡花香時常抱怨甘瘤子，不肯留神替女兒擇壻。

甘瘤子一日走華容關帝廟門口經過，見廟裏圍了一大堆的人，好像有甚麼熱鬧似的。一時動了好奇的念頭，信步走進廟門，擠入人叢中一看。原來是一個少年壯士，在那裏耍一條齊眉鐵棍；估料那棍的重量，至少也有四五十斤，少年拿在手中，和使一條極輕的木棍彷彿，絲毫沒有吃力的樣子。

甘瘤子見了，心裏已是驚異。那少年使完了一路棍，猛然將兩手往背後一反，鐵棍就靠著脊梁，朝地上插下；祇聽得喳的一聲，那棍插入土中有尺七八寸深，少年隨即縱身一躍，一隻腳尖，立在鐵棍顛上，身體晃都不晃動一下！甘瘤子不由得脫口而出的，大叫了一聲好。

當時許多人叫好，少年全不在意；惟甘瘤子這聲好一叫出口，少年就好像知道是個內行。連忙跳下地來，對大衆打了一個圓拱手；末了，向著甘瘤子道：「現醜，現醜！小子借此求些盤纏，也是出於無奈！」

甘瘤子看這少年，不過二十多歲年紀；生得容顏韶秀，舉動安詳，儼然一個貴家子弟的氣概。若不是親眼看見他的武藝，專就他的身材行止觀察，決不相信他是能使動這般兵器的人。見他向自己拱手，說出這幾句話，即時觸動了擇壻的心，便也拱了拱手，笑答道：「佩服，佩服！像老哥這般武藝，我平生還不曾見過呢！老兄既是缺少了些盤纏，這是很容易的事，祇看老兄用得著多少，我立刻可以如數奉送！但是此地不好說話，老兄可否去寒舍坐坐？」

少年欣然說道：「應得去府上請安！」說時，一手提起放在地下的一個包裹，一手將鐵棍抽了出來。看熱鬧的人，見沒了把戲看，都一鬨而散了。

甘瘤子帶著少年，歸到家中，問少年的姓名、籍貫，因何在關帝廟賣藝？

少年說道：「我姓桂，名武；原籍是江西南康人。我先父諱繩祖，曾做過大名知府。幾十年宦囊所積，也有不少的產業。先父去世，我祇得十歲。祇因我生性歡喜武藝，所以取名一個武字。先母鍾愛我，不忍拂我的意思，聽憑我招集些會把勢的人，終日在家，使槍弄棒，一些兒不加禁止。

「十五歲的時候，因一樁盜案牽連，我被收在監裏。虧得先父在日，交遊寬廣，不曾把家抄了；然而費耗產業十之七八，才保全了性命。審訊明確，與我無干，釋放我出來。先母就爲這事，連急帶氣，我歸家不上半年，便棄養了。我又不善經營家計，式微之家，不能和富貴人家攀親；我自己見家業凋零，也不肯害人家閨女，幾年因循下來，不曾娶得妻室，因此更支持不下了。

「我有一個姑母，嫁在臨湘，祇得到湖南來，想尋著姑母，謀一個安身之所。不料到臨湘，訪求了兩個月，沒得著姑母的住處，手邊的盤纏已罄；沒奈何，賣藝餬口。今日初到華容，就遇了老丈！」

甘瘤子聽桂武所述，正合了自己擇壻的希望，和蔡花香商量。蔡花香見了桂武這般人物，豈有不合意的？在桂武窮途無所依靠，又見甘家是個大戶人家的樣子，自也沒有不願意的道理。於是桂武就做了甘瘤子的贅壻，和甘聯珠伉儷之情，極爲濃篤。

桂武在甘家住了兩年，漸漸的有些看出甘瘤子父子的行動了，猜想著必不是做正經買賣的人，時常在枕邊，用言語套問甘聯珠。甘聯珠祇是含糊答應，隨用些不相干的話打岔。桂武心裏有幾成明白，因少時爲著盜案牽連，弄得身陷囹圄，母親氣死，家業傾蕩個乾淨；每一想念到這上面，就不寒而慄，於今反做了這種形跡可疑人家的贅壻，如何能不害怕呢？

這日，桂武因坐在家中煩悶，獨自到外面閒逛，揀近處高大些兒的山嶺，登臨上去，想使

心胸開朗。正立在山頂上，背操著手遠眺，忽有人從背後，在肩上拍了兩下：因全沒聽得腳聲，倒嚇了一跳！忙回頭一看，衹見一個神采驚人的白鬚老者，一邊肩上，立著一隻大鷹，笑容滿面的，立在後面。桂武也是一個很有本領的人，自能一見就知道這老者是個異人，慌忙掉轉身行禮道：「老丈從何而來？拍小子的肩頭，有何見教？」

這個肩著雙鷹的老者，不待在下說，看官們也都知道，就是金羅漢呂宣良了。

呂宣良望著桂武笑道：「你歡喜做強盜麼？」

桂武心裏不悅道：「小子雖是貧無立錐，然生詩禮之家，辱沒祖宗的事，怎敢去做？老丈何以如此見教？」

呂宣良又笑道：「你既不歡喜做強盜，卻怎的久住在強盜窩裏？」

桂武不由得心裏驚跳起來，雙膝向地下一跪，叩了一個頭道：「老丈得救小子的性命！小子丈人的本領，遠在小子之上；小子既窺破了他的行止，料定決不肯放小子夫婦走開！」

呂宣良揮手教桂武起來道：「獃子！你不好去和你妻子商量的嗎？」

桂武略低頭思索，忽覺眼前一晃，抬頭就不見人了。急向四面探望，那有些兒蹤影呢？知道工夫高深的劍俠，多有這種借遁的本領，深悔不曾請問得姓名；衹得下山，心裏計算如何與甘聯珠的話。才走了十來步，見自己丈人，迎面走了上來；心裏又是一跳，疑心被自己丈人聽見了，嚇得立住腳不敢動。只見甘瘤子和顏悅色的，問從那裏來，不是曾認破了的神氣，才放下這顆心，從容回答了，歸到家中。

等夜深人都睡了，輕輕將自己曾被盜累，及害怕的心思，對甘聯珠說了。甘聯珠初聽時，驚得變了顏色，停了好一會，才問道：「你既害怕，打算怎樣呢？」

桂武道：「你能和我同逃麼？」

甘聯珠連忙掩住桂武的口道：「快不要作這夢想！你我的本領，想逃得出這房子麼？依我說，你儘可不必害怕，料不至有拖累你的時候。然而你既有了這個存心，勉強留你在這裏，你心裏總是不安的；你心裏一不安，我家裏就更不得安了，自然以走開的爲好！我嫁了你，還有甚麼話說？俗語說得好：嫁雞隨雞，嫁狗隨狗。不用說，你走我也得跟著走。不過逃是萬分逃不了的，無論逃到甚麼地方，也安不了身。

「我父親和哥哥，明日須動身出門，得十天半月才能回來；等他兩人走了，你就去對祖母說：我的年紀，瞬眼就三十歲了，不能成家立業，終年依靠著丈人度日；雖蒙祖母及丈人、丈母，青眼相看，不曾將我作外人看待，然我終年坐吃，心裏終覺難安！並且追念先父母棄世的時候，遺傳給我的產業，何等豐厚；在我手裏，不上幾年，弄得貧無立錐。若再因循下去，不發憤成家立業，如何能對得住九泉之下的亡父亡母咧！因此決意來拜辭祖母，和兩位丈母，出外另尋事業！你是這般向祖母說，看祖母怎生答白，我們再來商議。」桂武聽了，很以為然。

次日一早，甘瘤子果帶著甘勝出門去了。桂武趁這時機，進裏面拜見了甘二姨毑。即將甘聯珠昨夜說的話，照樣說了。說時，觸動了自己的心事，兩眼竟流下淚來。

甘二姨毑決不躊躇的，點頭答道：「男兒能立志，是很可嘉尚的！你要去，你妻子自應同去，免得你在外面，牽掛著這裏，不能一心一意的謀幹功名。祇看你打算何時動身，我親來替你餞行便了。」

桂武心裏高興，隨口答道：「不敢當！打算就在明天動身。」甘二姨聉笑著說好。

桂武退出來，將說話時情形，一一對甘聯珠說了。甘聯珠一聽，就大驚失色道：「這事怎麼了？」

桂武道：「祖母不是已經許可了嗎？還有甚麼不了呢？」

甘聯珠歎道：「你那裏知道我家的家法！你去向祖母說的時候，祖母若是怒容滿面，大罵你滾出去，倒沒有事！於今他老人家說要餞行，並說要親來餞行；你以為這餞行是好話嗎？在我們的規矩：要這人的性命，便說替這人餞行。這是我們同輩的黑話，你如何知道？」說著，就掩面哭起來。

桂武道：「祖母既不放我們走，何妨直說出來，教我們不走便了，為甚麼就要我們的性命呢？」

甘聯珠止了哭泣道：「我父親招你來家做女壻，原是愛慕你的武藝，又喜你年輕，想拉你做一個得力的幫手。奈兩年來，聽你說話，皆不投機；知道你是被強盜拖累了，心恨強盜的人，所以不敢貿然拉你幫助。然兩年下來，我家的底蘊，你知道的不少；你一旦說要走，誰能看得見你的心地！相投的必不走，走的必不相投！我全家的性命，不都操在你這一走的手裏嗎？安得不先下手，替你餞行呢？」

桂武這才嚇壞了，口裏也連說：「這事怎麼了？」

不知甘二姨毑，畢竟如何替桂武夫婦餞行？且待第一〇回再說。

施評

冰廬主人評曰：此回通篇精警，無絲毫鬆懈之處，能使讀者精神為之一振。

彭壽山之言曰：江湖上第一重的是仁義如天，第二還是筆舌兩全，第三才是武勇向先云云。足證盜亦有道，非虛誣也。

下半回在甘瘤子傳中，忽爾夾寫桂武小傳，乃作者行文變化之處。桂武亦奇俠也，故雖久居盜窟，而能不為美色、財帛所動。一聞金羅漢之言，去之若浼，其立品概可想見。甘聯珠叛父背兄，偕夫同逃，就甘氏一方面言，則女心向外，誠無足齒，然亦可謂出汙泥而不染者矣！

第一〇回　木槍頭親娘餞別　鐵拐杖娭馳無情

話說：桂武聽了甘聯珠的話，口裏也連說：「這事怎麼了？」

甘聯珠躊躇了一會，勉強安慰著桂武說道：「事已至此，翻悔是翻悔不了，惟有竭力做去！走得脫，走不脫，祇好聽之天命；逃是不能逃的，好在父親和哥哥出門去了；若他二人在家，我等就一輩子也莫想能出這房門！」

桂武定了定心神，問道：「父親的本領，我知道是無人及得；哥哥的本領，大約也是了不得，我自信不是他們的對手。但是他二人既經出門去了，家中留著的，全是些女眷；我就憑著這一條鐵棍，不見得有誰能抵得我住？你說得這般鄭重，畢竟還有甚麼可怕的人物在此，我不曾知道麼？」

甘聯珠道：「那有你不曾知道的人物！不過你剛才不是說，祖母曾說要親自替你我餞行嗎？除了父親、哥子，就祇祖母是最可怕的了！你難道不知道嗎？」

桂武吃驚道：「祖母這們大的年紀，我祇道他走路還得要人攙扶，誰也沒想到他有甚可怕的本領？」

甘聯珠笑道：「豈但祖母，我家的丫頭，都沒有弱的；外人想要憑本領，打出這幾重門戶，可說是誰也做不到！你莫自以爲你這條鐵棍，有多大的能耐！」

桂武紅了臉，心中祇是有些不服，但是也不敢爭辯。

甘聯珠接著說道：「你既向祖母說了，明日動身，明日把守我這重房門的，必是我嫂嫂；我嫂嫂的本領雖也了得，我們不怕他。他曾在我跟前輸過半手，便沒你相幫，也不難過去。把守二重的，估料是我的生母；他老人家念母女之情，必不忍認眞難爲我，衝卻過去，也還容易。卻是你萬不可動手，你祇看我的舉動，照樣行事。

「三重門是我的庶母，他老人家素來不大願意我，一條槍又神出鬼沒，哥哥的本領就是他傳出來的；我父親有時尚且怕他。喜得他近來，右膀膊上害了一個酒杯大的瘡，疼痛得厲害，拈槍有些不便當；我二人拚命的招架，一兩下是招架得了的；久了他手痛，便不妨事了。

「最可怕就是把守頭門的祖母，他老人家那條拐杖，想起來都寒心！能衝得過去，是我二人的福氣；不然，也祇得認命，沒有旁的法設。你今夜早些安歇，養足精力，默禱九泉下的父母保佑，桂氏一脈的存亡，就在此一舉。」

桂武聽了，驚得目瞪口呆。暗想：我在此住了這們久，不僅不知道這一家眷屬，都有如此驚人的本領;連自己妻子也是個有本領的人,尚一些兒不知道,可見得我自己的本領不濟,並且過於粗心。怪道那個肩兩隻鷹的老頭,教我和妻子商量:照此看來,我桂氏一脈,應該不絕,才有這種異人前來指點。

這夜,甘聯珠催著桂武早些安歇,桂武那裏睡得著?假寐在床上,看甘聯珠的舉動。祇見甘聯珠將箱篋打開,撿出許多珠寶,作一大包袱綑了;又撿了許多,綑成一個小包袱,才從箱底下,抽出兩把雪亮也似的刀來,壓在兩個包袱上面。一會兒收拾完了,方解衣就寢,也不驚動桂武。

桂武等甘聯珠睡著了,悄悄的下床,剔亮了燈光,伸手去提那刀來看,一下沒提動,不禁暗暗詫異道:「我的力不算小,竟提這一把刀不動,還能使得動兩把嗎?」運足了兩膀氣力,將那刀雙手拿起來,就燈光看了一看,即覺得兩臂痠脹!

心裏實在納罕:像聯珠這樣纖弱的女子,兩指拈一根繡花針,都似乎有些吃力的模樣,居然能使得動這們粗重的兩把刀麼?我自負一身本領,在江湖上目中無人,幸得不曾遇著這一類的人,遇著了就不知要吃多少的苦惱!

一時想將手中的刀,照原樣擱在包袱上,那裏能行呢?兩膀一痠脹,便驚顫得不能自主,那刀沉重得祇往下墜,兩手不由得跟著那刀落下去;刀尖戳在地下,連牆壁都震動了!

甘聯珠一翻身坐起來，笑問道：「不曾閃了腰肢麼？」桂武心裏慚愧得很，口裏連說沒有。

甘聯珠拉桂武上床，笑道：「我教你好生安息一夜，你為甚麼要半夜三更，爬將起去看刀呢？你聽，不是已經雞叫了嗎？」

桂武搭訕著上床胡亂睡了一覺，已是天光大亮，二人起床結束。甘聯珠提了那個小包袱給桂武道：「你把這包袱馱在背上，胸前的結須打得牢實，免得動起手來，他礙手礙腳！這裏面的東西，夠我二人半生的吃著了。」桂武接在手中，覺得也甚沉重，依著甘聯珠的話，結縛停當，一手提了帶來的鐵棍。

祇見甘聯珠馱了那個大包袱，一手拈了一把刀，竟是決不費事，回頭向桂武說道：「你牢記著：祇照我的樣行事，我不動手，你萬不可先動手！」

桂武此時已十分相信自己的本領不濟，那裏還敢存心妄動？忙點頭答應理會得。甘聯珠將右手的刀，併在左手提了；騰出右手來，一下抽開了房門的閂，隨著倒退了半步，呀的一聲，房門開了。

桂武留神看門外，衹見甘勝的妻子，青巾裹頭，短衣窄袖，兩手舉一對八稜銅鎚，堵門立著；滿面的殺氣，使人瞧著害怕，全不是平日溫柔和順的神氣。倒豎起兩道柳葉眉，用左手的銅鎚，指著甘聯珠，罵道：「賤丫頭戀著漢子，就吃裏扒外，好不識羞恥！有本領的，不須懼怯，來領受你奶奶一鎚！」

甘聯珠並不生氣，雙手抱刀，拱手答道：「求嫂嫂恕妹子年輕無狀，放一條生路，妹子報德有日！」

甘勝的妻子那裏肯聽，更厲聲喝道：「有了你，便沒有我！毋庸嘵舌，快來領死！」

甘聯珠仍不生氣，說道：「人生何地不相逢？望嫂嫂恕妹子出於無奈。」桂武在旁，衹氣得緊握著那條鐵棍，恨不得一下將甘勝的妻子打死；衹因甘聯珠有言吩咐在先，不敢妄動。

甘勝的妻子經甘聯珠兩番退讓，氣已漸漸的平了些；鎚頭剛低了一下，也是說時遲、那時快，甘聯珠已一躍上前，雙刀如疾雷閃電般劈下；甘勝妻子方悟到甘聯珠是有意乘他不備，自己鎚頭著了一刀背，被甘聯珠搶了上風！勉強應敵了幾下，料知不能取勝，閃身向後一退，氣忿忿的罵道：「賤丫頭詭謀取勝，算不了本領！暫且饒你走罷！」

甘聯珠也不答白，見讓出了一條去路，即衝了出來。桂武緊跟在後面，回頭看甘勝的妻子，已香汗淋漓的走了。

二人走到二重門，果是甘聯珠的生母，挺槍當門而立，面上也帶怒容。甘聯珠離開一丈遠近，就雙膝跪在地下，叩頭哀求道：「母親就不可憐你女兒的終身嗎？」

他母親怒道：「你就不念你母親養育之恩嗎？」桂武見甘聯珠跪下，也跪在後面。

甘聯珠跪著不起，他母親撒手一槍，朝甘聯珠前胸刺來；祇聽得丁當丁當一陣響，甘聯珠隨手將槍頭一接，原來是一條銀漆的木槍頭，槍頭上懸著一串金錢珠寶。被甘聯珠一手將槍頭折斷，那串金錢珠寶，跟著到了手中。他母親閃開一條去路，二人皆從斷槍底下，躥了出來。

甘聯珠收了槍頭和金錢珠寶，直奔第三重門。他庶母倒提著一條筆管點鋼槍，全副精神，等待廝殺的樣子。

甘聯珠不敢走近，遠遠的跪下說道：「媽媽素來是最喜成全人家的；女兒今日與女壻出去，將來倘有寸進，決不敢忘媽媽的恩德！求媽媽成全了女兒這次！」

他庶母將槍尖一起，指定甘聯珠罵道：「家門不幸，養了你這種無恥賤人！今日我是成全了你，祇怕明日我甘家就要滅門絕戶了！我知道你的翅膀一齊，就要高飛；但是你也得問過老娘手中這個伙伴，他肯了，方能許你高飛遠走呢！」

甘聯珠又叩了一個頭，說道：「女兒便有天大的膽量，又不曾失心瘋，怎敢與媽媽動手？祇求你老人家開恩，高抬貴手，女兒就終生感德！」甘聯珠一面哀告，一面將手中雙刀，緊了一緊。

桂武跪在旁邊見了，也緊了緊手中棍，準備廝殺。

祇見他庶母一抖手，槍尖起了一個碗大的花，連聲喝道：「來，來，我不是你親生母，不能聽你的花言巧語！」旋罵旋用槍直刺過來。

甘聯珠一躍避開四五尺，雙手一抱，說道：「那就恕女兒、女壻無禮了！」兩把刀翻飛上下，風隨刀發，滿地塵埃激起，如狂風驟雨，如萬馬奔騰，連房屋都搖動起來！

桂武也帶發了性子，使動手中鐵棍，爭先殺上；一來欺他庶母是個女子，二來聽得甘聯珠說：他右膀害瘡，所以自己的膽壯起來。一鐵棍劈去，卻碰了槍尖，就彷彿碰在一塊大頑石上一般，鐵棍反了轉來，險些兒碰到自己的額頭上；虎口震出了血，兩條臂膊都麻了！暗地叫了聲哎呀！好厲害的傢伙！忙閃身到甘聯珠背後。

甘聯珠一連兩刀，架住了筆管槍，向桂武呼道：「此時不走，更待何時？」

桂武聞言，那敢怠慢！一伏身，從刀槍底下，躥出第三重門外。

祇聽得他庶母罵道：「好丫頭！你欺你老娘手痛，如此偷逃！看你父親、哥子回家，可能饒你，許你們活著！」

甘聯珠沒回答，撇了他庶母，也躥到外面。揩乾了頭上香汗，甘聯珠說道：「我們須在此休息片刻，才好去求祖母開恩。他老人家那裏，就眞不是當耍的！」

桂武剛才碰了那一槍尖出來，自看手中鐵棍，已碰了一個寸來長、五分多深的大缺口；棍顚也彎轉來了，不覺伸出舌頭來，半晌縮不進去。暗想：聯珠說他祖母的本領更可怕，虧得我在他庶母手裏，試了一下；不然，若在他祖母跟前出手，眞要送了性命，還不知道是如何死的呢！

桂武正在思量著，甘聯珠來了。聽得說要休息片刻，才好去求祖母開恩的話，慌忙問道：「萬一他老人家不許，將怎麼辦咧？」

甘聯珠知道他已成驚弓之鳥了，心裏若再加害怕，必然慌得連路不知道走，衹得安慰他道：「我要休息片刻，就是爲的怕他老人家不許！論我的本頭，抵敵他老人家，原是差得甚遠，不過但求得脫身。衹要你知道見機，有隙就走，不要和剛才一般，直到我喊你走，你才提腳。你出了頭門，我一個人是不妨事的！」

桂武心神略爲安定了些兒，說道：「你若也和剛才一樣，能將祖母的拐杖架住，我準能很迅速的逃出去！已經歷過一次，第二遭便知道見機了！」甘聯珠點頭，衹是面上很帶著憂容。

其實甘聯珠知道自己的本領，萬分不是甘二娭毑的對手！兩把刀的許多路數，一到甘二娭毑的拐杖跟前，從來是一下也施展不來；但是甘聯珠何以主張桂武去向甘二娭毑作辭，敢跟著來冒這種大險呢？這其間有一個大緣故。

因爲甘瘤子的獨腳強盜，原是繼承祖業；他們這種生涯，比較綠林中成群結黨的強盜，還要危險十倍。綠林強盜是明目張膽的，儘管官廳和百姓，都知道他們是強盜，他們仗著人多，依山憑險，官兵奈何他不得！即有時巢穴被官兵搗毀了，他們另覓一處險阻的地方，嘯聚起來，舊業不難立時恢復。

至於甘瘤子這種獨腳強盜就不然。他們分明是個極凶狠的強盜，表面上卻對人裝出紳耆樣子，和一般平民住在一塊，有田畝、有房屋，也一般的完糧納稅，並和官紳往來。凡是綠林強盜的防禦工程，一些兒也沒有設備；他們的防禦，就全在祕密，絲毫不能露出形跡，給外人知道；若外面一有了風聲，他們便沒命了！

所以甘瘤子一家子，全是一個統系的。甘瘤子招桂武做贅壻，因見桂武年紀輕，父母都死了，沒有掛礙；本領雖不見得十分高強，然年輕人，精研容易。原打算贅做女壻後，漸漸探問桂武的口氣，若肯上自己這一條門路，就告知自己的行爲給他聽，再傳給他些本領，好替甘家做個貼己的幫手。當時以爲：桂武年輕沒把握，又爲憐愛著嬌妻，斷沒有不肯上自己這條門路之理！

誰知幾次用言語探問，桂武不知就裏，總是說到強盜，便表示恨入骨髓的樣子；後來桂武漸漸看出了些甘家父子的舉動，雖不大當著人表示恨強盜了，然而表同情的意思，卻始終不曾露過一言半句。甘家父子料知是不能用做自己幫手，絕口不再來探問了！

甘聯珠見丈夫立志不做強盜，他也是一個有志趣的女子，怎麼肯勸丈夫失節呢？丈夫既是不做強盜，獨腳強盜家裏，勢不能容非同道的人，久住在家裏礙眼。桂武若祇知道迷戀女色，貪圖溫飽，甘聯珠知道就在甘家住一輩子，自己父兄也不會有旁的念頭；無奈桂武硬說出心中害怕，決計要離開這裏的話來，所以甘聯珠不由得躊躇了好一會，才主張等父兄出了門，即去向祖母作辭。

甘聯珠躊躇的是：心想就勉強將桂武留住，他是一個公子哥兒出身，不知道厲害，心裏又恨的是強盜，萬一父兄有了旁的念頭，更是危險得沒有方法解免。此時光明正大的作辭出去，危險自是危險，然尚可望僥倖脫身。這也是古人說就的：女生外向！大凡女子一嫁了丈夫，一顆心就祇顧婆家，不顧娘家了。

當下甘聯珠同桂武休息片刻，不敢遲緩，急忙緊了緊包袱的結頭，綽手中刀，直奔頭門而來。桂武不敢再作抵抗之想。祇見甘二竢虵，攔門坐在一把太師椅上，左手支著一條茶杯粗細的拐杖，黑黝黝的，也不知是鋼是鐵，有多少斤重量；右手拈著一根旱煙管，在那裏掀著鱖魚般闊嘴吸煙。那旱煙管，也足有酒杯粗細；迷離著兩眼，似乎被煙薰得睜不開來的樣子。

甘聯珠跪下去叩頭，就像沒有看見。桂武也祇得跟著跪下。甘聯珠才待開口哀求，甘二竢虵已將旱煙管一豎，問道：「你們來了嗎？你們要成家立業，很是一件好事！你們要知道，我這一份家業，也不是容易成立起來的；我活到九十多歲，你們還想我跌一跤去死，這事可是辦不到！」

甘聯珠哭著說道：「孫女和孫女壻，受了祖母、父母養育大恩，粉身碎骨，也難報萬一！怎敢如此全無心肝，去做那天也不容的事！」

甘二㛊毑用拐杖一指，喝道：「住嘴！你祖母、父母一生做的，盡是天也不容的事；你們既不存心教我跌一跤去死，我於今已九十多歲了，能再活上幾年？你們爲甚麼不耐住幾年，等我好好的死在家裏了，才去成家立業呢？不見得此時就有一個家業，比我這裏還現成的，在外面等著你們去成立。你們既存心和我過不去，自是欺我老了無用。也好，倒要試試你們少年人的手段看看！」說時，已立起身來，祗嚇得桂武渾身發抖，三十六顆牙齒，廝打得鬮鬮的響。

甘聯珠仍跪著不動的哭道：「祖母要取孫女的性

命，易於踏死一個螞蟻。」

甘二㛊毑那許甘聯珠說下去，舉拐杖如泰山壓頂的，朝甘聯珠頭上打下來。

甘聯珠祇得用一個鯉魚打挺身法，就地一側身，咬緊牙關，雙手舉刀，拚命往拐杖一架。

甘聯珠的心理，以爲桂武見已將拐杖架住，會趁這當兒逃走。誰知桂武被嚇得祇在那裏發抖，不敢冒死從拐杖下躥出去！甘聯珠刀背一著拐杖，兩臂那禁受得那般沉重！祇壓得兩眼發花，兩耳嗚嗚的叫，口裏不覺喊了一聲：不好！兩腳隨著一軟，身體便往後頓將下來！招架是招架不了，躲閃又躲閃不開！明知這一拐杖壓將下來，萬無生理，祇好將刀護住頭頂，雙睛緊閉，等他打下；就在這閉了眼睛的一剎那之間，祇覺一陣涼風過去，即聽得哎呀一聲！

甘聯珠祇道是甘二姨毑不忍下手打自己的孫女，卻將孫女婿打死了。心中不由得一痛，連忙睜眼，祇見桂武不但沒被祖母打死，並且精神陡振，一手拉了自己，往外便躥。一時也沒看清自己祖母，爲何不動手阻擋？

如在夢中的，急躥了兩里多路，甘聯珠才把神定了，立住腳問桂武道：「畢竟是怎麼一回事？我們難道是死了，和你在陰曹奔走麼？」

不知桂武如何回答？且待第十一回再說。

施評

冰廬主人評曰：此回結束處較前尤佳，讀者試回憶前文，然後揣測後事；如能解索得之，必有諫果回甘之妙。

甘聯珠偕夫同逃，防守者為甘勝妻、蔡花香、甘瘤子妾、甘二媄馳。作者寫聯珠應對之法，各各不同，並恰合身分。蔡花香以木槍頭贈金錢珠寶，尤為出人意外。即此可見慈母之愛，體會入微。然近世頗多女兒偕所歡私奔者，則渠母為蔡花香之流亞也，必矣！

當官強盜，嘯聚山林，殺人越貨，是有形之盜也。獨腳強盜，表面上裝出紳耆樣子，其實殺人掠貨，無所不為，是無形之盜也。語曰：防真小人易，防偽君子難。有形之盜，真小人也；無形之盜，偽君子也。故吾謂偽君子之罪，實浮於真小人。然近世擁牙建纛者，何一非無形之盜耶？峨冠博帶者，何一非無形之盜耶？無形之盜既若是其多，宜乎吾小民之無噍類也。

第十一回　呂宣良差鷹救桂武　沈棲霞卻盜收紅姑

話說：甘聯珠如夢如癡的，被桂武拉著手，躥出頭門，不停步的跑了二里路。

甘聯珠才定了定神，問桂武：「是怎麼一回事？何以祖母的拐杖打來，我正閉目待死，你卻能把我救出來？」

桂武笑道：「我那有這般本領，能將你救出來！這事真也有些奇怪：你當時架不起祖母的拐杖，身子往後頓將下來，我眼睜睜的望著，眞是急得走投無路！明知自己的本領不濟，鐵棍又壞了，那敢動手來幫你呢？心裏正在又急又痛，猛然見一隻大鷹，比閃電還快，從頭門外撲進來，一爪就將那要打下來的拐杖抓住，脫離了祖母的手；再翅膀一拂，大約是拂在祖母的臉上，祇聽得祖母哎呀一聲，連旱煙管都丟了，雙手把臉捧住。我一見這情形，心中好不痛快！不敢停留，更來不及說甚麼，所以拉了你就走。」

甘聯珠吃驚似的問道：「你看明白了，是一隻鷹麼？」

桂武道：「青天白日，怎的看不明白呢？確是一隻極大的黑鷹！」

甘聯珠歎道：「不好了！我家的仇敵金羅漢到了！除了他有兩隻神鷹，甚麼人也沒有。」

桂武問道：「金羅漢是個甚麼樣的人？如何和你家是仇敵？」

甘聯珠道：「我常聽得我父親說江湖上有個呂宣良，綽號金羅漢，專一與崆峒派的人作對。養了兩隻神鷹，許多有本領的人，都敗在那兩隻鷹的爪裏。我師伯董祿堂險些兒連性命都丟了，所以金羅漢是我家的仇敵。不知他今日怎的到這裏來了，卻救了你我的性命？」

桂武問道：「他是不是一個白鬚老頭兒呢？」

甘聯珠點頭道：「我雖不曾見過，但聽說他的年紀很大了。你問怎的？」桂武便將前日在山頂閒眺，遇見金羅漢的話說了。

甘聯珠笑道：「幸得你前夜，不曾將這話向我說。若說給我聽了，我必疑是金羅漢有意離間我家裏人，特來刁唆你的！我有了這疑心，不但不肯和你同走，說不定還要疑你是來我家臥底的；那麼，事情就糟透了！」

桂武道：「我所以不將遇見他的話說出來，一則，因不知道他是甚麼人，若將當時那種神出鬼沒的情形說出來，怕你疑慮；二則，想離開你家，原是我的本意，久已有了這個念頭，並不是遇見他才發生的，用不著把他說出來。」

甘聯珠點頭應是，又道：「此地離家太近，我們不可久留！看你打算往甚麼地方走，就此走罷。這是乘我父親、哥哥都不在家，我們祇要出了頭門，在此停留這們一會，還沒要緊。若是父兄在家的時候，不能立時逃出三十里以外，祇怕你我的頭，此刻早被飛劍取去了呢！」

桂武道：「我到湖南來，原是爲尋我姑母，想投託他，替我覓一安身立命之所。無奈探訪了多少日子，探訪不著；於今祇好再去臨湘，從容探訪。我想我姑母此時的年紀，尚不過四十來歲，必不曾去世。祇因他出嫁得早，那時我才得四歲。我父親在日，他同姑父陳友蘭在我家住過好些日子。後來父親一死，路遠了，兩家便不大來往。「父親死了的第二年，接了姑母專人送來的訃告，我才知道姑父也死了。姑母守著一個兩歲的表弟，聽說搬到臨湘鄉下住了，自後便絕無消息。這也祇怪我，那時太不長進，專一和許多狐群狗黨作一塊；家中大小的事，一點也不過問。我姑父去世既久，姑母又不在縣城，我初來人地生疏，因此探訪不著。此時也沒有旁的道路可走，仍舊往臨湘去罷！」二人遂到臨湘。

甘聯珠拿出些珠寶，變賣了錢，置備田產房屋，也不向人說明自己的來歷。臨湘人見他夫婦都生得那們漂亮，舉動又很豪華，也沒人疑心他們是強盜窩裏出來的人。桂武逢人打聽他姑母的消息，又是一年多沒得著些兒蹤影。桂武揣想，他姑母不是已經去世，就是搬到別州府縣去了，不在臨湘。已漸漸把探訪的心，懈怠下來了。

一日，桂武正和甘聯珠在家閒談。忽見一個十來歲的小孩，生得骨秀神清，英氣奕奕；立在門外，向裏面大聲問道：「這裏可有一位姓桂的公子麼？」

桂武聽了，心中一動，一面迎出來，一個留神看那小孩的眉目，竟和自己的眉目，一般無二；若在一道兒同走，不問誰人見了，必說是同胞兄弟。

旋想旋走到切近，且不答應自己就是桂公子，先問那小孩道：「你是那裏來的？姓甚麼？問桂公子做甚？」

那小孩見桂武出來，兩眼也不住的向桂武臉上打量；不待桂武說出姓氏，小孩已拜倒在地，說道：「家母今日才知表哥在此，特命小弟來請表哥到寒舍去。」

桂武聽了表哥的稱呼，一時方想到是自己姑母，打發表弟來請的；連忙也拜下去，將表弟扶起。心中歡喜，自不待言！一手拉了表弟的手，同進裏面，與甘聯珠也見了禮。桂武才問他表弟的名字。

表弟答道：「我名叫繼志。家母吩咐：在路上不要躭擱，見著表哥，就請同去，免得家母盼望。」

桂武喜問道：「姑母怎知道我住在此地？可笑我專爲探訪姑母，才來臨湘；在這裏前後住了三年，竟沒探著姑母的住處。今日倒是他老人家知道了，勞老弟的步來找我。」

陳繼志答道：「家母怎知道表哥在此，卻不曾向我說；表哥去見了家母，自會知道。家母並吩咐了：表嫂也請一陣同去。」

桂武回顧甘聯珠笑道：「怪呀！他老人家連你在這裏都知道了！」

甘聯珠也笑道：「旣知道你在這裏，自然連我也知道，我本應得同去請安。祇是他老人家住在那裏？此去有多少的路程？得問問小弟弟。」

桂武道：「他這般小小的年紀能來，沒多遠的路，是不問可知。」

陳繼志也點頭說道：「沒多遠的路！」甘聯珠走進自己臥房，更換衣服。桂武教陳繼志坐著，也跟著甘聯珠進房。

祇見甘聯珠正坐在床上裹足，將鐵尖鞋套在裏面。桂武驚問道：「又不去和人家動手，你穿上這東西幹甚麼呢？」

甘聯珠笑道：「定要和人家動手，才能穿這東西嗎？」

桂武道：「我看去見姑母，用不著穿上這東西。」

甘聯珠將桂武拉到跟前，低聲說道：「你並不認識你這位表弟，今日突如其來，教我二人同去。我想你前後在此，尋訪了三年，就住在這屋子裏，也有一年多了。姑母旣是住得離這裏沒多遠的路，怎的你是有心尋訪的，倒尋不著；他想不到你在這裏的，卻打聽出來了。這情理不是很說不過去嗎？

「並且我們住在這裏，從來不曾和人往來過，也沒向人說過自己的姓名來歷，他從何知道我們住處的呢？你剛才問你這表弟，看是怎生知道的；他不是說不出一個所以然來，教你去問姑母，自會知道的嗎？我想這事有些蹊蹺！不去也不好，又怕是眞的；要去就不能不防備，小心點兒才好！」

桂武聽了甘聯珠的話，心中也有些疑慮。衹是看陳繼志的相貌，酷似自己，又相信是自己姑母的兒子。因知道自己的面貌，從小就很像姑母；母子面龐相似的，極是尋常。然也覺得甘聯珠慮得不錯，自己衣底也暗藏了防身兵器。

甘聯珠妝飾已畢，同出來與陳繼志動身。陳繼志在前面走，桂武夫婦跟在後面。走了半里多路，陳繼志的腳步越走越快。桂武向甘聯珠說道：「看不出他這小小的年紀，倒這們會跑路。我們的腳步也放快些吧，不要趕他不上，給他笑話！」

甘聯珠微微點頭不作聲，二人眞個把腳步放快了。又走了半里，桂武忍不住問道：「老弟不是說沒多遠的路嗎？還有多遠呢？」

陳繼志回頭笑道：「那有多遠，一會兒就到了！」陳繼志口裏說著，腳底下更加快了。桂武已跟著跑出汗來，甘聯珠還不大覺著累。

不一會，一座很高的石山擋住去路。陳繼志立住腳，將要和桂武說話，桂武已相差有四五丈遠近，甘聯珠卻相離不過幾尺。桂武面上有些慚愧，走近陳繼志說道：「多久不走路了，走不動，見笑得很！還有多遠呢？」

陳繼志笑道：「本來表哥是公子爺出身，自是不會走路；就是表嫂也是千金小姐，怎能比我這鄉下看牛羊的小孩，終日翻山越嶺的走慣了？此時得翻過這一座山，卻怎麼辦呢？哥哥、嫂嫂能爬上去麼？」

桂武看那山，盡是房子大一塊的頑石堆成的，石上都是青苔；莫說樹木，連草也沒長著一根，更沒有上去的路徑，陡峭得和壁一般。心想：憑著自己一身本領，上是能上去；但是石上，須不長著青苔才好。腳踏在青苔上面，是滑的；萬一躥到半山之間，一腳不曾踏牢，滑將下來，豈不要跌個骨斷筋折？又想：表弟這們小的年紀，他未必就能爬得上去；他如果眞有這種能耐，能不怕滑跌下來，我們就照著他腳踏的地方踏去，便也不怕滑了！

當下對陳繼志說道：「去老弟家裏，必得從這山爬過去嗎？若沒有第二條路可走，我們也祇好跟著老弟走了！」

陳繼志道：「第二條路是有，不過須回頭，繞一個大彎子。我恐怕母親盼望，所以引表哥、表嫂到這裏來；我在前慢慢的上去，二位照樣上來就是。這山是我三四歲的時候，便爬慣了的，不算一回事！」

說著，舉步如行平地，決不費事的，轉眼就上到半山。甘聯珠也跟著飛身而上。桂武祇得抖擻精神，連躥帶躍的往上趕；好容易用盡平生之力，趕到半山一看，陳繼志已神閒氣靜的立在山頂；甘聯珠雖也上去了，卻是臉上變了顏色，立在那裏喘息不已。

桂武這時的兩條腿，疲軟得不能動了！上半截的山勢，更來得陡峭，實在沒力量能上去了，也不好意思說甚麼，低頭就揀一塊平整點兒的石頭，坐下來歇息。

心想：我小時候在家鄉，雖說是家中富有，有下人伺候，不要我自己勞動；然我生性歡喜武事，何嘗不是終日在外翻山越嶺？但是像這們陡峭的山，休說我不曾上過，又幾曾見有人能上呢？甘聯珠是練就了魁尖的上高本領，尚且累得喘氣不勻；可見我這表弟的本領，必還在他之上！不過我小時候並不曾聽得我父母說，我姑母也會武藝；計算我表弟的年齡，此時不過十一歲，又沒有父親，難道是天生成這般便捷身體？甘聯珠疑心這事，怕有些蹊蹺；他疑慮的，祇怕不錯！

桂武正低頭躊躇著，忽覺頭頂上，有甚麼東西顫動。忙抬頭一看，原來是一根極粗的葛藤，從山頂懸下來；陳繼志捏著一端，在上面說道：「表哥身體疲倦了，祇雙手緊緊握住這藤，我拉表哥上來！」

桂武又想：他這一點兒大的身體，如何能拉得起我？這不是笑話！不要連他自己都拉下山來了，不是當耍的！遂仰面朝上說道：「用不著拉！我再歇息一會，就能上來了！」

陳繼志在上說道：「我母親在家等得苦！還有幾里路，不要躭擱罷！」

桂武也實在是疲乏不堪了，姑且握住葛藤試試。若上面拉不動，也沒要緊，並且有甘聯珠在上面，也可幫著拉拉。使兩手牢牢的將葛藤握住，即時身不由自主，兩腳騰空，彷彿登雲駕霧一般，祇往上升。桂武的身軀很重，拉得那葛藤喳喳的響！桂武心裏著慌，惟恐葛藤從中斷了，必然跌得骨斷筋折！還好，陳繼志手快，在吊井裏提水似的，祇須幾把，就將桂武吊上了山頂！

桂武立穩了腳，兩臉通紅的問道：「老弟會上山，可說是從小翻山越嶺慣了。兩膀這們大的氣力，難道也是吊人吊慣了嗎？老弟得向我說個明白，我方敢隨老弟到姑母那裏去；若不說明，我總不免有些疑慮。我與其擱在心上懷疑，不如請你說個明白：姑母畢竟是怎的知道我的住處？」

陳繼志笑嘻嘻的答道：「表哥要問我兩膀怎生有這們大的氣力麼？我母親還時常罵我生得太脆弱，練不出氣力呢！表哥懷疑些甚麼？下山不遠，就是我家；見著我母親，我母親都會說給表哥聽的。這根葛藤，是我三四歲的時候，我母親給我做幫手的；起初沒有這葛藤，這山不能上下；於今上下慣了，這葛藤就沒有用處，擱在這山頂上好幾年了。」

陳繼志才說到這裏，忽住了嘴，偏著耳往山下聽。隨向甘、桂二人說道：「我母親在下面呼喚了！請快走下去吧！」甘、桂二人也聽得有女子的聲音，在山下呼喚。

陳繼志匆忙將葛藤塞入石巖裏面，引二人下山。下山的路，卻不似上山那般陡峭。三人走到山下，陳繼志指著前面一個道裝女子，向桂武說道：「表哥請看，我母親不是在前面等候嗎？」

桂武沒回答，心想：我姑母怎麼成了一個女道士？漸漸的走近了，仔細一看，還約略認得出容貌來，不是自己的姑母是誰呢？桂武小時的乳名清官，他姑母已迎著呼他的乳名，笑道：「十年不見，見面幾乎不認識了！我知道你找尋得我很苦，我直到今日才知道呢！」

桂武此時，疑雲盡散，忙緊走幾步，爬下地叩頭，口稱姑母。甘聯珠自也跟著跪拜。他姑母笑向甘聯珠問道：「你就是北荊橋甘家的小姐麼？也眞難得，有你這們明白大義！我聽得說，心裏就歡喜得了不得！」甘、桂二人都猜不透他姑母是怎生知道的，當下在外面，也不便開口去問。

一同到了他姑母家裏談論起來，原來他姑母就是前幾回書中所寫的紅姑。祇因他姑父陳友蘭死後，紅姑的年紀還不到三十歲，守著一個兩歲的孩兒，取名繼志。陳友蘭很遺留下不少的財產，當時陳家的族人，都不免有些眼紅，想將紅姑排擠得改了嫁，族人欺繼志年小，好把遺產朋分。以爲：紅姑年輕貌美，必容易誘惑。那知紅姑的節操極堅，族人用了多少的方法，都不曾將紅姑誘惑得。

紅姑的性情，異常慷爽，不肯拘泥小節。平常沒了丈夫的婦人，在家守節，都是遍身縞素，到死不肯穿紅著綠；凡是年輕婦女所享受的一切繁華，皆得擯除淨盡。而紅姑生性愛紅，又本來是個不拘小節的人，丈夫在日所穿的衣服，不肯完全廢掉，安葬了陳友蘭之後，仍照常穿著起來。族人便抓了這一層做憑據，在臨湘縣告紅姑不貞節。虧得那縣官廉明，將族人申飭了一頓，紅姑就搬到臨湘鄉下住了。

族人告紅姑不曾如願，反被縣官申飭了一頓，紅姑佔盡了上風，心中不服。見紅姑獨自搬到鄉下去住，便集合許多無賴，去紅姑家裏行劫。

這時紅姑衹雇了一個乳母，一個粗作老媽，住在自家的田莊上。這日黃昏向後，忽來了一個化緣的道姑，年紀約有六十多歲，要在紅姑家借宿。陳友蘭在日，對於這些三姑六婆，本極厭惡，從來不許上門。於今陳友蘭死了，紅姑見這道姑年紀已老，天色又已黑將下來，若不許這道姑歇宿，心裏覺得有些過不去，衹得教他和老媽子同睡。

誰知到了半夜，族人行劫的來了，共有二十多個壯健漢子，一個個都用鍋煙塗黑了面孔，把唱戲的假鬍鬚掛了，劈門入室，將紅姑和乳母、老媽子都綑起來，堆在一個床上，反鎖了房門，各自搶東西去了。

紅姑見乳母也被綑，卻不見自己的兒子，便問乳母：「繼志在那裏？」

乳母回答不知道，說：「被綑醒來，已不見了公子。」

老媽子就說：「那借宿的老道姑，也不知去向；他必是強盜一夥的，特來這裏做內應。」

紅姑守節所希望的，就在這個小孩；一旦被強盜劫得不知去向，如何不能心痛！祇恨手足被綑了，不能動彈；不然，也一頭撞死了。

正在那裏傷心痛哭，忽然房門開了，有人拿了個火把過來。紅姑料是強盜，將兩眼閉了不看。祇聽得乳母呼道：「奶奶！你看麼？公子果是在這道姑手中抱著！」

紅姑這才打開眼，祇見那道姑笑容滿面的，左手抱著繼志，右手握著一條竹纜子火把，照著紅姑說道：「奶奶不用害怕！強徒都被貧道拿住了，公子也一些沒有損傷。」說著，將繼志放在床上，祇用手在三人身上一摸，綑縛手足的麻繩，登時如被刀割斷了。

紅姑坐了起來，一把抱了繼志，才向道姑道謝，問：「怎生將強徒拿住的？」

道姑笑道：「請奶奶同去外面一看，便知端底！」紅姑嚇虛了心，仍有些膽怯，不敢去看。

道姑拉了紅姑的手道：「有貧道在此，怕甚麼呢？一個也不曾跑掉，祇看奶奶要怎生發落？」

紅姑彷彿如在夢中的，跟了道姑出來；見堂屋角上，擠滿了一角高高矮矮的人，臉上都塗抹得那可怕的樣子。一無繩索綑綁，二無牆壁遮攔，卻都呆呆的立著，動也不動；各人的眼睛又都是光著的，不過不能活動的看人。

紅姑向那道姑問道：「師父用甚麼法子，能使他們這樣擠在一塊兒不動呢？」

道姑笑道：「這法子容易得很！奶奶若是想學，貧道可以傳授給你！在山野之間居住，這類法子，也不可不知道些兒。貧道數十年山行野宿，就全仗這些方法，保護性命。這些強徒，看奶奶要怎生處置？祇須說一句，都交給貧道辦理就是。據貧道看：這些強徒，必非是尋常強賊；奶奶兩歲的公子，與強徒有何仇恨？他們竟想置之死地！若不是貧道在旁邊，將公子救了，祇怕公子此刻的身體，已是四分五裂了。貧道因見他們如此狠毒，才有存心一個也不教他跑掉。」

紅姑一聽道姑的話，已知道這些強徒，盡是同族的無賴子；祇要自己沒受甚麼損害，便不想再結深怨。當下請道姑教衆強徒醒來，紅姑親自訓斥了一番，一個一個的放了，並不追究。紅姑的天分本高，從此就拜那道姑爲師。

那道姑姓沈，道號棲霞，也是有清一代的女劍俠。和金羅漢呂宣良，最是投契。終年借著化緣，遊行各地，專一救濟貧苦，誅鋤強暴。他也和金羅漢一般，沒有一定的庵寺。因見紅姑是一個意志堅強的女子，很願意的收做徒弟。

五年之後，紅姑已練了一身了不得的本領。江湖上人因他歡喜穿紅，都呼他爲紅姑。紅姑一面從沈棲霞學道，一面督著陳繼志練武藝。陳繼志才三歲，剛學會了走路，就教他揀不好走的山嶺去爬。五歲，就教他練氣，並道家一切的基礎工夫。紅姑的本領成功，陳繼志的本領，便也不在人下了。

這日，紅姑在清虛觀遇見金羅漢。金羅漢問紅姑：已見著桂武沒有？紅姑見問，還摸不著頭腦，金羅漢遂將桂武來臨湘投紅姑不著，在華容賣藝，贅入甘瘤子家中，圖逃無計，及自己如何指引桂武，如何差鷹去救了甘聯珠的話，說了一遍。又道：「我前日在一家新造的房子門前經過，還見著甘瘤子的女兒在那房子裏面；我料知就是桂武夫婦住在那裏，祇道你早已見著了，尙不知道麼？」

紅姑這才問明了那房子的所在，歸家就教陳繼志去請。所以說起來，知道得這般詳悉。紅姑將前後的事，說給甘、桂二人聽了；甘聯珠因想跟紅姑學習劍術，就認紅姑做了義母。從此兩家往來，十分親密。

卻說甘瘤子父子歸家，聽說自己女兒和桂武走了，倒不甚在意。聽到末尾，來了一隻黑鷹，將自己母親的拐杖抓去，並翅膀拂傷了母親的左眼，知道是金羅漢差鷹來救的，便氣得暴跳如雷，恨不得抓著金羅漢拚命！祇因知道自己的本領，不是金羅漢的對手；現放著師兄董祿堂是榜樣，祇好勉強按納住火性。

甘二姨毑年老的人，受了這次大驚嚇，心裏加上一氣，不到半月，便嗚呼哀哉死了！甘瘤子既和尋常人一樣住家，不能不發喪守制，就把這仇恨延擱下來。

有一天，他師叔四海龍王楊贊廷來了。甘瘤子將金羅漢呂宣良，屢次如何欺負崆峒派人，添枝帶葉的說了，有意激怒楊贊廷；果然把楊贊廷激得要去找呂宣良，替崆峒派出氣。

不知找著了沒有？出了氣沒有？且待第十二回再說。

施評

冰廬主人評曰：上回極力描寫甘二姨毑之如何勇猛，及鐵拐杖之如何神奇；至甘聯珠雙刀護頂，閉目待死時，真令人代為急煞。迨讀至本回呂宣良之神鷹忽至，鐵拐杖飛去半天，則又令人代為喜煞。此段文字，大有山窮水盡疑無路，柳暗花明又一村之概。甘聯珠見陳繼志其來突如，即暗將鐵尖鞋套在足上，預為戒備；足徵女子之心較男子為細，非過慮也。

紅姑族人因覬覦陳友蘭遺產之故，逼醮誣控，無所不用其極。計既不售，復扮盜圖劫，必欲置繼志於死地。心狠計毒，勝於豺豹矣。及既為棲霞所制，紅姑非但不加懲創，且盡斥釋之，大度能容，洵佛家慈悲之懷。善哉善哉！

第十二回　跛叫化積怨找仇人　小童生一怒打知府

話說：甘瘤子因怕自己敵不過呂宣良，有意激怒他師叔楊贊廷。楊贊廷果不服氣，向甘瘤子說道：「呂宣良現專一和我崆峒派人作對，我等要圖報復，也不必定要處置呂宣良。祇要是他們練氣派的人，不問男女老幼，我等遇著了，就得收拾他，就算是報復了！呂宣良那個老鬼實在難惹，從來也不曾聽說有人討了那老鬼的便宜！他又沒一定的住處，找尋他極不容易！但是他的徒弟雖少，黨羽卻是很多；我等能將他的黨羽，多做翻幾個，使那老鬼聽了，氣也得氣個半死！」

甘瘤子道：「小姪原也是這般打算，就因為他們的黨羽太多，恐怕敵不過他們人多勢衆，弄巧成拙。老叔也是沒一定的住處，臨時想求老叔，相助一臂，也是沒處找尋！」

楊贊廷道：「你有為難的時候，不待你來相求，我自然會來給你助場！」

甘瘤子知道楊贊廷的本領，在崆峒派中無人及得，雖遠隔數千里，他能朝發夕至；並且精通易數，千里以外的吉凶禍福，一捏指便知端底。相信他說了來助場，臨時是不會失約的。楊贊廷去後，甘瘤子便隨時隨地，存心和練氣派人作對，衹苦沒有適當的機會。

他自從收了常德慶這個徒弟，心中十分得意！常德慶也肯下苦工研練，不消十年，已盡得了甘瘤子的本領。終日裝作叫化，到各處踮盤子、做眼線，探實了有夠得上下手的富戶，夜間就去劫取。

不過，甘瘤子這種強盜，比較綠林中的強盜，本領自是高得多；就是舉動，也比較的光明，雖一般的劫取人家財寶，卻有許多禁忌，不似綠林強盜的見錢就要。正正當當的商人，拿出血本做買賣，便賺了十萬八萬，他們做獨腳強盜的，連望也不去望；讀書行善的，和務農安本分的人家，不問如何富足，他們也是不去劫取的；有時不曾探聽明白，冒昧動手劫了來，事後知道劫錯了，仍然將原物退回去。平日所劫來的財物，總有一半，用在周濟貧乏上頭；所以江湖上稱他們這種強盜，也加上一個俠義的名目。

那時兩湖的綠林，沒一個不知道甘瘤子，也沒一個不敬服甘瘤子。所以羅山的大水盜，大家呼爲焦大哥的焦啓義和彭四叫雞，劫了常德慶的鏢銀，甘瘤子一去討鏢，立刻便全數退回。至於彭四叫雞對護船兵士說的那派話，不過是自己要顧面子，有意把常德慶的本領提高，才顯得自己被斷掉一條臂膊，不是敗在沒本領的人手裏；後來甘瘤子去說，更知道既有甘瘤子出頭，鏢銀不全數退回是不行的，衹反說看那刀的分上，退還一半；看甘瘤子的情面，退還一半。

這是他們江湖上做順水人情，結交有本領人的一種手段。果然，常德慶就這回的事，對於焦啓義、彭四叫雞一干人，很發生一種好感，成了不同道的至交。

於今且說：常德慶這日，治好了陸鳳陽之後，作辭出來，心中甚是高興。暗想：這番練氣派人的錯處，給我拿著了！哈哈！你們練氣派人，常自誇義俠，能救困扶危，不侵害良善，卻用梅花針，死傷這們多農民！平、瀏兩縣人，爭水陸碼頭，與你們當劍客的，有何關係？無知農民，又豈是你們當劍客的對手？一霎時，教無辜農民死傷幾百，問心如何能安？道理如何能說得過去？但不知這事，是那一個沒天良人幹出來的？我且把這人查明出來，再由師父出頭，邀請江湖上豪傑，評評這個道理！

常德慶走到金家河，裝作叫化的，挨家窺探。祇聽得家家戶戶談論的，都是說萬二獃子，倒有一個這們英雄的義子，能替我們平江人爭氣。我們這回，本來已是

輸得不可救藥了；虧得這義拾兒來找萬二獃子，不知他使得甚麼神通，祇見他將衣一擄，兩手一揚，那些瀏陽蠻子，自會一個一個的紛紛倒地。聽說羅隊長已親到萬二獃子家，看這義拾兒去了。

常德慶聽一般人的言語，大都如此。正想去萬二獃子家，看這義拾兒，是怎麼一個人物？忽見迎面來了一大群的人，走前面的，是幾個壯健的農民；中間一個體格魁梧、氣象英武的漢子，年紀約在五十以外，右手挽著一個手采韶秀、態度雍容的美少年；旋走旋說笑，很露出得意的神氣。後面跟著一個六十多歲的老頭，也是農民模樣，相貌慈祥和藹，一望就知道是個很老實的人，笑容滿面的，和最後幾個壯健農民說話。

常德慶做個全不在意的，立在旁邊，心裏已料定那五十多歲的漢子，必是一般人口裏說的甚麼羅隊長；美少年必就是使用梅花針的人；這老頭不待說，是萬二獃子了。立在旁邊，等一群人走過，即回身緩緩的跟著；不一會，跟到一所莊院，一群人都進莊院去了。

常德慶看那莊院的形勢不小，約莫有七八十間房屋；四周樹木叢密，團團圍住，和一座木城相似。進莊門的一條道路，用小石子鋪著；兩旁並排栽著數十棵傘蓋一般的檜樹，倒很是一個富厚人家的氣派。常德慶心想：這們一個書生模樣的美少年，倒看不出他有這們狠毒的心腸！看他的氣度顏色，不必打聽就可斷定他是崑崙練氣派的弟子；不過，我曾聽得師父說：呂宣良平生祇有兩個徒弟，年紀都有六七十歲了，呂宣良並不許他的徒弟再收徒弟，這小子決不是他這一派的弟子。我何不趁此去試試這小子的本領，看是怎樣？想罷，即一偏一點的，向莊門走去。

才挨進莊門，便見義拾兒在前，羅隊長在後，滿面堆歡的迎了出來。義拾兒朝著常德慶拱拱手，開口說道：「小弟雖是肉眼，卻能認出老哥是個非常人物，請不必再以假面目相向。小弟今日借花獻佛，敬邀老哥進裏面，痛飲三杯！」

常德慶見義拾兒這般舉動，心中老大吃了一驚！正待再裝出不承認的樣子，那羅隊長也走過來一揖到地的說道：「我本是一個俗子，不識英雄，承楊公子指示，才得拜識山斗！倘蒙不嫌簡陋，請進去胡亂飲幾杯薄酒。」

常德慶知道再隱瞞不住，不進去，倒顯得膽怯，祇得也拱了拱手道：「知道兩位在趙家坪，替平江人建了大功，將瀏陽的小百姓，殺了個屍橫遍野，血流成河。瀏陽那些該死的小百姓，不知迴避，應得受這般慘劫，死得不虧！我特地前來賀喜，也正想討一杯喜酒喝喝！」說完，進了莊門。楊、羅二人讓常德慶踱進廳堂，堂上已一字擺好了兩桌筵席。羅傳賢推常德慶首座。

常德慶指著楊天池哈哈笑道：「他才是應當首座的！我有何德何能，敢當這般敬意？剛才聽老兄稱呼他楊公子，他尊姓楊，我是知道了；還沒請教台甫，是怎生個稱呼？」

楊天池聽了常德慶這種輕慢的話音，和見了這種疏狂的態度，心裏很有些納悶，不知常德慶是種甚麼來意？在路上遇見常德慶的時候，雖曾看出是一個有本領人喬裝的樣子，卻想不到是和崑崙練氣派有宿怨，特來尋仇的。祇因楊天池在清虛觀，年數雖不算少；但從不曾聽自己師父，說過與崆峒派有嫌怨的話。

並且崆峒派的董祿堂，敗於呂宣良之手，在崆峒派人以爲是莫大之恥辱；而在崑崙派中人，並不當作一回事。呂宣良救桂武夫婦出來，鷹翅拂傷了甘二姨眦，甘瘤子更以爲是有意來欺侮崆峒派人；在崑崙派人，也沒人將這事放在心上。所以楊天池決未想到，常德慶是存心來和自己作對的！

既是沒想到這一層，便以爲常德慶的輕慢疏狂，是其本性；江湖上有本領的人，性情古怪的很多，不足爲奇。當下仍是很客氣的，直說了自己的姓名，和這番助陣的原由；並表明自己因沒有殺人的心思，才用梅花針，原祇打算使瀏陽隊裏，略略受點兒輕微的傷；不料自己這邊的人，得勝就反攻起來，一些兒不肯放鬆，及至自己去搶鑼來打，已是死傷的不少了。

常德慶聽了，又仰天打了一個哈哈道：「這祇能怪瀏陽人，太不中用！楊公子一時高興，和他們開開玩笑，他們就承當不起。而且死傷的數百人，至今還沒一個知道是受了公子爺的恩惠呢！」

楊天池一聽常德慶這般言語，估料是想來替瀏陽人打不平的，登時臉上氣變了顏色，答道：「你是那裏來的？怎這般不識抬舉！你公子爺便殺死幾百人，要你何干？由得你當面搶白我！你姓甚麼？你有本領，替瀏陽人打不平，儘管使出來！你公子爺懼怯你，也不算好漢！」

常德慶並不生氣，仍是笑嘻嘻的，把頭點了兩點說道：「了不得！好大的口氣！公子爺心裏想殺人，莫說幾百個，便是幾千幾萬，也祇怪那些人命短。公子爺又不曾殺我，自然與我無干。我是一個當乞丐的人，怎敢說替瀏陽人打不平，在公子爺面前使本領？公子爺莫怪！乞丐那有姓名？更如何識得公子爺的抬舉？」

羅傳賢見二人說翻了臉，心裏也有些恨這叫化，竟像有意欺侮楊天池，專說些挖苦譏嘲的話。雖曾聽楊天池說這叫化，是有本領人喬裝的；但看了這形容枯槁、肢體不完的樣子，並不大相信楊天池沒看走眼。以故同楊天池出來迎接的時候，直說出自己不認識，因楊公子是這們說，才肯出來迎接的意思來。

此時見楊天池發怒，也正色向常德慶道：「彼此都是初會，大家不嫌棄，客客氣氣的，也算是朋友結交一場！」

常德慶不待羅傳賢說下，已雙手抱拳，打了一拱道：「領教，領教！改日再見！」說時一轉眼，便不見這叫化的影子了！

羅傳賢吃了一驚，忙回頭向楊天池問：怎麼？

祇見楊天池橫眉怒目的，向堂下大喝一聲道：「賊丐休得無禮！且睜眼看清我楊某是何等人，再來搗鬼！我和你遠日無冤，近日無仇，用不著認眞較量；你若眞要替瀏陽人打不平，須得光明正大的，同上趙家坪去！」

楊天池喝聲才畢，就聽得那叫化的聲音答道：「好的！我也明人不做暗事，三日之內，我邀集江湖豪傑，約期和你說話！我姓常，名德慶。」

說到這裏，音響寂然。把個羅傳賢驚得呆了半晌，才問楊天池道：「這叫化不是個鬼怪麽？怎麽一轉眼，就不見他的影子，卻又聽得他的聲音說話呢？」

楊天池道：「並不是鬼怪。他想用隱身法瞞過我的眼睛，出我不意，飛劍殺我。既被我識破，祇得把話說明。此時是確已走了。我這回本待在我義父家裏，多盤桓兩日，剛才這常德慶，既說明三日之內，要邀集江湖上豪傑，向我說話；這事來得太希奇，我不能不做準備。承先生的情，下次再來叨擾，我此刻不能在此躭延了！」

羅、楊二人出外迎接常德慶的時候，萬二獃子避在旁邊房裏，此時才出來；聽了義拾兒說就要走，心裏捨不得，楊天池祇得用言語安慰了一番；別了羅傳賢，送萬二獃子回家，方急匆匆回到清虛觀。

這時候的柳遲，還不曾進清虛觀。清虛道人正收了向樂山做徒弟，才帶回觀中。清虛道人收向樂山的一回故事，凡是年紀在七十以上的平江人，十有八九能知道這事的。在下且趁這當兒，交代一番，再寫以下爭水陸碼頭的事，方有著落。

向樂山是平江人，兄弟三個，他最小。他大哥向閔賢，是羅愼齋的學生，學問極其淵博，二十二歲就中了進士。羅愼齋極得意他，看待得和自己兒子一般。二哥向曾賢，年紀比樂山大兩歲，就由向閔賢教著二人讀書。

這時曾賢十歲、樂山八歲，八股文章都成了篇，並作得很好。向閔賢便帶著兩個兄弟，去考幼童。縣考的時候，曾賢、樂山都取了前十名。在平江縣應過縣考，就在岳州府應府考。

那時岳州府的知府是一個貪婪無厭、見錢眼開的捐班官兒，投考的童生們，不送錢給他，無論你有多大的學問，莫想能取前十名。這知府在岳州任上，照例是富厚之家的子弟，按著財產的多少，定這前十名的次第。巴、平、臨、華四縣，有才無財，受了委屈的童生們，曾起鬨鬧過一次。無奈知府的神通廣大，一些兒不曾鬧出結果來。

向樂山家裏貧寒，兄弟們又都仗著有一肚皮的學問，一則無錢可送，二則不屑拿錢去買這前十名，所以發出榜來，前十名仍舊是一班闊人的子弟佔了。在曾賢、樂山兩個，年紀輕、名心淡，就沒取得前十名，也不覺得怎麼難過；惟有一般懷才不遇的，一個個牢騷滿腹的，和向閔賢有交情的，都跑到向閔賢寓所來，爭著發出些不平的議論。

其中有一兩個性情激烈的，酒酣耳熱，就狂呼像這種知府，應該大家去將他打死，方能替我四縣有才的童生出氣！這幾句醉後狂言，說出來不打緊，向樂山在旁聽了，小孩子的頭腦簡單，就以爲這種知府，是不妨打死的。當下也不和他大哥說，祇將他二哥向曾賢，拉到外面，悄悄的問道：「剛才他們那些人說的話，二哥聽了麼？」

向曾賢道：「他們不是罵知府嗎？怎麼沒聽得呢？」

向樂山道：「他們都說這種知府，應該打死。我們兩個何不就去打死他，又可以替四縣人出氣，又可以顯得我們兄弟比別人家強！」

向曾賢的性格，和向樂山差不多，都是膽量極大，一些兒不知道畏懼，便點頭答道：「去打他沒要緊，但是他住在衙門裏面，門房不教我們進去，如何能打得他著呢？」

向樂山道：「我們進去打他嗎？那怎麼使得？我們站在衙門外面等他，他出來打我們面前經過，我們就好動手了。」

向曾賢搖頭道：「不行，不行！他出來，總是坐轎子，四個人抬著，前前後後，還有好多人同走。我們衹兩個人，又沒有兵器，那裏打得過他們人多？不是白送給他們拿住嗎？」

向樂山笑道：「二哥怎麼這般老實？他坐轎子，又沒有門關著，轎子兩邊，都是玻璃，一打就破。他們若知道我們站在那裏，是去打知府的，有了防備，我們就打不著，得白給他們拿住；出其不意的去打他，他坐在轎裏，不能避讓，一石頭就打個正著！我最會打石頭，又打得遠，又打得中；我兩人手裏，一人拿一塊石頭，衹等知府的轎子一出來，對準轎子裏，兩塊石頭，一齊打去，打在他臉上，就不死也得受傷！」

向曾賢連連點頭道：「這法子倒也使得！我們去和大哥說，要大哥也去一個，他的力比我兩人大些！」

向樂山慌忙止住道：「使不得！大哥知道了，決不肯教我兩人去！二哥還想他也同去嗎？這事祇我兩人去做，甚麼人也不能給他知道！萬一傳出了風聲，事還沒做，知府已有了防備，不是糟透了嗎？」

向曾賢道：「不給外人知道可以，連大哥都不給知道，祇怕有些不妥，事後我怕大哥罵我。算了罷，我們不要去打了！」

向樂山不高興道：「你膽小害怕，不敢去，就不要同去。我一個人去，也不愁打不著知府！不過你不去，不要對大哥說，祇算是你不知道，大哥決不會罵你。」

向曾賢道：「你要去，我爲甚麼不去？好！就同去罷！」向樂山這才歡喜了。

各人尋了一塊稱手的磚頭，同到知府衙門的對面，站著等候；街上來往的人，也沒一個注意到他二人身上，因二人都是小孩子，小孩子玩石塊，是件極尋常的事，誰來注意呢？二人等了半日，不見知府出來，悶悶的回家。

過了一夜，次日吃了早飯，又同到昨日等候的地方站著。向閔賢以爲：兩個兄弟到街上玩耍去了。小學生平日受先生拘管得極嚴，一到了考試的時候，照例都得放鬆些兒，謂之「暢文機」；因恐拘管嚴了，進場文思不暢，所以曾賢兄弟出外，閔賢並不過問。
這日也可說是合當有事！曾賢、樂山沒等到一刻工夫，那個倒楣的知府，果然乘著藍呢大轎，鳴鑼呵道的出來了。向樂山用膀膊，挨了挨他二哥，教他準備的意思。轉眼之間轎子到了跟前，向樂山舉起那塊半截火磚，隔著玻璃，對準知府的頭打去。
祇聽得嘩喇喇一聲響，玻璃破裂，那半截磚頭，從玻璃窟窿裏，直鑽進去，落在知府的臉上；連鼻梁上架著的一副墨晶眼鏡，都打碎了；臉上也擦破了一塊油皮。虧得那知府的眼皮雖薄，臉皮卻厚，這一點點浮傷，不關重要，祇是這一驚，卻非同小可！口裏不由得大呼了一聲哎呀！接著用兩腳在轎底上幾蹬，一疊連聲喊：拿刺客！
向樂山見祇自己的一塊磚頭打去，曾賢的磚頭，還握在手裏不敢打，急得望著曾賢跺腳道：「快打，快打！」向曾賢畢竟膽量小些，不敢動手。向樂山氣不過，手一奪過那塊磚頭，正待再補打一下。
那知府前後隨從的人，先聽得玻璃響，又聽得喊拿刺客，那敢怠慢！立時將街上行路的人，順手抓了幾個，卻沒一個疑心向樂山兄弟。還是那知府眼快，見向樂山從向曾賢手裏奪磚頭，舉起來要打；這時轎子已經放下，連忙鑽了出來，欺向樂山是個小孩子，就自跑過來拿。向樂山也不打算逃走，不慌不忙的，對準那知府的頭，又是一磚頭打去，正打在知府的肩頭

上。隨從的人，至此方看出刺客就是這兩個小孩，都跑過來拿。

向樂山大喊道：「兩塊磚頭，都是我一個人打的，與我二哥無干！你們不要拿他！」

向曾賢雙手把向樂山拖住，說道：「我弟弟年紀輕，他沒動手，是我打的！你們把我拿去就是！」

知府一面揉著肩頭，一面怒說道：「兩個都給我拿住！看還有同黨的沒有？」當時走這條街經過的人，共拿了十多個。知府不敢再坐轎子了，也不再往別處，隨即步行回衙，親自提訊這兩個小刺客。

向樂山不待知府開口，即高聲說道：「我是考幼童的向樂山，因恨你貪財，將府前十名都賣給有錢的人；無錢的人，便作得極好的文章，也取不著前十名。投考的人人怨恨，我忍不住，特來打你！我二哥不教我來，我不聽，二哥不放心，就跟我同來；他並沒動手，你快把他放了！」

知府見向樂山說出這樣的話，疑心有主使的人，一點兒不動氣，反和顏悅色的說道：「你打的，他打的，都不要緊！你衹說：我貪財，把府前十名，賣給有錢的人，這話你是聽了甚麼人說的？你說出來，連你也一同放出去！」

向樂山道：「投考的童生，人人是這們說：我兩個耳朵，聽得不要聽了，也不記得說的人姓甚麼，叫甚麼名字！」知府是一個奸猾透頂的人，見向樂山說話這般伶俐，料知騙不出主使的人來，衹得暫將二人收押。

那時正在太平世界，知府的尊嚴還了得！居然有人敢去行刺，而行刺的又是兩個小孩！這事情一出，不到半個時辰，即轟動了滿城！向閔賢在寓所，不見兩個兄弟回來吃午飯，心裏正是有些著慌；一聽了這消息，慌忙託人去府衙探聽，兩個小刺客，果是自己的兩個小兄弟！衹把個向閔賢，急得走投無路！

四縣受了委屈的童生們，就無一個不拍掌稱快！反找著向閔賢恭喜，說道：向閔賢有這們兩個有膽氣的兄弟，不但替平江人爭光不少，連巴陵、臨湘、華容三縣的正氣，都仗這兩塊半截磚頭，扶持起來了！向閔賢聽了這些恭維話，嚇得搖手不迭。

不知是何緣故？且待第十三回再說。

施評

冰廬主人評曰：此數回敘崆峒練氣二派積怨之由，並為崆峒人物略張聲勢；如楊贊廷、甘瘤子、常德慶輩，亦有非常之才，然後於下文二派角逐時，方有奇文可寫。否則以卵擊石，人早知其不敵矣！安有奇文奇事，足供吾人之欣賞哉？

余童年稍諳弈法，輒嬲友對局，以消永晝。兩陣既列，車馬斯驟，子聲丁丁然，幾廢寢食。顧每戰輒北，而友則一局既罷，必推枰欲起，若甚不耐者。余哀之不已，始重整旗甲，然勉強之色，浮溢眉宇矣！一日，有客造訪，見方弈，屏息側視。余屢屢北，客哂曰：螳臂安足當車輪。因自請與友角，友勉諾，日中布局，及夕未輟，友亦津津若有餘味焉！余乃知才力相匹，然後可以言敵。余之弈，與友相差懸殊，宜乎友之不屑對壘也。今讀奇俠傳而知向君早洞此旨，故於盛寫甲方之後，復從而渲染乙方，使均勢既成；乃信筆揮寫，則無往而非奇文奇事矣！

中段敘常德慶有意挑釁，說話語語尖刻，使人難忍；以明此次釁端之肇，非楊天池之罪也。

下半回入向樂山傳，樂山以垂髫之年，而具石擊知府之膽，真可與秦庭匕、博浪椎，後先輝映。豈能因其童豎而目為無知哉？

捐班官兒本不知文章為何物，一旦主持考政，正苦無術論衡。得孔方兄代為評次，確屬大公。四邑童生不自恨無財，而怨知府貪婪，亦可謂不達世務者矣！

第十三回　羅愼齋八行書救小門生　向樂山一條辮打山東老

話說：向閔賢見一般受了委屈的童生們，反來說恭維兩個小兄弟的話，來不及的揚手，止住大家的話頭，說道：「依諸君的話說來，我等竟成了主使的人，竟是謀反叛逆的人了，這還了得！我平日率弟不嚴，以致他二人，做出這種犯上作亂的事，我已是罪不容於死！諸君不以大義見責，反來縱惡長傲；我家這番滅門之禍，就是諸君這些話玉成的！」

衆童生見向閔賢的臉上，如堆了一層濃霜，又說出這些詞嚴義正的話，在那君主時代中，這些話極有力量，極有分量，那裏敢回說半字！一個一個面上無光的走了。

向閔賢見那些童生走後，即忙提筆作了一紙呈詞，自認教督無方，以致兩個小兄弟，敢做出這種犯上作亂的事！求知府念兩個小兄弟的年紀小，將應施行的處分，移到他自己身上，以爲天下後世督率子弟不嚴的鑒戒！這紙呈詞遞進去，也沒批駁，也沒准行。向閔賢自縛到知府衙門請收押，想抵出兩個小兄弟來；知府竟推病不出，也不收押向閔賢。向閔賢兄弟被收在監裏，十多日不曾審訊第二次。向閔賢見請代不許，祇得去求他老師羅愼齋。

那時羅慎齋正掌教嶽麓書院。向閔賢去訴了情由，問羅慎齋：能否設法救出兩個小兄弟？羅慎齋生成的古怪脾氣，生平第一厭惡的，就是貪官汙吏。岳州府知府的不法行爲，羅慎齋久已知道了個詳盡；衹怕自己沒能力參奏他。聽了向曾賢兄弟的舉動，口裏不便說稱讚恭維的話，心裏實是痛快到了極處！

莫說向閔賢還是自己的得意門生，義不容辭的，應設法去救二小刺客出獄；便是決不相關的人，衹要是像這們小小的年紀，能有這大的魄力，幹出這樣驚天動地的大事；羅慎齋但有一分力量可盡，也決不忍袖手旁觀！當下也不對向閔賢說甚麼，衹教向閔賢放心，包管那知府，不僅不敢傷損你兩個兄弟的一毫一髮，並且連小考的場期，都不至於躭誤！

羅慎齋說這話，有甚麼把握，能如此負責任呢？原來：這一任的學差，也是羅慎齋的門生。羅慎齋等學差一到，就寫了一封詳細的信，教人送去。學差接了老師的信，心裏也恨那知府不過。

官場中的習慣：科甲出身的官，最是瞧捐班出身的官不起！那怕捐班出身的名位，在科甲出身的以上，捐班官每每受科甲出身的奚落；若是捐班官名位低微的，更是沒有討好的希望。那學差讀過羅慎齋的信，也懶得和知府說甚麼。直到入場唱名的時候，唱到向曾賢，沒人答應。學差忽教唱的停住，問：怎麼向曾賢不到？

知府見問，連忙出席陳說事故。學差故意沉吟了一會道：「考試是國家大典，且放向曾賢兄弟出來，考試過了，再治他們的罪不遲！」學差說了，隨呼向曾賢兄弟的領保，問兩兄弟的年齡。領保照實說了。

學差哈哈笑道：「黃口小兒，那裏就知道做刺客！快放他們出來，到這裏當面考試；若文理不清，更得重辦！」知府不敢違抗，祇得將向曾賢、向樂山，都提到學差跟前來。學差見二人，都生得清雋可愛；然心裏有些不相信，這一點兒大的小孩子，就通了文墨。從來考幼童，都是提堂號考試，爲的是怕人搶替。

這回學差更是注意，把向曾賢兄弟坐在自己公案旁邊，另外出題考試。沒想到向曾賢兄弟都是提筆就寫，和謄錄舊文一般。

向樂山交頭卷，向曾賢接著交第二卷，學差已是吃了一驚！及看二人的卷子，寫作俱佳，

向樂山更是才氣縱橫，字也是秀骨天成，不禁擊節歎賞！暗想：怪不得沒取得前十名，心裏不服，氣得打起知府來了！二人交卷了好一會，才有第三人交卷上來。照例交了卷，就可出場，學差卻將二人留在裏面。

等大家出了場，學差打發人，將向閔賢請來；備辦了一桌酒席，邀了挨打的知府，教向曾賢、向樂山兄弟，對知府叩頭陪禮。

學差笑向知府道：「從此他兩兄弟，是貴府的門生了！本院替他們講情，既往的事，望貴府大度包容了罷！他兩兄弟，前途遠大，將來受貴府栽培的日子，固是很長；而報答貴府的日子，也很有在後面！」向閔賢也連忙對知府叩頭。

知府知道向閔賢是個花衣進士，又是羅慎齋的得意門生，更和這任學差同年，早已料到這回的侮辱，沒有雪忿的希望。學差既肯這般說情，向閔賢又叩頭陪了禮，也算是給面子的了；若不見風轉舵，恐怕連這樣的便宜，都討不著！當下連忙答了向閔賢的禮，又謝了學差，反高高興興的，在酒席上對向曾賢兄弟，問長問短；一樁驚天動地的大案子，就是這們杯酒合歡，談笑了事！向曾賢、向樂山都是這回入了學。

衹是向樂山入學之後，心中十分忿恨自己的兩手，太沒有氣力；以致兩磚頭，不曾將知府打死，因此想練習武藝。平江人本來尚武，不知道拳棍的人家很少。越是大家庭，牆壁上懸掛的木棍越多。向家因是世代讀書，不重武藝；所以向閔賢兄弟，皆不曾練習。

於今向樂山既是想習拳棍，向閔賢便聘請了一個有名的拳教師，來家教兩個兄弟。但向曾賢的體質，比向樂山生得孱弱，性情又不與武藝相近；練了幾日，身體上受不了這痛苦，就不肯練了。

向樂山卻是朝夕不輟的，越練越覺有趣味。如此苦練了一年，眞是生成的美質，每和教師打起對子來，教師略不留神，就被向樂山掀翻在地。再加練習了半年，教師簡直打不過樂山，自願辭館不教了。

向閔賢託人四處訪求名師，陸續請來好幾個，沒一個打進場不跌的。於是向樂山，就沒有請得好師父，衹得獨自在家研練。

這時他的年紀，已有一十三歲了，辮髮也有了尺多長。他忽然想到這辮髮垂在背後，將來結長了，和有本領的人動起手來，很不方便；並且有時跑起來，辮尾若是掛在甚麼東西上面，更是討厭。拳術裏面，有一種名叫順手牽羊的手法，就是利用人家的辮子，順手牽住，往懷中一帶；被牽的，十九牽得頭昏眼花。他打算把辮子割了，又因有「受之父母，不可毀傷」之戒，不敢割下來。想來想去，就想出一個練辮子的方法來：他懸一根粗麻繩在屋梁上，辮尾就結在麻繩上；硬著脖子，將身體向前後左右，一下一下的倒過去。初練的時候，麻繩懸得高，便倒的不重；後來麻繩越放越長，身體便越倒越重，是這般不顧性命的，蠻練了兩年，這怕合抱的樹，祇須把辮尾往樹上一綰，向樂山一點頭，那樹即連根拔了出來。辮尾結著一大綹絲線，有時和人動手，向樂山將絲線握在手中，朝著敵人頸上摜去，一繞著就將頭一偏，敵人身不由己的，一個跟斗栽過了這邊。

向樂山自從這本領練成後，更沒人敢和他較量。他因爲遇不著對手，在家悶氣不過，心想：平江的地方太小，當然有本領的人不多；我何不去外州府縣，遊行一番？必然有本領高似我的人物。計算已定，即對向閔賢說明了出外尋師訪友的意思。向閔賢自免不了有一番叮嚀囑咐。

向樂山知道瀏陽人的性質，也和平江人一般的，歡喜武藝。從家中出來，即向瀏陽進發。平、瀏本是連界的，行不到幾十里，已進了瀏陽縣境。向樂山因抱著尋師訪友的目的，不能和趕路一般的快走，裝作遊學的寒士，到處盤桓。

一日，走到一處極大的莊院，看那莊院的規模，知道是一個很富厚的人家。祇見東西兩個八

字大牆門，中間隔著一塊青草坪；兩個大門外面，都有上馬的石墩、拴馬的木樁，大門雖開著，卻不見有人出入。向樂山走進東邊大門，見右首一間房的門框上，掛著一塊「門房」兩字的木牌子。暗想：鄉村中的莊院，一不是衙門，二不是公館，如何用得著甚麼門房呢？

這不待說是一個歡喜搭架子的鄉紳。這種肉麻的鄉紳人家，料不會有了不得的人物在內。向樂山心裏這們一想，便不打算進去了。正折轉身，待退出大門，門房裏忽跳出一隻大黑狗來，對著向樂山狂吠。接著一個二十多歲的健漢，也從門房裏伸出頭來，大聲喝問道：「喂！你來這裏找誰的？」

向樂山見有人問，祇得停住腳答道：「我不找誰，我是來這裏遊學的。」

那漢子欺向樂山年紀小，不像個遊學的，也和那黑狗一樣，跳了出來，問道：「你遊甚麼學？遊的是文學呢，還是武學？怎麼進大門就走？」

向樂山笑道：「我文學也遊，武學也遊，進了大門，才知道走錯了人家，所以不停留的就走。」

那漢子跑過來，一手將向樂山拉住道：「你且慢走，等我搜搜你身上看！我剛才在房裏打盹，不知你從甚麼時候進來的，祇怕你這東西，已進了裏面，見沒有人，偷了甚麼，揣在身上！」說著，想動手來搜。

向樂山也不動氣，祇攔住那漢子說道：「你何以見得我進了裏面，偷了甚麼？你若搜不出甚麼來，該怎麼辦？」

那漢子道：「搜不出甚麼，就放你走，有甚麼怎麼辦！你既是遊學的，到這裏來，如何謂之走錯了人家？我們家的老爺、少爺，從來不輕慢遊學的；文有文先生，武有武教習，來這裏遊學的，多則住一月月半，少也要住三五日；你到這裏就走，不是趁裏面沒人，偷了甚麼，怎的肯走這們快？看你偷了甚麼，趁早退出來，免我動手！嘎！嘎！倒看你不出，這小小的年紀，居然敢假充遊學的！」

向樂山一聽那漢子的話，心裏倒歡喜起來，反陪著笑臉，問道：「這裏也有武教習嗎？我是一個遊武學的，你就帶我去看看武教習好麼？」

那漢子搖頭道：「你不要瞎扯淡！你打算乘我不防備，好抽身逃跑麼？不行，不行！你且給我搜了身上再說！我是在這裏替守門的守門，擔不起干係！」

向樂山看那漢子，本也不像個門房，心裏急於想進去，見這家的武教習，便懶得和人爭論，躭擱了時刻。隨將兩手分開，挺出胸脯，給那漢子遍身搜索了一會，沒搜出甚麼。

那漢子道：「這下子，你走罷！」

向樂山道：「就這們放我走麼？沒這般容易！快說武教習在那裏，你引我去見了面，便沒你的事，不然，我好端端的一個人，你如何硬說我是賊，將我遍身都搜了？你不把我這賊名洗清，看我可能饒你！」

那漢子見向樂山說出這些無賴的話，也有些害怕給東家知道，祇得說道：「你要見這裏的武教習做甚麼？這裏的武教習，是由山東聘請來，專教我家少爺拳棍的；外面的徒弟，一個也不收。你找他也沒用處，並且他輕易不肯見人；我就引你進去，他不見得肯出來會你這小孩子！」

向樂山笑道：「我是身體生得矮小，年紀比你大得多；你怎麼倒說我是一個小孩子呢？你祇引我進去，見得著見不著，你不要管！」

那漢子又打量了向樂山幾眼，祇是搖頭。

向樂山道：「你不引我進去，也沒要緊，我自會進去！你祇說那教習姓甚麼、叫甚麼名字？我好去會他。」

那漢子道：「那卻使得！我們這邊的教習，姓周名敦五。……」

向樂山道：「那邊還有一個教習嗎？」

那漢子望著向樂山出神道：「我聽你說話的口音，並不是外路人，怎麼連我們這裏的大老爺和二老爺爭勝的事，都不知道咧？」

向樂山覺得很希奇的問道：「大老爺甚麼事和二老爺爭勝？你可以說給我聽麼？」

那漢子道：「這話一言難盡！你既不知道，不問也罷了！不過我看你是個借遊學討吃的人，也可憐，若不知道我們這裏的情形，進去說錯了話，必不討好，我大概說點兒給你聽了，並教你幾句話，進裏面去說，包你能混幾天飲食到口！若你的運氣好，還說不定可得幾百文盤纏！」

向樂山暗自好笑，連忙點頭應道：「老弟眞是個慈心的好人，肯如此幫扶我！請你快說罷！」

那漢子見向樂山呼他老弟，以爲果是比自己的年紀大，當下欣然說道：「我老爺姓陶名守儀；二老爺名守信。老太爺做過一任知府。才去世沒幾年，大老爺和二老爺就分了家。雖在這一個莊院，卻隔離了是兩戶人家；一家都有兩個少爺，都聘請了一個文先生，一個武教習。兄弟都存心要爭強奪勝。你進去衹說二老爺那邊，如何鄙吝，如何待人不好，怪不得外人都傳說大老爺，是個疏財仗義的豪傑，果是名不虛傳！大老爺聽了你這種說法，必然歡喜。你知道是這們說麼？」

向樂山點頭道：「說是不難說。但是我並不曾去過那邊，怎麼能知道那邊的壞處呢？」

那漢子晃著腦袋笑道：「大老爺又不會盤問你，何必定要去過那邊呢？」

向樂山笑道：「那就是了！」別了那漢子，直往裏面走。

向樂山衹想見周敦五，看從山東聘來的教師是怎樣一個人物？走到裏面大廳上，故意高聲咳嗽了一下，即有一個十六七歲小夥子，走了出來，問向樂山找誰。

向樂山看那小夥子的裝束，像一個當差的模樣，遂答道：「來看周教師的。」

小夥子裝腔作勢的，翻起一對白眼，望了向樂山一望，待理不理的道：「帶手本來沒有？」

說時，遂高聲朝著下面門房罵道：「怎麼呢？門房裏的人死了嗎？不問是人是鬼，也不阻擋，也不上來通報一聲，聽憑他直撞進來。這還成個甚麼體統？」

向樂山看了小夥計那般嘴臉，心中已是老大的不快；見問自己要手本，更要開口罵了，聽了這一派話，那裏還忍耐得住呢？也懶得說甚麼，提著辮絲線，對小夥子肩上摜過去；跟著把頭一偏，小夥子哎呀都不曾叫喊得出，騰空一個跟斗，摜下來，直挺挺的，倒在丹墀裏；祇聽得拍達一聲，竟跌得昏死過去了！

向樂山不由得吃了一驚，心想：這小子，怎這般禁不起跌？若就是這們死了，我豈不是遭了人命官司嗎？這種東西，也教我替他償命，未免太不值得！好在還沒人出來，他們又不認識我，不趁此逃走，更待何時？那敢怠慢，拔步往外就跑。

剛跑近大門，裏面已有四五個漢子，大呼追了出來，一片聲喊：拿住！不要放走了凶手！向樂山跑到青草坪中，忽然轉念一想：打死了人，像這們逃跑是不對的！夜間沒人看見，他們追不上，不愁逃不了！此時正在白天，我在前面跑，他們跟在後面追；我逃到那裏，他們追到那裏，這如何能逃得了？且就這一片好草坪，將追的打發了，方能從容逃走。當即回身立住。

看追來的四個壯健漢子在前，年紀都是三十上下；一個年約五十來歲，身體高大的在後。看那人眉目間帶幾分殺氣，精神分外充足；行路的腳步，甚是穩重，估量著就是教師周敦五。走前面的四人，趕到切近，彷彿有些疑惑凶手不是向樂山。都用眼向各處張望了一轉，才對向樂山喝問道：「就是你這東西，打死了人麼？」

向樂山還沒回答，後面的那人已大聲說道：「就是這小子！快上去給我拿住！」

向樂山聽那人說話，果是北方口音，斷定是周敦五了。四人一齊搶過來，伸手拿向樂山；

都以爲：這一點兒大的小孩，捉拿有何費事？並且各人皆知道些拳腳，那裏把向樂山放在眼裏？不提防向樂山等他們來到切近，將身子往下一蹲，撲地一個掃膛腿，四人同時跌了一丈開外。一個個爬了幾下，才爬起來，望著向樂山發怔，不敢再過來。

向樂山指著周敦五道：「你就是這裏的拳教師麼？我正要領教領教！」向樂山本是朝大門立著，說話時，見那跌昏了的小夥子，跟著兩個小學生模樣的孩子，和一個五十多歲的花白鬍子，走了出來，心裏不由得大喜，不曾打死人，就用不著圖逃了！

衹見周敦五兩腳一跺，使出一個鷂子鑽天的架勢，凌空足有丈多高，直撲下來；腳還不曾著地，就變了一個餓虎擒羊的身法。向樂山知道這人不弱，急將身軀一偏，使一個鯉魚打挺，讓開周敦五雙手；跟著使一個葉底偷桃，去撈周敦五的下陰。

周敦五的身法，也眞矯捷！一個乳燕辭巢，就穿到了向樂山背後，見向樂山的辮絲線，一大絡垂在背上，心中高興不過，以爲：這一個順手牽羊，不愁不把向樂山牽倒！誰知才一手撩住辮尾，也和那小夥子一般的，騰空一個跟斗，栽了一丈多遠！

原來周敦五也知道向樂山是個勁敵，思量非用全力，就牽住了辮尾，也怕牽向樂山不倒。那知道向樂山的辮子，越是牽的力大，越蹟得遠，越跌得重！

周敦五這一跤跌去，頭朝下，腳朝上，跌了一個倒栽蔥，那裏掙扎得起來呢？

向樂山哈哈笑道：「牛角不尖不過界！幾千里跑到這裏來當拳教師，原來也不過如此！領教了，領教了！」說著，對大眾拱了拱手，提起腳要走。

那個花白鬍子，連忙搶行了幾步，走到向樂山跟前，作了一個揖，陪笑說道：「師父的本領，實在是了不得！佩服，佩服！求師父不棄，請進寒舍盤桓盤桓！」向樂山見陶守儀說話，甚是殷勤，便不推辭。

陶守儀側著身體，引向樂山到裏面一間陳設十分精緻的書齋裏，恭恭敬敬的請問了姓名，帶了剛才那兩個小學生模樣的孩子過來，雙雙拜了下去。向樂山慌忙答禮不迭。

陶守儀納向樂山坐了，說道：「寒舍聘請教師，脩金不問多少，誰打得過原有的教師，就請誰在寒舍，教這兩個小兒。今日師父打勝了，小兒自應拜認師父！」

向樂山笑問道：「那位周教師怎麼樣呢？」

陶守儀道：「他既沒有大本領，被師父打輸了，兒弟惟有多送他幾兩程儀，請他自回山東去！」

向樂山連連搖頭道：「使不得，使不得！老先生快把他請到這裏來，我有話說。」

陶守儀道：「他既被師父打得這般狼狽不堪，如何好意思來見師父咧！」

向樂山道：「這有何要緊？二人相打，不勝就敗。平心講周教師的本領，實在不錯！我不是能坐在尊府教拳腳的，尊府除了周教師，想再請一個比周教師本領高的，決不容易！」

陶守儀見向樂山這們說，也來不及回話，一折身就往外跑。

不知陶守儀跑到外面做甚麼？且待第十四回再說。

施評

冰廬主人評曰：此回敘向樂山練辮功事，頗奇特，讀者或又疑為誕，惟余則深信之，並引一事以為證。

余鄉有陳翁者，年已逾古稀，而精神矍鑠，孔武多力。嘗語余，少時習技擊，及壯充鄉勇，為髮逆所擄，反縛手足，以髮辮懸梁間。同虜者若干人，不勝痛楚，相繼斃。夜半，陳亦不支，方微呻，忽一人操魯音，問曰：若尚未死，當諳武藝，亦思遁邪？陳言懸宕空中，無從施吾技，奈何？客曰：無害，吾自有法以脫之，遂運氣上達。俄頃，索素寸斷，砉然墜地，手足之縛，亦委地如蛻。因並釋陳，挾之偕遁，得免於難。由此觀之，則練功及辮，亦技擊家之常事，不可目為誕妄矣！

第十四回　大鄉紳挽留周教師　小俠客氣煞洪矮牯

話說：周敦五被向樂山打得一敗塗地，掙扎起來，見自己東家，陪著向樂山進裏面去了，面子上更覺得羞慚無地！

那四個健漢，原是陶家請了本地方幾個略懂得些拳腳的粗人，在家中一面做做零星瑣事，一面看管家財的；閒時跟周敦五學習幾年，也要算是周敦五的徒弟，畢竟有點兒師徒的感情，都連忙跑過來，問：跌傷了那裏沒有？這一問，益發把周敦五問紅了臉。溜回自己的臥室，捲起包袱，並不打算向陶守儀作辭，背著包袱就走。

已走出了大門，忽轉念想道：我在北道上，整整稱了二十年的好漢，今一旦敗在這個小孩子手裏，此仇安可不圖報復！祇是這小孩姓甚名誰，我不知道；將來我便練成了報仇的本領，不知道仇人的姓名，將怎生報復呢？沒法，祇得老著臉，再進去一趟，當面請教他一聲；料他不至畏懼我，隱瞞不說。

周敦五想罷，正待回身，陶守儀已匆匆跑了出來，一把將周敦五拉住道：「我料知師父是要走的，所以追了出來，快請進去。剛才和師父動手的，並不是當把勢的人，且極稱道師父的本領！我兩個小兒，仍得求師父在寒舍指教！」

周敦五聽了，暗自尋思道：「陶守儀方才歡迎那小子到裏面去的時候，我正跌在草地上，掙扎不起來；他連正眼都不瞧我一下，祇懃懃懇懇的，作揖打拱，把那小子迎接進去。我回房捲包袱，他也不來理我，此時卻如此殷勤的，跑來留我。多半是那小子，自己不能在此教徒弟，不曾指摘我的短處；因此陶守儀便不肯放我走了。也罷。那小子的本領，實在不錯，我若能趁此結識他一場，也是好的；如果見面瞧不起我，我請教了他的姓名就走！」周敦五遂跟著陶守儀，復進裏面來。

向樂山起身迎著，拱手笑道：「老兄偶然失手，算不了甚麼！任憑有多大本領的人，像老兄這般失手的時候，總是不能免的！老兄千萬不要介意！」

周敦五見向樂山的身材相貌，雖是一個小孩，說話却很像是一個老於江湖的。一肚皮忿恨想報復的心思，被這幾句話一說，不由得登時冰釋了，也拱了拱手笑答道：「兄弟在北道混了二十多年，南七省也遊行了一轉，和人較量的次數，在二千以上，今日算是第一次遇見先生這般本領！先生可謂周身毛髮，都有二十分的力量，但不知令師尊是那位？」

向樂山笑道：「我的武藝，可以說沒有師承。從前師父所傳授的，至今一手也用不著；全是自出心裁，苦練得來的！」

周敦五初聽，不大相信。後來談論起來，才知道向樂山得力的本領，沒一手是普通拳腳中所有的。

陶守信聽說哥哥家來了這們一個人物，也想迎接到自己家裏來住幾日，教教自己的兒子。自己家裏請來的一個江西拳教師，姓洪名起鵬的，却不服氣，在陶守信跟前，極力說向樂山不過略知道些武藝；祇怪周教師太不中用，又欺向樂山是個小孩，才輕敵致敗。偶然趕人家失手，打勝了一次，算不得甚麼了不得的本領。就拿了向樂山安慰周敦五的話，證明向樂山這回的勝利，確是偶然得的。

這個洪起鵬教師，也是江西有名的好手。陶守信因陶守儀聘來了周敦五，才託人到處物色。聘請洪起鵬的時候，陶守信還曾親去江西，到洪起鵬家裏，送了二百安家銀兩，方接著一同到陶家來。

洪起鵬的身體矮胖，生成一雙火眼；人家都呼他爲紅眼鼓。又因他姓洪，生得矮，身體和牯牛一般壯實；喊變了音，也有喊他爲洪矮牯的。到陶家來的時候，年紀不過四十多歲；在江西的聲名，已是很大，也是享了十多年盛名，不曾逢過對手。

初和周敦五見面，倒想較量一番。後來見周敦五的縱跳工夫，在南方可算得一等；又能打得出六兩八錢重的鏢，恐怕佔不了上風，壞了多年的名譽，並且在陶家也立腳不住。像陶家這樣的東家，凡是當拳教師的人，沒一個不羨慕，沒一個不想奪這一席位置；這個飯碗若自行打破了，未免可惜。就是周敦五的心理，也和洪起鵬差不多。

洪起鵬初到想顯本領，用十根茶杯粗細，三尺來長的椆木樁，釘入極堅實的土內，上面露出五寸來，隔三尺遠釘下一根。洪起鵬赤著雙腳，一路用腳蹧過去，能將十根木樁，都拔出來。又能一腳立在木樁上，挑選八個健漢，各拿一條麻繩，聽便繫住洪起鵬的手腳，或肩或腰，立在遠遠的，用力拉扯；就和生鐵鑄成的一般，再也拉他不下來。

陶守儀辦了一桌接風酒，請洪起鵬吃飯。陶守信叮嚀囑咐洪起鵬：要他故意多顯些本領，給周敦五看。洪起鵬答應了，一到陶守儀這邊，祇一屁股，就坐破了一把靠椅。陶守儀還沒看出是故意顯本領，以爲本是靠椅不牢，連忙教人更換了一把又新又牢實的。洪起鵬坐下去，也是咯喳一聲，連椅腳都折斷了兩條。

陶守儀才大吃一驚，知道是有意炫技，也不說甚麼，親自端了一把紫檀木的古式太師椅，送到洪起鵬跟前，說道：「寒舍的器具，多是陳年腐朽了，所以禁不起師父一坐。這把椅子，是紫檀木的；或者比方才坐的兩把，結實些兒！請師父輕輕地坐一下看！」

洪起鵬笑道：「祇怪我的賤體太重，我家裏貧寒，坐麻石慣了；木椅子多是趕不上麻石那般堅結的，抱愧得很！」說完坐下去，仍是決不費事的，一黏屁股，就破裂得不能坐了！大家看了，都驚得吐舌。

洪起鵬見大廳左右，一邊安著一個石鼓；走過去，端椅子似的，端到客位坐了，笑道：「我坐這東西就相宜！」周敦五在旁見了，自也免不了暗暗納罕。

次日，陶守信還席，請周敦五。正在飲酒的時候，一隻耗子在梁上跑過，爬下許多灰塵來，撒在酒菜上面，大家都抬頭罵這耗子可惡。

周敦五笑道：「這耗子果是討人厭！等我抓來，重重治他的罪！」從容放下酒杯，一縱身到了樑上，左手三個指頭，把樑揑住，右手伸進壁孔，掏出一隻四五寸長的耗子來。左手一鬆，已飄然墜地，賽過風吹落葉，一些兒聲息沒有。洪起鵬也很是佩服，因此兩人都不敢交手。

這回洪起鵬聽見周敦五被向樂山打敗了，自己東家想把向樂山迎接到家裏來，洪起鵬心裏老大的不服氣！特意找著那四個和向樂山交手的漢子，盤問：向樂山如何打跌周敦五的？四人都說並不曾見向樂山動手，祇彷彿見周教師使出一個乳燕辭巢的身法，穿到向樂山身後；向樂山卻沒掉轉身軀，我等正歡喜周教師已搶了上風，向樂山必然跌倒。那知道一轉眼的工夫，就聽得向樂山口喊了一聲：去罷！周教師已從向樂山頭頂上，一個跟斗栽了一丈多遠！

洪起鵬道：「你們見向樂山動腳麼？」四人都說不曾見。

洪起鵬道：「那一定是遭了向樂山的臀鋒，所以並不掉轉身，而周教師又從向樂山頭頂上，栽了過來！本來周教師的下盤欠穩，這也是專練縱跳的緣故，兩腳著地太輕，用乳燕辭巢的手段，原是避開他來撈下陰；但既穿到了他背後，就應趕急變順手牽羊，便不愁向樂山不跌！那有已穿到他背後，還被他用臀鋒打得栽過前面來的道理？這不是向樂山的本領高，祇怪周教師太輕敵！我若不給點兒厲害向樂山看，他眞要目中無人了！」

四人都被向樂山打跌過，巴不得洪起鵬出來收拾向樂山，好出那口輸氣，一力的在旁攛掇。也是洪起鵬合當丟臉！四人都沒看出周敦五就是用順手牽羊，被向樂山辮尾打跌的架勢來；若當時洪起鵬親眼看見了，也就會心悅誠服的認輸，不敢再出頭了！

陶守信聽了洪起鵬的話，信以為實，即對洪起鵬道：「師父何不替周教師出口氣，也顯顯我的眼力不差呢？」

洪起鵬道：「我正打算去找他！祇因他在大老爺家，即是大老爺家裏的客，我似乎不好登門去打！我打輸了，固不待說，面子上下不來；便是打贏了，也有些對不起大老爺。最好是打發人去約向樂山，也在大門外草坪裏，彼此見個高下！」

陶守信道：「要去約他容易，並用不著差別人，就是我親自去約他！他若膽怯不來，將怎麼辦呢？」

洪起鵬道：「他不來時，我再親去。無論如何，總不由他在這裏，打個落花流水，不肯和人打復架！」陶守信點頭應是，真個跑到陶守儀這邊。

這時陶守儀、周敦五兩人，正陪著向樂山喝酒。陶守信見向樂山的衣服破舊，身材瘦小，十足的窮小子氣派；來時原打算見面一揖的，及到見了面，瞧不起的念頭一發生，連那準備好了的一個揖，都作不下去了。陶守儀、周敦五都立起身來，想給向樂山介紹，向樂山也慌忙站起。

陶守信不待三人開口，即對向樂山努了努嘴，問陶守儀道：「這人就是姓向的平江人，說也會拳腳的麼？」陶守儀聽了自己兄弟這種輕侮口吻，心裏大不自在。

向樂山已搶著答道：「豈敢，豈敢！」

陶守儀忙指著周敦五，對陶守信說道：「周師父都五體投地的佩服，你說是會不會拳腳？」

陶守信道：「既是會拳腳，我家洪教師，要跟他見個高下。看他敢去不敢去？」周敦五連連揚手道：「我們都是自家人，向先生又不是個把勢，請洪師父快不要存這個心！我這番打輸了，輸得心服口服！洪師父若是想替我出氣，儘可不必。我是過來人。」

陶守儀因自己請的教師打輸了，巴不得兄弟請的教師，也照樣跌個跟斗！聽陶守信說洪教師要見個高下，正如了自己心願，不料周敦五說出這些話來；遂不待周敦五說完，也搶著說道：「周教師尚且打輸了，你去對那洪矮牯說：快不要妄想！」

周敦五是個山東人，生性直爽，以為洪起鵬是想替自己出氣，是一番好意；明知道打向樂山不過，所以不願洪起鵬再跌一跤。

陶守信是個公子脾氣，一則想顯顯自己家裏教師的能為，二則不服陶守儀教洪矮牯不要妄想的話，立時望著向樂山，說道：「你若是個有實在本領的人，就大膽去外面青草坪裏等著！我家的洪教師，即來和你較量！」

向樂山笑著點頭道：「我看老先生的年紀，總在四十歲開外了，怎麼說出來的話，全不像是吃過四十多年飯的？難道尊府這們富厚，老先生竟是吃了一輩子的屎嗎？不然，怎的和顛狗一般的亂吠呢？

「我又沒到你家去，你家有教師，既想跟我見個高下，他就應該到這裏來，當面領教！他自己沒實本領，不敢來和我較量，卻打發你這吃屎的，來望著我亂吠！我若不看主人翁和周教師的面子，早已給你下不去了！」說著，氣忿忿的坐下，也不睬陶守信了。

陶守信平生不曾受過這們惡烈的教訓，祇氣得渾身打抖，一面紅著臉往外走，一面口裏罵道：「好小子！罵得我好！看我可肯饒了你這條狗命？」周敦五仍是不願洪起鵬丟臉，想追上去將陶守信拉住。

陶守儀已從背後牽住周敦五的衣袖道：「人不到黃河心不死！洪矮牯自以為本領了得，師父勸阻他，反討了不好；索性給他跌一跤，倒可熄滅他的氣燄！」

這時陶守信已衝出大門去了。周敦五料也挽留不住，祇得長歎了一聲坐下。

向樂山立起身，對陶、周二人拱手道：「我年輕火氣未退，一些兒受不了人家不好的臉嘴；我對你家二先生客氣，他倒欺負起我來了。我一時火性上來，開罪了他；那個姓洪的教師，必定立刻前來，和我較量。我坐在這裏不安，暫且與二位告別，後會有期！」

陶守儀忙起身挽留道：「那洪矮牯的本領，並不在周師父之上，先生請安心坐著！他如敢來，先生儘管給他兩下厲害的！先生的本領，難道還懼怯他不成？」

向樂山搖頭道：「我原是爲尋師訪友出門，姓洪的本領，果比我高強，我拜他爲師便了，懼怯怎的？不過此地非動手的所在，改日再來和二位多談！」旋說，旋離席往外走。周敦五還疑心向樂山，實有些膽怯，和陶守儀一同相送出來。

剛走出大門，劈面見洪起鵬來了，陶守信也跟在後面。洪起鵬望了向樂山一眼，忙退一步，立了一個門戶。陶守信怒容滿面的喝問道：「你這小子想溜跑麼？看你能跑上那裏去？洪師父，還不快給我痛打這小子！」

洪起鵬也不說話，也不上前，祇等向樂山動手。因見向樂山的身體瘦小，必然矯捷；自己是個矮胖子，若和向樂山遊鬥，料是鬥不過的！仗著自己的下盤穩實，兩膀有三四百斤實力，準備以逸待勞的將向樂山打敗。

向樂山一見洪起鵬立的門戶，已瞧出了他的用意，立得遠遠的，笑著說道：「我衹道是甚麼三頭六臂的洪教師，原來是這般一個模樣！這倒像煞一個馬桶，又矮又圓！你們看他兩隻手，是這們舉著，不活像馬桶上提手的東西嗎？」說得陶守儀大笑起來。

周敦五望著洪起鵬的架勢，想起那馬桶的模樣來，也不覺好笑。連立在那邊，氣忿填胸的陶守信，也禁不住噗哧的笑了。

洪起鵬被大家笑得不好意思起來，心裏益發恨向樂山不過，衹得改變了一個架勢，對向樂山道：「你有本領，就過來！我若被你打輸了，自願將徒弟讓給你教！」

向樂山知道洪起鵬的工夫很老辣，就這們過去，和他硬對，決對不過他！他自己年齡輕，身體小，氣力畢竟有限，絕技就在一條辮子上。周敦五已上了這辮子的大當，恐怕洪起鵬已聽得說，留心提防著辮子，便不容易取勝了，所以存心要激怒洪起鵬。

凡是較量拳棍的時候，越是忿怒，越是慌亂。草坪寬廣，利於遊鬥；向樂山不肯坐在裏面，就是這個道理。

當下見洪起鵬換了架勢，說出讓徒弟的話來，更仰面大笑道：「周教師教過的徒弟，我尚且不願意教；教你這馬桶的徒弟嗎？你得了這們一個飯碗，算是你這馬桶修到了；我看你無端打破了，有些可惜，我又沒找你，你何苦自尋煩惱呢？你若敗在我手裏，馱著一個牛心包袱歸江西，垂頭喪氣的到家，必是妻埋子怨，說不定還要氣得尋短見，這是何苦咧！我家裏有飯吃，用不著出外教徒弟，也不和你爭奪飯碗，實在不忍幹這種喪德的事，我是要少陪你了！」說時，回頭對周敦五、陶守儀點點頭，掉臂逕走。

不知洪起鵬放向樂山走了沒有？且待第十五回再說。

施評

冰廬主人評曰：此回承接上文，而言向樂山辯功之造詣已深；故寫與洪教師放對一節，不惜刻意鋪張，以明上次勝周敦五之非偶然也！

作者既於上回寫向樂山以辯勝周敦五，偏於本回再寫向樂山以辯勝洪矮牯。此為文章有意相犯法，作時最難下筆。蓋同敘一事，稍一不慎，即易雷同，使讀者生厭惡之心。故敘事雖與上文極相似，而行文不可有一筆相犯，方為上乘。讀者宜從此等處著眼，庶不負作者一番苦心也！

第十五回　小俠客夜行丟褌　老英雄捉盜贈銀

話說：洪起鵬受了向樂山一陣奚落，祇氣得要將向樂山吞吃了才甘心！見向樂山提起腳就走，竟不來和自己交手，這一氣更把肝都氣炸了！也顧不得緊守門戶，以逸待勞了，拔步趕將上去。

洪起鵬練的是一種硬門工夫，不會縱跳，腳底下追人很慢。向樂山從小就喜操練溜步，能一溜兩丈遠近，洪起鵬如何追趕得上？但向樂山並不往大路上跑，祇在青草坪裏，一溜到東邊，一溜到西邊，見洪起鵬追得吃力，便立住腳，望著洪起鵬嘻嘻的笑。洪起鵬舉著一條鐵也似的臂膊，一上一下的，對向樂山劈去。

向樂山溜了幾次，卻不溜了；見洪起鵬一上一下的逼攏來，即一步一步的往後退，背後相離不過三五尺遠，就是一堵高牆擋住。洪起鵬心裏高興，暗想：看你退到那裏去？沒地方給你躲閃，還怕打不過你嗎？

周敦五見向樂山露出驚慌的樣子，洪起鵬就精神陡長，很替向樂山著急十分！想喊一句：

背後有牆！又恐怕開罪了洪起鵬。並且洪起鵬和向樂山動手，是借口給自己出氣，不便再幫向樂山的忙。三五尺遠，不夠退兩三步，便抵靠著不能退了，向樂山已露出手慌腳亂的樣子來。洪起鵬大喝一聲，直搶過去。

向樂山故意大叫一聲：不好！將身體往左邊一轉，辮尾和一條馬鞭相似，向洪起鵬臉上拂過來。洪起鵬提防拂著自己的眼睛，順手將辮尾撈在手裏，綰了一綰；正待用力往懷中一帶，想不到那辮竟像有千百斤重，一下沒帶動，自己的身體，卻似上了釣鉤，被那辮子牽著，兩腳離了草地。

向樂山往前直跑，洪起鵬懸在辮尾上，就如大風吹起一面旗子，凌空飄蕩，向樂山越跑得緊，洪起鵬便越飄得起。向樂山有意往山巖上跑，洪起鵬那敢鬆手呢？祇得哀求道：「好漢饒了我這瞎了眼的人罷！我佩服好漢的本領了！」

向樂山旋跑旋答道：「我仍舊送你回草坪裏去。在這裏放下你，你準得跌死！你從此還敢目空一切麼？」

洪起鵬道：「不敢了，不敢了！」向樂山一口氣跑回草坪。陶守儀兄弟正和周敦五在草坪中議論，讚歎向樂山的本領，向樂山已拖著洪起鵬，飛奔回來。洪起鵬打算：一著地，就揀向樂山的要害處，一下毒手，出出胸中羞憤之氣。以為向樂山腦後不曾長著眼睛，又在跑得精疲力竭的時候，不提防下此毒手，不愁他能躲閃得了！主意打定，祇等向樂山停腳。誰知向樂山更是乖覺，腳還沒停，便將頭往前一點，洪起鵬已身不由己的，摜到了向樂山前面；拍的一聲響，仰面朝天的躺在草地上，兩手握住辮尾，仍不肯放。

向樂山提起腳尖，對準洪起鵬的頭頂道：「再不放手，眞要找死嗎？」說了一遍，不見答應，兩手還是不放。原來洪起鵬氣忿得太厲害，被剛才這一摜，摜得昏過來，不省人事了！

向樂山一看他的臉色不對，料知是厥過去了，忙撥開握辮尾的兩手，在周身穴道上，按摩了一會；洪起鵬哇的一聲，咳出一口凝痰來，口中叫了個哎呀！已悠悠的活轉來了。向樂山知道沒有性命之憂了，即對陶守儀、周敦五二人拱手告別。

二人定要挽留，向樂山道：「洪矮牯眼有凶光，便被人打死也是不服輸的！我離了這裏便罷，在這裏一日，他一日要想方設計的來圖報復。並非我怕了他，我單身出門，原為尋師訪友，這裏既沒有本領高似我的人，本已用不著逗留，何況在這裏得懸心吊膽呢？」

陶守儀再想強留，向樂山已抱拳說道：「後會有期！」

向樂山離了陶家，在瀏陽尋訪了半月，連趕得上洪、周二人那般本領的，都不曾遇見。聽說萬載有個姓羅名新冀的，年紀已有了六十七八歲，練了一身驚人的本領，平生沒收一個徒弟，也沒人敢和他交手。家中很是富有，江湖中人去拜望他的，他一百八十的送盤川；若做工夫給他看，求他指點，他倒不客氣，說出怎麼怎麼的毛病來。受他指點的，沒一個不是心悅誠服的，說他好眼力，說他是苦口婆心。

不過他有一種古怪脾氣：想去見他的人，須將名刺交給他的下人；或把姓名籍貫，向他下人說了。下人進裏面通報，經過一時半刻，他說可見，下人就出來引人進去；他若說不見，任憑如何要求，也是不能見的，問他討些盤川倒使得。

向樂山既訪得是這們一個人物，如何能不去求見呢？祇是這羅新冀的家，住在萬山層疊之中，行走極不容易！這時又正是七月間天氣，白晝炎熱非常，坐在家中不動，都得汗出如雨！在樹林中，行那崎嶇的山路，縱有二十分的勇氣，也敵不過那般炎熱！向樂山求師的心切，祇得趁夜間涼爽的時候行走，白天就在火鋪裏睡覺。

行到第二夜，樹林中含蓄了白天的熱氣，因夜間沒有風，仍是熱得難受。向樂山走出了一身大汗，嫌濕衣黏在身上不舒服，即將衣脫下來，挑在傘把上，赤著膊走，倒也覺得爽快了許多！又走了一會，還嫌濕褲穿在腿上，又難過，又不好走，心想：這深山沒有人跡，又在夜

間，何妨連褲都脫了，赤條條一絲不掛，豈不更加爽快？遂決不躊躇的，褪下褲來，和衣一同掛在傘把上，用肩挑著走。

行了四十多里，不但不曾遇著行人，連獸類都不曾遇見過。天光漸漸要亮了，曉風吹來，頗有涼意，向樂山揀一片石頭坐下休息，打算拿衣褲穿上，不多幾里路，就要到羅家了。

從肩上放下傘來，就迷濛的星光一看：祇有一件單衣，掛在傘把上；那條褲，已是不知去向了，還想不起是何時掉落的？不由得心裏慌急起來。暗想：天光快亮了，下身不穿褲子，成個甚麼模樣呢？偏巧把褲子掉落了；沒有上衣，倒還不大要緊，這卻如何是了呢！

心裏正自著急，忽聽得山後有雞叫的聲音，遂立起

身來喜道：「既有了人家，就有法可設了！暫時做一回偷兒應應急，也說不得了！」當下將上衣穿了，跟著雞聲尋去。

轉過山坡，果見一所茅屋。看那茅屋的形式，料知是一個種地的小小農戶。又有些不忍進去，偷這樣窮人的衣服。想下去敲門，向他家借一條褲子穿穿；等到了羅家，問羅新冀借了褲，再來還給他。祗因自己光著兩條腿，實在不好意思下去敲門，立在茅屋的後山上，遲疑不決。天光亮起來極快，聽得茅屋裏面，已有人說話的聲音了。再看那茅簷底下，一根丈來長的竹篙，穿了一條褲、一件衣，靠牆晾著。

向樂山即時下了一個決心道：「我這種模樣，他們如何借衣服給我？於今既有這們湊巧，恰好晾了一條褲在房簷下；再不動手，更待何時？」喜得山勢不高，憑空一躍，已到了房簷下；兩腳才一落地，就見一條黑狗，從牆跟跳起，箭也似的躥過來。

向樂山一提腳，便把那狗踢去丈多遠，撞在山坳石上，滾下來汪汪的叫。向樂山那敢怠慢，慌忙從竹篙上，捋下那條褲來，幸是乾的，往身上一套，即聽得房裏有男子的聲音問道：

「甚麼人打我家的狗呢？」

接著又有一個女子的聲音喊道：「不好了！竹篙響！我晾了一套衣褲，在後簷下，祇怕是偷衣的賊來了！你們還不快去看看？」

向樂山本不會縱跳，從山坳上往下跳容易，往上跳就難了！那條褲穿在腿上，又嫌太短了些，不好作勢，祇得靠山坳往前跑。跑不上幾箭路，後面已有三四個男子，追趕上來。

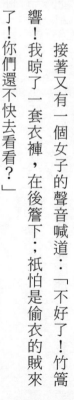

向樂山心裏好笑，怎麼這一點大的茅屋，倒有三四個男子？難道是安排了，與我為難的嗎？一面向前跑，一面回頭看追的，又加了三四個，越追越緊了，口裏都大聲喊捉賊。

向樂山思量：這條褲子，偷得不妙！他們一時那來的這們多人？這不是奇了嗎？此時天光已是大亮，我在前面跑，他們在後面追，我路道又不熟，何能跑得了？不如立在這裏，等他們來，料想也沒有大本領的人在內。

隨即掉轉身來站住，對那些追來的人問道：「你們追趕甚麼？」

追來的共有七個，都是壯健漢子。內中有三個年約二十多歲的，每人手中，提一條扁擔，圍上前來答道：「你還裝佯嗎？就是追這偷小衣的賊！」旋說旋舉扁擔打來。

向樂山見來的都像是安分的農夫，看他們拿扁擔的手法，就知道沒一個是會把勢的人。若動手將他們打傷了，也太覺可憐，並且這偷褲子的事，算是自己無禮，怎好偷了人家的東西，再把人打傷咧？

見三人的扁擔打來，連忙讓開，說道：「你們看錯了人麼？我何時偷了你們甚麼小衣？這做賊的事，不好是這們胡亂賴人的，你們知道麼？」

後面四個也圍攏來，爭著說道：「你還要賴！我們親眼見你偷的，你再想賴到那裏去？」

向樂山袒開兩手道：「我僅有一把傘在手裏，偷了你們的小衣，擱在甚麼地方呢？我就祇有一身衣褲，穿在身上；難道我光著腿，來偷你家的小衣不成？如果你們在我身上，搜得出兩條小衣，就算是我偷了你們的！」

一個人指著向樂山的褲腳道：「我家失的是女小衣。你自己低頭看看，釘了這們寬的闌干，你還要賴嗎？」

向樂山低頭一看，果是翻穿了一條女褲。七個人不由分說，一擁上前，將向樂山拿住。向樂山若肯動手打他們，莫說這七個人，便是七十個，也莫想能將向樂山拿住。

七人拿著向樂山，並不帶回那茅屋。有一個年老些兒的說道：「這個小賊，不是本地方口音，是一個外路賊。須送到公所裏，請衆紳士來辦。」

向樂山問道：「你們這裏，有些甚麼大紳士？」

那年老些兒的人道：「你問了做甚麼？你又想去偷他們的東西嗎？」

向樂山笑了一笑，也不往下問了。

三個年輕的，一人牽住向樂山的辮絲線道：「你們看這小賊，倒有一綹這們講究的辮線！」

分捉了手膀的二人道：「知道是偷得誰的呢？做小賊的人，那裏買得起這般講究的辮線？」

後面的四人催著走道：「不要說閒話了！快送到公所裏，交給保正，我們好回來打禾！爲他一個小賊，就擱我們的正工夫，太不合算！」七人遂擁著向樂山急走。

不一會，走到一所小小的房屋門口。向樂山看那門上，掛了一塊木牌，上寫著「五都三甲公所」六個大字。進門一個石砌的丹墀，階基直接一個大廳，兩旁分排著許多椅凳，大概是鄉紳們有事開會議時坐的。階基上兩根磉柱，有水桶粗細。七人將向樂山的辮子，用麻繩穿了，拴在磉柱上，兩手也反縛著。

向樂山聽憑他們處置，祇是笑嘻嘻的，見已綑縛停當了，方向七人說道：「看你們這地方，有些甚麼大紳士？要叫來的，就快些去叫來。我還有事去，不能在這裏久等！」七人聽了這些話，個個都鼻孔裏冷笑，也沒人回答。

留三個年輕的看守，那四人說是去告保正，一同出大門去了。

向樂山問三人道：「這裏有個羅新冀，你們知道麼？」

剛才牽辮子的那人笑道：「你也想轉羅老爺家裏的念頭麼？作你娘的清秋大夢呢！我說給你聽罷，我們都是羅老爺家裏的佃戶，像你這樣的小夥子，也想去偷他老人家的東西，要算是活得不耐煩了，想去找死！」

向樂山故意問道：「這是甚麼道理呢？他家的東西，就沒人敢去偷嗎？」

那人又把鼻孔哼了一聲道：「你祇三隻手，一顆腦袋，差得遠！要偷他老人家的東西，除非有三顆頭，六條臂膊，沒有長著三頭六臂的，休要去送死！」

向樂山笑道：「羅新冀不是已有六十七八歲了嗎？快要死的人，還能拿得住賊麼？」

那人把臉一揚，做出不願意答白的神氣。

這一個指著向樂山的臉道：「莫說你這一個拳頭般大的小賊，不在他老人家眼裏。那年他老人家才搬到這裏來住家的時候，因抬來了幾十捎銀兩，轟動了鵝絨寨一班大盜，四五十人打齊夥，明火執仗的來劫。他老人家祇拈著一根鐵旱煙管，全不費事的，將四五十個大盜，都打倒在地，沒一個能逃跑的！直待天明，把遠近多少大紳士，都請了來；他老人家仍拿著旱煙管，在那些大盜腿彎裏，一個敲一下，就像是服了解毒藥似的，一個個清醒轉來！「他老人家拿出幾百兩銀子來，當著衆紳士，對那些大盜說道：『你們見我有這些銀兩，就想來搶劫；你們可知道我這些銀兩，是甚麼東西對得來的？你們以爲我是做官，來得容易嗎？我是個鏢行出身，這些銀兩，是數十年血汗和性命換得來的，甘心給你們一夜工夫劫去嗎？姑念你們幾十里跑到我這裏來，有一半也是逼於無奈。每人送給十兩銀子，你們若肯改悔，從此不做這沒本錢的買賣了，有了這十兩銀子，也夠做個小生意；不願改悔，也祇由得你們自己，我也不管，不過下次不要再撞在我手裏，那時就莫怪我的旱煙管，太不留情了！』那些大盜都爬在地下，向他老人家叩頭，每人領著十兩銀子去了。自後連扒手也不敢到這方來，何況你這樣小小的賊！」

牽辮子那人忽然指著門外道：「保正老爺來了！啊呀呀！還來了好幾位紳士呢！」

這兩人聽說，都探頭朝門外望。向樂山也掉過臉，衹見一個五十多歲的鬍子，長條身體，穿著一件白夏布長衫，手中拿著一根二尺多長的竹節旱煙管，用作拐杖撐著，走了進來，面上很露出不耐煩的樣子。進門望了向樂山一眼，即歎了一聲氣，走上了大廳。後面跟著進來了十七八個人，也有穿長衫的，也有穿短衣的，年齡都在三十以上。進門都望望向樂山，也有嘻笑的，也有面帶怒容的，也有裝作看不上眼的，也有現出揶揄的神色的。

那四個去告保正的農人，走在最後，大家都到了廳上，分兩邊坐下來。向樂山早轉身軀，朝上立著。

先進門的那鬍子，坐在當中一把靠椅上，翹著腿子；一手摸著鬍鬚，一手拿旱煙管指著向樂山，先歎了一聲氣，才說道：「我看你這小小的年紀，為甚麼不務正業，是這們偷東摸西？你可知道我這裏，是甚麼所在？拿住賊，照例是甚麼辦法嗎？」

向樂山笑道：「我知道的！你們照例拿住了你老婆你媳婦的野男人，是將辮子割掉！……」

這一句話才說出口，廳上坐的人，都哄然大笑起來。原來向樂山隨口說這們一句罵那保正的話，本沒有絲毫根據的；誰知倒說著了那保正的陰事！那保正的媳婦，就是偷了本地一個秀才；旁人代為不平，替保正的兒子出氣，在他媳婦房中，把那秀才捉住。那地方當時的風俗習慣，拿住了野男人，除痛打一頓之外，就將野男人的辮子割了。前清時，這人沒了辮子，便不能出外，出外就給人指笑。

向樂山一句無意的話，既道著了保正的陰事；旁人忍不住笑，保正就忍不住，氣得發抖了；站起身罵道：「這還了得！你這賊骨頭，竟敢侮辱紳士！我若不把你淹死，也不做這保正了！」

向樂山哈哈笑道：「你不做保正，就做王八也夠了！」

兩排坐的紳士，見向樂山這種嘻笑怒罵的樣子，齊聲對向樂山喝道：「你這小賊骨頭，真想死嗎？你是外來的賊，不知道我們這裏的團規，我老實說給你聽罷：我們這裏拿住了賊，祇要問明了口供，有正經紳士來保便罷；若沒有正紳來保，立時綁上一塊大石裏，往河裏一摜，第二日才撈屍安埋。你這東西，死在臨頭，還敢這們胡說亂道！」

向樂山仍是笑著問道：「你們這裏，曾淹死過幾個賊？在甚麼河裏淹的？」

坐近的那一個穿長衣的紳士答道：「每年得淹死幾個，也沒人計數。這對面就有一條河，你的一雙賊眼，還不曾看見嗎？」

向樂山道：「既是每年得淹死幾個，怎麼你們這些賊骨頭，都還活在這裏，不曾送到對面河裏去淹死呢？」

這幾句話，更把滿廳的人，都氣得跳起來了！那保正舉著旱煙管，跑過來要打向樂山。向樂山大吼一聲，將腦袋一偏，屋簷上的瓦，嘩喇喇的落下來，連牆壁都牽得搖動起來了。衹嚇得廳上的人，慌了手腳，怕房子坍塌下來，爭著往門外跑。

向樂山哈哈大笑道：「你們原來都是些沒膽量的賊骨頭！這地方有了你們這些東西，得沒有辱了羅老英雄！」

不知向樂山如何脫身？如何見著羅新冀？且待第十六回再說。

施評

冰廬主人評曰：第一集十五回，所傳奇俠之士，如金羅漢、笑道人、柳遲、雙清、楊天池、桂武、甘聯珠、紅姑、向樂山等，為崑崙派人物。俠義正直，令人欽敬。如董祿堂、楊贊廷、甘瘤子、常德慶輩，為崆峒派人物。忌賢嫉能，使人厭惡。作者盡力描寫，莫不各得神似，躍然紙上。已令讀者目眩神駭，歎為觀止。然此衹全書四分之一耳！而後文如火如荼，精神團結之處，更有十百倍於此者，吾願與諸君沽佳釀而共讀之。每得佳處，便可痛浮一大白也。

第十六回　湘江岸越貨劫書箱　嶽麓山尋仇遇奇俠

上回書中說到向樂山一偏腦袋，牽扯得那水桶粗細的屋柱，喳喳的響；房簷上的瓦，也嘩喇喇的一陣，掉了許多在丹墀裏，連牆壁都震動起來。那些鄉紳保正，和捉拿向樂山的七個農人，都嚇得爭先往公所大門外飛跑！

向樂山哈哈大笑道：「原來你們都祇有嚇人的本領，卻禁不起人家一嚇！這地方有了你們這些膿包貨，可不辱沒了羅老英雄嗎？」

大衆跑到門外，回頭見向樂山住了頭不扯了，方停了步；聽得向樂山說，可不辱沒了羅老英雄這句話。

其中有一個劉全泰，是羅新冀家裏管莊子的，聽了這話，即對那保正說道：「我看這人的氣概，不像是個做小偷的！他既有這種本領，剛才他說話，又是這種口氣，必定是來拜我們東家的；且等我進去，好好的問他一聲，看是怎樣？」

那保正到了這時，也知道做小偷的，決不會有這般氣概和這般本領，連忙點頭，答道：

「不錯，不錯！這事是怪我們魯莽了！得罪了羅老爺的客，不是當耍的！就請你老翁一面去問，一面替我們謝罪。」

劉全泰應著是。走到向樂山跟前，先作了一個揖，才陪笑開口道：「你是個好漢，不要和我們一般見識。我們都是生成肉眼，不認得英雄。請問好漢：是不是要見敝東羅新冀老爹嗎？」向樂山的一雙手，被反縛了，不能答揖，祇好把頭點了兩點。他這頭點兩點沒要緊，房簷上的瓦，又紛紛的掉下來；嚇得劉全泰雙手抱住頭，又要往門外跑。

向樂山笑著止住道：「因你對我作揖，我的手不能回禮，所以向你點頭。這也祇怪你們管地方公事的人，太把公款揹上腰包了，才有這驚嚇到你們頭上來！」

劉全泰見屋瓦不掉了，半晌方敢放下手，說道：「我們這一保內，自從羅老爹搬來後，管地方公事的人，沒一個敢把公款揹上腰包的。不知好漢的話，從何說起？」

向樂山笑道：「既是沒人敢吞公款，爲甚麼公所的房屋，造得這們不牢實，房柱上連一個小偷，都綑縛不了咧？」劉全泰也笑了，湊過來解向樂山手上的繩索。

向樂山連連搖頭道：「不要解，不要解！」話未說完，瓦又掉下來好幾片。

劉全泰連忙縮手問：怎麼？向樂山道：「你們在地方上當紳士的人，連『捉賊容易放賊難』的這句話，都不懂得麼？那有這們糊裏糊塗開釋的道理？」

劉全泰祇得問道：「依好漢要怎生開釋呢？」

向樂山笑道：「是賊應該辦賊，不是賊應辦誣告。怎麼就這們開釋呢？」

劉全泰心裏好笑，暗想：你分明翻穿著一條女褲在身上，難道還可說不是個賊？不過你仗著有本領，教人如何能把你做賊辦？於今馬馬虎虎的開釋你，你倒放起刁來，硬要人說你不是賊。也罷！你一來仗著自己有本領，我們奈何你不了；二來仗著是來看羅老爹的，我們也不敢得罪！好，好，算是你厲害！

劉全泰想罷，復陪笑說道：「我早已說了，我們都是肉眼，不識英雄！於今誰還敢說你是賊咧！這誣告的罪，不待你說，敝東知道了，必然重辦！」劉全泰正在這裏說著，忽聽得外面一陣歡呼之聲，都喊：「好了！羅老爹來了！」劉全泰即撇了向樂山，慌忙往門外跑。

向樂山回頭一看，祇見那些鄉紳，簇擁著一個身材矮小得和十來歲小孩一般是老頭兒進來。鬚髮都漆黑，若不是皮膚露出蒼老的樣子來，誰也得說這人不過四十歲。穿著一身金黃色的葛布衫褲，左手提一根二尺多長黑中透亮的旱煙管，有大拇指粗細；估量那旱煙管，必是純鋼打就，加上了一層退光漆；提在手中，似覺有些兒分量！右手握著一把極大的蒲扇，像他這們小小的身材，足夠當一把雨傘用。

向樂山一見羅新冀進門，即仰天大呼道：「我久聞羅老英雄大名，不憚千里前來拜訪。那

知道羅老英雄的莊客們欺負外路人的本領眞大，竟將我繩綑索綁在這裏，這難道就是羅老英雄待客之道嗎？」

羅新冀聽了，哈哈大笑。走過來，伸手往屋柱上一抹，辮絲線和綁手的麻索，登時如被快刀割斷。向樂山大吃一驚，不由得兩膝一屈，拜了下去道：「弟子今日才求著師父了！」搗蒜似的一連叩了四個頭。

羅新冀忙雙手攙住，笑道：「不敢當，不敢當！請快起來，同去寒舍，此地眞不是待客之所。」

向樂山立起身，同到羅新冀家裏。羅新冀拿褲給向樂山換了，將偷來的女褲，還了羅新冀的莊客。

原來衆鄉紳和保正，見劉全泰對向樂山作揖，向樂山又將屋瓦牽掉了許多，恐怕眞個把房屋牽倒了，急忙派人飛報羅新冀。羅新冀祇道是有意來炫本領的，所以也使出本領來，赤手劈斷了繩索。

向樂山所以吃驚的緣故：就因他自己頭上結的那絡絲辮線，是野蠶絲結成的；比較尋常絲線，不知要堅牢多少倍？便是用快刀去割，也不容易割斷！爲的是仗著這條辮線打人，若不是特別堅牢，有力的一扭即斷，又如何能當兵器使呢？羅新冀居然能決不費事的，隨手抹斷，有這種本領，如果動起手來，還經當得起嗎？怎能教向樂山不五體投地的拜服呢？向樂山在羅新冀家，住了半年，得了羅新冀不少的本領。

歸到家中，向閔賢有些不願意向樂山拿著絕頂的天分，丟了書不讀，專練這好勇鬥狠的武藝。教他和向曾賢同去衡陽書院讀書。因那時衡陽書院的老師，是當代經學大家王闓運，向閔賢也是他的私淑弟子。因此教兩個兄弟，趕到衡陽書院去讀書。

向樂山祇得重整書帙，跟隨向曾賢同去衡陽。在衡陽讀了兩年多書，學問長進到甚麼地步，是摸不著看不見的。但是這兩年中，他們兄弟在衡陽，收買的舊版書，卻是不少。向曾賢自己會刻圖章，凡是他的書，每本上面，都蓋了一個「樂知山房藏書」的章子。每人有二十六箱。那時衡陽出產的大牛皮衣箱，又堅牢耐用，價值又便宜：向樂山兄弟遂每人買了二十隻裝書。

二年之後，王闓運走了，換了一個沒多大學問的老師，他兄弟便不願意再住衡陽書院了。因書箱累贅，就雇了兩條民船，裝載書箱，包運到平江浯口上岸。兄弟二人，每人坐守一條。當那搬運書箱上船的時候，兩名腳夫抬一口皮箱，祇壓得汗流氣喘。

腳夫因爭論要增加力錢，說：箱裏裝的不是衣服，衣服沒有這們重，必是金銀珠寶！碼頭

上的習慣：搬運金銀的力錢，每挑每抬，比搬運穀米什物，須貴三成。向樂山懶得和那些腳夫多說，就依照搬運金銀的力錢給了，也沒說明箱裏全是書籍的話。

誰知船戶認眞當作是二十大箱金銀，就陡起了殺人越貨的念頭。見向樂山兄弟，都是文弱的書生，年紀又輕，更沒有僕從。這念頭一起，招待他們兄弟，便分外的殷勤；每日好酒好肉的，辦給二人吃。

他們初次坐這長途的民船，又在洪楊亂平之後，那知道江湖上的利害？各睡在各人的船上，吃喝飽了，就拿著書看。停船啓椗，以及經過甚麼碼頭，全不顧問。船行了四日，船戶祇因沒有好下手的地方，遂商量這夜並不停泊，在江心動手。

這夜的月色很好，向樂山坐的這條船在前，向曾賢的船在後，相離有半里河面。向樂山生性本來喜酒。尋常的民船，照例黃昏時就停泊不走了，有時恐怕趕不上第二個埠頭，下午三四點鐘的時候就停了，從來不曾坐過在月夜行走的船。這夜倒覺得很高興，獨自拿了一壺酒，坐在船頭上，旋喝旋觀玩夜景。

正在喝得有八成醉意，忽聽得身後腳步響，以為是船戶撐腰篙的，懶得回頭去看。手裏端著酒杯，剛待往嘴邊送，陡覺有人一把將自己的辮髮揪住。向樂山醉意闌珊中，也不問揪辮髮的是誰，衹將頭向前一點，就聽得拍的一聲，把那人一個跟斗，栽到前面船板上；觸眼即見那人手中，握著一把明晃晃的鋼刀。這一來，卻將酒意驚退了，拔地跳起來，一腳點住那人胸膛。

回頭看艙裏，又躥出一個拿刀的人來；見向樂山腳點住了一個，他也不識進退，亮刀直劈過來。向樂山那有心思和他動手？一晃腦袋，辮尾如流星一般的，一繞就繞著了那拿刀的手腕，順勢一帶。洪矮牯、周敦五那們本領的人，尚且受不了一辮尾，船戶能有多大的本領？被這一帶，如何能立腳得牢？撲面一跤，也跌倒在船板上。

向樂山拾起一把刀，指著二人，問道：「快說！後面那條船，和你們夥通了沒有？如何相離得這們遠？」

船戶道：「夥通是已夥通了，不過他們已經動手沒有，就不得而知。」

向樂山聽了，心裏登時慌急起來。想放起這兩個船戶，教掉轉船頭迎上去，又怕船戶知道事情敗露了，沒有好結果；一放起來，就赴水逃命，自己又是一個不會水的！待將船戶綑縛起來罷，自己一個人，如何能駕得這們重載的船？雙珠一轉，想出了一個計策來。

丟了手中的刀，就船頭上的鐵鍊，綑好了一個，由他躺在船板上。才將腳點的這個提起來，也用鐵鍊，鎖住了他的雙腳，一端結牢在桅柱上。提了一片櫓給他，拿刀在他臉上，晃了一晃道：「你若敢不盡力的搖櫓，祇這一刀，就要了你的狗命！你想逃是逃不了的，祇要能趕得上那隻船，我決饒了你的性命！」

船戶到了這時，那裏還敢違抗！自然是盡力的搖櫓。向樂山安置了那個，才將這個躺著的鐵鍊解了；一手拿刀，一手拖著船戶到後梢，喝教他掌舵，將船掉頭。向樂山知道自己哥子文弱，這回十九是死，祇急得如熱鍋上螞蟻，一疊連聲的催著快搖！自己手扭住掌舵篷的辮子，探身船篙上，向前頭江面上望。

直追趕到天明，不見那條船的蹤影；祇得又拿刀逼著船戶說，看他們原約了在甚麼時候動手的？船戶說：並不曾約定時候，誰先得手誰走！大概那條船動手得早些，所以先回頭跑了。向樂山料想自己的哥子是死定了，不見得能追趕著；不如就近且將這兩個強盜，送交地方官，訊實了口供，得了那夥強盜的巢穴所在，再去緝捕。倘我自己一個不小心，連這兩個也逃了，就更費手腳了。

當下就問船戶：追到了甚麼地方？船戶說：是湘潭。

向樂山教把船泊了，用繩索牽了兩個船戶，連同那兩把刀，親自送到湘潭縣。那縣官聽說是盜案，立時坐堂提問，問出：那條船上同夥的，也是兩個人。一個姓林名桂馥，原籍是廣西人。十幾歲的時候，被洪秀全的軍隊，擄在營中餵馬。隨營進湖南，在衡州一個山上，照管數十匹馬吃草。忽然有一匹馬，失腳從山巖上跌下，跌斷了一條腿。林桂馥怕回營受責罰，就逃到衡陽，在一個船戶家當腰篙，後來自己做了一條船。還有一個，是林桂馥雇的夥計，姓張；因是個瘌痢頭，同伴都呼他張瘌子，不知是湖南那一縣的人。

縣官又問明了林桂馥在衡陽的住處，行文去衡陽縣緝拿。向樂山自請同去，縣官自然許可。到衡陽訪拿了半月，不僅林桂馥不曾回衡陽，連那隻船都沒人看見在衡陽一帶露過眼。向樂山衹得痛哭回家，將遇難情形，告知向閔賢。即日又馱了個包袱出門，誓必尋著林桂馥，替兄報仇！

因林桂馥是個船戶，在江河裏的日子多，在陸地上的日子少，向樂山遂也投進衡陽的船幫，充當船夥。終日在江河裏明查暗訪，足足查訪了三年。凡是湘河裏的船隻，衹要船桅一入向樂山的眼，就能認識這船是誰人的，單單不見有林桂馥那條船。問一般船戶，也都說：近三年來，林桂馥的船，不知怎的，不在湘江河裏行走了。

向樂山見訪查沒有下落，出門的時候，原發誓：此去不能替遇難的先兄，報仇雪恨，決不回轉家鄉！於今荏苒三年，兄仇未報，那有心情，那有顏面回家見人呢？仇人既不在湘江河裏，船夥也用不著再充當了。辭卸了職務，既不能歸家，復無心謀幹甚麼差事，東飄西蕩的，竟像是一個流落江湖的人。有時喝醉了酒，就獨自跑到高山頂上，放聲大哭；哭疲了，便倒在巖石上睡覺。無論甚麼人和他談話，他總是搖頭不答。

他這日忽走進嶽麓書院，每間齋舍，他都去揭開門簾看看。住齋舍的人，也沒注意。其中有一間書齋，陳設得十分整潔，床帳都極其華麗，是新寧縣一個豪華公子住的。這位公子因有事回新寧縣去了，書齋空著沒人住，也沒託朋友照管。向樂山本來與這位公子熟識，便扭斷了房門上的鎖，在書齋裏住著。

這夜睡到半夜醒來，見腳頭有一人睡著，鼾聲震地。向樂山疑心是室主人回來了，連忙坐起來招呼，祇見那人翻轉身又睡著了！向樂山看那人，腳上穿著一雙草鞋，知道不是室主人；

抬頭看了看門窗，仍是嚴封未動。暗想：這人必有些來歷！若是尋常穿草鞋的人，不但不能進來，並不會有這種舉動。我倒得推醒他，問他一個明白，看他如何進來的？

隨伸手在這人腿上，搖了幾下；祇聽得這人口裏，含含糊糊的罵道：「半夜三更的，不好生睡覺，要這們大驚小怪的，鬧些甚麼！」罵完，鼾聲又起了。

向樂山越覺得不是尋常人的舉動，便也不再搖他了，打算等到天明了，再和他談話。不料自己再睡了一覺醒來，已不見那人的蹤跡了；忙起來檢點門窗，仍舊一些兒不曾啓動，不覺連連蹂腳道：「可惜，可惜！有這般異人，同睡一夜，竟一無所獲的，放他走了！」獨自歎惜了一會，也無計追尋，悶悶的過了一日，以爲：再沒有這們好的機會了！

第二夜才要入睡，即覺得床帳微微的一動，驚得睜眼一看，昨夜同睡的那人，又睡在腳頭打呼了！也不知道從何時睡下來的？這番那肯怠慢，翻身跳了起來，顧不得那人生氣，連推帶搖的說道：「你是那裏來的？也不問這房裏的主人是誰，就敢睡一夜，又睡一夜！」

那人就慢騰騰的坐了起來，迷離著兩眼，望了向樂山一望，笑道：「你若是這房裏的主人，我也應該對你講一個禮節。一般的偷住人家的房間，管甚麼睡一夜兩夜？」

向樂山見那人是一個遊方道士的裝束，頷下一部花白鬍鬚，年齡約在五十歲以上；說話聲音宏爽，滿臉帶著笑容，遂點了點頭說道：「話雖如此，但也應分個先來後到；不過我此時也

不問這些了，道人適從何來？怎麼來去全無聲息？」

道人哈哈笑道：「你都不用問我。今夜月色大佳，我的瞌睡既被你鬧醒，且帶你去雲麓宮玩玩！」

向樂山道：「月色雖好，但此時已過了半夜，等我們走上雲麓宮時，月已啣山了，還有甚麼可以賞玩咧？」

道人又是一個哈哈道：「沒有月就賞日，又有何不可？人家說讀書人固執不通。果然，果然！」

向樂山從來不曾被人罵過固執，祇得也笑道：「既如此，就走罷！」說著，待伸手開門。

道人一手挽了向樂山的手道：「但閉上眼，不要害怕！」向樂山知道道人非凡，即依言將雙目緊閉，祇覺得兩腳一軟，身體就飄飄的往上升騰；心裏還害怕頭頂著天花板，誰知竟是一無阻擋。

正在詫異，兩腳忽踏了實地。道人更高聲打著哈哈道：「你看，這是甚麼所在？」

向樂山將兩眼一開，祇見一座巍峨的雲麓宮，被清明的月色籠罩著，彷彿如水晶宮殿一般。低頭看湘河裏的水，光明澄澈，映著皎潔月光，曲曲彎彎，宛如一條白銀帶。抬頭遠望長沙城，但見萬家煙霧，沉寂無聲；幾點零落斷續的漁火，和寒星雜亂，辨不分明。不覺失聲叫道：「妙啊！像這般的夜景，人生能得幾回領略！」

口裏一面叫妙，心裏一面轉念道：「這道人若不是神仙，何能有如此道術？我數年在外尋師，於今得遇著這樣的人物，眞算得是三生有幸了！豈可錯過？」隨即雙腳往地下一跪，朝著道人叩頭道：「師父兩夜來和弟子同睡，必是憐念弟子兄仇未報，特來指引弟子一條道路的；弟子祇要報了先兄的仇恨，此後有生之年，願終生侍奉師父！」說罷，想起自己哥子遇難之慘，又放聲痛哭，連連叩頭不止。

道人扶起向樂山說道：「容易，容易！自有你報仇雪恨的一日！」

向樂山聽說容易，才轉悲爲喜，立起身問道：「弟子的仇人在那裏？求師父指示！」

道人搖頭道：「等歇再說罷！」向樂山料想拜了有這般道術的師父，兄仇是不愁不能報的了，心裏頓時高興起來！見湘河裏的水，光平如鏡。他自從行刺岳州知府不著之後，恨自己不會投石子，時常練習打石子。他的石子打得最遠，又有準頭。這時心裏一高興，就從地下拾起一個石子來，望江心中打去。

在嶽麓山頂上望湘河，覺得就在眼底，其實距離有二十來里。任憑向樂山如何會打石子，那裏能打到二十來里遠呢？自然石子打去，江心中毫無動靜，落在半山中草地上，連一些聲息也沒有。

道人在旁看了，反操著手大笑，笑得向樂山紅了臉，對道人說道：「從此地到江心有二十里，師父能打得到江心麼？」

道人笑道：「打到江心算甚麼？我還要打破這個月光呢！你瞧著罷！」隨手拾了一個碗大的石頭，對準江心抛去。那石頭破空的聲音，比響箭還大；接著就是那鏡面也似的江水，正在月影當中，忽起了一個盤籃大的濺花，一霎時牽動了滿江的波紋；好一會，那撲通的聲浪，才隱隱的傳入耳鼓來，月影在水中，祇管搖搖不定。

這時向樂山心裏又驚又喜的情狀，眞是形容不出，連忙向道人說道：「師父務必將這本領傳給弟子！弟子將來與仇人相遇的時候，有了這種本領，那怕相隔二十里，祇要看得見，便不愁他跑得了！豈不痛快嗎？」

道人點頭笑道：「容易，容易！你此時腹中，覺得有些飢餓了麼？」

向樂山正苦飢餓，便答道：「飢是飢了；但如此夜深，有甚方法，弄得著吃的呢？」

道人照來時的模樣，一手挽了向樂山的手，喝聲閉目。這番又覺與剛才來時的情形不同：

來時是步步往上騰高，耳中並不聽得甚麼聲息；這番雖一般的兩腳一軟，身體淩空，但耳中聽得呼呼的風響，身體卻一步一步的往下降。兩腳未踏實地之先，耳裏已聽得有更鑼之聲；隨即著地，睜眼一看，祇喜得向樂山跳起來。

不知二人飛到了甚麼所在？且待第十七回再說。

施評

冰廬主人評曰：向樂山遊學數年，始得一羅新冀，足證求師亦非易事也。然世有已得良師，而猶弗努力向學者；豈非如入寶山，依然空手而回。惜哉！

向曾賢之死，實出二人疏懶大意之故。曾賢嗶唧終日，窮研經史，本不知江河艱險，到處危機。惟樂山頻年在外，當諳一二。乃偶一大意，慘折雁行，江心跺足，返棹恨遲。讀書至此，不禁廢然興歎！其實作者故弄狡獪，將藉此引出下文之與笑道人相晤耳！

第十七回　指迷路大吃八角亭　拜師墳痛哭萬載縣

話說：向樂山腳踏實地後，睜眼一看，認得是長沙城裏的八角亭。兩邊所有的鋪戶，都關門深入睡鄉了；除大鋪家門口懸了幾盞簷燈外，沒一些兒燈火。

道人向前走著道：「跟隨我來！」

向樂山跟著走了一箭之地，道人停步指著一家小鋪戶，說道：「你看這家準備了點心，等你我去吃。」

向樂山看裏面尙有燈火，鋪門也是虛掩著；祇是心裏不相信，眞個準備了點心在那裏等，不敢過去推門。

道人笑推向樂山道：「怕甚麼，如何不推門進去呢？」向樂山祇得上前把門一推。

原來是一家小小的點心鋪子，房中懸了一盞滿堂紅的油燈，竈上一個蒸籠，蒸得熱氣騰騰的。一個腰繫圍裙的小夥計，靠牆壁坐著打盹；幾張破舊的小方桌，也靠牆壁放著，房中沒第二個人。

道人走過去，將那小夥計的肩膊一推，道：「快把蒸好了的點心拿過來。」那小夥計被推驚醒起來，揉了揉眼睛，望了道人一望，也不說甚麼，好像是約會了的；走到竈跟前，從鍋裏將蒸籠端起來，拿了一個大磁盤，撿了一盤熱烘烘的饅頭，擱在桌上。

道人先就上首坐下來，指著饅頭對向樂山道：「你盡量吃罷，蒸籠裏還有的是呢！」向樂山不知師父是甚麼神通，這時候眞個有人準備了點心在這裏等。腹中既是飢餓了，也就不客氣，拿起來就吃。向樂山的食量本大，片刻如風捲殘雲，一頓把大盤饅頭吃了。

道人問：「再能吃得下麼？」向樂山吃了這一大盤饅頭，已是很飽，回說：「不能吃了。」

道人叫小夥計過來，說道：「剩下的饅頭，都給你去吃；你領我們上樓去睡罷。」

小夥計應著是，點了一個紙搓，在前揚著引道。道人挽著向樂山，跟在後面。一把小扶梯，搭在一個灰塵積滿了的樓口；小夥計一面向後揚燃紙搓，一面用左手扶著梯子上去。

道人復推著向樂山道：「你先上去，我出外小解了就來。」向樂山更是莫名其妙，怎麼忽然跑到這裏來睡呢？這裏分明是一個小小的點心店子，又不是飯店，怎麼能留客人歇宿咧？這不是奇怪嗎？心裏旋揣想著，旋舉步跟著爬上扶梯。小夥計吹燃了手中紙搓，就壁間一碗油燈點著，撥了撥燈芯，自反身下樓去了。

向樂山看這樓上，無一處不是灰塵堆積。兩條單凳，擱著幾條木板，架成一個僅夠睡一人的床，也懸掛著一條烏陶陶的破夏布帳子，樓上並沒有可坐的椅凳。

床檔上放著一個極大極粗劣的木櫥，櫥門已破爛了一扇，沒了斗筍，不能安上去，就一頭擱在樓板上，一頭靠著木櫥，把櫥遮掩了，不知櫥裏有甚麼東西沒有。因才吃了那一大盤饅頭，不想便睡，又見師父小解去了，不曾上來，也得等等。

閒著無事，就輕輕將這扇破了的櫥門搬開來，靠壁放了；看那櫥裏，竟是塞滿了一櫥的舊書。心裏更覺詫異：怎的這樣點心店裏，卻有這們一大櫥的書籍？隨手拿起一本來，就油燈下，拍去了灰塵一看。

這也應著小說上的套話，所謂：不看猶可，這一看，衹驚得兩手抖個不住！原來：這本書面上，明明蓋著一顆「樂知山房藏書」的圖章。急忙換一本看，也是一樣；連看了幾本，知道用不著再看了。禁不住兩眼的痛淚，紛紛掉了下來。

放下手中的書，打算等師父上來，定計捉拿凶手。但是等了好一會，那有師父上來呢？心裏才恍然悟道：「原來是他老人家，指引我到這裏拿凶手的！凶手不待說，必就是這店裏的主人！好在那林桂馥的模樣，見了面，大約還可認識。事不宜遲！趁他們這時睡著了，拿了綑綁起來，等天明送到長沙縣去！」一想罷，反轉身走到樓口，恐怕扶梯響動，驚了凶手；就樓口往下一躍，賽過秋風飄落葉，著地全無聲息。

尋那小夥計，已不在這房裏了。那盞滿堂紅，原有四個燈頭，此時已吹熄了三個。向樂山搬了張椅子墊腳，將燈取了下來，端著照進左邊一間房裏。

向樂山從那回遇難之後，即花重價買了一把極鋒利的小匕首，連柄才得九寸三分長，拇指粗細的鐵釘，祇要將匕首輕輕一按，登時兩段；並且截下去，沒有聲響。終日帶在身邊，不曾片刻離過。

此時從腰間抽了出來，去了皮鞘。看那房裏，也是開了一張單凳架的床，掛著藍布帳子，帳門放下了，地下有兩雙破鞋。向樂山放下那燈，撩開帳門看了一看，一頭睡著一個男子，認得睡在外邊的這個，就是那小夥計；裏面的像是很有些年紀，不是林桂馥的模樣，也不像那船上的船夥。但也不管他是誰，且綑綁起來再說。祇是身邊沒有繩索，一時卻怔住了。

舉眼向房中四處一望，見房角上放著一個吊桶，桶口盤了一大捲棕索。原來這時長沙城裏的居民，飲的是河水，用的是井水，每條街上，或是巷子裏面，都有吊井；各家自備吊桶，打水就帶去，打完了，又帶回來，所以這房角上，放著這個吊桶。

向樂山立時將桶索解下來，本想就這們將二人綑綁作一塊。祇因見這兩人是兩個笨貨，被人綑醒了，必然閉著眼亂喊；就拿匕首去嚇他們，他們閉著眼，也不看見；不如將他們推醒，再拿刀嚇他，他知道怕死，就不敢聲張了。

果然把二人喊醒明白了，拿匕首往他臉上一亮，低聲喝道：「敢作聲就是一刀！」即嚇得篩糠一般的祇抖，連哼也不敢哼了一聲！顛倒著綑綁起來，割了兩片帳門布，揉成兩個麻核桃；塞了一個，在那年老的口裏，留著這個小夥計，問道：「你這裏的老闆，姓甚麼？叫甚麼名字？是那裏人？快說出來，一些兒不干你事！」

小夥計戰兢兢地答道：「我我我這裏的老闆姓張，沒沒沒有名字，就是這城裏的人。」

向樂山知道就是這條船上的船夥張鬍子，接著問道：「他睡在那間房裏？」

小夥計道：「他和老闆娘同睡。」

向樂山氣得在小夥計身上踢了一下，罵道：「我問你：他睡在那間房裏？管他和誰同睡！」

小夥計痛得彈了幾彈，說道：「老闆娘就睡在這間房的後面房裏。」

向樂山忙看這房的木板壁上，有一個單扇的門，隨將手中的麻核桃，塞入小夥計口中，走到那房門口，試推了一下，推不開，即拿匕首截斷了一門邊斗筍，啞的一聲開了。

這時的天色已亮，房中看得分明。張鬍子已醒來，先聽得隔房說話，以爲是小夥計和燒飯的起來了；及聽

得房門響，響聲又不尋常。他是個犯罪心虛的人，那有不驚慌的；一翻身爬了起來，大聲問道：「誰呢？」向樂山一縱步，已到了床跟前，隨口應道：「是我！」

張鬍子把帳門一撩，伸出那個瘌痢頭來。向樂山是何等的眼明手快，一見那瘌痢頭，就看出是那個船夥。那船夥卻也看出是向樂山了，祗苦於帳後沒有可逃的路，只能挺身出來，打算和向樂山拚命廝打。他還不曾知道那夜前條船上劫搶的情形，一向總以爲是一般的得手後，遠走高飛了。

這時見了向樂山，心裏雖然疑惑，祗是還沒想到向樂山有多大的本領。又欺向樂山祗一個人，手中僅拿著幾寸長的兵器，所以並不懼怯。他也略懂得幾手拳腳，握著拳頭，向向樂山撲來。向樂山到了這時，眞是仇人見面，分外眼紅！張鬍子這點兒拳腳，那有他施展的分兒？一辮尾掃過去，就把他拖翻在地；用腳踏住了胸脯，回頭見帳勾上掛著一條絲腰帶，順手取下來，綑了張鬍子的手腳。

張鬍子的老婆，是新討來的，不知就裏，衹道是強盜來劫搶，躲在被窩裏，張開喉嚨，大喊救命。向樂山因他是婦女，又睡在被裏，不肯動手去綑他，也不阻止他喊叫，自將張鬍子提到外面。

忽聽得大門外，有人搥門，並高聲問裏面甚麼事。向樂山跑到大門跟前，開了大門，見門外立著幾個做生意的人，打量了向樂山兩眼，正要開口問話，向樂山已對他們拱了拱手道：「請諸位街鄰進來，我有幾句要緊的話奉告！」

那幾個街鄰，見向樂山手中，拿著明晃晃的匕首；又聽了喊救命的聲音，都以爲必出了殺人的案子，一個個嚇得不敢進來。立在後面些兒的，一低頭就溜跑了；立在前面的幾個，回頭見同來的溜了也想溜開。

向樂山笑道：「我又不是強盜，又不是凶犯，好好的請諸位進來談話，這也怕甚麼呢？但請放心，決不是連累諸位的事！」

幾個街鄰聽得這們說，才放大了膽量，跟著向樂山進房。見張鬍子被綑在地；左邊房裏，又顛倒綑著兩個夥計，一個個望著向樂山發怔。

向樂山收了匕首，從容對街鄰述了一遍三年前兄弟遇難，及自己出門尋仇的情形，接著說道：「今日才捉著了這個張鬍子，所以驚動了諸位街鄰！」

那些街鄰聽了向樂山的話，沒一個不佩服向樂山是個豪傑，也沒一個不罵張鬍子是個沒天良的惡賊！向樂山就託街鄰代雇了幾名腳夫，抬了樓上那些書籍；向樂山親手牽了張鬍子和那兩個夥計，一同到長沙縣衙裏。

縣官見是盜案，自然立刻升堂審問。張鬍子無可抵賴，祇得招承了和林桂馥同謀，並說：「當時是二人同動手，把向曾賢從床上拖下來；殺死後，截成無數小塊，裝入一個大罈子裏，投下江底。當夜停泊在一個小河汊裏，打開皮箱一看，誰知盡是書籍，口口如是，當下悔也無及！林桂馥分了十二箱書，說是要回廣西，自駕著船走了。我得了八箱書，也沒用處。我也沒有兄弟，父母是早年亡過了；祇有個姑母，住在易家灣。

「和林桂馥拆夥後，就寄住在姑母家裏。祇因沒有生活，瞞著姑母，做了一次賊，偷了幾件衣服、一百五十兩銀子，就到八角亭開點心店。劫來的八口皮箱也賣了，祇剩了這些沒用的書，零零碎碎的，也不知已燒掉了好多；留下來的，不過十分之一了！這也祇怪新討來的這個老婆！他說：這些書，留了有用處。問他：甚麼用處？他說：可以留給將來生下了兒子長大了的時候好讀。因此，就做一個破木櫥裝了，擱在樓上。那樓上是給小夥計睡的，從來沒別人上去，不知怎麼會發覺的？」

縣官教招房錄了供，就問那小夥計：怎的會把向樂山引到樓上去？

小夥計供說：我這日早起，因烘老麵，隨手從櫥裏帶了一本爛書下來，撕了好引火。沒燒完的，就丟在門角落裏。我在這裏，當了一年多的夥計，常是用爛書引火。近來討了老闆娘，雖不教我再用；然間常燒幾本，老闆娘就見了，也不說甚麼。

我貪圖爛書容易燒著，每次烘老麵，就拿一本。這日我正將燒剩下來的，丟向門角落裏；忽有一個道人，打門首走過，見我燒書，連忙說：「罪過，罪過！」彎腰拾起我丟下的書，看了一看，問道：「你燒書不怕罪過，難道你東家也由你嗎？」

我說：「是東家教我燒的，有甚麼罪過？」

道人又問：我東家有多少書教我燒？怎麼有書要燒掉？我說：「有好幾箱，特為收買了燒的。」

道人笑著點頭，問：「書都擱在那裏？」

我說：「都擱在我睡的樓上。」道人還待問，我因有事走開了，道人也走了。過了兩個多月，直到前日，道人復來店裏吃點心，祇吃了兩個饅頭，臨走給我一吊大錢，說：我是個好人，窮得可憐！多給我些錢，好買件衣穿。我謝了道人收了。昨日黃昏時候，道人又來店門首，把我招到外面，說道：「我今晚要請一個朋友，到你這店裏吃點心。我此時給你二兩銀子，你做好一籠饅頭，三更後蒸著等候。你能等到那們遲久麼？」

我看有二兩銀子，昨日那道人又給了一吊，有甚麼不能等呢？即一口答應道：「無論要等到甚麼時候都使得！我橫豎拚著一夜不睡就得了！」

道人見我肯了，又拿出一兩銀子道：「再給你一兩銀子。我請的那朋友，沒地方睡覺，在這裏吃過點心，就借你的床睡一覺。你若怕你東家罵，便不要對你東家說；衹睡一覺就走。你眞能拚著一夜就行了！」

我見道人的銀錢，這般鬆動；心想：我是一個光身漢子，那裏怕人黏刮了我甚麼去？床帳都是老闆的，也值不了幾文錢，不怕人偷了去！並且我把床讓給人睡，我自己仍可同燒飯的睡，更不必坐一夜，樂得多得一兩銀子，便也一口答應了。誰知道人引來的朋友，就是這人！說時，指著向樂山。

縣官問向樂山：那道人是誰？向樂山將前昨兩夜，在嶽麓書院遇見道人時的情形說了。縣官連連點頭歎道：「誠能通神！至誠所感，仙佛自來相助！」

向樂山等到定了案，將張鬍子處決了，才歸家報知向閔賢。向閔賢幾年來，因二弟慘死，三弟出外尋仇，不知下落，心中終日悲痛。又加以連年荒歉，書生本來不善營運，家境便一日不如一日，越發憂思成疾。等到向樂山報了仇回家，向閔賢已是病在垂危了；聽說仇已報了，即含笑而逝。向樂山遭此情形，哀痛自不待說。經營了喪葬。幸得向曾賢娶妻得早，已生了一個兒子，這時已有五歲了；向閔賢的兒子也有十來歲了。

向樂山因喜武藝，不肯娶妻；頻年在外飄流慣了，在家安身不住。祇惜在嶽麓山上，不曾問明師父的住處，不好去那裏尋訪。忽然想起萬載的師父羅新冀，已有幾年不見了，何不去探望探望？於是從家裏動身，到得羅新冀家裏，才知道羅新冀也已死去半年了！

向樂山跑到羅新冀墳上，痛哭了一場，也不再去羅家了。獨自悽悽惶惶的，並無一定的方向行走。滿心想去廣西，尋找林桂馥；祇因不知道林桂馥是廣西那一道的人，又不是有名頭的人物，躊躇不好向那條路上去找。正打算且去廣西，仍裝作遊學的，到處行走，或者機緣湊巧，也有狹路相逢的一日。卻因近來憂傷過度，酒也喝得太多了些；不料在萬載一家火鋪裏，生起病來。

像向樂山這樣年輕練武藝的人，不容易生病，一生病就不是輕微症候。火鋪裏的主人怕他死了麻煩，逼著要向樂山挨出門外去死。向樂山又是傷心，又是忿恨，也無法反抗，祇得勉強挨出火鋪門；行不到兩箭路，就昏倒在草地上，不省人事了。

不知向樂山的性命如何？且待第十八回再說。

施評

冰廬主人評曰：作者寫向樂山傳，洋洋數萬言，敘述不厭細詳，蓋向樂山亦崑崙派之重要人物也。下回入解清揚傳，將敘智遠仙跡之前，先以笑道人事一引，則下文愈覺奇特。或病其誕，余謂不如此，即不足當奇俠之稱也。

向樂山所遇道人，言語惝恍，行蹤詭祕，嶽麓山頭，夷猶杳渺，飄飄乎有遺世獨立之意。作者雖未指明為誰，而讀者早知其為笑道人矣！嗚呼！世果有笑道人其人歟？余為之執鞭，所忻慕焉。

第十八回　小俠客病試千斤閘　老和尚靈通八百魚

話說：向樂山勉強挨出火鋪大門，行不到兩箭路，就昏倒在地。這時正是十月間天氣，曠野寒風，已是侵肌削骨。幸虧向樂山得的是火症，在草地上睡了一夜，次日倒清醒了，祇覺得肚中飢餓難挨。想回到火鋪裏去，買些飯吃，又苦身邊一文不剩，料想這個沒有天良的火鋪，不給他錢，決不會有飯給人吃；遂竭力掙扎起來，打算找一個大戶人家，去討些飲食。

行了半里多路，忽見前面山坡下，有兩條極雄壯的牯牛，在那裏拚命相鬥。兩條牯牛的角，都有兩尺多長；兩個牧牛的小孩，各自牽著牛綯，用力往兩邊拉扯，但是兩牛鬥紅了眼，那裏拉扯得動呢？都急得哭著叫喊起來。

向樂山滿想上前，將兩條牛分開；奈自己大病之後，恐怕敵不過兩牛的力量，沒得反被牛鬥傷了，給人笑話。祇是兩牛正擋住自己的去路，山坡下的道路又仄；兩牛既鬥紅了眼，打那跟前經過，也得提防被那長角挑著。

正在旋走旋計算應如何才好過去，祇見從山坡裏，走出一個十四五歲的童子，穿著得十分華麗，相貌也生得十分清俊。左手把著一張朱漆雕金雙弦小彈弓，右脅下懸著一個繡花彈囊，笑盈盈的走了下來，開口問兩個牧童道：「你們哭叫些甚麼呢？牯牛鬥架，不是很平常的事嗎？」

即聽得兩個牧童答道：「解少爺那裏知道？像這般的鬥架，輕則把角折斷，重則兩牛都得鬥死。折斷了角，也是成了廢牛了！」

那童子笑道：「你們有綯在手裏，也拉扯不動嗎？」

牧童道：「我們實在不能再用力了！若一下扯缺了牛的鼻間，就更沒有法子了。」

童子笑著向牛跟前走，牧童連忙止住道：「解少爺快不要上前去！兩條畜牲都紅了眼，把你挑傷了，我們更該死了！」那童子也不答話，一伸右手，握住一條牛尾，回頭教牧童讓開。牧童忙往旁邊一讓，那童子拉住牛尾，向後便退，將那條牯牛，拖退了丈多遠。牯牛被拖得嗎嗎的叫，但是拖退了那條，這條卻趕上去鬥！讓路的牧童便連聲叫苦道：「解少爺專拉我的牛，我的牛太吃虧了！」

童子聽了，即停住腳，用手在那牛屁股上，向前一推，這條牛抵不住，也往後退。嚇得這牧童避讓不迭，也連聲嚷道：「解少爺幫著他的牛鬥我的牛，我的牛不太吃苦了嗎？」

向樂山立在一旁看了，不由得暗暗納罕，心想：這個孩子的力量眞不小！看他的衣服氣度，可知是一個富厚人家的少爺。我今日窮途落魄，能在他跟前，顯點兒本領，倒不愁得不著一頓飲食；衹恨我這時，偏在大病之後，又飢瘦無力，這便如何是好呢？心中一急，忽生出一個計較來，思量：羅新冀老師傳授的千斤閘，還不曾有機會使用過，這時正需用得著，何不試他一試？

主意已定，便不遲疑，趁那童子把兩牛推走的時候，幾步走到兩牛當中，一手按住一個牛頭，口中笑道：「你們都用不著爭論，等我來替兩牛講和罷？」話沒說完，兩牛被按得都跪下了前蹄，不能再鬥了。向樂山隨手一帶，兩牛都睡倒了，口流白沫，兩眼翻白。

原來，這種千斤閘，又名「重拳法」，並非實在工夫，乃是一種魔術，不過極不容易練成。練了和實在工夫一樣，隨時隨地都能應用，那怕籃盤大的麻石，運用千斤閘一掌劈去，能立刻劈成粉碎！不問有多麼壯健的牛馬，一遇千斤閘，就壓得伏在地下，動彈不得！

本人坐在船上，可用千斤閘將船壓沉！會使千斤閘的人，使起法來，任憑多少人，也拖扯不動；就衹動手和人較量武藝的時候，卻用他不著。

向樂山這時用千斤閘，將兩牛壓服，那童子果然驚異得了不得，慌忙走過來，請問向樂山的姓名。向樂山把姓名說了，也回問他。他說：姓解名清揚；定要請向樂山到他家去。向樂山巴不得有此一請，隨點頭應好。

正要舉步跟著解清揚走，兩個牧童忽同時放聲哭道：「你這人把我們的牛打死了，就想這們走嗎？」

向樂山回頭笑道：「我何嘗打死你們的牛！這兩條牛，不都好好的活在這裏嗎？」

牧童不依道：「既是活著的，如何不動一動呢？」

向樂山道：「要他動很容易，我一走他就會動了。」牧童那裏相信，四隻手將向樂山的衣角拉住不放。

解清揚見兩牛躺在地下，衹是喘氣，也衹道是要死了，便教牧童鬆手道：「打死了牛沒要緊，算是我打死的便了。」牧童見解清揚這們說，才把手鬆了。

向樂山道：「兩牛因鬥疲了，又被我一按，所以躺在地下不能動彈，過一會就要起來的。」

向樂山跟著解清揚轉過山坡，走到一所樹林茂密的莊院。

解清揚道：「這就是寒舍了。」向樂山看那莊院的規模，比陶守儀家，還要宏大，一望就知道是一個貲產雄厚的紳耆家。解清揚引向樂山進了大門，衹見幾個青衣小帽的人，從門房裏出來，垂手侍立的迎著。

解清揚把頭略點了點，問道：「老太爺已起床了麼？」中有一人搶著答道：「已起床好一會了。剛才還傳話出來，請少爺回來的時候，趕快上去呢！」

解清揚也不答話，側著身體，讓向樂山到裏面一間書室就坐，隨告罪說道：「且等小弟進去稟明家祖，再出來奉陪。」

向樂山連說請便。解清揚進去不一會，即攙扶著一個白鬚老者出來。向樂山忙立起身。解清揚對向樂山介紹道：「這是小弟的家祖。」向樂山搶前一步行了個禮。

解太公也忙答禮笑道：「方才聽得小孫稱讚老哥的本領了得，老朽不由得十分欽佩！老哥貴處那裏？何時到敝鄉來的？看老哥的氣色，敢莫是病了才好麼？」向樂山見解太公說話的聲音宏爽，精神充足，全不像是上了年紀的人，料想也是一個有本領的人物；便將自己的身世來歷，略述了一遍。

解太公笑道：「原來是羅老英雄的高足，怪不得有驚人的武藝！羅老英雄和老朽最要好，祇可惜我和他相見得遲，他去世得太快，本來打算將小孫拜給他做徒弟的。一則因羅老英雄存心客氣，說自己的本領，不夠做小孫的師父；一則因玄妙觀的智遠禪師，歡喜小孫，定要收小孫做個徒弟。老朽知道智遠禪師的本領，原不弱似羅老英雄；既是歡喜小孫，便算與小孫有緣，當下就依了禪師的。祇是禪師的本領雖好，無如小孫的資性頑梗，何嘗能得著他師父的好處啊？若承老哥不棄，得便指教指教，老朽眞是感激不淺了！」

向樂山慌忙拱手答道：「敝老師尚且自知本領不夠，小子有何知識，敢當指教的話？」

解太公回頭對解清揚道：「向大哥大病新痊，昨夜又露宿一宵，此時必已很泛飢了；去催廚房裏，快些開飯上來。」解清揚應著是去了。

向樂山正苦不好開口要飯吃，聽了這話，恰如心願。頃刻開上飯來。解太公起身笑道：「恕老朽不能奉陪！寒舍房屋寬大，如不嫌沒好款待，望多住些時，小孫必能得不少的益處！」說完，又叮囑了解清揚幾句好生陪款、挽留多住的話，自支著拐杖進去了。

解清揚陪向樂山吃過了飯，同立在丹墀邊談話。向樂山見丹墀當中，安放著一口絕大的金魚缸；缸裏養著數十尾鼓眼暴睛的金魚，其中有兩尾最大的，都足有一尺長。

向樂山指著笑道：「像這們大的金魚，我還不曾見過呢！大概在這缸裏，已養得不少的日子了。」

解清揚搖頭笑道：「前日才弄到這缸裏來。這種金魚缸，那能養成這們大的金魚？這兩尾魚，祇怕再養不上幾日，仍舊得退還原處去呢！」

向樂山問道：「這話怎麼講呢？難道這們大的缸，還養不下這兩尾魚嗎？」

解清揚道：「不是養不下。這魚是我師父的，我偷了來，養在這裏。師父不知道便罷，若知道了，不是仍得退還原處去嗎？」

向樂山看了解清揚那種天眞爛漫的樣子，不覺好笑，問道：「不就智遠禪師嗎？他養了多少金魚？你怎麼偷了來的？」

解清揚笑著點頭道：「我師父前日向我們大家說：他老人家要去西安看個道友，約莫有三四日盤桓，教我們不要到觀裏去。他老人家親手掘了一個魚池，養了一池子的金魚，也不知道有多少，都是這們大一尾。他老人家每日在池邊走來走去，魚都養親了；他老人家立在池子東邊，魚也集聚在東邊，伸出頭來，望著師父，他老人家一到西邊，魚也立時跟了過去。

「他老人家臨走的時候，對我們大家說：池裏的魚，是有數目的；少了一尾都知道，誰也不許動他一動！他老人家走過之後，我們商量：這一池子魚，師父那有數目？一定是怕我們偷，故意是這們說了嚇我們的，不見得偷去一兩尾，他老人家回來，眞個知道。大家都說：偷了沒地方養，要我偷到家裏來。我因此就偷了這兩尾。」

向樂山道：「從這裏到西安，數千里的途程，怎麼說祇有三四日的盤桓呢？」

解清揚道：「我祇聽得他老人家是這們說，也不知道西安在那裏。今日已是三日了，明日他老人家就要回的。回了的時候，我帶大哥去觀裏玩玩。」向樂山以爲是解清揚聽錯了，決不是陝西的西安！

次日同解清揚走到玄妙觀。一進觀門，就看見有十多個小孩，年齡都與解清揚彷彿，分兩邊在大殿上練拳腳。一個魁梧奇偉的和尙，反操著兩手，笑嘻嘻的立在旁邊看。解清揚對向樂山道：「師父果然回來了！立在殿上看的就是！」

向樂山看那和尙的年紀，不過四五十歲的光景；一回頭看見解清揚，即大笑說道：「好！偷魚的賊來了！」解清揚臉上一紅，緊走幾步，上前請安。

智遠禪師一面扶起解清揚，一面很注意的望著向樂山。向樂山也上前行禮，說道：「久欽老師父的清德，今日特來叩謁！望賜指教！」解清揚對智遠說了向樂山的姓名來歷。

智遠聽了，兩眼祇管把向樂山端詳，好半晌，才連連點頭笑道：「居士已有勝過我十倍的名師，得見交爲幸！指教的話，太客氣，太不敢當！」說著，讓向樂山進方丈裏坐。

向樂山因貪看衆小孩練拳腳，立著不動。智遠笑道：「所謂兒戲這類把戲，祇合教他們小孩玩玩，那看得上眼！」

向樂山看了那些小孩練的拳腳，一個個都老辣異常，穩重的時候，比泰山還穩重；輕捷的時候，比飛鳥還輕捷。覺得自己苦練了這們多年，若專論拳腳工夫，祇怕不見得能比他們高強多少，口裏不好說甚麼，心想拳腳工夫練到了這些，還說是兒戲，這和尙的本領，就不問可知了。

智遠見向樂山看了出神，便望著解清揚道：「既是向居士歡喜看這類把戲，你也使出些兒來，給他看看！你使出來的，或者比他們中看一點。」解清揚有些躊躇，不肯卸衣。

向樂山聽得說比他們中看一點的話，遂向解清揚拱手道：「何妨使我開開眼界呢！」解清揚道：「大哥這們高的本領，卻來打趣我！也罷，橫豎免不了要現醜的。」隨脫了身上長袍，笑問智遠道：「師父教徒弟在那裏使呢？」

智遠用眼向周圍望了一望，指著殿前豎的兩根桅柱道：「到那上面去使罷！當心點兒，不要給向居士看了，笑話你不成材。」

解清揚對向樂山拱了拱手道：「我便遵命現醜了！請大哥把眼光放低些，瞧不上眼，不要見笑！」

向樂山正也拱手答禮，祇見解清揚一蹲身，但覺影兒一閃，便不見了！趕緊回頭看那桅柱，解清揚已使出金雞獨立的架勢：一隻腳立在桅顛上，一隻腳倒豎朝天，貼著耳根。向樂山不由自主的，叫了一聲好。呼聲才畢，解清揚直挺著身體，往前一撲；貼耳根的那腳，仍貼著不動。那一撲，儼然將要撲下地來似的，嚇得向樂山心裏一跳！思量：那桅顛離地，足有五丈多高；地下鋪的麻石，若是撲跌下來，便是銅打的金剛、鐵打的羅漢，也必跌個粉碎！

誰知解清揚立在桅顛上的那腳，竟和釘住了的一般；身體撲下來，就倒掛在上面，用雙手抱住桅桿，翻身到了斗內。那斗有見方一丈大小，解清揚就在斗上面，使出許多架勢。一瞬眼間，已如飛鳥一般的落到殿上。

向樂山口裏不住的叫了不得，解清揚復拱了拱手道：「大哥不要見笑！」

向樂山心想：世間有本領的人眞不少！祇怪我的眼界太小。我今日既到了這裏，遇了這種名師益友，豈可再和在嶽麓山一樣，當面錯過！還不拜這和尙爲師，更待何時呢？心中計算已定，正待回身向智遠下拜，智遠已伸手挽住向樂山的手，笑道：「請進方丈裏談話。」

說時，向衆小孩道：「你們祇道我失了兩尾魚，是不會知道的。我池裏共有八百尾魚，於今祇有七百九十八尾。你們不信，且跟我來，數給你們看；偷魚的賊是解清揚，我也有憑據給你們看。」一面說，一面挽了向樂山的手往裏走。解清揚已穿好了長袍，和衆小孩一同跟在後面。

走進一個小小的花園，智遠復對向樂山笑道：「我也玩個把戲給居士看。」遂指著園中一個魚池道：「這池是我手鑿的，很費了我不少的精力。」向樂山看那魚池有兩丈多長，一丈六七尺寬；滿池的清水，透明見底，不過五六尺深淺；許多的金魚，在碧綠的水草中，穿來走去，煞是好看！

十幾個小孩，都立在池邊，那些金魚見慣了人的，一些兒不畏懼。祇見智遠拿了一根丈多長的竹篙，在池裏趕魚如趕牛羊似的，口裏喂呀喂的，喂了幾聲。那些魚眞像通了靈氣，一尾都不敢亂竄，啣頭接尾的，都聚集在一個池角落裏。智遠將竹篙浮在水上，旋做著手勢，旋一二三四的數。

智遠口裏報一個數，便見一尾魚從竹篙那邊，躍過竹篙這邊來；數著躍著，一尾也不錯，數到七百九十八尾，再往下數，就不見有魚躍過來了。智遠望著解清揚笑道：「你還想賴麼？你瞧瞧這些魚，那一尾不是睜開眼瞧著你的？他們是怪你，不應該將他們的同伴偷去呢！」

向樂山仔細看那些魚，果然沒一尾不是抬著頭，睜著眼，望了解清揚的！心裏越是詫異，越覺得智遠是個神人，祇是不解如何能教化這些魚，都有這般靈性？智遠彎腰拾起竹篙來，教衆小孩散學各歸家去；獨引向樂山、解清揚二人到方丈裏。解清揚叩頭謝了偷魚的罪。智遠哈哈笑道：「我這魚不是你能養的，我尚且祇能暫時養著。」

向樂山聽了，不懂智遠這話怎麼講，也不便問。等解清揚立起來，即上前跪下說道：「弟子終年在外尋師，今幸遇著師父！千萬求師父不棄頑劣，弟子願侍奉師父一生！」

智遠雙手拉了向樂山起來，笑道：「我已說過了，居士已有勝過我十倍的名師，那裏還用得著我呢？」

向樂山道：「弟子的恩師羅公新蕒，已去世好幾個月了，實不曾更有師父！」

智遠搖頭道：「居士何用隱瞞？」

隨用手指著解清揚道：「居士將來必和他同出一人門下。」

向樂山笑道：「若不蒙師父收容弟子，弟子怎能和他同出一人門下呢？」

智遠笑道：「解清揚在我這裏，猶之居士在羅老英雄那裏，一般的是師父，一般的衹能學些粗淺的工夫，得道自然還有得道的師父在那裏。難道居士就把嶽麓山拜的那位師父，忘掉了嗎？」

向樂山一聽這話，心裏又驚又喜，連忙答道：「年來實未敢一日忘懷！不過弟子當時過於疏忽，不曾拜問他老人家姓名居處，無從訪求！此時老師父既提醒弟子，必然知道他老人家的所在！」

智遠笑道：「居士且暫在此地多住些時，自有師徒會合的時候。此時說也無用！」

解清揚在旁聽了，忽然朝著智遠跪下來道：「聽師父的語氣，弟子將來不能長遠的跟隨師父。弟子不願意再拜別人爲師，願侍奉師父到老！總求師父不要半途把弟子丟了！」

智遠扶起解清揚，大笑道：「你卻爲甚麼要做賊，要偷我的魚呢？」

解清揚畢竟是個小孩，嚇得連聲哀告道：「弟子下次再也不敢了！」

智遠道：「這時還早，且到那時再說！」向樂山和解清揚在玄妙觀住了十多日。智遠每日早晨，在大殿上看衆小孩練拳腳；衆小孩去了，便去池邊看魚。向樂山雖不曾拜智遠爲師，卻跟著解清揚，也得了不少的益處。

這日，智遠帶著向樂山、解清揚二人，在池邊看魚。忽見池裏的水，如蒸熱了一般，滿水面的熱氣，祇往上冒；八百尾金魚，在水裏亂穿亂竄，彷彿被熱水燙得難受似的！二人都覺得很奇怪。

祇見智遠也像很著慌的樣子，急忙跑到裏面，托了一個鉢盂出來。鉢盂內盛著白米，智遠抓去米，往池裏灑下。灑一把米，熱氣便減低幾寸；八百尾魚的穿竄力量，也減少了些。停一刻不灑米，熱氣又蒸騰上來了。智遠一面灑米，頭額上的汗珠，一面直流下來。

不知畢竟是何事故？且待第十九回再說。

施評　冰廬主人評曰：作者寫解清揚與智遠禪師，又有一副筆墨，與以前諸俠，截然不同；一則童憨可愛，一則仙機透逸，宜乎向樂山之悠然神往也。此書事奇、人奇、文奇，故吾謂作者亦奇人已。

第十九回　坐木龕智遠入定　打和尚來順受傷

話說：向樂山見智遠急得汗珠直流，也嚇得不知是甚麼緣故。仔細向那熱氣蒸騰的池裏一看，原來八百尾金魚，都張開著闊嘴朝天噓氣；水面上蒸騰的氣，就是那八百尾金魚口中噓出來的！智遠手中的米，灑下一把，金魚的嘴便合攏一下。起初噓出來的，每尾口中尚衹一線；灑下幾把米之後，略停了一停，一會兒沒將米灑下，那噓出來的氣，就漸漸的粗了。

智遠一把一把的抓著米，越灑越急。鉢盂裏的米，看看灑完了，智遠翻身復往裏跑。

解清揚問向樂山道：「大哥知道師父幹甚麼嗎？」向樂山不及答白，就見池中的蒸氣，越熱越高；霎時間，彤雲密佈，白日無光，將一個小小的花園，迷濛得如在黑夜！

頃刻簷端風起，閃電如走金蛇。向樂山忙挽住解清揚的手道：「不好了！快進裏面去罷，就要傾盆的大雨了！」

解清揚道：「再看看沒要緊！你瞧，師父不是又端了一鉢盂米來了嗎？他老人家還更換了法衣呢！」

向樂山回頭一看，果見智遠披著大紅袈裟，雙手捧著鉢盂，飛也似的向池邊跑來。跑到離池邊七八尺遠近，猛然電光一閃，一個巨霆跟著劈下來。那巨霆的聲音，就像靠緊耳門劈下似的！向樂山、解清揚二人，同時被那巨霆震得昏撲在池邊，沒了知覺！

在昏迷中也不知經過了多少時刻，向樂山首先清醒轉來。張眼一看，祇見在嶽麓書院遇的那個道人，笑容可掬的，立在旁邊，心中不由得一喜！被雷震昏了的人，不比害過病的，一清醒便和平時一樣，身體上本不感受何等痛苦，加以心中歡喜，一蹶劣就爬了起來。隨即雙膝跪下，朝道人叩拜，口稱：「師父呀！可把弟子想死了！」

道人連忙攙扶起來，笑道：「你五臟都受了些震損，不用多禮，且坐下來再說話！」向樂山起來看房中的陳設，認得出是智遠和尚平日打坐的禪房；自己躺著的，就在禪床上。解清揚還躺在禪床那頭，面色蒼白，兩眼半開半闔，黑眼珠

全藏在眼胞裏，露出來盡是白眼；上腭的牙齒，緊咬著下嘴唇，嘴唇也和臉色一般蒼白，形象竟是個已經死去的人，非常可怕！

再看天氣晴明，並無風雨，祇是天色已將近黃昏了。自己心裏明明記著，是被一個大霹靂，和解清揚同時震倒在金魚池旁邊；也不知這位師父，何時把我二人救進這房裏來了？平日智遠師父在這房裏的時很多，這時怎的倒不見他了呢？

向樂山心裏這們疑惑，正想開口問道人。祇見道人一面指著禪床，教他自己坐下；一面俯著身子，仔細端詳解清揚的臉。向樂山看了解清揚這種神氣，祇道已經死了，不覺慘然問道：「怎麼弟子醒了這們一會，解賢弟還躺著不能動呢？」

道人點頭道：「要醒快了！」

向樂山也跟著仔細定睛看解清揚的臉。沒一會，就見兩個眼珠兒，在眼胞內微微的轉動了，漸轉漸快，忽然睜開了，和熟睡剛醒的人一樣，兩眼似覺有些畏懼陽光。

向樂山忍不住，湊近前喊道：「賢弟醒了麼？」

解清揚這才明白了，一翻身抱住向樂山的頸道：「嚇煞我了！」

向樂山忙安慰他道：「不用害怕！有師父在這裏！」

解清揚放開手，向四面張看道：「師父呢？」說著，就坐了起來。

道人笑道：「你想見你師父麼？等歇我就引你去見。」才說著，即聽得隔壁房中，一聲磬響。

道人對解清揚笑道：「此時可引你去見你師父了。」

解清揚道：「我師父在那裏？他老人家平日不是常在這房裏的嗎？」道人也不回答，一手拉著向樂山，一手拉著解清揚，走進一個院落。

這院落旁邊一個小殿原是供著一尊彌勒佛像。靠著彌勒佛，有一個大木龕，龕上安著兩片格門。格門從來開著，裏面並無神像，龕前也沒香案。解清揚平日常來這小殿上玩耍，小孩兒家，也沒注意：怎的這們大的一個神龕，卻沒有神像？這時被道人拉到這殿上，祇見一個少年和尚，低頭跪在那大木龕前面；口中念經一般的，祇管念誦，聽不出念誦的甚麼。

再看木龕裏面，自己師父盤膝端坐在內；雙手拈著一串念珠，與平日一樣的慈祥眉目。木龕的格門上，懸著一塊粉牌，牌上寫著一個大「閒」字。解清揚見了這模樣，以為自己師父圓

寂了，他天性生來篤厚，智遠和尚又本來待他甚好，那時不由得兩淚直流，也向地下一跪。

正要哭出聲來，智遠已開口呼著解清揚的乳名清官，說道：「你不須煩惱！我因自己的工夫，須及時努力，所以不能兼顧你們的工夫；你從今後，衹當我已圓寂了。這位清虛道友，才是你和向居士的眞師父。你們好生侍奉他，他自有安身立命的道，傳授給你的。他的道，高出我十倍！你要學道，第一，當用慧力，斬斷情絲；那有學道的人，現出你此時這般嘴臉的？

「在三年以內，你隨時可到這裏來見我；衹看我這龕門上的粉牌，像此時寫著『閒』字，你心中有話，儘管向我陳說；若見牌上寫著『觀』字，那便是我入定的時刻，你不得擾我。我念你年紀太輕，天性甚厚，恐你一時的道念不堅，慧力不足，爲念我分心，不能沉潛學道，特爲你多此一條相見之路，你知道了麼？」

解清揚聽得自己師父尚能說話，心裏就高興了，連忙應道：「弟子知道了！」智遠道：「既知道了還不拜師，更待何時？」解清揚這才爬起來，向清虛道人拜了四拜。智遠在龕中，也向清虛道人合掌道：「此兒骨秀神清，仗著道兄道力，將來成就，必不可量。老衲今日敢以私情重累道兄了。」

清虛道人稽首答道：「同本度人之旨，師兄衹自努力，後會有期！貧道就此告別了。」隨即引解清揚、向樂山二人出來。

向樂山走出殿外，回頭看那少年和尚，還跪在那裏，口中又接著念誦，甚是納悶：不知道少年和尚是誰？念誦的是甚麼？

回到禪房裏，正忍不住要拿這話問清虛道人。解清揚已呼著師父，問道：「弟子心地糊塗，實在不明白怎麼金魚池裏，無端會冒出氣來？又怎麼在晴天白日裏，忽然會劈下那們大的雷來？師父更為甚麼，會跑到那龕子裏面，坐著不動？你老人家可以說個明白給弟子聽麼？」

清虛道人點頭笑道：「自有給你明白的時候，不過此時說給你聽，你也不能理會。總之：智遠師父的功行，快要圓滿了；所以八百羅漢，先期白日飛升。你今後能潛心向道，則此中因果，不難徹悟；不是於今向你口說的事！」

向樂山在旁問道：「那跪在殿上念誦的少年和尚是誰？口裏念誦的是甚麼？師父可能說明

給弟子聽麼？」

清虛道人聽了，忽然正色說道：「不可說，不可說！」

正說到這裏，後面腳步響，向樂山掉頭一看，那跪在殿上的少年和尚，走了進去；又朝著道人跪下叩頭，口裏說出來的話，向樂山聽了也不懂得。

祇見道人將他扶起，說道：「三教同源，本毋須拘泥行跡；不過你的大事既了，返俗儘可聽你自便。」

道人說時，指著向樂山、解清揚二人，對那和尚道：「這是你兩個師弟。你們此時都見見，免得日後相見，誤做途人！」

隨說了二人姓名，即對二人說道：「這是你們的師兄，姓朱，單名一個復字。他是生長在廣東潮州的人，祇說得來潮州話，南幾省的語言，聽得懂，卻不能多說。」三人互見了禮，都面對面的望著，不通言語。

向樂山看朱復的年齡，不過二十五六；生得高顴深目，隆準寬額，滿臉英雄之氣，帶著儒雅，使人一望就能知道必是一個善文能武的少年英傑。心想：有這般雍容華貴的氣概，決不是寒素人家的子弟，卻為何少年就出家當了和尚呢？心裏十分願意和他要好，就因言語不通，僅能於神氣之間，表示很願親交的好意。

古語說得好：惟英雄能識英雄！向樂山既表示願親交的好意，朱復也覺得向樂山是個非常的人物，當下也竭力的表示出好意來。所以後來清虛道人門下三十五小俠中，祇他二人做的事業最多，造詣最深；祇因二人情感既好，出處不離。這就是「二人同心，其利斷金」的道理。然這是後話，後集書中，自然一一的交代。於今且趁這當兒，將朱復的歷史，表明一番，方好接敍爭趙家坪的正文。智遠和尙的來歷，也就因此可使看官們明白幾成了。

朱復的父親名繼訓，據說是朱元璋的十六世孫。生小即懷抱大志，到二十歲，文名冠潮州府。祇是不肯應試，專喜結納江湖豪俠之士。兩廣素爲多盜的省分，綠林中人物，朱繼訓結識的，也很不少。他存心謀復明社，所以生下兒子來，就取名朱復。朱復之下生了一個女兒，便取名朱惡紫。朱繼訓的祖遺產業，原來很富，不愁無貲結納人物。

朱復年才七歲的時候，朱繼訓親自帶在跟前教讀。那時朱復生來的體質最弱，枝瘦如柴，朱復的母親，恐怕兒子養不大，時常去一個神廟裏拜求藥籤；膏丹丸散，都照著藥籤，弄給朱復吃，那知越吃越壞。本來不過是體質弱，並沒甚麼病的；每日把求來的神藥一吃，倒吃出許多的病來了。

朱繼訓見兒子病了，才知道是神藥吃病的，於是接醫生來診治。奈潮州地方沒有好醫生，朱繼訓自己又不懂得醫道，糊裏糊塗的幾服藥灌下去，已把個朱復灌得奄奄一息了。朱繼訓夫婦都以為自己兒子，沒有醫治的希望了，連小棺材和裝殮的衣服，都已備辦好了，祇等朱復斷氣。

忽然來了一個遊方的和尚，腰繫葫蘆，手托一個紫金鉢盂，立在朱家大門口，向朱家的下人，要募化財物。

朱家下人正都忙著準備辦小少爺的後事，那有工夫去睬募化的和尚呢？那和尚見堂中停著一口小棺材，棺蓋擱在一邊，即問朱家的下人道：「你家裏新喪了小人嗎？我最會念倒頭經。你家能多募化些財物給我，我可替你家新喪的小人，念一藏倒頭經。」

朱家的下人罵道：「放屁！人還不曾斷氣，誰要你這禿驢來，念甚麼倒頭經咧！」

那和尚笑道：「既是還沒有斷氣，就把這吃人的東西，停在堂上做甚麼呢？你家也不忌諱嗎？」

朱家下人也懶得回答，雙手把和尚向外推道：「我家最忌諱的是和尚，不忌諱棺材。你快往別家去罷，不要立在這大門口，礙手礙腳！」

那和尚祇是嘻嘻的笑。下人推了幾把，也沒推動，氣起來，指著和尚罵道：「你這禿驢！怎這般不識時務！多少好施僧佈道的人家你不去，卻來這裏糾纏！」

和尚一些兒也不生氣的笑道：「行三不如坐一！我是為化緣來的，不曾化著，如何就往別家去？」

下人恐怕躭擱自己的事，即從身邊摸出幾文錢來，向紫金鉢盂裏一擲道：「好好！你走罷！像你這們討厭的和尚，來世投生，還得做和尚！」

和尚笑道：「祇要來世不當髀手，也就罷了！」

那時一般人背地裏呼當下人的，都呼爲當髀手的；因下人立在主人跟前，總得把兩手髀下。朱家下人見和尚罵他當髀手，那氣就更大了，舉起拳頭朝著和尚的光頭便打。

和尚也不避讓，祇口裏說道：「巴不得你打。你祇記清數目，好一總和你家主人算帳。」

下人的拳頭，打在那光頭上，就和觸在鐵樁上一般；才打了三五下，拳頭已痛得打不下去了。縮轉來一看，嚇了一跳，拳頭漸漸的腫起來了，手指放不開來，越腫越大，一霎眼連手臂都腫得拐不過彎了，和尚祇涎皮涎臉的望著笑。

那下人知道不好，連忙改變態度，向和尚陪不是道：「大師父不要和我當下人的認眞。請發慈悲，治我這手罷！」

和尙搖頭道：「我沒有工夫，我要往好施僧佈道的人家去，不能在這裏，討你的厭了。多謝你這幾文錢。」說完，掉轉身就走。

下人的手，痛徹心脾；一時也忍受不住，兩眼也痛得流下淚來。明知是打和尙打痛的，非和尙不能醫治，見和尙搭架子要走，祇得忍住氣，上前拉住哀求道：「大師父不可憐我，我不成了個廢人嗎？我家有老母，有妻子，望我一個人掙衣食……」下人才說到這裏，聽得裏面連聲呼來順。

下人一面口裏答應：「來了！」一面拉住和尙不放道：「大師父不瞧我這手嗎？弄成了這個模樣，如何是好呢？」和尙祇是笑。裏面又接連喊起來了，來順沒法，祇得鬆了手，左手把右手捧著，愁眉苦臉的跑到裏面去。

這時朱復已嚥氣了。朱繼訓的夫人祇哭得死去活來。朱繼訓也是傷心痛哭，祇得叫來順來幫著裝殮。叫了兩遍，才叫了進來。朱繼訓淚眼婆娑的，見來順右手的拳頭，腫得比飯碗還大；向前直伸著臂膊，像是握著拳頭，要打人的樣子，左手在下面托著，也不禁吃了一嚇，問道：「怎的把手弄成了這個模樣？」來順不敢隱瞞，將打和尙的事，說了一遍。

朱繼訓聽了，也自納罕；祇是自己心愛的兒子才死，無心和人周旋。若在平日聽得有這們一個和尚來了，必來不及的出去，與和尚廝見。這時衹向來順說道：「這是那和尚有意這們懲處你的。你還不快去求他診治！他若走了，你這手就廢掉了！」

來順應了聲是，慌忙轉身跑到門外。一看和尚不知去向了，急得問左右鄰居的人，問了好幾個，才有一個人指前面說道：「那和尚好像是向這條路上走去的。他行走得不快，還追趕得上，也不一定！」來順一抹頭就追。

身上受了傷的人，行走都痛得厲害；這們一跑，傷處受了震動，衹痛得如油煎火燙。咬緊牙關，追過了數十戶人家，衹見和尚立在一家酒店門首，和酒店裏的夥計拌嘴；說：酒店裏夥計，做生意太不規矩，三文錢的酒，還沒一缽盂，定要店主人化一缽盂酒給他。店主人添了幾杓，衹是添不滿一盂。正在說這缽盂太大，來順追到了，朝和尚跪下來，哀求治手。

和尚哈哈笑道：「我不找你，你倒找起我來了！也好！我去和你家主人算帳。你主人若不能依我話，募化給我，我是不能白給你醫治的。」說著，一手托著缽盂就走。來順跟在後面。

一會到了朱家門首，和尚直走入廳堂，回頭對來順說道：「快去把你家主人請出來。」

來順道：「我家少爺才嘔了氣，主人正在傷心痛哭，何能出來陪大師父呢？我得罪了你老人家，再向你老人家陪罪！」說時，又要叩頭下去。

和尚連連搖手道：「非得你主人出來不成功！誰希罕你叩頭陪罪！」來順的手，實在痛得不能挨忍了，祇好哭喪著臉，到裏面向朱繼訓說了和尚的要求。朱繼訓雖沒好氣，然自己兒子死了，正在需人做事的時候，把個當差的傷了，不能動作，也很不方便，祇得揩乾眼淚，走出廳堂來。

一見和尚那種魁梧奇偉的模樣，心裏已估量這和尚，必有些兒來歷，不是尋常的遊方和尚可比；即拱了拱手，說道：「下人們沒有知識，開罪了老和尚，我來替他向老和尚陪禮。求饒恕了他，給他把手治好。寒舍今日有事，不能沒人幫做，老和尚發個慈悲罷！」

和尚打量了朱繼訓兩眼，合掌笑道：「治傷容易。但老僧要向施主化一個大緣，施主應了老僧，即刻就給他治好。」

朱繼訓道：「和尚想化我甚麼？祇要是我有的，皆可化給和尚。」

和尚道：「施主沒有的，老僧也不來募化了。老僧要把公子化去，做一個小徒弟。」

朱繼訓聽了，指著旁邊停的小棺材流淚道：「小兒才嚥了氣。若是活著的，就化給和尚做徒弟，也沒甚麼不可。」

和尚點頭道：「老僧原是知道公子嚥了氣，才來向施主募化；不然，也不開口了。」

朱繼訓覺得很詫異的問道：「和尚把死了的小兒化去，有甚麼用處呢？」

和尚道：「施主不用問老僧的用處。肯化給老僧，便不會死了。」

朱繼訓聽了，知道是一個有道行的和尚，連忙施禮說道：「和尚能治得活小兒，準化給和尚做徒弟，聽憑和尚帶去那裏。」

和尚道：「那話能作數麼？沒有更改麼？」

朱繼訓道：「大丈夫說話，那有不作數的？那有更改的？不過小兒已嚥氣有好一會了，手腳都已僵冷，衹怕和尚縱有回天的本領，也治不活了！」

和尚笑道：「公子若不曾嚥氣，施主就肯化給老僧了嗎？公子現在那裏？請即領老僧去。」

朱繼訓見說能將自己已死的兒子治活，歡喜得把來順手上的傷都忘了，急忙引和尚到朱復死的房間裏來。

不知那和尚是誰？畢竟如何將朱復治活？且待第二〇回再說。

施評

冰廬主人評曰：八百金魚，為羅漢化身，能通人意，已極恢奇之至。一旦雷霆暴震，白日飛昇，則更令人目眩心駭，如讀《封神傳》矣！正急欲窮其究竟時，忽又岔入朱復小傳。作者以文為戲，真是令人無從捉摸。

作者對於方外，推崇備至；故每遇道人、和尚、尼姑登場，輒竭意描寫，即覺分外生色。此回傳智遠和尚，尤為奇特。

第二〇回　化公子和尚顯神通　救夫人尼姑施智計

話說：朱繼訓見和尚能醫治自己已死的兒子，那裏還顧得來順手上的傷呢？當下即把和尚引到朱復死的那房裏。

朱復的母親，正撫著朱復的屍痛哭，心裏已不免有些恨外面不識時務的和尚，在這時候來化緣，打傷了人家當差的，還要人家主人親自出去陪話；這時見自己丈夫，更把和尚引了進來。平日朱繼訓治家，非常嚴肅，內外之防，絲毫不苟。和尚、尼姑這類不耕而食、不織而衣的人，尤不喜接近。朱繼訓一生的嗜好，就祇不能聽說有特別能為的人；不怕千里迢遙，不問娼優皂隸，但他聽得說果有能耐，他總得去結識結識；然而從來不曾把和尚引到內室來過。

朱夫人心中狐疑著，不覺把哭聲停了；待立起身躲避，和尚已將鉢盂放下，合掌當胸，對朱夫人念了一聲阿彌陀佛。朱繼訓即將和尚要化自己兒子做徒弟的話，向朱夫人說了。朱夫人這時祇要有人能將已死的兒子醫活，甚麼事都願答應。

祇見和尚用雙手在朱復周身摸遍，也不用藥石針砭，口對著朱復的口，度了一會氣。教朱

繼訓拿出一個酒杯來，和尚用針刺破他自己的左手中指，滴出小半杯白漿；白漿裏的熱氣，衹往上騰；撥開朱復的牙齒，將小半杯白漿傾入口內；復口對口的，連度了幾口氣。沒片刻工夫，朱復的肚內，就咕嚕咕嚕的響起來；即時雙眸轉動，口裏隨著長吁了一聲，已是活轉來了。

把個朱夫人喜得忘了形，也不管和尚立在旁邊，走過去抱著朱復，口叫著孩兒，連聲問道：「你清醒了麼？不覺怎麼難過了麼？這位大師父，救了我孩兒的性命，還不快起來謝謝！」

朱繼訓衹喜得哈哈笑道：「那裏是起來謝謝，可以了事的嗎？從此以後，算是大師父的徒弟，不算是我們的兒子了。大師父是救活了他自己的徒弟，不是救活了我們的兒子，這時剛醒轉來，總還得安睡一會，方能動彈。」

朱夫人聽了這話，翻著兩眼，望了朱繼訓，剛才哭兒子的時候，眼中流不盡的痛淚，又流了出來。朱繼訓知道朱夫人的心理，見兒子已經醫活，就捨不得化給和尚了。朱繼訓自己的心理，也自有些捨不得將這一個單傳的兒子，化給和尚；但話已說出了口，大丈夫說話，不能出爾反爾。並且自己的兒子，已經嚥了氣，若不是這和尚，萬無復生之理！便是捨不得，也祇得忍痛割捨了。

此時見自己的夫人，望著自己流淚，便安慰他道：「你我的兒子，本已死了，連棺材和裝殮的衣服，都已備辦齊全。倘若大師父遲來一時半刻，此時不已裝進了棺材嗎？死了是永遠不能見面，於今化給大師父做徒弟，儘有見面的時候，還有甚麼不捨得呢？」

朱夫人見丈夫是這們說，和尚又立在旁邊看著，不能說出不捨的話，祇得問道：「大師父是那個廟裏的？離這裏有多遠的路呢？」

和尚答道：「老僧雲遊天下，本沒一定的廟宇，到此地暫時掛單在千壽寺裏。我僧家最戒誑語，公子化給老僧之後，施主想時常見面，是辦不到的事；到了能團圓的時候，老僧自然送他回來。」

朱復自服下和尚的白漿，陡覺精神大振，身上的痛苦，完全沒有了，反比不曾病的時候，強健得多。一翻身爬了起來，望著朱夫人叫肚子餓了。朱夫人想起這可愛的兒子，就要化給和尚，得跟著和尚同去，一時祇顧得抱著朱復痛哭。

和尚端起鉢盂笑道：「老僧還有事去，回頭再來化公子去。」

朱繼訓心裏正自慘痛，聽了和尚的話，急忙問道：「師父去甚麼地方？何時方來呢？」

和尚旋向外走旋答道：「說去就去，不拘地方；說來就來，不拘時刻。」

朱繼訓送到廳上，忽想起還不曾問和尚的名字，隨即問道：「師父的法諱，是那兩字？我一時心慌意亂，尚不曾請問得！」

和尚還沒回答，來順已走至跟前來笑道：「我的手，不治也好了！」朱繼訓一看，果已回復了平時的模樣。

和尚點頭笑道：「這番是不治也好了。下次若再要無禮的動手打和尚，祇怕治也不好呢！」和尚說著，逕出大門去了。

朱繼訓因來順走過來，把話頭打斷了；和尚已走，仍是不知道和尚叫甚麼名字。當時急欲回房看兒子，也無心趕上去追問。回到房裏，朱復已在地下行走。朱夫人也止了啼哭，見丈夫進房，忙問：和尚如何就這們去了？

朱繼訓道：「和尚說了有事去，回頭再來。他去那裏？甚麼時候再來？他又不肯說。大約等一會，就要來的。」

朱夫人道：「等歇和尚來了，我自願多送金銀給他，請他去別處，花錢買一個徒弟，把我

的兒子留下來。他有了銀錢，還怕買不著徒弟嗎？可憐我四十七歲了，就祇一個兒子，一個女兒。要我把他活生生的，施捨給一個遊方沒有一定廟宇的和尚，終日跟他在外面，受雨打風吹，不是比割掉我的心，還要痛嗎？」

說話時丫鬟光明端了碗粥進來給朱復吃。這丫鬟年才十歲，生得伶俐異常。五歲時，被他自己的父母賣到朱家來。朱繼訓夫婦甚是愛憐他，替他取個名字叫光明，也含蓄著光復明社意思在內。他年齡比朱惡紫大，朱繼訓夫妻就教他陪伴小姐玩耍。朱惡紫也很歡喜他在一道兒玩，名分上雖有主僕的分別，實際是和親姊妹一般。

這時他端粥進來，聽了朱夫人說的話，他小小的心腸，就有了個主意，祇不敢對朱夫人說。悄悄把朱惡紫拉到一旁，說道：「夫人既不肯將公子施給和尚，何不趁這時和尚不曾來，將公子藏起來？和尚來時，不見了公子，再給他些銀錢，他便不能不要了。」朱惡紫更是小孩心理，以為此計甚妙，慌忙跑到他母親跟前，照樣說了。

朱夫人心裏高興，即問朱繼訓：「有甚麼地方，好給朱復藏躲？」

朱繼訓搖頭說道：「和尚並沒有強奪我們的兒子，我們自己答應了化給他。剛才他若要帶去，我們也祇好隨他帶去。他見你哭得可慘，好意等回頭再來。我們若是把孩兒藏躲起來，道理如何能說得過去？並且我看這和尚的道行，大得不可思量。他既能知道我的孩兒死了，難道就不能知道藏躲起來了嗎？他有起死回生的本領，難道就沒有把孩兒攝取去的本領嗎？依我想：孩兒能得他這們一個師父，可說是很有緣法，你不必悲痛罷。」

朱夫人不樂道：「孩兒是我生的，我心痛，我實在不捨得活生生的施給人家！不是你肚皮裏生出來的，你自然不心痛！是你在外面答應化給他，我是沒有說化給他的話。他有道行是他的，我的孩兒用不著他那們大的道行。你沒地方給孩兒藏躲，我自有地方。你若怕和尚來了，道理說不過去，你也躲著莫見和尚的面。我有話回復他。那怕把家業都施給他，也沒要緊。」

朱復這時雖祇七歲，資性卻是極高，聽得和尚要收他去做徒弟，要別離親生的父母了，也知道傷心，也扭著朱夫人哭，說不能跟和尚去。這一哭，更哭得朱夫人決心要將朱復收藏了，朱繼訓說也無益。

就在這夜，朱夫人親自送朱復到外祖母家，整日的關在內室裏，不教朱復出外。不斷的打發人到家來探信，看和尚來過了沒有？打算等和尚來過了，把話說明白了，和尚答應了，不要化朱復做徒弟，方帶朱復回家。

可是作怪！朱夫人帶著朱復，在外祖母家足住了三個月，和尚並不曾到朱家來。打發人到千壽寺探聽，也從沒有這們一個和尚來掛單。朱繼訓也猜度不出是甚麼緣故。朱夫人防範的心，也就漸漸的鬆懈了，恐怕朱復躭擱了讀書的光陰，逆料和尚已不會來了，遂仍將朱復帶回家來。朱繼訓照常帶在跟前教讀。

朱繼訓是個存心恢復明朝帝業的人，表面上雖坐在家裏，教兒子讀書，像一個極閒散不問世事的；骨子裏，卻是一刻也不曾停止進行。兩廣的綠林頭目，和一般會武藝的江湖人物，也都拿赤心去結納；揀其中有能耐、有知識，而又心地光明的，朱繼訓便把自己的志向說出來，大家商議發難的計畫。

這時洪秀全、楊秀清，還不曾在金田發動。二百年承平之世，全國的文武官吏，都祗知道歌舞昇平。軍隊僅存了個模樣，當兵是有名的吃孤老糧，各省都祗養些老弱的廢物，敷衍門面；做武官的，才好借著呑吃糧餉。這時要發難，本極容易，朱繼訓祗因發難的地點，躊躇不定。

這日朱復在門口玩耍，忽然不見了！朱繼訓夫婦，急得著人四處尋找都沒有；料知就是那和尚化去了，尋找無益。

過了幾日，又來了一個化緣的老尼姑，定要進去見朱夫人。也是來順在門口攔住，說：「我家夫人，素來不接見三姑六婆的。他老人家常說：三姑六婆一到這人家，這人家就得倒楣！你若不是尼姑，倒可進去，我家的家法如此，我當下人的，擔當不起。你要化錢，我給你幾文錢；你要化米，我給你幾合米。我家才把少爺丟了，夫人正時刻不了的哭泣；你識時務些，化點兒錢米走罷！」

老尼姑笑道：「丟一個少爺算不了甚麼事，祇怕連老爺也丟了，才眞是倒楣呢！我專來向你家夫人化緣的，誰希罕你的錢米？」

來順是一個實心護主的下人，聽了連老爺都丟了的話，不由得氣又撞了上來！若不因是一個尼姑，又已年紀老了，怕不又要動手打起來。隨噙著一口凝痰，對準老尼姑的臉，下死勁的啐去。打算啐了這一口痰，再忿罵他一頓，好罵得老尼姑走離這裏。

誰知啐出口的凝痰，還不曾噴到老尼姑臉上，老尼姑已回啐一口，也啐出一團凝痰來，恰巧碰在啐來的凝痰上；一碰就激了轉來，不偏不倚的，正打在來順的鼻梁上，比受了一石子，還要痛得厲害！哎呀了一聲，倒退了幾步，幾乎栽倒在地。

若是換一個心裏機警些兒的人，上次受了和尚的創，這回就不應再輕量方外人。並且自己啐出去的凝痰，在半途中，被尼姑也用凝痰啐轉回來，打在鼻梁上，有這們疼痛，這尼姑不待說，必是個有本領的人！自己冒昧，受了這一下，也應該悟到是不好惹的了，但是來順生成是一個笨拙沒有心眼的人，鼻梁上這一下，不但沒有把他打明白，反打得他的無名業火，直高三丈！

登時揉了揉鼻子，把兩袖一捋，握著兩個拳頭，翻車也似的，朝尼姑打去。他存心欺尼姑年老，料想打得過。叵耐尼姑祇是背朝著裏面退讓，並不回手。來順越覺得鼻梁痛，越一步緊一步的追打；老尼姑退了好幾步，已退到了廳上，口裏就大喊：「救命！」

朱繼訓正坐在內室勸慰朱夫人，忽聽得外面大喊救命，嚇了一跳，連忙跑出來，見來順發了狂一般的追趕著一個尼姑打，即大聲喝住。

來順見朱繼訓出來，才嚇得不敢追打了；停了手，跑到朱繼訓跟前，氣喘氣促的，指著自己的鼻梁，訴道：「這妖尼姑把小的鼻梁打傷了，小的一下也沒打著他，他倒喊起救命來！得老爺作主，把他綑起來，給小的毒打一頓，小的才得出氣！」

朱繼訓看來順的鼻梁紅腫了；再看老尼姑的鬢髮全白，龍鍾不堪的模樣，不像是能打人的；而且臉色非常慈祥和善，更不像是會動手打人的。朱繼訓知道來順素來喜和人打架，遂開口罵道：「休得胡說！你這東西，動輒向人無禮！你不動手打人，人家就無緣無故的，打傷你的鼻梁嗎？」

來順再想申訴，奈鼻梁腫得連臉都和瓜瓢一樣；一霎時兩眼腫沒了縫，開口就滿頭滿臉，牽扯得痛不可當。老尼姑聽得朱繼訓責罵來順的話，便走過來，向朱繼訓合掌行禮。朱繼訓一面拱手還禮，一面端詳這老尼姑：眇了一隻左眼，右眼卻分外的光明；身量雖極矮小，立在廳堂之上，彷如奇松古木，另有一種瀟灑出塵的風度，不由得從心坎中，生出敬仰之念。

當即叱退來順，讓老尼姑就廳堂坐下，開口問道：「師父法諱甚麼？寶剎在那裏？」老尼姑道：「貧僧受人之託，特來救施主的性命。此時大禍已在眉睫，沒有閒談姓名住址的工夫，請施主快隨貧僧逃走；再遲一步，就有回天的本領，也來不及了！」說著，便立起身來，不住的回頭，用那一隻有光的眼，向門外張看，好像怕有人追來似的。

朱繼訓是個最有膽量、臨事不苟的人；平白無故的，怎肯聽了一個素昧生平人的話，就倉皇出走呢？當下仍是神閒氣靜的笑道：「鄙人家居，力貧食苦，無端有何大禍？逃避得了，禍必不大，師父但請安坐，鄙人爲此間土著，即果有意外之禍，亦不患不得昭白！」

老尼姑神色很露出驚慌，又一連向門外張看了幾眼，對朱繼訓長歎一聲道：「天數果難逃！不然，貧僧在路上，也不至有那些躭擱了。既是施主安命，貧僧救夫人、小姐去罷！」說罷便向內室走去。

朱繼訓見老尼姑這般舉動，疑心是個失心瘋的尼姑，忍不住立起身來喝道：「內室不能去！」邊喝邊待上前去拉。

猛聽得背後一陣腳步的聲音，回頭一看，祇嚇得魂飛天外！原來，來的不是別人，正是潮州府的衙役；蜂擁一般的，進來了十多個，一個個手中拿著刀叉，橫眉怒目的，如臨大敵。朱繼訓明知不妙，然到了這時分，祇得勉強鎮定著。回身，大聲問道：「諸位來寒舍，有何貴幹？」衆衙役且不答白，抖出鐵鍊來，七手八腳的，將朱繼訓鎖上。

來順跑出來看，也鎖上了。有幾個衙役，往內室跑；見中門關著，就舉起刀背，在門上就砍，口中亂喊開門。喊了一會，裏面沒有動靜。衆衙役從門縫裏，向裏面罵道：「關著門就可以了事嗎？」捉拿朱繼訓的衙役，向那些打門的衙役喊道：「怎不劈門進去？還有甚麼道理可講呢？謀反叛逆的案子，豈同小可！」

朱繼訓一聽這話，心裏就是一驚，祇恨自己手無縛雞之力，不能將一干衙役打倒；又悔沒聽得老尼姑的話，趁早逃走，知道自己此時已沒有逃走的希望。覺得自己兒子，被那不知名姓的和尚，化去做徒弟，不至一同遭難，將來或者還能繼續自己的志願，心裏祇著急關在內室的夫人、小姐，不知能否聽信老尼姑的話，作速逃生？

朱繼訓心裏這般想著，兩眼望著那些劈中門的衙役，祇見他們一齊動手，劈拍劈拍的，砍了好一會；奈中門甚是堅厚，衙役手中的刀叉，又輕又小，又不鋒利，僅將那門砍得一條一條的缺口，那裏砍得開來呢？

捉拿朱繼訓的衙役，就向朱繼訓道：「你若是一個好漢，就得値價些兒！你犯了這樣的彌天大罪，你自己尚逃不了；你的老婆、兒女，還想能躲掉嗎？把這門關了，便能沒事嗎？你要知道拒捕的罪，更加一等！快親去把門叫開，免得我們勞神！我們也是奉官所差，出於不得已，並不和你的老婆、兒女有仇。快去，快去！」遂押著朱繼訓，到中門跟前，逼著朱繼訓叫門。朱繼訓祇得用手在門上拍著，口叫光明開門；又拍叫了好一會，裏面仍是沒有動靜。

眾衙役都冷笑道：「看他們這些該死的東西，能在裏面藏躲得了！後門早已有多人把守了，也不怕他們逃到那裏去！我們且抬一塊大石頭來，那怕他鐵鑄的門，也要撞開他！」於是有幾個壯健的衙役，跑到丹墀裏，在階基邊，挖出一條四尺多長、尺多寬、五六寸厚的大石來；四個人用手抬著打油榨似的，向中門上抵撞。果然不到十來下，便把門閂撞斷了。兩個氣力大的，用力把門一推，跨足進去。不提防兩扇石磨，從上面打了下來，一扇打在這個的頭頂心上，登時腦漿迸裂，倒地死了；一扇打在那個的肩頭上，哎呀一聲，也昏倒在地。嚇得立在後面的衙役，連忙倒退，以為是有人從裏打出來的；再一看，裏面並不見一人，才大膽進內，各房都是空洞洞的，沒一個人影！箱篋都打開著，堆在地上，衣服器皿，散滿了各地，眾衙役都驚詫道：「居然逃走了嗎？把守的人，都到那裏去了呢？」捉拿朱繼訓的幾個人，見滿地都是衣服，便起了不良的念頭；教將把守後門的人叫進來，商議先處分這些物事再說。隨將朱繼訓綑綁在房柱上，大家動手拾衣服。把守後門的衙役，走進來說道：「後門始終關著不曾開，並不見有人從那裏出來。」這些衙役，祗要捉拿了朱繼訓，旁人如何脫逃，因都存心要爭奪衣物，也就不再加研究了。各人把貴重的衣物，都分配妥當了；抄了那些不值錢的東西，算是朱繼訓的家業。查抄已畢，也奉行故事的加了封條，方押朱繼訓主僕，並扛抬著一死一傷的衙役去了。

原來，有一個綠林頭目姓周名致祥，和朱繼訓最相得。朱繼訓誤認他當個豪傑，曾和他商議發難的計畫。不料周致祥犯了旁的案件，在惠州被捉。他原是一個膿包貨，禁不起三推五問，就把朱繼訓的計畫，和盤托出的供了。在惠州的朱繼訓同志，因此也十九被捉。兩廣的綠林，有一種特性：這案件不是他做的，打死他也不認！如確是他做的，問官一提起，他就立刻承認，無須乎動刑。狡賴的便不算漢子，大家都得罵他不值價，連子孫都在綠林中說不起話、做不起人！

那些和朱繼訓要好的綠林，不曾與聞發難計畫的便罷；與聞過的，也都和盤托出的供了。於是惠州就愼重將事的，移文到潮州，把朱繼訓做謀反叛逆的要犯拿了！朱繼訓自知狡賴不了，直供不諱；拿去沒兩個月，竟在廣州被難了，死後沒人敢來收屍。

第三日才來了一個眇了一隻眼睛的老尼姑，說從前受過朱繼訓的施捨，不曾報答得，要求官府施恩，許他領屍安葬。官府允許了，老尼姑就買了一口棺材，將屍首裝殮停當，搬上了一條民船，不知運往何處去了。

要知朱夫人和惡紫小姐、光明丫鬟的下落，以及和尚、尼姑的來歷，且待第二一回再說。

施評

冰廬主人評曰：和尚化緣而欲化人，奇矣。所化者非活人而為死人，則奇之尤奇矣！半杯白漿，對口度氣，竟能起死回生；眇目尼僧，其來突如，拯人於水火之中。是皆作者竭力為方外人渲傳處也。

朱繼訓念念不忘明社，欲圖恢復；卒以誤交匪人，身首異處。宿昔志願，盡付東流。嗟乎！出師未捷身先死，常使英雄淚滿襟。是誠大可浩歎者也。然臨事不慎者，亦可以此為戒。

胥役狐假虎威，殘民以逞；一遇財帛，如蚊見血。此篇寫衙役一見衣服、器皿，便先議處分之法，反置正事於腦後。雖寥寥數語，直抵得一篇衙役現形記。

第二一回　逢拐騙更被火燒　得安居又生波折

上回寫到朱繼訓在廣州被難，屍首為一眇目老尼運去為止。至於老尼是誰？屍首運往何處？以及朱夫人、朱惡紫小姐、光明丫頭，究竟老尼如何保護脫險？都沒工夫交代。就是那個要化朱復做徒弟的和尚，畢竟是誰？朱復忽然失蹤，是否就是那和尚偷偷的化了去？也因正在一意寫朱繼訓的正傳，不能騰出筆來交代。逆料看官們心理，必然急欲知道以上諸人的下落！

當朱復忽然失蹤的時候，朱繼訓夫婦都以為就是那和尚化去了。那和尚既沒留下法號，更不知道他的廟宇在那裏。和尚親口所說的千壽寺，朱家早已派人打聽過了，寺裏從來沒有這們一個和尚來掛單。朱家因此認為無處追尋，祇得忍痛割捨！

在下揣想一般看官們的心理，必也和朱家差不多，以為朱復定跟著那和尚修道去了，其實不然。朱復得做那和尚的徒弟，中間還經了無數的波折，幾次險些兒送了性命，才落到那和尚之手。那和尚自然就是第十九回書中，坐木龕的智遠了！這回書是朱復的正傳，正好將他失蹤後的情節，交代交代。

且說：朱復自智遠僧救活之後，跟著他母親藏躲了幾日。在藏躲的時期中，一行一動，都由他母親親自監視，不能單獨玩耍。及至幾月不見和尚再來，朱繼訓著慮兒子荒廢了學業，教朱復回來，照常讀書。又過了幾時，一家人防範的念頭，一日一日的懈鬆下來了。

這日黃昏時分，朱復因功課已經完了，便走出門，到街上玩耍。七八歲的小孩，正在頑皮的時候，又藏躲了幾個月，才得恢復自由，自然覺得街上，比平常更好耍子。信步走過了十幾家店面，忽迎面來了一個穿短衣的人，向朱復打量了兩眼，又看了看左右前後，不見有跟隨的人，便近前湊近朱復的耳根說道：「前面有把戲，正玩得熱鬧！我帶你去瞧瞧好麼？」朱復望了望那人不認識，便搖頭答道：「我家快要吃晚飯了，沒工夫去瞧！」

那人道：「你家的晚飯還早呢！我剛從你家來，你媽要我帶你去瞧把戲，並拿了一個餅給我，要我送給你吃；你且吃了這餅，再同我去瞧把戲罷！」邊說邊從懷中摸出一個酒杯大小的餅來，遞給朱復。

七八歲的小孩，那有判斷眞假的識力？見有可吃的餅到手，自是張口便咬，誰知道餅一入喉，立時就迷失了本性，如癡如獃的，聽憑那人擺佈！

那人姓曹名喜仔，素以拐販人口爲業的。在廣東各府縣，做了無數的拐案；祇因手段高妙，不曾破過案。凡拐帶人口，全憑迷藥。曹喜仔的迷藥，異常厲害，並有種種的方法，使人著迷！

這種人在江湖上，原也有個組織，雖同屬拐販人口的拐帶，然他們內部裏，卻有種種極嚴厲的分別。第一是碼頭。水旱兩路之外，還有府縣的界線，一點兒不能差錯，錯了即成仇敵！一處碼頭，有一個頭目，這頭目就謂之看碼頭的。

他們所謂碼頭，和普通一般人所謂碼頭不同：普通人以舟車交通，停泊的所在爲碼頭；他們卻以有團體組織的地方爲碼頭。譬如，這口岸，沒有這種拐帶的團體組織，便不算是碼頭。無論何處的拐帶，都可以在這口岸上坡下水；若原有組織的，就祇限於本碼頭團體以內的人活動，別碼頭的人，決不能到這碼頭做事；就是在別處帶了貨，走這碼頭經過，也須有許多手續！

次之，便是施行拐騙的手腕，也有許多分別。同一用迷藥，有用餅的，有用豆的，有用末藥。散在茶飯，與其他食物裏面的。還有一種，名叫捉飛天麻雀的，也是用迷藥。不過那迷藥的力量極大，衹須沾少許在小孩的頭上或頸上，即時就能使他迷失本性，和吃到肚裏的迷藥一般！

又有用迷魂香的，各人所用的不同，便各有各的派別，各有各的黨徒，絲毫不能錯用！幾種之中，以捉飛天麻雀的勢力最大，雲、貴、兩廣四省，到處有他們的碼頭。用迷魂香的，祇有湖南、四川兩省最多。江、浙一帶多用豆。他們碼頭雖分得嚴，一些兒不能侵越權限，祇是看碼頭的人，彼此平日都有聯絡的。別碼頭的人，不能到這碼頭辦貨，卻能到這碼頭出貨。不但能出貨，且可得這碼頭同業的幫助。

不過幫助得盡力與否，就得看這出貨人的情面和手段。情面大、手段高的，出脫固然比較容易；便是一時不易出脫，而這碼頭的同業，肯幫同安頓，不至漏風走水，也就比較安全得多了！曹喜仔的手段高妙，即是能得許多出貨碼頭的助力。至於施行拐帶的手段，大概都是差不多的。

閒話少說。且說，曹喜仔當時迷翻了朱復，抱起來就走。這日曹喜仔已拐了一個七歲的女孩，就在這夜，連同朱復運往揭揚。這個七歲的女孩，也是有些來歷的人，將來也得成就一個女俠，且與朱復有連帶的關係。不能不趁這當兒，將他的歷史，宣述一番。

這女孩姓胡名舜華。他父親胡惠霖，做珠寶生意發財，很積了幾十萬財產。有兩個兒子，一個女兒。大兒子成雄，二兒子成保，都已長大，能繼父業，終年往來各大通商口岸做買賣。

胡舜華最幼，又生得極慧美，胡惠霖夫婦眞是愛如掌上明珠。

若照胡舜華的身分，和所居的地位看來，任憑曹喜仔有通天徹地的手段，也不容易將他拐走，這大約也是他命中注定，將來要成就一個女俠，此時便不能不和朱復，同受這番磨難！

恰好這幾日，胡舜華跟著他母親，回到外婆家來。他外婆家姓林，在潮州城隍廟隔壁，開設林義泰靴帽店。胡舜華也是在家關閉久了的人，一到他外婆這種小商戶人家，出入就比在家時簡便多了；加以林家的小孩，平日在隔壁城隍廟裏，玩耍慣了，小孩會了伴，自然如霧合了煙，大人想無端禁止他們的行動，是辦不到的！

那城隍廟的香火，本來很盛，做種種小買賣的，玩種種把戲的，廟中終日不斷，都是投小孩所好的。林家的小孩，便帶著胡舜華，終日在廟裏玩耍。拐帶小孩的，把這種廟宇，當他作活動的中心。曹喜仔在這廟裏遇見胡舜華，便認定是一件奇貨；哄騙了幾日，才將胡舜華騙離了林家小孩。當拐帶的手腳，何等敏捷，祇要林家小孩一霎眼，就把胡舜華拐走了！

胡舜華既被曹喜仔連朱復一同拐到了揭揚，曹喜仔原意要立時賣給大戶人家，爲奴爲婢的。無奈一時覓不到好主顧，曹喜仔又不願把這般上等貨色，便宜出脫。就帶領二人，住在一個小客棧裏。因爲揭揚不是碼頭，沒有同業的人幫助。其所以不將二人帶到碼頭上去，就因曹喜仔將二人當作奇貨，不肯給同業分肥的緣故。這也是曹喜仔的惡貫滿盈，才有這般奢望！

曹喜仔到揭揚的第三日，這夜喝了不少的酒，帶著朱復、胡舜華作一床睡了。睡到三更時候，貼鄰忽然起了火，一剎時就燒過這邊來。朱復、胡舜華從夢中驚醒，已是濃煙滿室，火尾衹向房中射來，嚇得兩人亂哭亂喊！

幸虧隔壁住了一個做拷綢生意的人，貨物已經出脫了，沒有多少行李。聽得隔壁有小孩哭喊的聲音，知道是不能出來，望人去救的。這時同棧的客人，聞警都各自搶了包裹逃走，衹有這個做拷綢生意的人，聽了不忍！他的氣力不小，一腳就踢破了房門，從煙火中將朱復、胡舜華搶出。

曹喜仔平生作惡多端，理應葬身火窟！等他從醉夢中醒來時，床帳都已著火了，大醉之後的人，在煙飛火舞的當中，那裏找得出逃跑的路徑？東衝西突，來回二三次，便倒地衹有手足動彈的分兒，掙扎不起來了。湊巧那夜的北風很大，轉眼之間，連燒了十多戶，這家小客棧，簡直燒得片瓦不存！曹喜仔燒成了一個黑炭，也

沒人認領，由地保用蘆席包了掩埋，這便是曹喜仔當拐帶的結果。

再說，那個做拷綢生意的人，姓方名濟盛，原籍香山縣人，已有五十多歲。殷勤誠實的，做了二十幾年拷綢生意，也積聚了幾千兩銀子的資產。他老婆、兒子、媳婦一家人很舒服的度日。

方濟盛少時也曾練過些時拳腳，所以五十多歲還很壯健，能從煙火中把兩個小孩救出來。當下盤問朱復、胡舜華的姓名、籍貫，兩個小孩都茫然不知所答。因爲他們拐帶用的迷藥，甚是厲害，小孩的腦力不充足，被迷之後，兩三個月不能回復原狀；拐帶就利用小孩的腦筋不清晰，可以任意處置。朱復、胡舜華被迷才得幾日，如何能記憶自己的姓名、籍貫呢？

方濟盛盤問了一會，問不出個所以然來；尋覓小客棧的老闆，在那紛亂的時候，也尋覓不著。方濟盛是個很誠實的人，不肯把兩個小孩，胡亂交給不相干的人，自己的貨物已經出脫，寄居的地方又被火燒了，不能為兩個小孩，在揭揚再停留下去，祇得帶回香山，打算慢慢的問出兩孩的履歷來，再作計較。於是朱復、胡舜華，便相隨到了香山。

方濟盛的老婆、媳婦，見朱、胡二孩，生得十分俊秀可愛，就祇不大能說話，說時有些結巴。都以為是客棧裏失火的時候，嚇掉了魂，所以和獃子一樣，七八歲的人了，連自己的姓名、籍貫，以及如何到小客棧裏住著？同來被燒死的是甚麼人？都說不出。看面貌眉目，決不是蠢笨的人，逆料靜養幾個月，必能漸漸的聰明。

因此方家一家人，都祇覺得二孩可憐，決不因他癡獃，便欺負他，不加意調護。方家揣擬是兄妹兩個，隨著父親從甚麼地方來，或往甚麼地方去，家中必尚有親人。

方濟盛打算將他們調養得回復了聰明之後，問明了履歷，就送二孩歸家。但是老天有意捉弄他們，所以福無雙至，禍不單行！這兩個可憐的小孩，被一陣大火，燒得幾乎送了性命！幸有方濟盛搭救，得以轉禍為福：脫離了曹喜仔的毒手，又落到這般一個慈善的人家。若能照方家的打算，將來問了來歷，各送回各的家庭，豈不朱、胡兩家都很滿意，都很感激方濟盛嗎？

誰知，世間的事，總不由人計算。朱、胡兩孩在方家，才安然住了半月。這日忽來了兩乘小轎，中坐一男一女，直到方家門口下轎。男的在前，女的在後。男的進門，即高聲問道：「方濟盛老闆是這裏麼？」

方濟盛在裏面聽得，忙迎出來一面答應，一面看來的男子，年約四十多歲。衣服華美，氣概軒昂。立在男子旁邊的女子，年紀也在四十左右，衣服首飾，也顯得很豪富；雖上了幾歲年紀，沒有美人風態，然就現在的模樣看去，可以斷定他少時，必是個極有姿首的女子。男女二人的眉目間，都帶著幾分憂愁的意味。

男子向方濟盛點點頭，問道：「你就是方老闆麼？在揭揚某某客棧裏住過的，是你麼？」方濟盛連連答是。讓二人就坐，自己陪坐了，請問男子姓名。

男子且不回答方濟盛的問話，急急的說道：「我的姓名來歷，自然有得對你說的時候。祇請你快把你在揭揚客棧裏搭救的兩個小孩，帶出來見見我，和他們的母親見了面，我自對你詳細說明！」

方濟盛是個老在外面做生意的人，做事極是小心謹慎，當救得朱、胡二孩回家的時候，心裏早打定了主意，非查察得確確實實，有憑有據，決不隨便還給人家。當下聽了男子的話，心裏也並不疑惑。不過素行謹慎的人，總得多問幾句才得放心，便隨口向男子問道：「先生怎生知道我在揭揚客棧裏，搭救了兩個小孩呢？」

男子立時現出焦急不耐煩的樣子，答道：「你搭救的是我的兒子、女兒，我們官宦之家，失了兒子、女兒，就不追尋嗎？休說還在廣東，便是九洲外國的人救了去，我也得追尋回來呢！你這話才問得希奇，我於今父子母女團圓的心思，比火燒還急！承你的情搭救了，請你快教他們出來，我們見了面，自有重重的謝你。」

女子兩眼流淚，幫聲說道：「你是我們兒女的救命恩人，就是我們的救命恩人！可憐我夫婦都差不多半百年紀的人，膝下就衹這一兒一女，這回若不是恩人搭救，……」說到這裏，以下嗚咽得不能成聲了。

男子立起身來催促道：「快去帶他們出來罷！」

方濟盛本來沒有疑心，因見二人這們急切，倒覺得有些可疑了；更不肯不問個明白，就帶小孩出來。儘管女子哭泣，男子催促，衹是從容不迫的說道：「請坐下來談。二位既到了舍間，還愁見不著面嗎？二位這回從那裏來的？少爺、小姐有多大的歲數了？怎生會到那小客棧裏去住的？同住的是……」

誰字還不曾說出口，男子已急得跳起來，狠狠的指著方濟盛，厲聲說道：「你好毒的心肝！你可知道人家骨肉分離，是不是極傷痛的事？還有心和你閒談嗎？」

女子連忙止住男子道：「你也不要心急，這實不能怪他！我們要見兒女的心切是不錯，不過他是搭救我們兒女的人，不問個明白，怎能放心呢？你何妨且把話和他說明了，再求他帶秋官、桂香來見面呢？難道承他的好意搭救了，他會把我們的兒女隱藏起來嗎？」

方濟盛笑道：「對呀！」

男子仍是氣忿忿的坐下來，望著女子說道：「你去和他說罷！我心裏簡直刀割也似的痛，甚麼話也沒精神說了！」

女子即拿手帕，揩乾了眼淚，勉強陪著笑臉，對方濟盛說道：「你老人家不要見怪。外子從來性急，又是中年過後，才得這一兒一女。兒子因是甲子年八月生的，取名秋官；女兒是乙丑年八月生的，生的時候，外子恰在場屋裏，因取吉利的意思，名作桂香。今年一個八歲；一個七歲了。這一對兒女，不但我夫婦鍾愛，就是他姨母、姨父，也鍾愛得了不得！

「前月他姨母生日，我自己病了，不能去慶壽，就打發這對兒女，派人送去。在他姨母家，住了幾日，姨父親自送他們回家來。他姨父是生性鄙吝的人，要落在那小客棧裏歇宿，想不到出了這大的亂子！可慘他姨父，竟活活的燒死了，連屍身都無處尋覓！我夫婦因等了幾日，不見兒子回來，正要派人去姨母家迎接，姨母也正因不見姨父回來，派人到舍間來問。我夫婦一聽已經送回來了的話，就料知事情不好！

「從姨母家到舍間，祇有半日旱路，照例是這日動身，到揭揚寄宿一宵，次日早搭船，午飯後便到了舍間。我們起初還以爲是壞了船。及至打聽近半月以來，這條河裏，不曾壞過一條船，就疑心是在揭揚出了亂子！我夫婦遂親到揭揚，好容易才打聽出來。

「因爲那夜被燒死了的姨父，僅剩了一團黑炭，認不出面目來；小客棧裏又不知道客人姓名，爲的簿據都已燒了。幸虧找著了兩個那夜同住那客棧的人，他說曾親眼看見，做拷綢生意的方濟盛老闆，搭救了兩個小孩，但不知安頓在甚麼地方。我夫婦得了這消息，心裏略放寬了些；仔細問那兩個客人，那夜親眼見的小孩，是怎生模樣？客人說出來的情形很對，我們就知道承方老闆搭救的，必是小兒秋官、小女桂香無疑了，所以兼程趕到府上來。

「我夫婦自從得到不見了小兒女的消息起，到今日已半個多月，白天沒安然吃一頓飯，夜間沒安然睡過一覺，整日整夜的，拿眼淚洗臉。外子生來性急，更是不堪，已幾次要尋短見了！望老闆不要見怪他言語衝撞，實在是情急，口不擇言！」

方濟盛見女子口若懸河，說得源源本本，有根有蒂，不由得不信以爲實。慌忙立起身來，反向那男子拱手陪笑道：「先生也休得見怪！我便去叫令郎、令嬡出來。」

男子這才現出笑容，也起身拱手說勞駕。

方濟盛走到裏面，對朱復、胡舜華笑道：「你們的爹媽都來了。快隨我去見！」兩個孩子聽了，似懂非懂的，也不說甚麼，祇笑嘻嘻的，都牽住方濟盛的衣，一同到外面來。

那男子見面，幾步跑上前，搶著朱復抱了，一面偎著臉哭，一面心肝呀兒呀的亂叫！女子也將胡舜華緊緊的摟抱了，和男子一般的傷心哭喊！朱復、胡舜華也都哇的一聲，號啕大哭起

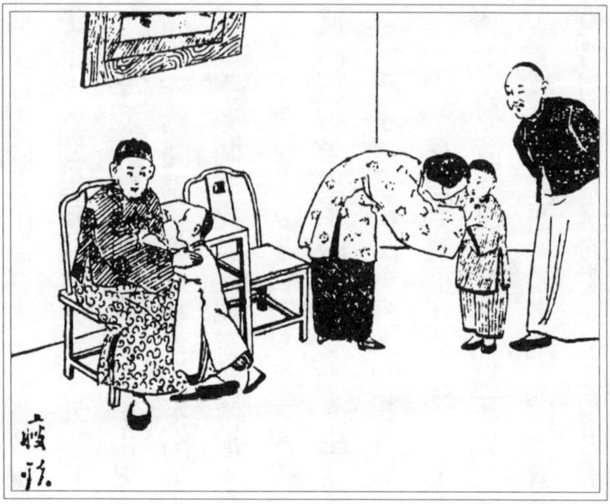

來。一時慘哭之聲，震動屋瓦！

方濟盛的心很慈善，聞了這哭聲，見了這慘狀，鼻子酸得難過，兩眼內的無名痛淚，禁不住奪眶而出！及至仔細看四人哭作一團的情形，不覺心中又發生疑惑。原來，兩小孩雖放聲號哭，卻不是至親骨肉久別重逢，衷心傷感的哭法，竟和見了面生的人害怕得哭起來的一般！旋抬起頭號哭，旋極力的用手撐拒；就是那一男一女，雖哭得淚流滿面，也有幾點可疑之處。

不知方濟盛覺得怎麼可疑？且待第二二回再說。

施評

冰廬主人評曰：拐匪離人骨肉，甚至戕害兒童性命，為人類之蟊賊。曹喜仔葬身火窟，可謂天網恢恢，疏而不漏！

方濟盛家突如其來之一男一女，男子舉動殊有可疑；女子一席話，委婉曲折，決無破綻，非善詞令者不辦！然朱、胡二人復入厄運中矣。

第二二回 香山城夫妻行巧騙 村學究神課得先機

話說：方濟盛見那一男一女，抱著兩孩悲哭的情形，很覺有些可疑。兩小孩一面抬起頭哭，一面用手極力撐拒，完全是平常小孩，不肯給面生人抱的樣子。小孩撐拒得越厲害，那一男一女，便抱持得越緊，並都用背朝著方濟盛，似乎怕人看出破綻來。

方濟盛暗想：這事蹊蹺！雖說這兩個小孩，有些癡迷心竅的樣子。然親生父母不比他人，那有這般不相認的道理？便是這一男一女的哭聲，也像是假裝的，這其間恐有別情！我既覺得形跡可疑，這兩個孩子就萬不可隨便給他帶走！

方濟盛正待教二人坐下談談。那男子已揩著眼淚，向女子說道：「甚麼緣故，秋官、桂香竟不認識你我了？莫不是在揭揚嚇掉了魂麼？可憐，可憐！」

女子硬著嗓音答道：「我也正是這般思想。啊唷！我的兒呀！你就不認得你的親娘了嗎？」

男子連連的用嘴親著朱復的臉道：「我的心肝寶貝呀！你連你老子都不認得了嗎？」

隨抬頭對方濟盛道：「承老闆的情，救了小兒、小女的性命。我夫妻不是沒人心的人，總有報答老闆的時候。小兒女多半是在揭揚嚇掉了魂，本來是一對活跳跳的聰明小孩，想不到竟變成這個模樣，連自己的親生父母，見面都不認識了。祇好帶回家去，請醫生診治，慢慢的調養。等到精神復了原，我夫婦再帶來叩謝老闆，那時再重重的酬謝！

「這裏略備一點兒薄敬，聊表我夫婦感激的意思。望老闆不嫌輕微，賞臉笑納了。」旋說旋從懷中摸出一個紅紙包兒來，很像有些分量似的，約莫包中，至少也有二、三十兩銀子，走過來遞給方濟盛。

方濟盛見二人這們說法，不由得就把疑惑的心思退了。因自己也很相信兩小孩，是在揭揚嚇掉了魂。自來方家十多日，總是如獃如癡的，說話既齒音不清，復沒有次序，這時不認得親生父母，也是意中事。不能說因小孩不認，便不給二人帶去。

不過自己是個有些兒積蓄的人，這種事是不肯受人錢財酬謝的！遂對那男子拱手笑道：「快不要如此客氣。舍下托先生的福，還不愁穿吃，這豈是受人財禮的事？我祇望令郎、令嫒，得骨肉團圓，便於願已足了！」

那男子道：「這如何使得？小兒女在這裏打擾了這們久，就專講伙食，老闆收受了這點兒薄意，也不爲過。不要推辭了罷！我這時急著要延醫生，替小兒女診治。」女子也幫著勸方濟盛收受。

方濟盛究竟是個做生意的人，雖爲人誠樸，不受橫財，但是不義之財就不要。像這樣搭救了人家兒女，又帶到家中住了這們久，便收受人家些酬報，問心也沒有甚麼過不去。當下見二人殷勤勸說，就伸手接過來收了。女子抱著胡舜華，往外便走。男子向方濟盛又道了聲謝，也要跟定女子走。

方濟盛才想起還不曾問明二人的姓名住處，即趕上前道：「先生的尊姓、大名，貴處那裏，尚不曾請問得？」

男子連連哦了兩聲道：「我也忘了！我姓趙名敬亭。到潮安城裏問趙敬亭，少有不知道的。」說著，匆匆的上轎。

方濟盛眼看著抬起走了，回身打開紙包來看，果是三十兩散碎銀子。自覺取不傷廉、取之無愧，高高興興的收藏起來。以爲搭救的兩個孩子，眞是骨肉團圓了，自後也就沒把這事放在心上了。

祇是在當時的方濟盛，聽了趙敬亭一方面的話，又自己相信朱復、胡舜華是嚇掉了魂的人，自然不知道其中有詐。而立於旁觀地位的看官們，此時當已明明白白是一個騙局了！

不過騙局自然是騙局，趙敬亭卻不是和曹喜仔一般的拐帶，是一個比拐帶還兇惡十倍的教書先生！教書先生爲甚麼比拐帶還兇惡十倍呢？這其中又牽扯了一段駭人聽聞的故事，且待在下從頭交代出來。

這趙敬亭並不是這人的眞名實字。這人姓萬名清和。他本是個讀書人。相傳：二十多歲的時候，誤入茅山，茅山末底祖師見了他，說他有些根氣，收他做了徒弟，傳了他許多法術。後因他犯了末底祖師的戒，被驅下山。他原籍是順德人，茅山被驅後，仍回順德。他的父母早已死過了；祇有一個妻子王氏，並無兒女。因萬家素無產業，萬清和便在順德鄉村中，招集些鄉下蒙童教學。夫妻兩口也還可以勉強度日。

地方人有知道他曾在茅山學法的，每遇有疑難的病症，多來請他畫符畫水診治；遇有疑難不得解決的事情，以及被竊了財物，也多來請他占卦指教，都有十分靈驗，卻並不向人索錢。一鄉人對於萬清和的感情甚爲融洽，恭送他一個綽號叫「賽管輅」。

這日，萬清和早起，自己占了一卦，很高興的對他妻子王氏說道：「今夜有上客自西方

來，於我的命宮有利！須準備些酒食，等候他們。」王氏是一個極能幹的人，相信丈夫的神課最靈，依話備辦了些酒食。夫妻二人入夜便坐著等候。直坐到三更以後，忽然大雨傾盆而下。

王氏笑向萬清和道：「你這回的課，祇怕是不曾誠心，沒了靈驗！」

萬清和道：「你何以見得不靈呢？」

王氏道：「於今已到這時分了，又下這們大的雨，還有誰到我們家來咧？」

萬清和正要回答，猛聽得有人敲著大門響。萬清和一面起身答應，一面向王氏笑道：「何如呢？不是那話兒來了嗎？」說著，連忙出來開門。

祇見門外立了一大堆的人，約莫也有十多個，馱包裹的、挑擔的、二人共扛的，都被雨淋得落湯雞一般！立在靠大門近些的一個漢子，對萬清和說道：「我們是有急事，要趕路的，因雨太大，不曾帶得雨具，想暫借尊府，躲避些時，住雨就走。求先生方便方便！」

萬清和笑道：「祇要不嫌舍間仄小，請進來坐就是！」一行人遂蜂擁進來。

王氏早將坐位安排好了，並搬出許多柴草來，燒火給大衆烘衣。衆人烘乾了衣。萬清和夫婦將準備的酒食搬出來。衆人見了都歡喜，說正用得著。惟有最初和萬清和說話的那漢子，不住的用眼睛向萬清和打量。萬清和祇作沒看見，提著壺祇顧勸衆人飲酒。

那漢子托地立起身來，揚手指住同夥道：「這酒且慢喝，得問一個明白！」隨望著萬清和道：「先生怎知道我們會來這裏避雨，一切都安排好了等候？先生不把這話說明，我們卻不敢領情！」

萬清和見漢子說話的語意很和緩，聲色卻甚是嚴厲，已知道他說這話的意思，是恐怕誤遭毒手！即不慌不忙的笑答道：「你們到我這裏避雨，也不打聽打聽我是甚麼人嗎？」

那漢子立時變了顏色，說道：「你是甚麼人？我們不過是順路借這裏避雨，半夜三更去那裏打聽？祇是不問你是甚麼人，我們也不怕！」衆人聽了那漢子的話，都跳起身，準備廝殺的樣子。

萬清和哈哈笑道：「諸位放心坐下來飲酒罷！我是有名的賽管輅，雖不敢說知道過去未來，眼面前事，誰也瞞不過我萬清和。我今早占了一課，就知道今夜有上客降臨，並知道你們

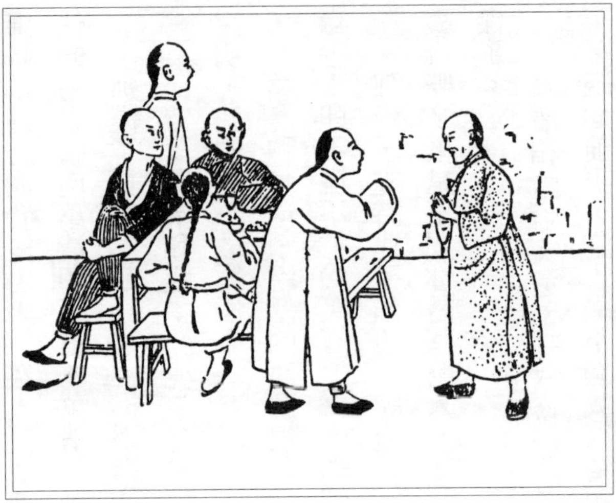

是從西方來的，所以準備了些酒食等候。你們不用疑慮，我若有惡意，也不是這們做作了！」

那漢子這才幾步走到萬清和跟前，一揖到地笑道：「原來先生就是賽管輅萬清和嗎？我久聞先生道法高深，祇恨無緣拜見，想不到今夜在這裏遇著，虧了這場大雨，眞可算得良緣天賜！」

萬清和看這漢子，雖是短衣窄袖，和衆人一般的蔴鞋套足，青絹裹頭，卻另有一種英爽之氣，舉動談吐都不似尋常人。當下便也回了一揖，說道：「不敢，不敢！我還不曾請教老兄的貴姓大名？」

原來這漢子，便是廣東有名的大盜李有順，練就了一身高去高來的本領。會射一十八枝連珠袖箭，能使一十八個人同時受傷倒地；上山下嶺，更是矯捷如飛。同夥中都稱他爲「爬山虎」，江湖上就呼他爲李飛虎。

那時兩廣的婦人、孺子，聞了李飛虎的名，都沒有不害怕的！官廳懸了上萬的花紅捉拿他，那裏能望見他的影子！萬清和神課的聲名，知道的本也不少。李有順這時見了面，並不隱瞞，即將眞姓名說了。萬清和見是李有順，也就喜出望外，當下大家開懷暢飲。

酒至半酣，李有順笑問萬清和道：「先生的神課，果是名不虛傳！可否請先生替我們占一課？我們打算明夜去東南方，做番生意，看去得去不得？」

萬清和旋點著頭，旋揑指算了一算，慌忙的說道：「東南方萬分去不得！去了必有性命之憂，不是當耍的。」

李有順聽了，吃驚問道：「不去東南方，就不妨事麼？」

萬清和道：「不去東南方，自然無事，還是西北方最利！」

李有順道：「謝先生的指教！我看先生這般大才學，實在不應該居這般蕭條的家境，我很有些替先生不平。我是個一點兒才學沒有的人，就憑著這一副身手，在兩廣地面横行了十年。恩怨分明，無不如願。我看人生如一場春夢，遲早都有個歸結的時候，樂得在生快活快活，何必刻苦過先生這般清涼日月！先生若不嫌局面狹小，我們願奉先生爲大哥，一切聽先生的號令。不知尊意如何？」

萬清和道：「老兄的好意，我很感激。不過我覺得老兄們這種生活，畢竟是苦多樂少，一旦精力衰頹，便要受制於人了！」

李有順不待萬清和說完，即仰天大笑道：「先生眞是計深慮遠。我說爲人在世，都是做一日和尙，撞一日鐘，在甚麼時候，說甚麼時候的話。祇要壯年時候努努力，還愁精力衰頹了，沒得享受嗎？」

萬清和連連搖頭道：「我的話，不是這般說法。我是說你們這種做法，太勞苦，又太風險。爲人能拚著勞苦，何時何地，不能換得些享受？何況擔著無窮的風險，更可算是拚著性命，去求享受？人果能拚性命，來換些享受，又豈愁沒得享受嗎？何必要做這世人都不歡喜的強盜呢？所以我並不是不願意做強盜，祇不願意像你們這般做法。」

李有順道：「我原說了：一切聽先生的號令。先生既不願意像我們這般做法，何不把先生的做法說出來，教我們兄弟大家遵守呢？我們何嘗不覺得現在的做法，又勞苦、又風險！祇是從來當強盜的，除了我們現在這種做法而外，不曾留下又安逸又穩妥的做法來。我們因此不能不是這們笨拙的做著。先生眞個有又安逸又穩妥的法子，休說我們兄弟，願聽先生的號令，少打算點兒，我可包管兩廣的綠林中兄弟們，沒一個不願聽先生號令的！」

萬清和喜笑著問道：「你果能包管兩廣的綠林中兄弟，都聽我的號令麼？」

李有順拍著胸脯道：「儘管惟我是問！不過先生須把那好法子說出來，我才能號召得動。」

萬清和點頭道：「你明晚獨自到我這裏來，我慢慢說給你聽，你衹牢牢記著：東南方去不得！此刻天色已快要亮了，我這裏地方太小，天亮後學生一來，看了你們，多有不便！」隨起身向衆人拱手道：「自家人不客套，雨已不下了，我不留你們久坐誤事。」大家都起身道謝。

李有順揀了一個包裹，雙手捧給萬清和道：「我們兄弟一點兒薄意，先生不嫌不乾淨，就賞臉收下來。」萬清和毫不推辭的接了。

李有順率領著一行大盜，出了萬清和家，趁著天光未亮，急急的趕回巢穴。

他的巢穴，在順德東南一座叢山之中，山中有幾十戶人家，盡是李有順的部下。平時各人有各人的職業，和普通鄉村中農民一般的生活。由李有順派人往四處踹盤子，打聽確實了，有動手的價值，才臨時發出召集的命令。李有順或親自率領，或不親自率領，由踹盤子的夥計引導去動手。

搶刼後歸來攤派贓物，也是由李有順主持，衆人不敢說半個不字！像這樣的巢穴，李有順共統轄了十多處。衹是這十多處巢穴，並不是由李有順組織而成的，也不是和李有順有關係的人組織的。當李有順未成名之前，各處原是現成的巢穴，原是不斷的打家刼舍，不過首領不是李有順罷了。

他們各處的首領，都是大家承認，共同推舉出來的，不必是本團體的人，祇要是聲名大、本領高的同類，都有被推舉爲首領的資格。首領享的權利，第一是分贓。分贓以外的事，首領固有相當的權限，然不必有首領在跟前，也一般的可以有舉動。但得了釆，就非等公推的首領來，無論甚麼人，不能處分。有人勉強處分了，大家也不服。若是由公推首領攤分的，那怕十分不均勻，也絕對沒人敢爭多論少。衹是當首領的，總得保持這公正人的資格，必按照各人出力的多少，仔細攤派。

李有順就是因爲分贓公道，所以十多個村寨，都奉他爲首領。

這番李有順率領衆盜，回到順德東南方這個巢穴，還不曾將贓物攤派。猛聽得山背後一聲砲響，接連一陣喊殺的聲音，震得滿山響應。原來是官軍來圍勦這山中強盜，湊巧這時候才到。李有順等剛得了釆回來，絲毫沒有準備，一聞砲聲，都嚇慌了手腳，爭先恐後的往山下逃跑。李有順料知不能抵敵，忙教衆人不要分散逃走，須聚作一塊，到山頂上看那方官軍稀薄，即合力向那方衝下去。

衆人因是事前毫沒有準備，一知道有官軍圍山，便一個個如腳底下揩了油的一般，等到李有順發出號令來，早已逃散十之七八了！在李有順左右的，不過三四人，並都是沒多大本領的。

李有順流淚跺腳道：「天數難逃！我們衆兄弟，合當有這大劫。賽管輅萬先生分明說了：東南方去不得！我們以爲衹是不能去東南方做生意，誰知我們正住在東南方，回來就遇了這場大禍！偏偏衆兄弟不待我的號令，各人先自逃了，於今衹剩了我們這幾個人，想要衝下山去逃性命，就得有神明保佑。便是已經逃了的各位兄弟，也不見得能衝出重圍。

「爲今之計：我們惟有各自努力，各安天命！我憑著這身本領，在前拚命殺開一條血路；你們有力量跟上來，是你們命不該絕。萬一你們的氣力趕不上，我就勸你們値價點兒，横豎十八年後，我們又是一籌好漢！」說罷，一聲大吼，手舞單刀，往山下撞將去。三人也各舞手中兵器，如衝發了四條大蟲，一會兒便進了官軍隊裏。

李有順那把單刀，眞是使得超神入化！一刹時官軍隊裏，被殺了二三十個人，衹好紛紛的往左右閃避。李有順衝出了重圍，回頭看後面三人時，一個也不曾跟上。原來李有順的步下太快，有名的爬山虎，三人如何能跟蹤得上呢？李有順這時也就沒有回身殺進去，救那三個兄弟出來的勇氣了。恐怕官軍追來，急急的逃到别一處村寨躲了。

夜間仍到萬清和家來，一見萬清和的面，就忍不住流淚說道：「悔不聽先生的神課，昨夜在這裏打擾的兄弟們，衹怕一個也沒了性命！」接著將歸寨來沒一會，就被官軍圍山攻勦，衆兄弟如何散逃，自己如何拚命衝出的話，說了一遍。

萬清和聽了，神色自若的笑答道：「數皆前定，豈是一人之力所能挽救。你又何用悲哀呢？」

李有順心想：這人本領雖高，卻是沒有仁愛之心。他昨夜明知道我衆兄弟，有這場大禍，也不向我們說明一聲，僅說東南方上去不得。我那時是問去東南方做生意利與不利？並不是問村寨歸得歸不得？教我們怎生想得到，不去東南方做生意，也有性命之憂呢？於今他聽得我衆兄弟都送了性命，連歎息都沒一聲，可見得這人的心，比我們做強盜的心，還要狠了！

但是當時李有順祇得含淚答道：「先生的話是不錯，不過我和衆兄弟，出生入死多年，情同骨肉。今一旦眼見他們都死於非命，僅剩下我一個人，心裏雖想不悲哀，卻如何做得到啊！」說著，兩眼又撲簌簌的掉下淚來。

萬清和才悠然長歎了一聲道：「這本是可傷的事，不怪你止不住悲痛。」

李有順一聞萬清和的歎息聲，更哽咽的哭出聲來了。

萬清和忽哇了聲說道：「你且不要哭！我有句話問你：你那些兄弟，都是如何把性命送掉的？」

李有順拭乾眼淚，說道：「我不是曾說了：衆兄弟因爲事前沒有準備，臨時各自偷逃的話嗎？山上的官軍，圍裏得鐵桶也似的緊密，衆兄弟多沒有大能爲，若能大家聚在一塊，齊心合力的衝出來，或者還有一半，可以逃出。既是一個一個的單逃，除了我有誰逃得出？因此我逆料一個也沒有了。」

萬清和笑道：「命裏該死的，就聚在一塊，也不難死在一塊！命裏不該死的，一個人也能逃出來，你不就是一個人逃出來的嗎？」

李有順聽了這話，心裏又是好笑，又是好氣。呆呆的望了萬清和一會，說道：「衆兄弟實在不能比我，我這一點點本領，雖算不了甚麼，然百十名官軍，休想將我困住！衆兄弟中，能趕得上我三五成的也沒有，如何能拿我一個人逃出來的事，和他們比譬呢？」

萬清和笑道：「照你這樣說來，有本領的人，簡直在許多該死的人當中，也不該死了！就是命裏該死，有本領也不會死了麼？」

這兩句話，說得李有順沒得回答，半晌才說道：「那麼我就是命不該死了！」

萬清和點頭道：「你的命是不該死，便是你衆兄弟的命，尤不該死！若是該死的，我昨夜也說明了。」

李有順道：「衆兄弟既是命不該死，爲甚麼又都死了呢？這話就教我更不明白了！」

萬清和仍是笑道：「你要明白很容易。」

說時，隨掉頭向裏面連喂了幾聲道：「你們還不出來，更待何時？」

李有順是個十分機警的人，見了萬清和這情形，心裏猛然疑惑有人暗算，驚得跳了起來！不知萬清和喂呀喂的，叫出些甚麼人來？且待第二三回再說。

施評

冰廬主人評曰：萬清和以神課靈應，煽惑人心，結合李有順圖謀不軌；與施耐庵寫吳學究議取生辰綱一段頗相合。惟吳用祇恃智計，而萬清和兼有道法；合智多星、入雲龍而一之，宜乎其陰險奸狠，較吳學究為尤甚也。

第二三回　練飛刀慘擄童男女　憂嗣續力救小夫妻

話說：李有順見萬清和向裏面高聲說：你們還不出來，更待何時？頓時疑心有人暗算，慌忙跳起來，退後了幾步。隨即朝裏面一看，祇見擁出一大群人來。仔細看時，原來不是別人，就是官軍圍勦，散逃下山的衆兄弟，共有二三十個人，連與自己同路下山，不曾趕上，以爲被官軍所害的三個人，都在其內。不由得把李有順怔住了！衆兄弟搶上前，爭著問：李大哥怎麼才來？害得我們好生盼望。

李有順定了定神，答道：「我在這裏作夢麼？你們怎的倒都先到了這裏？實在教我不得明白！」

衆人指著萬清和道：「我們若不是有先生相救，早已都做了刀頭之鬼呢！我們到這裏大半日了，就祇不見大哥，正急得甚麼似的！幾番公請先生前去搭救。先生說是昨夜與大哥約了，今夜到這裏來的，並說大哥是個有信義的人，決不會失約。」

李有順幾步搶到萬清和面前，指著自己的膝蓋，說道：「我這膝除拜師外，不曾向人屈過！此時不由我不向先生磕頭。」道著，雙膝跪了下去，搗蒜也似的磕頭，說道：「一則替衆兄弟叩謝救命之恩，二則拜先生爲大哥。以後我等不拘甚麼事，都得聽大哥的號令！」

萬清和連忙將李有順扶起。衆兄弟聽了李有順的話，也齊向萬清和叩頭。大家紛亂了好一會才定。萬清和復搬出酒菜來，大家吃喝。李有順終不明白：萬清和怎生救出衆兄弟的？向萬清和細問當時搭救的情形。

萬清和笑道：「那一點點官軍，在我眼睛裏看了，直是一群螻蟻相似！祇須略施小技，教他們向東，他們便不能向西；教他們死，他們便不能活，搭救幾個人的性命，算得甚麼？」

衆兄弟道：「我們雖承萬大哥救了性命，祇是我等心裏，至今還不明白。我們在山上的時候，分明看見無數的官軍，把住山口，我們的腿都嚇軟了，原打算逃回頭，不敢下山的。不知怎的，忽然一陣大風過去，祇聽得滿山喊殺，卻不見一個官軍。

「我們以為，官軍是從山背後上來的，此時轉到山前去了，我們正好趁這時向山後逃走。於是都跑到後山，果然一個官軍也沒有。但是喊殺的聲音，又好像就在我們跟前，並不是前山喊殺的聲，後山能聽得著。我們當時衹要能避開官軍的眼，那裏還敢停留觀看呢！一路頭也不回的逃出後山。

「陸續等齊了伴，萬大哥就來了，說：李大哥已逃出來了。何以我們起初看見那們多的官軍，後來一個也不見了？從來官軍圍攻山寨，沒有留出一方不圍的，並且我們都聽得喊殺的聲音，就在身邊，何以連一個人影子也不看見呢？」

跟著李有順衝下山的那三人搶著說道：「你們是這樣就不得明白嗎？我們三個人，才眞正不得明白咧！我們跟著李大哥，因見你們都各顧各的走了，官軍又一步一步的圍攻上來，急得沒法子，衹好拚著這條命不要，李大哥在前，我們三人緊跟在後，直朝著官軍陣裏，衝殺下去！

「李大哥的腳步，你們是知道的，我三人如何能趕得上？越趕越相離得遠！我們才到半山，已遠遠的看見李大哥，衝進官軍隊中去了。官軍好似波浪一般，時而分開，時而合攏，末了官軍齊向兩邊飛跑，一霎時就不知跑向那裏去了？眼前也是不見一個官軍！

「我們心想：這時還不逃下去，再等甚麼時候？我們就此安然跑下山來，甚麼人都沒遇見一個。祇看見山腳下有些紅豆子，和紙剪的人馬，料想是住在山腳下的小孩，在官軍未來之前，在那地方玩耍留下來的。這不是更奇怪嗎？」

李有順跳起來說道：「照你們這般說來，這番的官軍，豈不是專為勦一個人來的嗎？萬大哥既能顯神通，救出一干兄弟，何不併我一同搭救出來，定要害得我受急擔累，險些兒把性命丟在官軍隊裏呢？」

萬清和笑道：「你也要我搭救，卻要本領做甚麼呢？你若是沒本領衝出來，我自然一般的救你！」

李有順和衆強盜，因這回事都心悅誠服的，擁戴萬清和爲大哥。各處山寨村寨的強徒，得了這個消息，也都爭著前來依附。聲勢一日大似一日了！萬清和自己並不出外打劫，仍是教著一些學童讀書。夜間就吩咐某部分人，去某方多少里地方劫掠。凡是經萬清和吩咐的，打劫無不順利！後來萬清和的名聲，比李有順還大得多了。

官廳一次一次的增加懸賞，由三千加到三萬，他才不敢再如前從容教讀了。占領了一座形勢險惡的山寨，聚集了七八百強徒，官軍幾番進勦，都打了敗仗，竟是奈何他們不得！兩廣的綠林，數百年來總是遍地皆是。做縣官的，祇要不搶到縣衙裏來，多是開一隻眼、閉一隻眼，不能根究，也不敢根究。

萬清和一日對李有順道：「我要練一件東西。練成了，不但可以永遠保這山寨，不至被官軍擊破；我的道術，從此也要高超幾倍！不過那東西，很不容易練成。最重要的，是要兩個有根基的童男女，取了血來祭奠。你可傳知衆兄弟，從此出外，大家留神，若遇了相貌生得清秀，兩眼神光滿足的童男、童女，或買或擄，務必多弄幾個上山來，我好挑選了應用。」

李有順答應了，隨即通知了七八名強徒。萬清和這個號令傳出來不打緊，祇可憐那附近數十里以內人家的小兒女，幾日之間，也不知被擄去了多少。

但是擄搶上山的童男、童女，萬清和一一看了，說：沒一個有根基的，通用不著，仍打發下山去罷！衆強徒誰肯麻煩，送回各人家去。帶在自己跟前聽小差的也有；暫時充小丫頭，預備將就做壓寨夫人的也有。相貌生得太醜、性質太魯鈍的，不肯留在山中，耗費了糧食，就提起來往巉巖峻峭的山坑裏摜下去，摜成一團肉餅，去餵豺狼野獸！

萬清和見擄來的童男女，概不中用，知道自己兄弟們的眼光，看不出有根基與沒根基來。他要練的東西，據說，就是妖魔左道所用的「陰陽童子劍」。那劍並不是鋼鐵鑄成的，係用桃木削成劍形。練的時候，每日子午二時，蘸著童男女的血，在劍上畫符一道，咒噀一番，經過百日之後，功行圓滿，這木劍便能隨心所欲，飛行殺人於數十里之外。比劍俠所練的劍，效力更大。

不過所用的童男女，必須有根基、有夙慧的，練成之後，方能隨心所欲。童男女笨滯不靈敏的，將來練成的劍，也笨滯不靈敏。這種說法，本是無稽之談，祇因全部奇俠傳中，比這樣更無稽的很多，這裏也就不能因他無稽不寫了。

萬清和既是要練這種劍，便不能不親自下山，物色合用的童男女。他當下山的時候，占了一課。課中所指，在香山一帶；但是課中，很透著幾分凶象！他心想：我有這們高的道術，官廳莫說懸三萬銀子的賞格，無奈我何；就是懸到三十萬，也沒人能把我拿住！並不是世間沒有道術比我高強的人，道術比我高強的人，與我無冤無仇，必不肯平白和我爲難，去貪圖官廳的賞銀。祇要我自己處處謹愼些，行事不冒昧，自能逢凶化吉，遇難成祥。

萬清和已決心下山。當將山中事務，交李有順經管，獨自化裝往香山來。在街頭巷尾行走了幾日，所見的童男女，委實不少，那有一個用得著的呢？暗想是這們物色，便在香山城裏，行走一輩子，也看不出一個中用的小孩來。人家伶俐可愛的兒女，如何肯放出來，在街上玩耍咧？必得設法進人家屋裏去才行。

暗自思索了一會道：「有了！我何不將香山縣所有算命的人，都邀了來？看他們近來所算童男女的命，有根基極好的沒有？如有，看在誰家。若還不曾算過，就託他們留神。他們算命的人，好八字一落耳，便永遠不會忘記，童男女根基穩固的八字，更是他們取錢的好門路，決不肯輕易放過去的。我的身邊有的是錢，能多給他們幾文，還愁他們不替我盡力嗎？」主意想定，即實行照辦起來。

一個斗大的香山城，本地的、外路的，總共不過幾十個算命的人。有錢豈不容易召集？萬清和把幾十個算命的，都召集在一處。先說了幾句江湖中客氣話，才說道：「兄弟無事不敢勞動諸位的大駕！祇因兄弟平生，祇有一兒一女，看待得稍微寶貝點兒，病痛就異常之多，到處尋找名醫診視，銀錢也不知花掉了多少，仍是絲毫不見效驗！

「日前內人得一奇夢，夢見：神人指示，須找一對根基極好的童男女，和小兒女結拜爲兄弟姊妹，自然易長成人。內人在夢中問神人：何處有根基極好的童男女？神人指示在香山縣。因此，兄弟特地到這裏來，尋覓了好幾日，無奈尋覓不著！

「因此想到：諸位在這裏算命，人家小兒女出世，無論根基如何，總得請諸位算算八字，

根基好壞，自逃不過諸位的計算。望諸位靜心記憶一番，真有根基穩固的童男女八字，縱然相隔三五年，必尚能記憶得出。看在甚麼地方？甚麼人家？果能詳細告知兄弟，一個八字，兄弟可贈二十兩花銀。記憶不出的，每位也奉贈一兩。」

幾十個算命的，聽了萬清和的話，都覺得這事很是新鮮。誰不愛銀子？一個個都偏著頭，冥思苦索。有思索出來的，將八字報給萬清和聽。萬清和聽了，祇用指頭輪算一番，便搖頭說：這八字，僅有六分根基，或七八分根基。接連算了十來個，連一個有九分根基的都沒有！

最後一個光眼瞎子說道：「我就在前日，揣骨相了一對童男女。我當時覺得很奇怪，這裏某條街上，有個做拷綢生意的方濟盛，前幾日從揭揚回來，帶回一對童男女。說是在揭揚客棧裏，遇了火燭，把帶領兩個小孩的大人燒死了。方濟盛聽得小孩喊救的聲音，拚命上前救了出來，在揭揚沒人認領，祇好帶回家來。

「小孩有了八九歲，面貌都生得十分清秀，衣服也像富貴人家的。祇是都和失了魂的一般，問他們的話，不大曉得答應，終日癡不癡、獃不獃的，說話結裏結巴。方濟盛也沒問出他們的姓名、籍貫來。方濟盛的兒媳婦，是我鄰居的女兒，曾請我揣骨一次。我斷定他的話，都靈驗了，很相信我的相法。前日特找了我去，要我給兩個孩子揣揣說：這兩個孩子可憐！也不知是因失火嚇成了這個樣子呢？還是因不見了父母，急成這個樣子？相金是沒有的，倒要相得仔細些才好，看將來有骨肉團圓的日子沒有？

「我那時左右閒著無事，又因是熟人，就給兩個孩子，揣相了一番。眞是奇怪！那一對童男女的骨相，若不是神仙轉劫，就必是精靈化身，尋常小兒女，決沒有這般骨相！我當時就說：可惜這兩個孩子，沒父母在跟前。不然，這樣的骨相，我取二十兩銀子一個，任憑誰說也不算多。

「方濟盛的兒媳婦笑道：『你們走江湖的，照例歡喜瞎恭維人，好問人要錢。你這瞎子，今日算是白恭維了。若眞有這們好的骨相，何至落到於今這步田地？』我比時也懶得和他們女人家爭論，就出來了。我此刻想起來，還是可以寫包承字：包管這一個男孩子，將來必成大器；這一個女孩子，將來必做一品夫人。不過八個甚麼字，就不得而知！」

萬清和聽了，心中很是高興，口裏卻說：沒有八字，不見得靠得住！於是每人送了一兩銀子，打發一般算命的去後，又虔心占了一課。課文極佳，但是爻中仍透幾分凶相，遂不敢孟浪從事。在方家左右鄰居，打聽了幾日，把朱復、胡舜華二人到方家後的情形，打聽得明明白白。原打算使邪術，將二人攝取出來，因見兩次課中，都透著幾分凶相；恐怕做不穩當，才想出前回書中，假裝父母的方法來，逆料方濟盛既不知道兩孩的來歷，而兩孩又失了魂，要騙出來很容易！不過這事，不能不有女人同做。因急急的回到山寨，教王氏一同來香山，實行騙術。果然馬到成功，竟將朱復、胡舜華，騙到了山寨中。

萬清和看了朱復、胡舜華，心中好生快活。以爲，有了這樣一對好根基的童男女，陰陽童子劍就不愁練不成功了！帶入山寨後，仔細觀察二人癡獃的情形，不像是嚇掉了魂的，也不像是急成的，更不是生成的。研究了好幾日，才研究出是受了迷藥。既知道是受了迷藥，就容易解救了。不費多少氣力，便將二人所受迷藥的毒性，完全解除了。

二人的性靈既復，都向萬清和哭著要父母。萬清和那裏肯作理會！忙著安壇設祭，沐浴薰香。把朱復、胡舜華也洗刷乾淨，選擇了庚申日，開壇祭練，刺血書符。可憐兩個渾渾噩噩的小孩，那裏知道殺身之禍，就在眉睫！因王氏還歡喜二人生得伶俐，拿了零星食物給二人吃，二人就在王氏跟前親熱。

王氏的年紀，已四十開外了。膝下一無兒，二無女。大凡年紀到了三十以上的婦人，沒有不想望兒女的。朱、胡二人既生得極可人意，滿山都是窮凶極惡的強盜，小孩見了就害怕！王氏是個女人，又是從香山把二人帶回的，二人自然最喜親熱王氏。

王氏的心思，不由得漸漸的更變了，想撫育做自己的兒女，捨不得給丈夫殺血練劍了！卻又有些慮及，朱、胡二人，已有了這們大的歲數，知道不是他們的親生母。或者養到成人，他自落葉歸根，悄悄逃去，尋覓他們自己的親生父母，那就自己白費了一番心血。而丈夫最要緊的陰陽童子劍，又不曾練成，那時就後悔也來不及了！

婦人心理，總比男子陰柔，沒有決斷。王氏雖想到了這層，祇是仍有些不捨，想故意探聽二人的口氣試試。便將二人領到跟前，先問朱復道：「你的親生父母，早已死過了。你知道麼？」

朱復流著眼淚，半晌搖頭道：「不知道。」

王氏道：「你知道這裏是甚麼地方麼？」朱復也搖搖頭說不知道。

王氏道：「你讀過書麼？認識字麼？知道強盜是甚麼東西麼？」

朱復點頭道：「已讀過了三年書，字都認識。知道強盜是搶劫人家東西的。」

王氏笑道：「專搶劫人家東西，不殺人放火，還算不了強盜。強盜是殺人的！這山上的人，都是殺人的強盜！你怕麼？」

夜訪

朱復搖頭道：「不怕！」

王氏道：「你不怕強盜殺你嗎？」

朱復道：「媽不是強盜，我在媽跟前，不怕！」

王氏聽了這話，喜得心花都開了！連忙將朱復抱在懷中親嘴道：「你做我的兒子好麼？你將來孝順我麼？」

朱復也將臉偎著王氏道：「好！將來孝順媽！」王氏歡喜得甚麼似的，連親了幾個嘴。才放下朱復，拉了胡舜華的手，也試探了一遍。

這也是朱、胡二人，合該不受那刺血的磨難。有鬼使神差似的，二人都答應得正如王氏的心願。王氏遂決心救出二人，做爲自己的兒女。當下教了二人許多對付萬清和的言語、做作。

等到萬清和夜間進房，朱、胡二人都過來叫爹。萬清和嗔著兩眼，望了二人一望，鼻孔裏哼一聲道：「誰是你們的爹？你們的爹在陰間，不久就打發你們去見面！」二人嚇得退了兩步，低著頭不敢作聲。

王氏忙迎著萬清和，陪笑說道：「我看這兩個小東西，很解人意。你我兩人的年紀，合起來差不多百歲了，膝下一個兒子、一個女兒也沒有，將來都免不了要做餓鬼！我的意思，打算就認這兩個東西做兒女，好生撫育成人，豈不也可以慰我二人的晚景嗎？」

萬清和板著臉，祇當沒聽見。王氏向朱、胡二人，使了個眼色。二人慌忙爬在地下，朝著萬清和叩頭，口裏又叫著爹。萬清和現出極冷酷的面孔，不瞧不睬。

王氏又說道：「你瞧這兩個孩子，也怪可憐的！」旋說旋對朱、胡二人道：「你爹不答應，你們就跪著不要起來！」二人眞跪著，一遞一聲的叫爹。

萬清和沒好氣的向王氏說道：「兒女可以保得你我的性命麼？官軍來圍山寨，你能教這可愛的小東西，下山抵敵麼？你怕將來死了做餓鬼，我怕現在就要做砍頭鬼！」

王氏也生氣道：「虧你還是個讀書人，在茅山學過道，時常自誇道術高強，原來連做強盜的本領都不夠好。好！你祇顧做終生的強盜，不怕絕子滅孫，你一個人去做很好！我父親當初把我嫁給你，是想我到你家做一品夫人的，不是想我做壓寨夫人的。於今你走你的陽關路，我過我的獨木橋。這兩個小東西，是我從香山帶來的，我要他接萬家的後代。將來我死到九泉之下，也可以見得死去的翁姑！」一面說，一面號啕大哭起來。朱、胡二人也跪在地下痛哭。

不知哭得萬清和怎生發落？且待第二四回再說。

施評

冰廬主人評曰：萬清和因欲鞏固強盜事業，而祭煉陰陽童子劍；因祭煉陰陽童子劍，而殺死無數童男女。嗚呼！赤子何辜？乃遭浩劫。萬清和罪惡之大，可謂極矣！

第二四回　遷與寧再練童子劍　走南嶽驚逢智遠師

話說：王氏和朱、胡二人，一陣痛哭。萬清和的心腸，畢竟不是生鐵鑄成的，看了這種淒慘情形，也不由得一時軟下來了。長歎了一聲，向王氏說道：「罷罷！用不著號哭了。不見得除了這兩個，便沒有中用的童男女！」王氏這才轉悲爲喜。朱復、胡舜華好像知道自己是死囚遇赦似的，也止了啼哭，又連連的向萬清和叩頭。

萬清和勉強回頭看了一眼，說聲：起去。朱、胡二人起來，挨緊王氏站著。萬清和也不理會，心中已決定：如遷延時日，竟找不著合用的童男女時，寧肯夫妻反目，非拿朱、胡二人練成陰陽童子劍不可！又過了些時，果然尋不著合用的童男女。

祇得把心一橫，正言厲色對王氏說道：「你可知道周勝魁受了招安，當了統領，於今專一和我們綠林中人作對，已剿散好幾處山寨了麼？」

王氏看了萬清和的神色，又聽了這般言語，心裏早明白了他的用意，祇得搖頭答道：「外面的事，你不來和我說，我怎生知道？周勝魁是甚麼人？我都沒聽你說過！」

萬清和道：「你是個婦人，不知道外面的事，自是正理。周勝魁是和我此刻一樣的人，不過他能受招安，我不能受招安！我既不能受招安，你不知道這山裏上千的人，性命都靠誰保護？」

王氏道：「不待說是全仗有你了！」

萬清和嗄了一聲道：「你也知道全仗我麼？老實對你講：我的陰陽童子劍不練成，休說一山人的性命難保，連你我的性命也保不了。你不要我做丈夫，祇由得你。我勞神費力才弄到手的童男女，不能由你要留下來，便留下來；更不能為你一個人的婦人之仁，斷送滿山兄弟們的性命！我於今已選擇了明日庚申日開壇。你休得再發糊塗，躭擱我的大事。」

王氏見丈夫如此神色，知道無可挽回了，祇得一聲不作，倒在床上，掩著面哭。萬清和也不瞧睬，自將朱復、胡舜華拉到神壇裏來。

二人這時的年齡，雖祇得八九歲，然都是聰明絕頂、具有夙慧的人。又早已聽得王氏說過

擄他們上山的用處，此刻被拉到神壇裏，自然明白是死到臨頭了！都哇的一聲哭了出來。

萬清和冷笑道：「哭甚麼！祇怪你們自己的命，生得好，因此不得好死！你也不要怨我。」說著，親自動手，將二人的上衣卸了。神壇左右，安好了兩條木凳，先把朱復綑在左邊凳上。

朱復越加號哭得厲害。萬清和用食指，在朱復額頭上點了一點，惡狠狠地說道：「你想死得快就哭！不哭倒還可以活一百天！」兩句話，眞嚇得朱復不敢哭了。綑好了朱復，將胡舜華也照樣綑在右邊凳上。準備就在這夜子時，刺出血來，開壇祭練飛劍。

這裏便恰好用得著平常小說書說的，無巧不成書的那句成語了。萬清和才把練劍的種種設備，忙得有個頭緒。忽得著派在外面踮盤子的兄弟回來報告，說：周勝魁帶領了二千人馬，並有無數的大砲，不分晝夜的，前來攻打山寨，已到了離這裏不過三四十里路了！

萬清和聽了這消息，雖並不慌張著急，然不能不從事於籌佈防置。練劍的閒情，是沒有了。祇得仍將朱、胡二人解下來，交給王氏看管。王氏不待說是喜出望外。

再說，萬清和知道周勝魁，不過一勇之夫，沒有多大能耐。所慮的，就是周營有許多大砲，朝山寨攻打起來，不容易抵敵。遂思量一個搶砲的方法：挑選了二百名壯健兄弟，各人祇帶長矛短棍，埋伏在離山寨十來里，險要的山峽兩邊。等官軍經過的時候，猛然殺出，專一搶奪大砲。

果然周勝魁不曾防備，被搶去了幾尊大砲，並殺死了數十名官軍。官軍的銳氣大挫，那裏是萬清和這般強徒的對手？差不多被打得全軍覆沒，有這們一來，這山寨強盜的聲勢，就更鬧大了。

不到幾日，竟又調來五千多官軍，祇把這座山寨圍了，並不進攻。山中並沒有出產，官軍打算圍到山中的食糧一盡，便不能支持。山中的強徒，見官軍密密包圍，也不免有些著慮，一個個都盼望萬清和用道術解圍。

萬清和卻先將滿山的兄弟，聚在一處說道：「官軍來攻打我們，並不算一回事。像這般不中用的官軍，那怕他再加上幾倍，也不在我心上。要打發他們回去，我立刻可打發他們回去。不過我剛才占了一課，不久便有招安的消息來。我初上山的時候，原沒有受招安的心思，所以教你們下山尋找合用的童男女。若當時容易找著，則此刻我的法寶，已經練成；法寶既經練成，不但這山寨，能使官軍不敢正眼相向，便是兩廣的綠林中兄弟們，我和李大哥早已商議了，都要邀集作一塊兒，大幹一番。

「無奈事不湊巧！合用的童男女，遷延到幾月之後才找著，卻又爲陰人阻隔。直到前幾日，方待從事祭練，而周勝魁忽來相擾，於是復延擱下來。我再四思量，我們這番若不受招安，必是接連不斷的，有官軍前來麻煩，我的法寶終沒有祭練成功的時候。不如暫時由李大哥出面，受了招安。我好趁這當兒，另擇僻靜所在，將法寶練成。那時再圖大舉！不知諸位兄弟的意思如何？」

衆強徒和李有順，忽然聽得要受招安的話，都覺得出乎意料之外，一時都沒話回答。

萬清和接著說道：「請諸位兄弟仔細思量，我和李大哥初次在村學裏見面的時候，我說：做強盜太勞苦、太風險。我當時雖不曾說出我的做法來，其實就在使我們的聲勢張大，好受招安。招安後，得了一官半職，則一切皆可不勞而獲了。不過我的心願，此次尚不易相償，所以正好趁這當兒，把自己的腳跟站穩。」萬清和雖是這們說，衆強徒仍是莫名其妙。

次日果由官軍裏，派人上山招安，許李有順當管帶。李有順見周勝魁受招安後，做了官，心中早已羨慕。此時見萬清和也主張招安，自然很容易就範。

於今，且擱下衆強徒受招安的事。卻說，萬清和不待招安事了，即帶了王氏和朱復、胡舜華，到興寧縣境一座叢山裏，自結一所茅屋住著。打算在這清靜所在，好祭練陰陽童子劍。無奈朱、胡二人在王氏跟前，一日親熱一日，王氏簡直看待得比自己兒女，還要寶貝，死也不肯給萬清和練劍。

大凡練習邪魔妖術的人，對於家庭的感情，必是很稀薄的。萬清和見王氏幾次阻撓，料知有王氏在側，陰陽童子劍決練不成功！衹得索性將老婆不要，趁王氏不在意，帶了朱復、胡舜華，從興寧到南嶽衡山。他打算在叢山中，結一所茅屋，好安心祭練。

萬清和衹聞得衡山的名，並不曾到過衡山。他這回帶著朱、胡二人到衡山的時候，正是八月中旬。衡山居五嶽之一，每年八月間，南嶽廟的香火極盛。無論富貴貧賤，男女老幼，常有從數百里、數千里以外，步行到南嶽進香的。更有許了朝拜香，從各人家中出來，就三步一拜，五步一跪，直跪拜到南嶽山頂上。萬清和正在香期當中到南嶽。南嶽山中，處處是人山人海，不容易能找著一處僻靜地方，給他祭練飛劍。

萬清和見朝山的如此之多，正躊躇不得計較，忽見從人叢中，走來一個高大和尚。身披一件破爛袈裟，袒出左邊臂膀來，又粗又黑，筋肉突起；汗毛疏疏落落，也粗黑得和鬚髮一般；托著一個鉢盂，比五斗栲栳還大；濃眉巨眼，很透著幾分凶惡像！萬清和看了，心想：照這和尚的形狀看來，決不是一個安分守戒律的東西，心裏是這們想著，那和尚已走近了身邊。

萬清和一手牽著朱復，一手牽著胡舜華，連忙向旁邊讓開。因見和尚已喝得爛醉，手中鉢盂裏，還有半鉢盂的酒，恐怕惹得他發酒顛。說也作怪！那和尚已挨身走過去了，走不到三五步，忽回過頭來，兩眼圓溜溜的望著朱復！

萬清和心虛，怕和尚看出破綻，難得囉唣，急拉著二人，背轉身去。那和尚也急回過身來，朝朱復叫了一聲朱公子，那聲音就和天空響了一個霹靂相似。朱復聽得，望著和尚發怔，彷彿是認識的。

和尚大笑著走過來，伸起巨靈般的右掌，在萬清和肩上一拍道：「夥計，夥計！你也來了嗎？害我找得好苦！這裏人多，不是說話的所在。快跟我走罷，我和你有得帳算呢！」

萬清和不由得老大著了一驚！但是仗著自己的道法，又不知道和尚是何等人，卻不甚懼怯！放下臉對和尚呸了一口道：「誰和你這賊禿是夥計？是識時務的，快滾開些！」說時，緊緊的把朱、胡二人的手握了。

和尚也正色說道：「你這東西，才是不識時務呢！也不打聽明白，這朱公子是我的甚麼人？他是我的徒弟，你知道麼？」

萬清和一看左右前後看熱鬧的人，圍了一大堆，不好施展手段。即點頭對和尚道：「看你這賊禿，要到甚麼地方，和我算甚麼帳！你就走罷，怕你的也不是人了！」和尚連連道好，分開衆人，側著身體往前走。萬清和拉著二人跟在後面。

走到一處山林裏，萬清和估量，這和尚必也有些本領，不如先下手爲強！遂趁和尚不覺，騰出左手來，朝和尚脊梁當中，嘩喇喇一個掌心雷打去，以爲打死了便沒事！誰知雷才出掌，和尚已不見了。

那雷不偏不倚的，劈在一株松樹上，將松樹劈得枝幹紛披，倒折下來，幾乎壓在自己頭上，嚇得倒退了幾步！

和尙已在萬清和背後，一把抓住萬清和的頂心髮，哈哈大笑道：「你眞是在龍王爺面前賣水，這一點點兒毛法，也拿出來賣弄！你還有本領麼？盡量使出來罷！」

萬清和不提防，被和尙抓住了頂心髮，想借隱身法逃走，也來不及了！祇得發哀聲求饒道：「我肉眼不識聖賢！求師父饒恕了我這遭！」

和尙道：「你求我饒恕你，卻爲甚麼還拉住我的徒弟不放呢？」萬清和沒法，祇好把兩手鬆了。

和尙將萬清和提離了地，說道：「你也是個學道之士，本與我無仇無怨。不過你這東西的心地太壞，不知斷送了多少無辜的童男女！我受了末底祖師的拜託，特地來這裏等候你，一則救我自己的徒弟，二則替人世除一大毒！幸虧末底祖師，見機得早，不待你的道術成功，就驅你下山。

「像你這種無良的東西，假使你能盡得了末底祖師的道術，凡事有預知的本領，還了得嗎？僅傳了你一點點毛法，你就拿著無惡不作起來，竟敢剪紙爲馬、撒豆成兵，假裝官軍，將強盜逼得擁你爲首！你仗著妖術做強盜，尙嫌不足，還要祭練陰陽童子劍！一個略有天良的老婆，你都視同仇敵。你這種東西，留在世間，有何用處？」

萬清和祇急得渾身發抖，苦苦的哀求道：「師父殺死小子，直如踏死一個螞蟻！不過上天有好生之德，聖賢許人以改過。小子從此一步也不敢妄行，祇求師父饒了小子的性命！」和尚偏著頭想了一想道：「也罷，我本也犯不著爲你這東西，破我多年不開的殺戒！至於你改過不改過，妄行不妄行，那怕你躲在天涯海角，也瞞不過末底祖師的耳目。那時恐怕你的陰陽童子劍不曾練成，你的頭已被你師父的飛劍斬了呢！去罷！」

隨將手一鬆，萬清和跌倒在數步以外，爬了起來，向和尚叩頭問道：「師父的法諱，能否告知小子？小子向後也好感念！」

和尚道：「智遠禪師就是我！」萬清和心裏記得，在茅山學道的時候，曾聽得同學說：末底祖師和智遠禪師最好。智遠禪師的道行極高，能乘龍出入滄海，本是豢龍使者降生，祇因自己在茅山不久被逐，所以不曾見過智遠禪師的面。此時一聽說便是智遠，那裏還敢支吾，即時回興寧去了。

萬清和這番到南嶽來，竟像是知道智遠禪師在南嶽，特地親送朱、胡二人來交割的一般。其實是智遠禪師，當在潮州救活朱復性命的時候，就已知道朱家有滅門之禍，一家人都得流離顚沛。朱繼訓更是死在臨頭，無法挽回劫運！所以朱夫人不肯將朱復給他帶走，他也不甚勉強！

光陰易逝，又過了幾月。智遠並不曾離開廣東，仍在千壽寺中住著。不過他住在千壽寺，並不是和尋常僧人掛單一樣，正式謁見住持，呈驗度牒，撥住僧寮。他日間到處遊行，入夜才到千壽寺來，就在廊簷下，蜷作一團睡了，也不念經，也不打坐。所以朱家派人打聽，回說並沒有這般的和尚。他白天來往的地方，就在五華山中水月庵。

水月庵的住持，是一個七十多歲的老尼姑，法諱了因。少時和智遠原是同門姊弟，道行且在智遠之上。衹為練丹走火，燒瞎了一隻左眼，遂發憤在五華深山之中，終年人跡不到的所在，親手誅茅闢草，復募化十方，建築這座水月庵，一心一意的在庵中修練。

智遠因朱復的磨劫未除，不能離開廣東，歡喜水月庵不近塵俗，好供自己修持，復得與了因同證道果，所以每日到水月庵來。

這日智遠忽來向了因稽首道：「今有一件功德，非得師兄親去，不能完成！」

了因將自己要度脫朱復為徒的情形，述了一遍道：「於今朱繼訓的案子已快破了。這案一破，朱家便有滅門之禍！但是他夫人、小姐，都不應在這劫數之內，而我雖有力，也不便救援。師兄若不伸手援引他們，則我必至前功盡棄！」

了因躊躇了一會道：「惡紫和光明丫頭，也合當與我有緣，這事我願任勞。不過你的徒弟，你應當去救，不合累我。」

智遠笑道：「我的徒弟，早已不在朱家了。他的磨難更多，此時救他尚早！」

了因於是動身到潮州來，沿途仍裝作募化的尼姑。這日黃昏時候，了因走一座很陡峭的山壁下經過。忽聽得山上有腳步聲，跑得很急。隨立住腳，抬頭向山上一看。衹見一個三十來歲的壯士，背負長劍，左脅下懸革囊，短衣草履，英氣盎然，不要命的向山下逃跑。背後相離二三十丈遠近，有個身體魁偉、形狀凶惡的漢子，緊緊的追趕，不覺吃驚，暗道：「這事既落到我眼裏，我若袖手旁觀，如何能對得住道友？」

不知山上逃的、追的是誰？了因怎生對付？且待第二五回再說。

施評

冰廬主人評曰：朱復、胡舜華二人，經千磨百折，幾瀕於危，直至遇智遠禪師，始得回復自由。讀書至此，為之一快。惟萬清和仍得逍遙法外，報施殊嫌不當耳。

萬清和奸佞小人，心術險惡，末底祖師，授以道術，失察之咎，無可諱言，幸驅逐尚早，否則荼毒人群，寧堪設想？世之以技授徒者，可不審慎出之耶？

第二五回　小劍客採藥受驚　新進士踏青被騙

話說：了因看了山上一逃一追的情形，認得在前面逃的，是清虛觀笑道人的徒弟魏時清；後面追的，不認識是甚麼人。暗想：不問追的是誰？爲的甚事？我既親眼遇著笑道人的徒弟被人逼迫，論情理總不能不援救他一番！且看，那追的追著了，怎生處置？

正想著，魏時清已逃近巖邊，將縱身下巖。一眼看見了了因，就和危舟見了岸的一般，不覺哎呀一聲喊道：「了因師太，快救小姪的性命！」

話才出口，了因已見那個追的，伸右手朝魏時清背上一指，一道金光隨著，比箭還急的射將來。這裏也恰用得著說時遲，那時快的套話了！了因見那道金光出手，也急將右手一抬，脅下即時射出一道白光來，宛如拿空之龍，一掣就把金光繞住。

金光短，白光長，金光看看抵敵不住了，那漢子索性把金光收回，正色向了因說道：「我看師父不是沒道德的人，爲甚麼這般助惡，也不問個情由？是他們倚仗人多勢大，來欺負我，盜我的丹藥！師父是有道德的人，難道說我不應該向他們討回嗎？」

了因也早已將劍光收回，飛身上了石巖，向魏時清說道：「賢姪因何在此，與這人動手？同來的還有誰呢？」

魏時清道：「師太不要聽這廝的話，何嘗是小姪等奪他的丹藥！」魏時清才說了這兩句話，忽從山巖側邊，跑出三個和魏時清一般兒裝束的人來。

了因一看，也都認識是清虛觀笑道人的徒弟：在前面身長瘦削的，姓蕭名挺玉；走中間的是展大雄；走背後的是貫曉鐘。

三人自然認識了因，走過來向了因請了安，齊聲說道：「求師太與小姪們作主！」

了因合掌念聲阿彌陀佛道：「你們都是令師尊打發來的嗎？」

貫曉鐘上前一步，躬身答道：「不是師尊差使，小姪等怎敢無端跑到這裏來？祇因師尊於前月交下一紙丹方，命小姪等五人，限三個月，往三山五嶽採齊。這山上有一蒐絕大的過山龍，苗牽十多里，小姪等尋覓了四晝夜，方將根株尋著。五人同時動手，又掏掘了一晝夜，好容易才掘了出來。

「誰知剛掘出來，這廝就跑來強奪，硬說這過山龍是他祖師從海外得來的異種，在這山上培植了三個甲子，才長了這們大。這廝並說：他在這山上，已看守了好幾年。像這樣騙小孩的話，誰肯信他呢？他便倚強動起手來！小姪等四人一面抵敵，一面教師兄張炳武先拿了過山龍下山，免得落到這廝手裏！」

了因點點頭，合掌向那漢子說道：「你剛才說他們盜你的丹藥，是不是就是這過山龍呢？」

那漢子道：「是的！過山龍是我祖師劉全盛手栽的，到於今已是三個甲子了。我專為看守這過山龍，才住在這山巖裏，已有好幾年了，如何能給他們盜去？」

了因道：「你是劉全盛的徒孫嗎？楊贊化，你稱呼甚麼？」

那漢子見了因問這話，面上露出喜色來，忙答道：「是我師伯。我師父是四海龍王楊贊廷，師太想必是認識的。」

了因也點頭笑道：「怎麼不認識？你姓甚麼？叫甚麼名字？」

漢子道：「我姓龐名福基。師太既和我師父認識，就得求師太看我師父的面子，替我作主，勒令他們把過山龍交出來！」

了因笑向貫曉鐘道：「我看一株過山龍，也值不了甚麼。他旣這們說，賢姪就還了他罷！」

貫曉鐘不服道：「這座山不是劉家的，不是楊家的，也不是他龐家的。怎麼好說山上的過山龍，是誰栽種的呢？」

了因笑著望了龐福基。龐福基急忙分辯道：「確實是祖師栽種的。不然，我也不在這山上看守了！」

貫曉鐘向龐福基道：「不錯！你旣在這山上看守，我們一行五個人，在山上尋覓了四晝夜，掏掘了一晝夜，這五晝夜，你往那裏去了？怎的不見你出頭攔阻？直待我們勞神費力的，掘到了手，你才出來說是你的呢？好不要臉！」龐福基沒得回答，祇求了因作主。

了因笑道：「我是巴不得他們給你！不過他們的話，說得近情些，我於今若幫著你，問他討回，他們心裏也不服，我也對不起他們的師父！即算這株過山龍，是你祖師栽種的，你看守不力，也不能怪人！何況就據你說：這株過山龍，經歷了三個甲子，而你在這山裏看守，不過幾年，若他們在幾年前來掘，你卻向誰去追討咧？我勸你馬虎一點兒罷，不値得爲這些小事，傷了同道的和氣！」

龐福基橫眉怒目的，望著賈曉鐘四人，欲待不服，又鬥不過了因，祇得忿忿的向賈曉鐘恨了一聲道：「我已認得你們這五隻仗人勢的賤狗了！你們能一輩子不落到我手裏，就算是你們的造化！」說罷，掉頭不顧的去了。

就因這一番糾葛，已於無意中，爲將來爭趙家坪時，增加好幾個勁敵。這是後話，後文自有交代。

於今，且說了因見龐福基走後，向賈曉鐘等歎息道：「我何嘗不知道他是詐騙，祇是我想多一事，不如少一事。劉全盛是崆峒派的老前輩，徒子徒孫不少，並很有幾個了得的人物。崆峒和我們崑崙派，自雍正初年以來，直到現在，總是如冰炭之不相容的！

「我因不願意爲這點兒小事，加添兩派的嫌隙，所以才勸你們把過山龍還他。其實明知不是他的，那裏說得上還咧！不過你們費了幾晝夜的心力，平白的教你們讓給人家，本也不近情理。這雖是一點兒小事，其中也有定數。」說話時，天色已經晚了。

賈曉鐘等謝了了因救命之恩，正待告別，了因忽然吃驚道：「不好了！你們快看，那西南方兩道劍光，一起一落的鬥著，想必是龐福基那廝，趁張炳武獨自下山，追蹤搶奪過山龍去了！」

賈曉鐘等隨了因手指的方向一看，約莫在十里遠近，果有一道金光，一道白光，在那裏奮

鬥。貫曉鐘著急道：「師太！這怎麼好？張師兄不是那廝的對手，我們就是趕去幫助，也來不及了！」

了因笑道：「你們儘管趕去，有我在此不妨事，快去罷！回清虛觀時，代我向你們師尊問好！」貫曉鐘等那敢怠慢，答應著，向劍光起處，飛奔去了。

趕了十來里路，祇聽得張炳武在樹林中喊道：「來的可是諸位兄弟麼？」四人連忙答應。

躥進樹林看時，張炳武正懷抱過山龍坐著，對四人說道：「僥倖，僥倖！險些兒沒性命和你們見面了！那廝大約是鬥你們四人不過，就追來和我爲難，我一個人卻不是他的對手。看看敵他不住了，虧得從斜刺裏飛來一道劍光，把那廝嚇退了！我心裏又是歡喜，又是疑惑。歡喜是那道劍光，救了我的性命；疑惑是猜不出那劍光從那裏來的？我們同輩中，沒有這們高的本領！」

貫曉鐘道：「那廝那裏是鬥不過我們四人。我們自你走後，同心合力的，和那廝鬥了半個時辰，我們敵不住，恐怕白送了性命！喜得紅姑曾給我一道丁甲符，急難的時候，可以借遁。但是我祇兩隻手不能挈帶三個人。不湊巧魏賢弟離我遠些，不得不把他留下，我們三人借遁先走，卻又不忍遠離。命不該絕的，終當有救。魏賢弟奔到巖邊，恰好了因師太走巖下經過，遂救了魏賢弟性命。方才救師兄的，也是了因師太。」

張炳武聽得，慌忙立起來，將過山龍交給貫曉鐘拿了，恭恭敬敬的朝著東北方，叩了四個頭，算是拜謝了因救命之恩！五人自往他山採藥不提。

且說，了因爲這事躭擱了些時間，所以次日到朱繼訓家，略遲了點兒，幾乎到在潮州府差役之後。這日了因直入朱家內室，朱繼訓在背後追呼，了因祇當沒有聽見。才一跨進房門，回頭看時，衆衙役已擁進大門了！恰好光明丫頭聽得外面人聲，出來探看。了因就自作主張，翻身將中門關上，看門後有一條木槓，順手拖過來，牢牢的把門縫頂住。再看旁邊放著一扇很大的石磨，大約也是平日拿來靠門的。

了因心想：這門也還結實，有木槓頂了已夠，他們若是粗重東西撞碰，便把這石磨靠著，也無濟於事！我何不將這石磨移上去，擱在門框上？像這些吃人不吐骨子的衙差，就壓死他幾個，也不委屈！旋想旋提起石磨，一縱身就擱在門框上面了。

光明不知道爲甚麼，嚇得跑進去，向朱夫人指手畫腳的，說不出個所以然來。朱夫人也聽得外面喧擾之聲，正要起身到中門口看看。

了因已走了進來，朝著朱夫人合掌道：「尊府大禍已到眉端，貧僧是特來救夫人全家的。奈朱施主不聽貧僧言語，以致此刻被潮州衙役，拘鎖在前廳。即時就要進來，捉拿夫人和小姐了！」話才說到這裏，中門已被敲打得一片聲響。

了因接著說道：「夫人不要慌急！貧僧已將中門關好了，一時打不進來。祇看夫人有甚麼要緊的東西，早些撿點出來。有貧僧在此，包管沒事，儘可從容打後門出去。」

任憑朱夫人平日如何能幹，到了這種時候，又聽說自己丈夫被衙役拘鎖了，接連又聽得敲的中門震天價響，那裏還有主意，連話都不知道應怎生說了，祇管痛淚交流，望著了因泣道：「師父是那裏來的？可知道外子為甚麼事，潮州府要派人來拘他？」

了因道：「犯的不是滅門之禍，也用不著貧僧來救了。請快點兒收拾走罷！」

朱夫人忽側耳聽外面道：「哎呀！老爺在外面叫光明呢！」

了因連連揚手道：「不管叫誰，門是不能開的。一開門，就全家俱滅了！」

惡紫這時嚇得拉著朱夫人的衣，祇是發抖，光明也抖作一團！了因見了這大小三口兒的情形，就祇索自己動手，將箱籠都拖下來，扭斷了上面的鎖，把衣服都傾出來。了因的意思，並不是尋覓細軟貴重物品，爲的是恐怕朱繼訓有甚麼造反的憑據和名冊，落到衙役手裏，必至拖累多人。但是傾翻了幾口衣箱，盡是衣服以及金銀首飾，並沒別的物事。

了因正在翻箱倒篋的時候，衆衙役已抬著石塊，在外面撞中門。了因料想中門雖結實，也禁不得幾撞，等他們進來再走，便不能不開殺戒了。後門大約是有人把守的，且趁此時，借遁光離開了這是非場，再作區處！了因才一手握住朱夫人的手，一手將光明、惡紫兩隻小手，合作一塊兒握了，喝聲：閉了眼！瞬息已遁出了潮州城。路上自無可留連，直將三人領到水月庵住著。朱繼訓殉難後，了因將屍首也是運到了水月庵。

朱夫人爲兒子已急成了病，這番家中更遭此慘變，丈夫又死了，眞如火上添油！那須幾日工夫，朱夫人也就在水月庵身殉朱繼訓了！

臨死時候，握著了因的手，泣道：「師父是活菩薩！祇恨我沒福，雖有活菩薩，也挽不回我的薄命。不過寒舍旣遭此慘劫，我就留了這條命在世間，也實在太沒有趣味。我如今丈夫遭難，兒子不知存亡下落，我死了豈不乾淨？所不能瞑目的，就祇覺得丟下這個又小又弱的女兒，無依無靠！

「承師父的恩意，說與小女有緣，願收做徒弟。師父是我全家的救命恩人，我豈有不願意之理？祇因我以為年輕人出家，不是一件容易的事，所以不曾令小女拜師。並且小女當周歲的時候，他父親抱在外面，遇著一個遊方和尚見了，曾摸著小女的頭頂，說道：『可惜是個女兒！若是男子，將來長大，眞貴不可言。便是女子，也很不凡。好生培養，不可糟踏了。』

「因先夫不信僧道，不願跟那和尚攀談，即抱了進來。那和尚的話，雖不見得有憑準，但我總存心想為小女，擇一個稱心如意的兒壻，如今是已成為虛願了！惟有將小女交給師父，一切終身大事，都聽憑師父作主。光明丫頭雖不是我家的骨血，然自從他到我家，我不曾將他作丫頭看，他的命運，也和小女此刻一般的苦，就和小女一同交給師父，由師父作主就是了！」

朱夫人付託了這番話，才瞑目而逝。葬事自是了因辦理。從此惡紫、光明就在水月庵，做了因的徒弟，原不曾落髮。智遠和尚在衡山救了朱復和胡舜華，也是帶到這水月庵來，將胡舜華交給了因，智遠自帶著朱復到別處教練本領去了。朱復和朱惡紫，在患難中，散而忽聚，聚而復散，自有一番悲喜情狀。祇因無關緊要，用不著破工夫去寫他。

光陰迅速，轉眼過了十年。但是在下寫到這裏，卻要另從一方面寫來了。看官們不要性急！

且說，廣西桂林有一個姓唐的文士，名叫采九。家中有十多萬的產業。唐采九少年科第，二十六歲就成了進士，人品也生得飄逸出群。廣西、廣東大戶人家有女兒不曾字人的，都爭著託人到唐家說合。唐采九的父母，因兒子的年齡已大，又已成了名，不便干涉兒子的婚姻。唐采九存心非得才貌俱絕世，又曾親眼看見的，寧肯一輩子不娶妻！因此因循到二十六歲，尚沒成親。

這時正是清明佳節，唐采九獨自閒步到郊外踏青。芳春永晝，花草撩人，微風舞蝶，弱柳穿鶯，唐采九是抱著滿腔情思，無處使用的人，對著這惹人春色，心中總不免發些遐想，信步行來，不覺已走到離桂林城十里以外，兩腿漸漸有些力乏了！正待回頭向歸途上走，祇因脆弱文人，一氣走了十來里路，不能不揀個地方，坐著休息休息，遂在路旁一塊青石上坐下來。

剛坐了沒一會，忽有一個五十來歲、下人裝束的人，匆匆走來，向唐采九突然問道：「先生可是姓唐麼？」

唐采九點頭問道：「你是那裏來的？問姓唐的幹甚麼？」

那人聽得，喜孜孜的請了個安，立起來垂手說道：「幸虧小的走得快，不曾錯過！敝東人就在前面，特地打發小的來，迎接先生去，面談兩句要緊的話！」

唐采九覺得很詫異，暗想：我並不認識這人，他東人是誰，我更不知道，莫不是他認錯了人麼？隨向那人說道：「姓唐的人很多。貴東人要你迎接的，必不是我這姓唐的。我今日出來閒遊，並不曾和人約會，連我自己，都不知會走到這裏來。貴東人從何知道，打發你來此迎接？」

那人搖頭道：「不錯，不錯，一點兒不錯！敝東人在前面恭候。先生一見面，自然知道不錯了。」

唐采九轉念：今日是清明節，同學、同年到郊外閒遊的多。或者是他們故意佈這疑陣，和我開玩笑，也未可知。不妨姑且跟著那人前去，看看究竟是誰？豈知走了半里多路，依然沒到。因即立住腳，問道：「你說就在前面，怎麼走了這許久還沒到呢？我的腿早已走得瘦痛了！你說出來罷！你東家是誰？他要會我，何不到我家去？」

那人也停了腳道：「原來先生的腿走不動了，小的倒會醫治。」說著，彎腰在唐采九的腿上，摸了幾摸，在他自己腿上，也摸了幾摸，提起腳就走。作怪！那人一提腳向前走，唐采九也身不由己的，提起腳跟著走，那人走得急，唐采九也不能緩，正如水滸傳上所寫李逵被戴宗捉弄的一般。唐采九心裏明明白白，祇是不能自由自主的停著不走。這一來就不由得慌急起來了！不知唐采九跟著那人，跑到甚麼地方？且待第二六回再說。

施評

冰廬主人評曰：此回入唐采九傳。開首便說非得才貌絕世，又曾親眼看見的女子，寧肯一輩子不娶妻云云。以下文章，均從此數語寫去。讀者幸弗被作者瞞過。

第二六回 古廟荒山唐采九受困 桃僵李代朱光明適人

話說：唐采九身不由己的，跟著那人飛跑，心裏又是害怕，又是著急，不住的向前面那人喊道：「請你停一停！你教我怎麼，我便怎麼！」那人不但不答白，連頭也不回的，越走越急。唐采九氣得跟在後面亂罵，這人也祇作沒聽見。唐采九明知此去，凶多吉少，翻悔不該閒遊到這們遠。但是他心裏儘管這們悔恨，兩腳仍是不停留的，向前奔波。

一會兒奔進一座大山，那山樹木青葱，巖石陡峭。那人穿入樹林，躥巖躍石，如履平地。唐采九看了，嚇得心膽俱碎，惟恐失腳從巖石上跌下來，必至粉身碎骨！一邊跟著跑，一邊心中打算，看準前面一株大點兒的樹，即張開兩手，準備那樹挨身擦過的時候，拚命一把將樹身抱住。無奈心裏雖這們打算，剛一轉眼，那樹已飛也似的過去了。有幾次不曾抱著，也就知道是抱不住的了。

上到半山之中，就見有許多參天古木，擁抱著一所石砌的廟。遠望那廟的氣派，倒是不小。石牆上藤蘿蔓衍，看不出屋簷牆角，估量那廟的年代，必已久遠。唐采九到了此時，也無心玩景。那人離廟不遠，才放鬆了腳步，唐采九也不由己的跟著鬆了。

那人仍用很敬謹的詞色，回身對唐采九說道：「敝東人就在這廟裏恭候先生，請先生隨小的來。」那人說畢，仍用手在唐采九腳上，撫摸兩下，登時覺得兩腿，和尋常一般了！唐采九自料不得脫身，祇得硬著頭皮，跟那人進廟。看廟中殿宇，甚是荒涼，好像是無人住的。

那人引唐采九穿過幾重房屋，到一所小小的房間裏。那房間卻打掃得精潔，雖沒甚富麗的陳設，然床下的被帳，全是綾錦，非富貴人家眷屬，斷不能有這種鋪蓋。

那人進房，讓唐采九坐下，說道：「先生辛苦了！請將息一番，小的再去稟報敝東。」

唐采九道：「我無須乎將息！看貴東有何事見教，快請他出來罷！此刻天色已將向晚，我還得趁早回城裏去！」那人諾諾連聲的應是，退出房去了。

不一會，仍是一個人轉來說道：「實在對不起先生！敝東人適才因事下山去了，大約不久便要回來的，祇好請先生寬坐一會兒。若先生身體乏了，不妨在這床上躺躺。」

唐采九不覺生氣，說道：「貴東人究竟是誰？我與他素昧生平，是這們把我弄到山上來，究竟為的甚麼？並且既把我弄到這裏來，他就應該在這裏等；為甚麼剛巧在這時候，又下山去了呢？我那有工夫，久在這裏等他？他知道我，必知道我的家，有甚麼話和我說，請他隨時到我家來罷！」說著起身要走。

那人笑著攔住道：「先生可快將要回家的念頭打斷！小的奉敝東的命，將先生請到這裏來；非再有敝東的命，決不敢私放先生回去！」

唐采九道：「豈有此理！誰犯了你家的法，要聽憑你家看管！你知道我姓唐的是甚麼人？敢對我無禮！你心目中還有王法嗎？」

那人由著唐采九發怒，祇是笑嘻嘻的說道：「先生不要拿王法嚇人，小的從來祇知道遵奉敝東的話。敝東曾吩咐了，不許和先生多說話，小的在這裏和先生多說，已是不應該了！」那人說完，幾步退出房，隨手將門帶上，聽得在外面反鎖了。

唐采九這時就更著急起來，追到房門口，伸手拉門，那裏拉得開來呢？搥打著，叫喊著，祇是沒人理會。祇得仍回身到床沿上坐著，思量如何始得脫身。看房中祇一個小小的窗戶。窗格異常牢實，不是無力文人，可能推攀得動的！除門窗外，三方都是石牆，無論如何，也不能鑿坏而遁！

悶悶的坐了一刻，天色已黑暗了。唐采九覺得腹中有些飢餓。正打算叫喊那人來，問：究竟將我關在這裏，有何用處？即聽得房外腳步聲響，隨著從窗格裏，透進燈光來，呀的一聲門開了。那人雙手托著一個方木盤，盤中有一盞油燈，幾個大小的碗，約莫碗裏是吃的東西。

那人就窗前几上，將盤裏的東西搬出來，果是很精潔的飯菜。那人恭恭敬敬的說道：「敝東不知因甚事，在山下耽擱了，此刻還不曾回來。這裏飯菜，實不成個敬意，祇因荒山之中，取辦不出可口的東西。先生請胡亂用點兒，充充飢罷！」說完，提起木盤要走。

唐采九連忙拖住木盤，說道：「我有話問你，你東家姓甚麼？叫甚麼名字？把我關在這裏，有甚麼用處？你若不說出來，這來歷不明的飲食，我餓死了，也不能吃！」

那人道：「敝東不曾教小的對先生說，小的死也不能說出來！敝東回來和先生見了面，先生自然知道了。」唐采九還待問話，那人已奪回木盤，兩步退出房，拍的一聲響，把門關了。

唐采九氣忿不過，欲待不吃這飯菜，肚中實在餓得挨不住。料想飯菜中，毒藥是沒有的，沒奈何祇得吃了，倒覺得十分適口。夜間不再見那人進來，疲乏到不堪的時候，也祇得在床上睡了。

第二日早，那人送洗漱的水進來。唐采九問話，仍不肯答。這日送進來三頓飯菜，都很精美，菜中有許多野獸的肉，唐采九平生不曾吃過的。唐采九吃得心裏非常納悶！一連是這們監禁了四晝夜，吃了便睡，睡醒又吃。

送飯菜的那人，起初兩日，雖不大肯說話，然總是滿面帶笑，露出很高興的樣子。第三、四日的臉色，就變得一點兒笑容沒有了，彷彿心中有甚麼不了的事。不過對唐采九敬謹的態度，仍一些兒沒有改變。唐采九住了幾日，不見有甚麼危險，畏懼的心思，漸漸的淡了。明知問那人的話，是問不出來的，也就懶得再問。

第五日，唐采九起來了大半日，不見那人送洗漱水來。肚中餓了，飯菜也沒送來。高聲向窗外呼喚了一會，沒人答應。唐采九到這時，就不由得更加著急起來，禍福即能置之度外，眼前的肚中飢餓，是不能挨忍的！側著耳朵向窗外，看聽得著甚麼聲息沒有？聽了半晌，總是靜悄悄的，萬籟俱寂，決不像是有人跡的地方。直聽到天色黃昏了，才陡然聽得有一陣很細碎的腳聲，朝這房裏，越走越近。

門開處，跨進房的，果是一個妙齡絕色女子，也是用雙手捧著一個朱漆盤，進房將盤安置在几上，即頭也不抬的，退出去了。唐采九平生第一次，遇見這樣絕色女子，又在患難之中，出其不意。正應了西廂記上的「眼花撩亂口難言，魂靈兒飛去半天」的那兩句話。

呆呆的望著那女子退出房，把門關上了，才翻悔自己，怎麼也不問他一問？這夜，唐采九的心裏，衹是胡思亂想，思量：像這般的荒山破廟中，怎麼竟有絕世佳人在這裏？並且看這女子的年齡，至多不過二十歲，裝束又好像是婢女。既有婢女，自然就有眷屬在這裏，這裏分明是一所古廟，豈有富貴人家眷屬，寄居在這種荒山古廟中的道理？難道我所遇的，是山魈狐鬼那種害人的東西嗎？越想越覺可疑，越疑心越害怕！

次日早，又是那女子送洗漱水來，進門並對唐采九微微的笑了一笑。唐采九疑懼一夜的結果，原抱定正心誠意的宗旨，不管那女子是狐是鬼，總以不睬理為妙！及至那女子送洗漱水進來，不能閉著眼睛不看，見了那種傾城傾國的笑容，便不能禁住這顆心，使他不動！

這顆心一動，就自己轉念道：「從來聽說狐鬼迷人，多在黑夜，沒有光天化日之下，狐鬼敢公然露形的！這女子體態幽嫻，沒一些兒邪妖之氣，若眞有這們好的狐鬼，我就被他迷害了，也心甘情願！」

唐采九因有此一轉念，多年懷抱著無處宣洩的春情，至此已如六馬奔騰，那裏羈勒得住。見這女子放下洗漱水，便待退出，遂連忙起身，想伸手去拉他的衣袖。

那女子驚得將衣袖一拂，正色說道：「自重些！這是甚麼所在？敢無禮！」唐采九不提防受此斥責，那衣袖拂在手腕上，又痛得如被刀割，衹嚇得目瞪口呆，連動也不敢動。

望著那女子退出房，把門關了，才看自己的手腕，竟紅腫了一大塊，痛徹心脾，洗臉都覺不方便。也想不出何以被衣袖拂一下，就有這們腫痛的理由。衹得坐在床上，用左手捧著呻吟。

又一會，那女子送飯菜進來。從懷中取出一個小小的紙包兒，放在桌上道：「先生可將這包裏的藥粉，用水調了，敷在痛的地方。以後須自重些，胡亂把性命丟了，不值得呢！」

唐采九聽了這幾句話，心裏忽然一動，隨將雙膝往地下一跪，兩眼流淚，說道：「我唐采九無端被拘禁在這裏，已有好幾日了，終日是這們不生不死的，實在難堪！而家父母在家懸望，尚不知我的下落，千萬求姑娘垂憐，放我一條生路。我唐采九倘得一日好處，決不敢忘記姑娘大德！」

那女子慌忙避過身去，答道：「先生請起，且等我家公子回來，自然送先生回去。求我有何用處？」女子剛說到這裏，彷彿聽得裏面有人呼喚的聲音。女子立時現出著驚的顏色，急匆匆的退去，反關著門去了。

唐采九心裏更覺納悶。暗想：這畢竟是怎麼一回事呢？這女子說等他公子回來，自然送我回去。無緣無故的把我騙來，關這幾日做甚麼呢？不是令人索解不得的事嗎？方才在裏面呼喚的聲音，也是年輕的女子，世間斷沒有如此莊嚴的山魈狐鬼；要說他是人罷？卻又有幾件可疑的地方。

第一，我這日出城踏青，是信步走出來的，莫說家裏人，不知道我會遊到十里以外，便是我自己，也原沒打算跑這們遠的。坐在路旁歇憩，更是偶然，何以他們就會知道，特地打發人來騙我呢？

第二，那人帶我到這裏來的時候，祇在我腿上撫摸兩下，他自己也撫摸兩下，行走起來，便如乘雲駕霧，兩腿不由自主。及到了廟門口，他又用手在我腿上，撫摸兩下，我兩腿才回復了知覺。

第三，剛才這女子，祇用衣袖在我手腕上，輕輕一拂，我手腕就腫痛起來。並且他還說：胡亂把性命丟了，不值得！這幾種可疑的地方，實在不像是人力所能做得到的。

唐采九是這們七顛八倒的思想，始終想不出一點兒道理來。手腕痛得厲害，就把那紙包藥粉，用水調和敷了。見效神速，不到一頓飯工夫已紅退腫消，如不曾受傷一樣，心裏很盼望那女子再來。唐采九受了這大創，又聽了丟性命的話，對於那女子，並不敢存非分之想。不過因平生不曾見過這們絕色的女子，覺得多見一次，多飽一次眼福。在這身被監禁寂寞無聊的時候，能得這們一個女子，時來周旋，心裏自安慰得多。

但是天下事，不如意的多！那女子自從被呼喚而去之後，整整的一日，不見他倩影再來，飯菜也沒人送給唐采九吃了。唐采九知道叫喚也無用處，祇好揹著肚皮忍餓。入夜復沒人送燈來。餓乏了的人，掙扎不起，惟有埋頭睡覺。

正在睡得迷糊的時候，忽覺有人推醒自己，睜眼一看，房中燈光明亮，騙自己上山的那男子，立在床跟前說道：「唐先生快起來！送先生回去！」

唐采九聽得這話，翻身坐起來，問道：「貴上人回來了嗎？」

那人道：「先生不用問，就請動身罷！小的送先生一程。」

唐采九這時雖則歡喜，然心裏總有些惦記那女子，卻苦於說不出口。遂跟著那人，走到一間大廳上。祇見燈燭輝煌，如白晝一般。廳下兩匹極雄壯的白馬，馬上馱了兩個包裹。一個少年和尚，英氣勃勃的，立在廳中，對唐采九合掌，發聲如洪鐘的說道：「委屈了先生，貧僧在此謝罪！使女光明，與先生有緣，特教他侍奉先生回府。想先生不至怪貧僧唐突，

荒山之中，無從備辦妝奩，這馬上兩個包裹，就是貧僧一點兒薄意。素仰先生曠達，料不以使女微賤見輕！」

和尚說到這裏，廳內忽聽得女子哭泣之聲。和尚即向裏面喝道：「此時哭，何如當時不笑！快出來，侍奉唐先生去罷！」這喝聲一出，裏面的哭聲即時停止了。

接著就見那女子，低頭走出來，仍一面用汗巾拭淚。走到和尚跟前，跪下去叩頭泣道：「粉身碎骨，不能報答公子！」

和尚不許他往下說，連連的跺腳止住道：「好生侍奉唐先生，就算是報答我了。快去！」那女子立起身來。唐采九一時覺得事出意外，竟不知應如何說法才好。

和尚催著上馬，那男子也走過來攙扶。唐采九是個完全的文人，沒有騎過馬，虧得那男子攙扶，才得上去。那男子挽住轡頭，引著馬行走。唐采九回頭看那和尚，已不在廳上了。女子倒像全不費力的，一縱身便上了馬背。唐采九心裏糊糊塗塗的，坐在馬背上，聽憑那男子牽著馬走。

黑夜之中，也不辨東西南北，但覺馬背一顛一簸的，好幾次險些兒栽下馬來。約莫顛簸了半個時辰，才漸漸的平穩了。唐采九忽然覺悟了：料知馬背顛簸的時候，必是從山上下來，山勢原極陡峭，因此顛簸得厲害；此時上了道路，所以平穩了。

唐采九在馬上，也沒和那男子說話，直走到天光明亮了，唐采九覺得馬前並沒有那男子的影兒。仔細一看，果然前後都沒有，也不知在何時，不別而去了。喜得那女子，尚騎著馬跟在馬後。借著曙色看周圍地勢，認識這地方，離桂林城，還有三十多里。

而這一夜鞍馬勞頓，唐采九到這時，已坐不穩雕鞍了。恰好見路旁有家火鋪，唐采九便勒馬回頭向光明道：「我已不勝鞍馬之苦了。可否請姑娘下馬，在此歇息歇息再走呢？此處離城，還有三十多里道路。說起來慚愧，我竟趕不上姑娘！」

光明也不答話，翻身跳下馬來，將手中繮繩，往判官頭上一掛，那馬自然站住不動了。隨即走近唐采九馬前，攏住轡頭說道：「請先生下馬歇息！」

唐采九下馬問道：「那人何時回山去了，怎的也沒向我說一聲？我也好託他致謝。」

光明笑道：「那人並不曾同來，衹送出廟門就轉去了。」

唐采九滿腹的疑雲，甚想趁這時未到家以前，向光明問個明白，回家方好稟明父母。而昨日一晝夜又不曾飲食，正要在這火鋪裏，買點兒東西充飢。

這時火鋪已經開了大門，唐采九遂和光明同進裏面。有店夥上前招呼。唐采九道：「我們是趕路的人，祇吃些兒點心，便要上路，但要揀一處僻靜點兒，清潔點兒的座頭。」店夥答應著，引二人到裏面一間很清潔的上房。

唐采九吩咐了店夥安排飯菜，即對光明說道：「我這幾日，彷彿如在雲端霧裏！要說是作夢罷，情景卻十分逼眞；要說是眞的罷，而幾日來所經歷的事，又沒一樁不是令我索解不得的！此刻已將近到家了，便是作夢，也快要醒了！

「昨夜既承貴公子的情，以姑娘下配於我。我有父母在堂，雖說仁慈寬厚，不至爲我婚姻梗阻，然爲人子的，禮宜先請命父母。像這幾日的情形，我自己尚疑竇叢生；我父母聽了，必然更加恐懼，安能放心許我們成婚呢？所以我不能不在這裏，請姑娘說個明白！倘其中有不能稟明父母的事，也祇得隱瞞不說才好。」

光明聽了，低頭思索了一會，才說道：「事情顚末，連我自己也不甚明白。我祇知道我公子和小姐姓朱。公子單名一個復字，就是先生昨夜在廳中會見的那個和尚。小姐名惡紫，年紀比我小一歲半，今年十八歲了。我五歲時，被親生父母賣到朱家，就陪伴小姐讀書玩耍。十歲上，隨小姐在五華水月庵出家，了因師父傳我和小姐的道術。胡舜華小姐和我家公子有姻緣之分的，也拜在了因師父門下。我三人一同學道，直到去年臘月，我師父圓寂了，智遠師父帶著公子到水月庵來，說：我們都得下山，將各人的俗緣了盡。我們就搬到這山裏來，這山本是我家公子，從智遠師父修道之所。廟址建自明朝，爲洪眞人廟。

「這回請先生上山，原是智遠師父在今年正月，交給公子一個錦囊，囑咐公子在清明日開看。那個下山請先生的男子，名叫來順，十年前就在朱家當差。我和小姐到水月庵出家的時候，不知怎麼不見了！直到今年二月間，公子忽然帶了他上山。說：來順在長街行乞，背上插著來順尋覓小主人朱復的標子，已行乞好幾年了。公子聽得某某地方，有義僕來順乞食尋主的話，有意到處打聽，這日遇著了，即帶回山來。清明日，公子打開智遠師父給的錦囊一看，即教來順帶了兩道甲馬符，來迎接先生。

「本來智遠師父的諭旨，說：以小姐許配先生的。來順下山不久，公子忽接了同道自雲南寄來的信，要公子立刻動身雲南去。爲的是公子有個不共戴天的大仇人，公子幾番去報仇，都不能得手。這回機緣很巧，仇人到了雲南，下手容易。公子不肯因婚姻小事，失了大仇，所以不待先生上山，衹吩咐舜華小姐和我：等先生來了，好生款待，留在山上，他回山再行議親。公子動身時，約了遲則三日，快則兩日便回的。及至去了三日，不見回來。舜華小姐和我家小姐，都放心不下！

「因來順帶有智遠師父給的甲馬符，就要他去探聽消息。來順走後，沒人送飯菜給先生，舜華小姐衹得教我來送。沒想到先生使出輕薄樣子來，伸手拉我的衣袖。我當時回說：自重些！這是甚麼所在？敢無禮！後來我又送藥粉給先生敷手腕，先生跪在我跟前說話，誰知都被我家小姐知道了。

「舜華小姐立時叫我進去，責我：怎的這們沒規矩？我說：不敢有沒規矩的行爲！舜華小姐怒道：面生男子伸手拉你的衣袖，你怎的回答這是甚麼所在的話？照你這話說來，幸虧這所在，有我和你小姐，才不敢無禮！若不是這所在，你不公然敢行無禮嗎？你衣袖拂傷人手腕，如何不稟知你小姐和我，竟敢私給藥粉？你還想狡賴，不是沒規矩嗎？當下責罵得我沒話回答，不由得又羞又忿，就睡在床上，哭了一整日。

「昨夜公子帶來順回山，舜華小姐把這事和公子說了。公子與我家小姐商量。小姐矢志修練終生，不肯嫁人。並說：唐某既歡喜光明，即是與光明有緣。就在今夜，打發光明與唐某下山去，成就他二人的終身大事。公子素來是不敢違背我家小姐言語的，所以立時送先生上路。」

光明正說到這裏，陡聽得外面一陣喧譁，許多人爭著叫：哎呀！不得了！打死人了啊！唐采九文人膽小，嚇得立起身，露出張皇失措的樣子。光明連說：不要緊！不知外面喧譁的甚麼事？甚麼人打死了甚麼人？且待第二七回再說。

施評

冰廬主人評曰：此回寫唐采九因遊春而被騙，受困深山之中。忽而見一女子，忽而來一和尚，疑鬼疑神，不特唐采九迷離惝恍，閱者至此，又安能知其即為朱復、光明耶？天外奇峰，突然插入，非具有大智慧、大筆力不能辦此。

光明雖為使女，而夙根甚深，固非路柳牆花可比。言語失檢，傷臂送藥，皆偶然間事耳。不謂卻因此成就好姻緣，便宜了唐采九矣。

第二七回　光明婢夜走桂林道　智遠僧小飲岳陽樓

話說：光明揚手止住唐采九道：「不要緊！外面吵鬧的，夾著馬叫的聲音，必是有無賴之徒，見馬背上馱著兩包珠寶，馬的繮索不曾繫好，又沒人看管，以為是可以牽得走的。他們那裏知道這兩匹馬，是公子花了重價買來的？親自教了三四年，能解人意，登山渡水，如走平地！」

光明說話時，店夥已走來說道：「客人還不快去外面瞧瞧！客人的兩匹白馬，在門口逢人便踢，已踢倒兩個，躺在地下不省人事了！」

唐采九沒開口，光明已向店夥揮手說道：「用不著去瞧！我們的牲口不比尋常，不會胡亂踢人的。你去對那被踢的兩人說：肯照實供出來，如何才被馬踢倒的，我這裏有藥，能立刻救他兩人起來。若想隱瞞，以為牲口不會說話，我就不管他們的事了！」

店夥聽了光明的話，兀自不明白是甚麼意思，翻起兩眼，望著光明。

唐采九道：「馬背上既馱著重要的東西，我們何妨去外面瞧瞧呢？」

光明點頭道：「既是先生想去瞧瞧，也使得！」

於是二人跟著店夥出來。衹見門口擁著一大堆的人，兩個衣服襤褸、青皮模樣的人，倒在地下，都雙手按住肚皮，哎呀哎呀的叫喚。兩匹白馬仍並排站在原處沒動。許多看熱鬧的人，都遠遠的立著不敢近前。兩馬各睜著銅鈴般的眼睛，向看熱鬧的人瞪著；兩對削竹也似的耳朵，或上或下，或前或後的，彷彿張聽甚麼。

看熱鬧的人固是異口同聲的，說奇道怪；便是唐采九，初聽光明的話，心裏還不免有些疑惑，這時見了這種精幹解事的樣子，也不由得心中納罕！

光明走近被馬踢倒的兩人跟前，低頭哇了一聲，問道：「你這個囚徒！膽量也眞不小！公然想偷我馬上的包袱嗎？於今被我馬踢倒了，有何話說？你這兩個囚徒，平日若不是兩個積賊，在這青天白日之中，稠人廣衆之地，斷不敢動手偷人馬背上的東西，非把你們送到衙門裏去治罪不可！」

兩個人看了光明一眼，同時帶怒說道：「你這女人，休得胡說！我二人去某家做工，打這裏經過，你這兩匹孽畜，無端把我兩人踢倒在地。你倒誣我們做賊麼？你得拿出我們做賊的憑據來！」

光明指著兩人道：「你們到這時還想狡賴嗎？我的馬，倘沒有這點兒靈性，價值數十萬的珠寶，就敢安放在兩個畜牲背上，一不把人看守，二不繫牢繮索麼？這馬上兩個包袱，就是你們做賊的憑據，你們不動手解包袱，我這兩個牲口決不至用蹄踢你！

「我且問你：你們如果是打馬跟前經過，卻爲甚麼兩個都是被馬的前蹄踢傷？可見得你們見財起意。以爲牲畜沒有知覺，直走近馬鞍旁邊，兩人同時動手解包袱，馬來不及掉轉身軀，所以都用前蹄踢你們一下！你們還想狡賴麼？你們肯依實供出來，我這裏有藥，能將你們受的傷，立刻醫好。若是還要狡賴，我惟有把你們綑送到縣衙裏去拷供！」

兩人聽光明說的，如親眼看見的一般，祇得承認道：「我二人不過走近包袱前看看，並不曾動手去解，就挨這畜牲踢了這們一下！」

光明笑道：「卻也來，你們不想解包袱，走到馬前去看甚麼？你們既承認了，我也懶得追究。」當下拿出些藥來，教店夥給兩人敷上。

唐采九要將包袱解下來，光明笑道：「有了這兩個人做榜樣，誰還敢上前去偷這包袱呢？」這時裏面已開好了飯菜。

唐采九與光明回到上房，唐采九問道：「你剛才不是說，必是無賴之徒，想將馬牽走的嗎？怎的卻知道兩人是上前解包袱呢？」

光明道：「這不很容易看出來嗎？繮繩掛在判官頭上，一些兒不曾移動，兩個包袱都歪在一邊，自然一見就能知道！」

唐采九聽了，心裏更是佩服光明的心思細密，將來治家，必是一個好內助。二人在火鋪中進了些飲食，歸家自成佳偶。

於今且說：朱復原是奉了他師父智遠禪師之命，打算將朱惡紫嫁給唐采九。乃事情中變，倒替丫頭光明，擇了個乘龍快壻。他也祇得暫把惡紫的親事擱起。朱復是個要繼承父志、光復祖物的人，因恐行動礙眼，又爲是智遠的徒弟，所以削髮做和尙。但是他表面上雖是個和尙，飲酒食肉，卻與平常人無異。智遠禪師也是一般的不茹齋吃素。師徒二人常借著募化，遊行各省，暗中結納江湖豪傑、方外異人。

這日師徒二人，遊行到了岳州。智遠禪師指著岳陽樓，向朱復笑道：「純陽祖師朗吟飛過洞庭湖，就是在這樓上，喝得大醉，飛到對過君山上睡了。後人便在祖師那日醉眠的地方，建了一所廟宇，就取名叫作朗吟亭。於今朗吟亭，還好好的在君山上面。我們難得到這裏來，也上去喝幾杯，領略領略這八百里洞庭湖的風景。」朱復聽了高興，遂一同走上岳陽樓。

這岳陽樓三個字的聲名，眞可說是千古名勝。不曾到過這樓上的人，聞了這樓的聲名，必無人不以爲是一座了不得的大樓。

其實這樓平常得很，就祇地勢在岳州南門城樓上，比別處高些。在樓上可以憑欄遠眺，八百里壯闊波瀾，盡在眼底，此外便一無可取了。加以中國人的性質，對於古蹟名勝，素來不知道保存顧惜的。住在岳陽樓底下的人，十九都是窮苦小販，養豬的、養雞的，簡直把樓下當作一個畜牧場！

岳州出魚，樓下又開設了幾家魚行，一年四季都是魚腥味，把岳陽樓籠罩了。本地方的人輕易不肯上樓遊玩。樓旁邊雖有兩家茶、酒館，然因遊人稀少，生意非常冷靜。茶館還有些做買賣的人，在裏面借著喝酒，講成交易；酒館是連這類主顧，都不大上門。

這日智遠禪師帶著朱復，走上岳陽樓，先在幾層樓上遊覽了一會，才找酒館。朱復眼快，已看見一家酒館的招牌，寫著「春色滿江樓酒館」七個大字，連忙指給智遠看。智遠點頭笑道：「你瞧那個掌櫃的，坐在帳台裏面打盹，可見得喝酒的人少。我們倒不妨在這裏多盤桓一會！」

二人跨進酒館，一看幾十個座頭，果都空著，沒一個喝酒的客。堂倌起初聽得樓梯聲響，

以為有好主顧來了，連忙到樓口迎接。及見是兩個遊方的和尚，就把興頭打退了半截，勉強陪著笑臉，引二人到臨湖一個座頭坐下。智遠要了些酒和下酒菜，二人一面吃喝，一面看湖中往來的船隻。

剛喝了幾杯，衹見有三個喝酒的客，走上樓來，年紀都在三十左右。走在前面的一個，衣服華美，舉動大方，雖是一個公子模樣，卻精神奕奕，兩眼顧盼有神，決不是尋常富貴公子滿臉私欲之氣，渾身惡俗之骨，全仗綾羅錦繡，裝飾外表的可比。走後面的兩個，衣服一般的華美，年紀一般的壯盛，氣概就有珠玉泥沙之別了！朱復看了不覺得怎麼，仍回頭向湖心眺望。智遠就目不轉睛的，打量那人。

那人上樓時，還邊走邊和同來的兩人談話，一眼看見智遠，便不知不覺的，停口不說了，也不住的拿那一對閃電也似的眼睛，注視智遠。智遠故作不理會，端起酒衹顧喝。那人和同來的兩人，就在智遠旁邊一張桌子坐下。

祇聽得那人笑向兩人說道：「我這東道主，是不容易做的。你們不用客氣，想吃些甚麼，祇管說出來！錯過了今日，就休想我再有這們高興了！」

兩人同聲笑答道：「我兩個祇要少爺領我們到這裏來了，就如願已足！岳州原沒有甚麼可吃的東西，這樣冷淡的酒館，一定更弄不出好菜！」

那人道：「話雖如此，然總不能不吃點兒，終不成帶著你們，白跑這們一趟？並且這種酒館，不來則已，來了好歹得吃他一點，才對得起這裏的堂倌！」那人說著，隨向堂倌問有甚麼好菜。堂倌滿面堆歡的，說了幾樣菜。那人揮手教堂倌去揀好的辦來，並要了些酒。

智遠在這邊坐著，靜聽那邊桌上的談論。一人忽向那人問道：「少爺剛才使的法術，就是費長房的縮地之法麼？」

那人笑道：「你們要我帶到岳陽樓，祇要到了岳陽就得了！何必問這些做甚麼？」問的人道：「假若我們要少爺帶到北京去玩玩，也是這們閉著眼，一刻兒就能到了麼？」

那人道：「這種玩意，可一不可再！我不能帶你們去北京，你們也可以不問。」問的人連碰了這兩個釘子，便喝著酒不再問了。

這人即接著問道：「大家都說駕木排的人，法力很大，是不是實在的呢？」

那人道：「法力大概都有點兒，很大不很大，就不得而知！」

這人立起身指著湖裏說道：「少爺請看，那副排有多大，順水流得有多快？想必駕這們大排的人，法力比駕尋常小排的，總得大些兒！少爺何不使點兒法力，逗著那排客玩玩呢？」

那少爺也立起身望了一望，隨坐下搖頭道：「無緣無故的，作弄人家做甚麼？我們喝酒吃菜罷，免得無事討麻煩。」

先發問的那人，頓時現出高興的樣子，向那少爺說道：「此刻少爺在這裏，左右閒著沒事，我們求少爺帶到這裏來，本是想尋開心的！就逗著那排客玩玩，又有甚麼要緊？難道少爺的法力，還怕鬥不過一個排客嗎？」這人也在旁竭力慫恿。

那少爺有些活動的意思了。看那排正流到岳陽樓下面，兩人不住的催促。祇見那少爺笑嘻嘻的說道：「也好！你們瞧著罷！我把那排吊在這樓底下，使他不能行動，不過你們得聽我一句話！」

兩人齊聲問道：「甚麼話？少爺祇管吩咐，沒有不聽的！」

少爺道：「等歇若有人到這裏來，向我們求情，你們不可露出是我作弄的意思來。」兩人答應了。那少爺拿起一根竹筷，插在飯桶裏面。

說也奇怪！這裏竹筷才向飯桶裏一插，湖中流行正急的那副大木排，便立時停住了，祇在湖中打盤旋，一寸也不向下水流動。排停住沒一會，從蘆席篷裏，鑽出一個二十幾歲的後生

來，帶著四個壯健水手，一齊動手，將排頭的篾纜，吆喝著絞動起來。越絞動得急，越盤旋得快，就如釘住了的一般，那裏放得下去呢？那後生見絞不動，即揚手教四水手停絞，拿出香燭來點著焚燒了些黃表紙。後生立在排頭，向湖裏作揖，口裏好像在那念誦甚麼。是這個鬼混了一會，教四人又絞篾纜，仍是祇打盤旋！

後生將排頭上兩枝蠟燭拿起來，一手拈了一枝，回頭向四水手示意，撲通跳下湖去，四水手也跟著都跳了下去。好一會，後生先跳了上來，兩手的蠟燭，還在燃燒。四水手接著上來，一個個都愁眉苦臉。五人一同走進蘆席篷，隨即走出一個白鬚老頭，也是兩手拈著兩枝蠟燭，從容走下水去。

燭光入水，照得湖水通紅，木排底下的魚蝦水族，都看得分明。老頭從西邊下去，走東邊上來，復將兩燭插在排頭，作了三個揖，抬起頭來，向四方張望。眼光望到岳陽樓上，凝眸注視了一會。彎腰拾起一個斗大的木槨椎來，雙手舉著，對準排頭將軍柱上，一椎打下去。

岳陽樓上的這少爺，打著哈哈說道：「好大的膽！居然動手打起我來了。好好，倒要瞧瞧你的本領！」說著，從頭上取下帽子來，往側邊椅上一擱。老頭搥一槨椎，帽子跳一下，一連搥了十來下，搥得這少爺大怒起來，揪下幾根頭髮，纏繞在飯桶裏的竹筷子上。再看那老頭，也露出驚慌的樣子，朝著岳陽樓跪下叩頭。

兩人對這少爺說道：「那老頭的年紀不小，本領卻祇得這們大！我們瞧了他這叩頭求饒的樣子，又覺得有些可憐。少爺放了他罷！」

這少爺正色答道：「我原不肯多事，你們夥著我幹，此刻倒替他求起情來了。你們可知道，這不是當耍的事麼？好便好，不好就有性命之憂呢！」兩人聽了，不敢再說。

才一轉眼，忽見那老頭走上酒樓來，先朝智遠跪下，哀求道：「小人不曾有事，得罪過師父！求師父高抬貴手，放小人過去，小人生死感激。」

智遠立起身，合掌當胸，念聲阿彌陀佛，說道：「老施主何事如此多禮？請快起來，有話好坐著細說。貧僧出家人，最喜與人方便。」

老頭起來說道：「小人一望，就知道師父是得道的聖僧！小人的排，必是師父開玩笑吊住了，不能行走。小人祇得求師父慈悲！」

智遠笑道：「這話從那裏說起？貧僧師徒遊方到這裏，還不到一日，想去上林寺塔，都沒有去。因要看這岳陽樓的古蹟，遊得腹中有些飢餓了，就到這裏來喝幾杯酒，何嘗見你甚麼排來？」

老頭現出躊躇的神氣，兩眼搜山狗似的，向各座頭，彷彿尋覓甚麼。忽一眼看見那飯桶裏的竹筷子了，連忙走過那邊，朝著三人跪下，說道：「小人有眼無珠，不識是那一位做耍，千萬求開恩放小人過去，這副排衹要遲到漢口一日，小人就得受很大的處分！」

那兩人因受了這少爺的吩咐，不作一聲，都掉轉臉望著湖裏。這少爺也衹顧喝酒不睬理，老頭連叩了好幾個頭。

朱復在旁看了，心中好生不忍，正要斥責這少爺無禮，智遠忙示意止住，朱復衹得忍氣坐著。這少爺已開口向老頭說道：「你的排既不能遲到漢口，卻爲甚麼不早上這裏來？你在我頭上，打了十幾榔椎，這帳你說將怎生算法？」老頭衹是叩頭如搗蒜的說該死。

這少爺躊躇了一會，才伸手從飯桶裏，拔出那枝竹筷子來。這裏竹筷子一拔，停在湖中打盤旋的木排，立時下流如奔騰之馬，瞬息不見了！老頭爬起來，伸出左手，在這少爺背上，拍了一下道：「好本領！好道法！佩服，佩服！」說著，回身揚長去了。

這少爺見老頭已去，即伏在桌上痛哭起來。兩人慌忙站起來，問甚麼事。這少爺頓足泣道：「就上了你們的當，我原是不肯多事的。於今我背上受了那老頭的七星針，七日外準死，沒有救藥！我上有老母，下有幼子，教我不得不哭！」兩人聽了這少爺的話，也都慌急起來，唉聲歎氣的，不知要如何才好！這少爺哭泣了一會，拭乾眼淚，拿錢清了酒菜帳，愁眉苦臉的，帶著二人出酒樓去了。

朱復見了，莫名其妙呼著師父問道：「這畢竟是怎麼一回事？」

智遠正色說道：「你年輕的人，須記著這回所見的事，這便是好多事的報應！古語說得好：是非祇爲多開口，煩惱皆因強出頭。剛才這個少爺，若不是無緣無故的逞能，將人家剋期到漢口的木排吊住，何至有這場大禍？這事不落在我眼裏便罷，既親眼見那老頭下此毒手，出家人以慈悲爲本，方便爲門，實不能坐視不理。少年人喜無端作弄人，固是可惡，但罪不至死！老頭的舉動，未免過於毒辣些，我得小小的懲治他一番！」

朱復問道：「師父將如何懲治他呢？」

智遠起身說道：「往後你自知道，此時沒工夫細說。我們算了帳走罷。」於今且不說智遠師徒去向何方，須趁此把剛才那個少爺的來歷，夾敘一番，方不使看官們納悶。

那位少爺姓周名敦秉，湖南湘潭縣人。兄弟排行第二，人都稱他周二少爺。因他曾入學，也有許多人稱他周二相公。他父親周尙絅，是一個榜下即用知縣，在湖北一省，轉輾調任了十多次知縣。末了在嘉魚縣任上，拿了一名大盜叫孫全福，依律應處死罪。

但是論那孫全福的本領，像嘉魚縣那種不牢實的監獄，要越獄圖逃，直是易如反掌的事！不過他一進牢監，就向同牢的囚犯，及牢頭、禁卒宣言道：「我犯的本是死罪！惟我此時尙不願死，也不屑衝監逃走，然不衝監逃走，便沒法能免一死！假若有人能救我從正牢門出去，我自願將我平生的道法本領，完全傳授給他。不能開正牢門放我，我是不出去的！」

這時周敦秉正隨任讀書，年已二十歲了。生性極是不羈，雖是在縣衙裏讀書，卻終日歡喜與三教九流的人厮混。周尙絅初因溺戀，不加禁阻，後來便禁阻不住了！孫全福宣言的這派話，傳到了周敦秉耳裏，立時到孫全福牢裏，試探孫全福，有些甚麼道法？甚麼本領？兩人見面談論之下，異常投合。周敦秉甘願冒大不韙，偷偷的打開正牢門，把孫全福放出來，自己跟著逃走。等到看管監獄的報知周尙絅，派人追緝時，早已逃得無影無形，不知去向了！周尙絅就因這案，把前程誤了！

此時周尙絅已有了六十歲，丟官倒不放在心上，就爲自己心愛的兒子，竟跟著強盜逃走了，不由得憂忿成疾。下任沒多時，便嗚呼死了！周敦秉一去六年，毫無消息。他母親終日憂煎哭泣，兩眼已哭瞎了，加以老病不能起床，家裏人都以爲老太太去死不遠了，忙著準備後事。周敦秉忽然走了回來。

不知周敦秉怎生醫治他老母？且待第二八回再說。

施評

冰廬主人評曰：朱復能繼承父志，以光復祖物為懷；繼訓之身雖死，繼訓之志未泯。魂魄有知，亦當含笑九泉矣。

和尚飲酒食肉，確犯五戒。然吾見近世茹素禮佛之南和子，表面雖循循然謹守佛訓，其實作奸犯科，或有甚於飲酒食肉之和尚者焉？則和尚之真假，豈在食肉與不食肉而分哉！

周敦秉以一時好弄，開罪排客；迨至身受七星針，無法解救，方纔大哭。然哭已晚矣！智遠正色對朱復說，你年輕的人，須記著這回所見的事，這便是好多事的報應。

吾謂讀《江湖奇俠傳》之年輕人，亦應記著，方不負作者一番苦心也。

周敦秉喜與三教九流的人廝混，周尚絅初因溺愛，不加禁阻，後來便禁阻不住。是乃不善教子者之通病。世家子弟淪入下流，亦為初因溺愛，不加禁阻而致。為家長者當三復斯言。

第二八回　剪紙枷救人鎖鬼　抽蘆席替夫報仇

話說：周敦秉正在他老母病在危急的時候，忽然走回家來。家裏人驚喜，自不待言！他老母的病，原是因兒子急成的，危急的時候，忽見兒子回來，心裏一歡喜，精神不覺陡長起來，病魔也就嚇退了好遠。

周敦秉到床前，安慰了他母親幾句，便從懷中摸出些藥來，給他母親吃了，極容易的就將他母親的病治好。他母親自從服下那藥，精神上復增加了愉快，不但病患若失，反較不病的時候，強健了許多！周敦秉自此便在家奉養老母，全不與聞外事，他也不曾向人說過，在外幾年的情形。

他有一個姑母，住在湘潭鄉下。這時他特地跑到鄉裏，去看他的姑母。一進他姑母的門，便聽得裏面哭聲震地，十分淒慘！不覺吃了一驚，以爲他姑母死了！連忙走進去，祇見廳堂上，圍著一大堆的人，哭的哭，叫的叫，忙亂作一團！他姑母也在人叢之內，哭得更厲害。

原來是周敦秉的表兄弟，失腳跌在塘裏，被水淹死了。等到他姑母家知道，糾人從水中撈起來，已是斷了氣！這時正在盡盡人事，用鐵鍋覆在廳堂上，鍋底頂住死者的肚皮，想將肚裏的水擠出來，施救了好一會無效。他姑母痛子心切，自是哭得厲害。而沾親帶故的人，看了這慘死情形，也都免不了同聲一哭。

周敦秉看了，喊道：「不用哭！水淹死了沒要緊，我能立刻將表弟救活。」他姑母見是自己姪兒來了，雖不知道周敦秉眞有起死回生的本領，然聽了能將表弟救活的話，自是歡喜。當下便停了哭聲，問周敦秉：應該怎生救法？

周敦秉道：「祇要淹死的人，屍體不曾朽壞，我都有方法，能救治得活！何況表弟才從水裏撈出來，容易容易！快拿一張白紙、一把剪刀來！」他姑母家裏人，即依話拿了給他。他接在手中，剪成一片紙枷，又剪了一副鐐銬，用食指在紙枷、紙鐐銬上，都畫了一道符；教他姑母家裏的人，引他到那落水的塘裏去。

他一到那塘坳邊，即將紙枷、紙鐐銬，往水中一拋，口裏念念有詞。說也奇怪！紙枷、紙鐐銬落在水裏，並不浮起，見水竟沉下去了。

周敦秉在塘坳上念了一會咒語，忽回頭笑向同去的人道：「你們見過落水鬼沒有？」同去的人搖頭道：「祇聽人說過有落水鬼，卻不曾見過！」

周敦秉道：「你們想見識見識麼？」

同去的人笑道：「青天白日，怎麼能見得著落水鬼呢？」

周敦秉隨用手向對面柳樹下一指說：「怎麼見不著？那披枷帶鎖的黑東西，不就是落水鬼嗎？」

好幾個人跟著他手指的地方一看，都分明看見一隻渾身漆黑的東西，彷彿三四歲小孩一般大，頭頂上四五寸長的黑毛，亂叢叢的蓬鬆著；兩隻圓小有光的眼睛，滴溜溜的看人；頸上披著一面枷，腳鐐手銬，都不像是紙剪的，蹲在柳樹底下，露出很懊喪、很惶恐的樣子。同去的人看了，都覺得很詫異！祇回頭問周敦秉一兩句話，再看那東西就不見了。

這裏才將落水鬼鎖上岸，那邊經多方救治不活的表兄弟，已悠悠的回過氣來了，自行吐出肚中的水，即如未落水一般。周敦秉自從這回顯手段，救活了自己表弟。這消息不須多日，即傳遍了湘潭一縣。這一縣中，凡是落水淹死了的人，幾十里、幾百里來求他去救的，弄得他忙得不可開交。

湖南人的性格，本來是十分迷信神怪，平生不曾見過鬼怪模樣的人，尚且異口同聲，說鬼怪是有的。於今周敦秉能在光天化日之下，將鬼枷鎖給一般人看，這迷信的程度，增加的還了得嗎？因此不僅落水淹死了的人家，請他去懲治落水鬼；就是患了稍微奇異些兒的病症，沒能耐的醫生診治不好的，也以爲是鬼怪纏了，哀求苦告的請周敦秉去，降鬼捉怪。

周敦秉少年好事，也不覺得厭煩，終日奔波與鬼怪作對。這夜周敦秉替人治病回家，才闔上眼睡著，就夢見他師父走來向他說道：「我傳授你的道術，是爲你自己修持，作防身之用的，不是給你拿了在外面招搖的！你可知道，你歸家後，種種行爲已上干天怒麼？你從今後，若不痛自改悔，閉門修練，再拿著我傳的道術，隨處逞能，等到大禍臨頭，祇怕追悔也來不及了呢！」周敦秉醒來，心中很有些畏懼，從此不敢再替人治鬼了。

他年少風流，雖是修道之士，仍免不了涉足花柳場中。也有人說他是做採補工夫的。湘潭有名的娼妓，他十九要好。有個名叫花如玉的姑娘，和他更是親密。這日花如玉忽對周敦秉笑道：「湘潭無人不知道你會捉鬼，你並且時常捉了鬼給人看。你在我這裏，來往了這們久，我很想看看鬼是甚麼樣子？你能捉幾個來，給我瞧瞧麼？」

周敦秉笑道：「鬼有甚麼好看？你沒聽得罵人生得不好的，總是罵醜得和鬼一樣的話嗎？若是鬼好看，我早已送給你看了。」

花如玉道：「不管鬼好看不好看，我不曾見過的，總得見見才好。你就捉幾個來，給我看罷！」

周敦秉搖頭道：「不行！你的膽子小，見了一定害怕，還是不看的好！」

花如玉那裏肯依呢？倒在周敦秉懷裏，撒嬌撒癡的要鬼看。周敦秉拗不過，衹得應道：「捉給你看使得！但是你想看甚麼鬼呢？」

花如玉道：「隨便甚麼鬼，衹要是鬼就行了。」

周敦秉笑道：「你是女子，衹能看男鬼，看了女鬼便得發寒熱。」

花如玉問道：「這是甚麼道理呢？」

周敦秉笑道：「男鬼好女色，女鬼好男色。你是個女子，男鬼看了你高興，不忍害你；女鬼見你生得這們漂亮，就不由得要妒嫉你，要作弄你了！」

花如玉問道：「難道女子死後變了鬼，還妒嫉人、作弄人嗎？」

周敦秉道：「男子變了鬼還好色，女子自然變了鬼還妒嫉！」

花如玉低頭想了一會道：「那麼你就捉男鬼來，給我看罷！衹是得捉幾個年紀輕些兒的。」

周敦秉笑問道：「你要看年紀輕些兒的，打算和色鬼做恩相好麼？」

花如玉急得伸手揪周敦秉道：「你胡說！我因恐老鬼的樣子怕人，難道你這個還不曾變成的色鬼，也妒嫉起來了嗎？」二人笑謔了一會，周敦秉約了明日送鬼給花如玉看。

花如玉次日坐在家中等鬼來，等了一上午，連鬼影也不見一個上門！等到午飯過後，忽有一個彎腰曲背的老頭，提著一個大魚籃，走來對花如玉說道：「周二少爺教我送團魚到這裏來。他等歇來這裏吃晚飯。」花如玉教人將團魚用水養著，不要乾死了不好吃。

老頭去了一刻，又來一個三十多歲的粗人，也是提著一個大魚籃，走來說道：「周二少爺買了我的鯽魚，教我送到花姑娘這裏來，要花姑娘親手將鯽魚養在水缸裏。」

花如玉心想：奇怪！我約了他今日送鬼給我看，他不送來，卻買這些團魚、鯽魚來幹甚麼呢？但是他既要我親手將魚養在水缸裏，我衹得照他說的做。隨即將鯽魚倒入水缸裏，魚籃退還那粗人去了。

又過了一刻，又有兩個小孩，抬著一個大魚籃走來，說道：「周二少爺今夜要在這裏請客，買了我們的鰍魚，要我們送到花姑娘家裏。這裏有姓花的姑娘麼？」

花如玉聽了，心想：這小孩說周二少爺，今夜在這裏請客，必不是請客，請客要辦酒席，那裏用得著這些魚？一定是安排今夜請鬼給我看。

當下花如玉出來對小孩說道：「我就姓花。周二少爺此刻在那裏？你們知道麼？」

小孩答道：「周二少爺此刻在城隍廟，他說一會就到這裏來。」花如玉喜孜孜的收了鰍魚。

小孩才提了魚籃出去，周敦秉已笑嘻嘻的來了。

花如玉迎著問道：「你打算請甚麼客，用得著買這些魚呢？」

周敦秉正色道：「你不是約我今日送鬼給你看的嗎？」

花如玉點頭問道：「看鬼要買這些團魚、鯽魚做甚麼？鬼歡喜吃魚嗎？」

周敦秉大笑道：「你吵著要看鬼。當面看了鬼，又不認識！」

花如玉詫異道：「那些團魚、鰍魚，就是些鬼嗎？你昨夜又不向我說明，我怎麼會認識呢？」

周敦秉搖頭道：「團魚、鰍魚那裏是鬼？那送魚來的，才是鬼呢！四個鬼都和你談了話，你還沒看清麼？」

花如玉不相信道：「送魚來的，我看得明白，分明是四個人，如何硬派他們做鬼？」

周敦秉打著哈哈道：「於今的人鬼，本也難得分明！不過你纏著你要看鬼，我就衹有這種像人的鬼給你看，再要看卻沒有了。」

花如玉似信不信的問道：「那們些魚，怎麼弄了吃呢？」

周敦秉道：「你說怎麼好，就怎麼弄，但是要你親自動手。」

花如玉走到養團魚的水缸跟前一看，不覺大吃一驚！水缸裏何曾有一隻團魚呢？衹有七八片梧桐樹葉，浮在水面上，撥開梧桐葉看水裏，清澈見底，一無所有！

花如玉很是疑惑，連忙跑到養鯽魚的所在一看，浮滿了一缸的竹葉，不見有一條鯽魚！再看鰍魚缸，竟是一缸水藻！對著缸裏怔了一怔，回身出來問周敦秉道：「你搗甚麼鬼？分明許多團魚、鯽魚，我親手倒在水缸裏的，怎麼一會兒都變成竹葉、樹葉呢？」

周敦秉笑道：「你看錯了！」

花如玉連連搖頭道：「不錯，不錯！魚都不認得嗎？」

周敦秉點頭道：「分明是鬼，你看了偏要說分明是人；分明是竹葉、樹葉，你看了偏要說分明是魚。我如何爭得過你呢？」

像這樣拿鬼當玩意兒的事，周敦秉時常在班子裏，做給一般妓女看。有時妓女偶然閒談到食品上，說某某地方的甚麼東西好吃，可惜這裏沒買處。周敦秉一高興，祇到門外轉一轉，立時提許多妓女所謂好吃的東西進來，並有某某地方、某某店家的招牌紙爲憑，如饅頭、餛飩之類，還是熱氣騰騰的。弄得湘潭一縣的人，個個都知道周敦秉是個奇人。不過他自從受過他師父在夢中警告之後，絕對不肯和鬼怪作對了。

他當歸家不久的時候，不曾向人顯過甚麼本領。這日他母舅從湘潭縣到他家來，看他的母親，進門已是黃昏時分了。

一見周敦秉的面，就跺腳說道：「壞了，壞了！我今日動身倉卒，忘了一件要緊的東西在縣裏。此時便派人騎快馬去取，也來不及進城了！」

周敦秉問道：「你老人家忘了甚麼東西？放在甚麼地方？」

他母舅道：「我這回到縣裏，是因一樁田土案子，和人打官司。費了無窮之力，才找著一條到縣太爺跟前進水的門路，送了縣裏五百兩銀子。於今把那封引進人的信，和一個手摺的底稿，遺忘在我住的那個客棧裏了！我因為昨日才知道那客棧的老闆，就是和我打官司的人有戚誼，所以不再住那裏了。誰知卻把這般緊要的東西，遺留在那客棧的西邊廂房裏，萬一客棧裏的夥計們看見了，落到那老闆手裏，我這場官司，一定糟透了！從這裏到縣裏，整整的有七十多里路，在這時分誰還趕得進城呢！」

周敦秉聽了，問道：「那東西放在西邊廂房裏甚麼所在？」他母舅說是放在桌子抽屜裏。周敦秉當時也不說甚麼。沒一刻工夫，從袖中取出一個手巾包兒，交給他母舅道：「請你老人家打開瞧瞧，遺忘在縣裏的，是不是這東西？」

他母舅一看，驚得呆了！不是一封信和手摺底稿，是甚麼呢？他母舅問他：怎生得來的？他衹笑著不肯說。直待救活了他表兄弟，知道他本領的人多了，他母舅才釋了這回的疑團。湘潭好事的少年，沒有不願意與周敦秉結交的，一般的心理，都差不多拿周敦秉當玩希奇把戲的人。

這回在岳陽樓與排客鬥法，也就是新結交的兩個典當店裏的小東家，知道周敦秉有本領，能在頃刻之間，拜會數千里以外的朋友，定要周敦秉帶他兩人，到岳陽樓玩耍一趟。周敦秉既不能眞個閉戶，靜心修練，愛向一般俗人廝混，自卻不過要求的情面。誰知因釘排遇了對頭，背上受了那老頭的七星針，當下帶著兩人，狼狽遁回湘潭。

周敦秉到家，即跪在他老母跟前哭道：「孩兒不孝！今日在外，被人打傷了，不出七日必死，無可救藥！母親養孩兒一場，不但沒盡得絲毫孝道，反為孩兒躭著憂急，孩兒此時就後悔也來不及了。」他老母聽了周敦秉這些話，正如萬箭鑽心，止不住放聲痛哭。

周敦秉背上針毒發作，躺在床上，不能轉動，流著眼淚對自己妻子說道：「我對不起你，半途把你拋棄。衹是你得替我報仇，我死了才得瞑目！」

他妻子也哭著問道：「我是一個沒一點兒能為的女子，心裏雖想拚死替你報仇，但是怎麼報得了呢？」

周敦秉道：「我豈不知道你是個沒能為的女子？我既說要你替我報仇，自是你能報得了才說！」

他妻子泣道：「衹要我能報得了，那怕立刻教我去死，我也甘心！」

周敦秉就枕上點頭道：「傷我的是一個辰州排客，那木排限期要到漢口。你趕緊拿一片蘆席，披頭散髮，到河邊跪著，將蘆席鋪在水上。哭一聲夫，叩一個頭，將蘆席抽散一根，抽下來的往上流頭拋去。你這裏蘆席抽完，他那木排也散完了！切記：抽下來的，不要往下流拋去，他的木條便一根也流不到漢口了。」

他妻子聽了這話，急忙挾了一張蘆席，哭哭啼啼的，走到河邊，跪下來披散頭髮，一面哭夫，一面叩頭抽蘆席。

才抽了幾把，忽聽得背後有如雷一般的聲音，念著阿彌陀佛。周敦秉妻子一心要替丈夫報

仇，不肯回顧。就聽得背後那念阿彌陀佛的聲音說道：「女菩薩且止啼哭，貧僧有話奉告！」

周奶奶滿肚皮不願意的回過頭來，祇見一個濃眉大眼、魁梧奇偉的和尚，滿面慈祥之氣，合掌當胸的立著；後面還立著一個很年輕、很壯實的和尚，昂頭不語。不由得生氣說道：「男女有別！何況你是出家人，和我有甚麼話說？」氣忿忿的說畢，仍朝著河裏叩下頭去。

這兩個突如其來的和尚，不待在下交代，看官們必早已知道是智遠和尚師徒了。當下朱復見了周敦秉妻子的情形，也不由得生氣，待要發作幾句，智遠已高聲打著哈哈說道：「女菩薩祇知道要替丈夫報仇，就不知道要救丈夫的性命麼？」周奶奶祇當沒聽得，不住的夫呀夫呀的號哭。

朱復實在忍不住了，說道：「師父！這婆娘顛倒不識好人，不理他也罷了！」

智遠不答話，長歎了一聲道：「女菩薩的丈夫有救不救，不是和謀死親夫一樣的罪嗎？」

周敦秉妻子聽了與謀死親夫一樣的罪，這一氣就非同小可了！一折身站了起來，指著智遠說道：「你出家人，怎麼無端干預我家事！我丈夫不幸，我也拚著一死，你如何說我和謀死親夫一樣？我倒得問你：怎生知道我丈夫有救？」

智遠正色答道：「貧僧若不知道，也不來這裏與女菩薩說話了呢！女菩薩且帶貧僧去見著尊夫，自有救他的法子。」

周敦秉妻子聽了智遠和尚的話，暗想：我丈夫今日在岳陽樓受的傷，岳陽樓離此地，有五六百里遠近，這裏有誰知道我丈夫受傷的事呢？我丈夫教我報仇，來這裏抽蘆席，這事除我夫妻以外，更無人知道。這和尚說我衹知道替丈夫報仇的話，又從那裏看出來的呢？可見這和尚必有些來歷。我丈夫橫豎是受了傷快要死的人，和尚既說能救，何妨就帶他去見我丈夫的面。若眞能將我丈夫的傷醫好，豈不是萬幸嗎？

周敦秉妻子想到這裏，即時改換了詞色，對智遠說道：「師父果能救得我丈夫性命，我情願建築一座廟宇，給師父居住。」說著，引智遠來到周家。

周敦秉正睡在床上，呻吟不斷。他妻子先到床前，將遇智遠的情形報知周敦秉。周敦秉喜形於色，說道：「必就是岳陽樓遇見的那兩位師父！快去請到這裏來，求他恕我不能起床迎接！」他妻子請智遠進屋。

周敦秉勉強抬身，向智遠拱手道：「弟子早知師父是聖人，祗因孽由自作，不敢冒昧懇求。於今辱承法駕光臨，必能使弟子超脫鬼道！」

智遠合掌答道：「居士此後如能確遵令師夢中的訓示，一意修持，貧僧願助一臂之力。若眨眼就把那訓示忘了，這番即算保得性命，然以後隨時隨地，皆難免不再有七星針，到居士背上來！」

周敦秉一聽確遵令師夢中訓示的話，不由得心裏驚服到了極點。暗想：我那回作的夢，連我母親、妻子都不知道，這和尚若不通神，如何能曉得呢？當下決不躊躇的便道：「弟子知道改悔了！」

智遠點頭道：「七星針原是排教中最厲害的道法，排教中有這種能爲的，祗有掌教的一人，要救治極不是一件容易的事。排教所恃以護教，而能與師教抗衡的，就在這一針，比師教的五雷天心正法，還來得厲害！這針本是苗峒裏傳出來的，漢人沒有治法。貧僧於今仗著佛力，替居士將背上的針拔出來，不過須準備幾樣應用的東西，借筆墨給貧僧開寫出來。」周敦秉妻子連忙拿出紙筆。

智遠開出單來，周敦秉接過來看了，問道：「師父要做很多人吃的飯菜嗎？怎麼用得著這們大的鍋竈和蒸籠呢？」

智遠道：「說起來，居士不要害怕，這七星針非同小可。受傷的人，非坐在蒸籠裏，不斷火的蒸七晝夜，不能拔出來！」

周敦秉變色說道：「弟子那有這法力，能在蒸籠裏坐七晝夜呢？」

不知智遠怎生回答？畢竟如何救得周敦秉的性命？且待第二九回再說。

施評

冰廬主人評曰：此回入周敦秉傳，用補敘法，與寫以前諸奇俠不同。當周敦秉學道歸來之日，正老母病床危急之時。卒能一藥而瘳，重敘天倫之樂。在周敦秉始雖獲罪於乃父，對於老母，可謂能稍盡子職矣。使果能從此靜處養親，屏絕外事，猶不失為一純正道者。而乃以好嬉故，致身受七星針之慘禍，重貽家人之憂。不獨無以對老母，抑且有負乃師矣。

天下之以奇技淫巧賈禍者夥矣。觀乎周敦秉之枷鎖水鬼、遠致食物、役使鬼類，可謂極奇巧之能事。而後日之受創幾死，亦即以此。然則世人又何事競尚奇巧哉？著者於此，寄意深矣。

（待續）

國家圖書館出版品預行編目資料

新版足本江湖奇俠傳　一六〇回／平江不肖生 撰.
--初版.--臺北市：
世界，2003[民 92]
冊；公分.--(俠義經典系列)
ISBN 957-06-0245-7(第 1 冊:平裝)

857.44　　92004507

俠義經典系列
新版足本
江湖奇俠傳 壹
717-2624

著者／平江不肖生
發行人／閻初
發行者／世界書局
登記證／行政院新聞局局版臺業字第〇九三一號
地址／臺北市重慶南路一段九十九號
電話／(〇二)二三三一一〇一八三
傳真／(〇二)二三三一七九六三
網址／www.worldbook.com.tw
郵撥帳號／〇〇〇五八四三七 世界書局
出版日期／二〇〇三年五月初版一刷
定價／三六〇元